Sur l'auteur

Anne Perry, née en 1938 à Londres, est aujourd'hui célébrée dans de nombreux pays comme la reine du polar victorien grâce au succès de ses deux séries, les enquêtes de l'inspecteur amnésique William Monk, et celles du couple Charlotte et Thomas Pitt – dont le fils, Daniel, a pris ensuite la relève à l'orée du XXe siècle. Elle s'est également intéressée à d'autres périodes historiques telles que le Paris de la Révolution française (*À l'ombre de la guillotine*), la Première Guerre mondiale (la saga des Reavley), ou encore Byzance au XIIIe siècle (*Du sang sur la soie*). Anne Perry partage sa vie entre Inverness (Écosse) et Los Angeles.

ANNE PERRY

LA MARQUE DE L'INJUSTICE

Traduit de l'anglais
par Florence Bertrand

10
18

Titre original :
Three Debts Paid

ISBN 978-2-264-07974-9
Dépôt légal : août 2022

À Keith Stern

LISTE DES PERSONNAGES

Daniel Pitt – avocat au barreau.

Sir Thomas Pitt – père de Daniel, directeur de la Special Branch.

Charlotte, Lady Pitt – mère de Daniel.

Marcus fford Croft – directeur du cabinet fford Croft et Gibson.

Miriam fford Croft – sa fille, médecin légiste.

Dr Evelyn Hall – employeur de Miriam.

Impney – premier clerc chez fford Croft et Gibson.

Professeur Nicholas Wolford – expert en histoire moderne à l'université de Cambridge.

Linus Tolliver – auteur.

Inspecteur Ian Frobisher – inspecteur de police chargé de l'enquête sur l'Éventreur.

Commissaire Petheridge – supérieur de Ian Frobisher.

Sergent Billy Bremner – subordonné de Ian Frobisher.

Révérend Richard Rhodes – révérend de l'église St. Wilfrid.

Apollonia (Polly) Rhodes – son épouse.

Elsie – servante des Rhodes.

Joe – employé à la morgue.

Mrs. Jones – logeuse de Ian Frobisher.

Mrs. Haviland – veuve de Roger Haviland.

Mr. Weller – directeur de banque.

Minnie Maude – employée de maison des Pitt.
Mr. Cobden – avocat de l'accusation.
Mr. Edison James – éditeur.
Ronald Dixon – témoin.
Dr Albert Rand – témoin.

1

— Entrez.

Daniel connaissait l'auteur du coup léger qu'on venait de toquer à la porte. C'était Impney, le premier clerc du cabinet fford Croft et Gibson où il travaillait depuis trois ans, et où tout désormais lui était familier.

Impney entra et referma le battant derrière lui. C'était un homme d'âge moyen, aux manières et à l'apparence irréprochables.

— Un gentleman demande à vous voir, Mr. Pitt. Le professeur Nicholas Wolford. Je crois qu'il enseigne l'histoire européenne moderne. Il dit vous avoir connu à Cambridge, monsieur ?

Un doute perçait dans sa voix.

Daniel y avait étudié le droit, sinon il n'aurait pas obtenu l'excellent poste dont il jouissait ici. N'entraient au cabinet fford Croft et Gibson que des jeunes gens titulaires d'une licence avec mention émanant d'une université réputée, et personnellement recommandés.

Daniel n'eut pas besoin de réfléchir plus d'une ou deux secondes : il se rappelait très bien Wolford. C'était un homme séduisant, au caractère ombrageux, un érudit accompli doublé d'un enseignant remarquable. Pour Daniel, il avait rendu l'histoire plus vivante, plus réelle, plus captivante que les événements politiques du moment. Si Wolford s'intéressait à tous les aspects de l'histoire moderne, laquelle était considérée débuter avec le XVIe siècle, il se passionnait surtout pour la révolution française. Celle de 1789, bien avant les soulèvements qui avaient agité l'Europe cinquante ans plus tard – à l'exception de la Grande-Bretagne, qui avait été épargnée. Dans la France de 1848, en revanche, une révolution était née et puis avait été écrasée.

Impney attendait patiemment.

— Oui, oui, je me souviens de lui, répondit Daniel. Que veut-il ?

— Il me semble qu'il voudrait que vous vous chargiez d'une affaire le concernant. Une question liée à un cas de... *plagiat.*

Il avait prononcé le mot comme s'il s'agissait d'une maladie honteuse, sans grande conséquence.

— Quelqu'un a plagié son travail ?

Daniel était surpris. Le style de Wolford était unique, et, à certains égards, brillant.

— Non, monsieur. Je crois que c'est un peu plus compliqué que cela. Il s'agit d'un nouveau livre qu'il a écrit. Au sujet de la révolution française. Il veut que vous le représentiez. Mais je pense qu'il y a autre chose.

— Vraiment ? s'écria Daniel, stupéfait. Que voulez-vous dire par là ?

Le visage d'Impney demeura impassible.

— Je n'en suis pas certain, monsieur, mais le professeur Wolford souhaite clairement que vous vous occupiez de ce dossier. Il affirme qu'un vieil ami vous a recommandé, l'inspecteur Ian Frobisher, que vous connaissez, selon lui.

Là encore, Daniel fut surpris. Il y avait une éternité qu'il n'avait pas songé à Ian. Ils avaient fréquenté la même école privée, et étaient tous les deux allés à Cambridge, Daniel pour étudier le droit, Ian l'histoire moderne. Leurs études terminées, leurs chemins s'étaient séparés. Quant à Wolford, Daniel ne l'avait eu pour professeur que durant un an, lorsqu'il avait choisi d'étudier l'histoire moderne en option.

— Bon, faites-le entrer, s'il vous plaît.

— Bien, monsieur.

Impney se retira. Quelques instants plus tard, Nicholas Wolford franchissait le seuil et refermait la porte derrière lui. Il était exactement tel que Daniel se le rappelait, ce qui, après tout, n'avait rien d'étonnant : cinq ans seulement s'étaient écoulés depuis qu'il l'avait vu pour la dernière fois. Wolford avait toujours sa magnifique crinière de cheveux noirs, désormais striée de fils argentés sur les tempes et le front. Ses traits étaient toujours aussi affirmés : une bouche large, des yeux marron foncé, presque noirs. Il était de taille moyenne, mais paraissait plus grand.

Daniel se leva, plus par habitude que par courtoisie. Il lui tendit la main.

— Comment allez-vous, monsieur ?

— Je vais bien, répondit Wolford, mais je suis en colère.

Il parlait avec la même voix ferme et précise, celle qu'il employait dans ses conférences, quand il relatait des anecdotes fascinantes et terrifiantes devant une salle comble – des histoires vraies qui rendaient les jours d'autrefois plus vivants que le présent. Daniel savait que nombre de ses étudiants affirmaient que ses conférences avaient changé leur vie, leur avaient ouvert les yeux sur le passé. Beaucoup lui gardaient une admiration dévouée, et restaient en relation avec lui des années après avoir quitté Cambridge.

Daniel lui indiqua la chaise placée en face de lui.

— Asseyez-vous, je vous en prie, et dites-moi l'essentiel. Les détails pourront venir plus tard.

— L'essentiel, c'est qu'un homme m'a accusé d'avoir copié son travail, déclara Wolford, serrant les dents. Mais l'inculpation qui pèse sur moi est celle de coups et blessures.

Il s'assit, et posa les coudes sur le bureau, un geste dont la familiarité agaça Daniel. Pourtant, il voyait la rage monter en Wolford. Il se souvenait de cet homme de plus en plus nettement à mesure que les secondes s'égrenaient et ne doutait pas de sa sincérité. Son arrogance avait toujours été aussi flagrante que sa passion pour les grands événements de l'histoire.

Daniel ne pouvait l'imaginer empruntant des mots à quiconque, encore moins se rendre coupable de vol par imitation. Il écouta avec attention, assailli par des souvenirs de ses jours d'étudiant, se remémorant le silence captivé de ses camarades absorbés par les récits du professeur, l'évocation de faits qui avaient réellement eu lieu, qui avaient affecté des êtres de chair et de sang.

Wolford continuait. Il abordait maintenant les passages précis qui constituaient la base de l'accusation de plagiat.

— Vous vous souvenez de Charlotte Corday, une des figures héroïques de la Révolution, qui s'est rendue à Paris dans le but précis d'assassiner Jean-Paul Marat et qui a péri sur la guillotine. Eh bien, dit-il, furieux, il a utilisé exactement les mêmes termes que moi pour la décrire. « Elle était élancée et marchait avec une grâce presque insolente, récita-t-il de mémoire. Ses traits n'étaient pas beaux à proprement parler, mais elle possédait un teint clair et lumineux. Cela n'avait rien d'étonnant. C'était une fille de la campagne. Et ses cheveux étaient splendides. »

Ses poings se crispèrent sur le bureau.

— Mot pour mot ce que j'avais écrit. Sauf que je tenais ma description de gens qui étaient là, qui l'ont vue d'aussi près que je vous vois ! Et je peux le prouver.

— Nous pouvons donc présumer que votre accusateur et vous avez obtenu cette description d'une source commune ?

Daniel venait de comprendre qu'il ne servait à rien d'interroger le professeur sur l'agression dont il était accusé avant d'avoir entendu toute l'histoire.

Wolford arqua les sourcils.

— Je constate que vous n'avez pas oublié tout ce que je vous ai enseigné ! Bien entendu, nous l'avons obtenue d'une source commune.

Son poing sur le bureau s'ouvrit et se serra de nouveau.

— Hormis le passage sur son teint. Cela dit, nous savons tous que c'était une campagnarde, par conséquent, c'est une déduction raisonnable. Je n'ai pas copié ce nigaud !

— Comment s'appelle le nigaud ? s'enquit Daniel. Mieux vaut que je le sache.

— Linus Tolliver.

Daniel le nota. Il n'avait pas entendu parler de lui.

— Il est jeune ?

— Pourquoi cette question ?

— Cela semble un acte plutôt immature, répondit Daniel. De plagier quelqu'un d'autre – peut-être quelqu'un dont on admire le travail – et puis, au moment où on pense qu'on va être pris en faute, de l'accuser avant qu'il ne vous accuse. Puisque vous êtes inculpé de coups et blessures, je présume que vous l'avez frappé ?

— Oui, admit Wolford.

— Le premier ?

Wolford sourit. Son visage en fut transformé, rajeuni de dix ans.

— Oui, confirma-t-il. Il a voulu m'attaquer, mais il a manqué son coup. Je me demande si quelqu'un l'y avait encouragé. Son éditeur, peut-être ?

— Vous avez des raisons de le soupçonner ?

— Oui. C'est un immonde petit crapaud. Il cherche à attirer de la publicité pour le livre de Tolliver. Un joli procès bien juteux, que l'affaire soit vraie ou fausse, serait mentionné dans les journaux. Surtout si on les excite en évoquant des faits violents. C'était stupide de ma part. Maintenant, il peut exploiter mon nom de la pire manière imaginable.

Il fronça les sourcils.

— Certains individus sont prêts à tout pour de l'argent – et peut-être à davantage encore pour quelques semaines de célébrité.

Un mépris brûlant comme de l'acide s'entendait dans sa voix.

— C'est une stratégie à haut risque, observa Daniel. Votre style, votre vocabulaire sont uniques. Si Tolliver les copie, ce sera peut-être évident pour quiconque étudie le sujet.

— Sûrement pas pour le grand public ! riposta Wolford. La passion, l'injustice, la violence, le meurtre, la trahison, voilà l'étoffe des grands drames ! Surtout s'il y a un fond de réalité ! Réfléchissez, mon brave. Qu'aurait écrit Shakespeare s'il n'avait pas pillé l'histoire pour s'en inspirer ? Quelques comédies, peut-être.

Il haussa les épaules avec dédain.

— Des contes de fées. Des récits de quiproquos, de femmes confondues avec des hommes, de toquades amoureuses. Mais les grands drames, les géants parmi les œuvres littéraires, sont tirés de l'histoire, vraie ou fausse. Hamlet, Macbeth, César, le roi Lear, Richard III, Titus Andronicus.

Sa voix vibrait d'émotion.

— Qu'aurait fait Shakespeare de Charles Ier et de Cromwell ? Le roi inflexible et l'implacable puritain ! Comme j'aurais voulu voir son art réimaginer le procès du roi, qui était en réalité tout autant celui de Cromwell. Songez-y, Pitt ! Quelle œuvre c'eût été ! Tout procès est une mise à l'épreuve du juge autant que de l'accusé…

Il se tut, les yeux brillants, comme s'il voyait la scène se dérouler dans la vraie vie, circonscrite à la pièce où ils se trouvaient.

Les pensées se bousculaient dans l'esprit de Daniel. Il ouvrit la bouche, prêt à affirmer que l'un était accusé d'un délit, tandis qu'il incombait à l'accusateur d'apporter la preuve des faits – chacun étant représenté par son avocat. Cependant, il entrevoyait ce à quoi Wolford faisait allusion. Oui, en un sens, le procès était aussi celui de l'accusateur, au sens où son représentant dirigeait les débats. Fixait les règles. Choisissait quels éléments présenter et lesquels omettre. Et peut-être les jurés étaient-ils dans une position similaire. Dans quelle mesure leurs propres peurs et préjugés décidaient-ils du verdict qu'ils rendaient ?

Wolford sourit lentement, comme s'il avait suivi le cheminement de pensée de Daniel et qu'il sût que ce dernier avait saisi sa théorie. Comme si son seul but avait été de lui faire comprendre la portée de la question.

— Je vous obtiendrai toutes les informations, reprit Wolford. Mes éditeurs vous enverront ma première version, annotée, bien entendu. Et mes références, bien que je n'aie pas tous les livres en ma possession. Certains sont dans des bibliothèques, pour consultation sur place uniquement.

Il haussa les épaules.

— Beaucoup se trouvent à Paris, ainsi qu'on pourrait s'y attendre, mais je peux vous en fournir la liste complète, et même les numéros de page concernés. Il faut connaître le français pour les comprendre. On peut faire appel à des témoins experts pour cela, si besoin est. Certains documents sont conservés dans des musées. Eux aussi sont consultables.

Il esquissa un bref sourire.

— Puisque Tolliver m'accuse de plagiat, il devra d'abord prouver quelles sont ses sources !

— Merci. Tout cela sera des plus utiles, déclara Daniel, acceptant l'offre qui lui était faite. Mais comme vous dites, c'est Tolliver l'accusateur, et il va devoir prouver ce qu'il avance. Avec une copie du manuscrit et les ouvrages de référence que vous avez utilisés, je devrais être en mesure de démontrer l'originalité de votre travail. Cela ne vous innocente pas des charges de coups et blessures. Cela sert seulement à en expliquer la cause. La colère, si juste soit-elle, ne justifie pas la violence.

— Il m'a frappé le premier ! Enfin, il a essayé.

— Dans ce cas, pourquoi a-t-on retenu ces charges contre vous ?

Wolford haussa à peine les épaules.

— J'ai frappé plus fort. Je lui ai cassé le nez.

— Mais lui, vous a-t-il frappé ?

— Je vous l'ai dit, il a essayé.

— Vous admettez par conséquent avoir porté le premier coup ?

— Oui, à raison.

— Et vous présenterez des excuses ?

Un long moment s'écoula avant que Wolford ne réponde.

— Je suppose que oui. Mais seulement pour l'avoir frappé, et non pour réfuter l'accusation de plagiat.

Daniel sourit.

Quelque chose en Wolford se détendit. Ce fut un changement très léger, comme si une ombre l'avait quitté.

— Dois-je en conclure que vous acceptez de vous charger de l'affaire ?

— Oui, bien sûr.

Daniel ne s'était jamais senti assez à l'aise avec Wolford pour bien l'aimer. L'homme était brillant et n'en était que trop conscient. En dépit de son assurance excessive, Daniel l'avait toujours trouvé intéressant, et plus vivant que n'importe lequel de ses autres professeurs. Nicholas Wolford était passionné par son sujet et désireux d'encourager la même passion chez ses étudiants ; il avait un don pour faire vivre le passé et le rendre palpitant.

Parfois, au milieu de l'agitation et de l'excitation du siècle nouveau, qui apportait des innovations extraordinaires, on oubliait les pas de géant accomplis par les générations précédentes, tout comme le prix payé pour obtenir les privilèges actuels, par des gens qui avaient parfois sacrifié leur vie pour réaliser leurs idéaux. On était déjà en 1912, dans une ère moderne pleine d'idées nouvelles. Des automobiles roulaient dans les rues, côtoyant les voitures à cheval ; Londres était sillonné par le réseau toujours croissant du métropolitain ; de nouvelles notions étaient acceptées dans le domaine de la médecine, non seulement eu égard au corps mais à l'esprit. Les femmes réclamaient le droit de vote. Leurs voix semblaient curieusement passives en regard de l'effervescence révolutionnaire décrite de manière si vivante par Wolford. Daniel songea que cela tenait au caractère anglais – prosaïque, et même dépourvu d'imagination, comparé au français. Bénédiction ou malédiction ? Il n'aurait su le dire.

Wolford l'observait.

— J'ai éveillé votre intérêt, n'est-ce pas ? dit-il tout bas. Vous êtes quelqu'un de bien, Pitt. Vous vous servez de vos méninges. Vous êtes prêt à relever un défi.

Il se leva lentement.

— Je vous enverrai un coursier avec tous les documents dont vous avez besoin. Je parlerai à votre clerc en sortant.

Daniel se leva à son tour.

— Oui, monsieur, répondit-il fermement.

Wolford avait raison : cette affaire présentait un défi intéressant.

2

Deux jours plus tard, Daniel marchait d'un pas vif sur le trottoir. Non parce qu'il était tard dans l'après-midi, ni à cause du vent âpre qui se levait. C'était normal à Londres au début de février. Et rien n'était plus éloigné de son esprit que le procès de Nicholas Wolford. Il marchait vite parce qu'il était pressé d'arriver à destination, à savoir le laboratoire attaché à une des morgues de la cité.

Il traversa la rue, se faufilant entre charrettes et automobiles. Après la pluie qui était tombée par intermittence toute la journée, les caniveaux se remplissaient. Sous les becs de gaz entourés d'un halo de brume, tout paraissait net et luisant.

Miriam fford Croft était rentrée deux jours plus tôt, et il n'était pas encore parvenu à la voir. Il effectuait temporairement le travail de deux personnes, car il remplaçait son ami et supérieur immédiat, Toby Kitteridge, parti faire une randonnée en France. Par conséquent, Daniel passait le plus clair de son temps au cabinet, à travailler du matin au soir. De plus, il avait reçu les documents de Nicholas Wolford et était resté plus tard que prévu pour commencer à les étudier. Maintenant, enfin, il avait le sentiment d'être en droit de se concentrer sur d'autres questions.

Miriam avait été absente pendant plus d'un an afin d'étudier la science médico-légale, le domaine qui lui tenait à cœur. Par le passé, elle avait étudié en Angleterre, mais bien qu'elle eût fourni tout le travail requis et obtenu d'excellents résultats aux examens, on lui avait refusé le statut professionnel nécessaire pour exercer. C'était ainsi en Angleterre, en Écosse, en Irlande et à vrai dire, partout en Europe… sauf en Hollande.

C'était là qu'Evelyn Hall, l'unique femme médecin légiste en Grande-Bretagne, avait acquis ses qualifications. Cette merveilleuse excentrique avait encouragé Miriam à suivre son exemple. Elle avait cru en la jeune femme, en sa passion et en son talent, et l'avait soutenue de son mieux, l'avait notamment aidée à obtenir une place au sein d'un des instituts scientifiques les plus prestigieux du pays.

Ce séjour à Amsterdam n'avait pas été facile, mais Miriam était déterminée. Un an plus tard, elle était de retour, son diplôme en poche. Désormais, elle exerçait aux côtés de la femme qu'ils appelaient le Dr Eve, comme médecin légiste à part entière.

Dans la poursuite de sa carrière, le Dr Eve avait tiré avantage du fait que son prénom, Evelyn, était à la fois masculin et féminin, de sorte que ses candidatures sur papier n'avaient pas été refusées d'emblée. Le directeur de l'institut qui l'employait maintenant avait accepté de lui donner une chance et elle lui avait prouvé qu'elle était plus que qualifiée.

Le Dr Eve s'habillait en homme, et était plus franche et plus courageuse que la plupart de ces derniers ; elle fumait aussi des cigares trop forts pour eux. Daniel avait appris que ces cigares pestilentiels étaient en réalité une parade contre l'odeur de certains des corps qu'elle était appelée à examiner, et que cette pratique était relativement courante parmi ceux qui côtoyaient les cadavres.

Le Dr Eve avait l'esprit ouvert et était prête à défendre des causes perdues. Elle avait aidé Miriam – Daniel l'aurait appréciée pour ce seul fait, s'il ne l'avait pas déjà appréciée pour elle-même. Son honnêteté absolue était un changement bienvenu pour lui qui travaillait dans le droit, un domaine où on semblait constamment tergiverser, chercher un argument supplémentaire.

Il ne lui restait qu'un carrefour à traverser pour atteindre la morgue. Il enjamba d'un bond un caniveau débordant et se hâta sur le trottoir, évitant les bords cassés des dalles inégales.

Quelques instants plus tard, il était arrivé. Il franchit la lourde porte et la sentit qui se refermait derrière lui. L'odeur l'enveloppa aussitôt, la soude et le désinfectant ne masquant pas tout à fait celle de la mort. Malgré lui, l'imagination de Daniel s'attarda sur tout ce qui était invisible aux regards mais présent : le souvenir d'autres visites, de corps à identifier, la hantise qu'il ne s'agisse de quelqu'un qu'il connaissait. Pire encore, peut-être, la perspective de devoir annoncer la terrible nouvelle à des parents, des familles, des amis. La conscience de l'espace vide, qu'un être aimé avait occupé si peu de temps auparavant.

Daniel s'arrêta au bureau, donna son nom et demanda le Dr Hall. On lui indiqua son laboratoire, il remercia l'homme et se surprit à accélérer le pas dans le couloir aux murs nus.

Devant la porte, il s'immobilisa, se rendit une contenance… et toqua.

— Entrez !

La voix était grave, sonore, un peu rude – à cause de la lassitude ou de l'émotion, difficile à dire. Mais c'était à n'en pas douter celle d'Evelyn Hall.

Daniel prit une profonde inspiration, tourna la poignée et poussa le battant. La lumière blanche l'aveugla aussitôt, crue, brutale. Il vit Eve Hall d'abord. Elle était grande pour une femme, et large d'épaules, curieusement dénuée de courbes. Elle portait un pantalon, une chemise d'homme et un gilet. Ses manches retroussées révélaient des bras musclés et des mains fortes, étonnamment belles, souples et gracieuses. Ses cheveux gris étaient coupés court, sans façon, comme ceux d'un homme qui aurait égaré l'adresse de son coiffeur. Une vive intelligence se lisait sur ses traits, ainsi qu'une détermination sans faille. Les émotions peintes là étaient à nu. Dominées par la pitié. Mais on y voyait de la colère et de l'horreur aussi. Toute la théorie et le savoir du monde ne pouvaient atténuer la noirceur de la mort, qu'elle fût due à un accident ou à la maladie. Et quand cette mort avait été causée par un meurtre… c'était doublement vrai.

— Vous voilà donc enfin, observa Eve. On a pensé que vous ne viendriez jamais !

Daniel l'ignora, les yeux déjà rivés sur Miriam. Elle était exactement telle que dans son souvenir. Ses cheveux auburn flamboyants étaient ce jour-là rassemblés en un chignon serré et recouverts d'un filet qui les empêchait de s'échapper. Elle lui parut plus pâle qu'autrefois. Sa mémoire était-elle en faute ? Elle se tenait très droite, un peu rigide, comme si elle défendait son nouveau poste. À moins qu'elle ne fût trop fatiguée pour jouer la comédie ?

Il lui sourit, de ce brusque sourire qui, il le savait, illuminait tout son visage, la chaleur émanant du plus profond de lui.

Le visage de Miriam s'adoucit et elle lui rendit son sourire, le regard brillant, empreint de douceur.

— Eh bien ? reprit Evelyn, brisant le silence. Vous êtes ici pour voir une de nous deux ?

Elle baissa les yeux sur le cadavre étendu sur la table entre elles, le visage plissé par le mécontentement.

— Pauvre malheureuse, ajouta-t-elle d'une voix presque inaudible.

Daniel ne voulait pas regarder et pourtant ne put s'en empêcher. Contre tous ses instincts, il fixa le corps blanc et ensanglanté de la morte.

— Nous venons juste de commencer, murmura Eve. Désolée, Daniel. Ça n'attendra pas. C'est…

Son visage était sombre, dénué d'expression maintenant.

— Elle vient d'arriver, expliqua Miriam, parlant pour la première fois. Je suis… désolée. Cela me fait plaisir de vous voir.

Il avait oublié combien ses yeux étaient bleus – pas bleu pâle, mais d'un bleu profond, presque bleu marine. Il se surprit à sourire, envahi par un élan de chaleur en dépit de la pitié que lui inspirait l'inconnue allongée sur la table, le corps dévêtu et maculé de son propre sang, en dépit de l'horreur de ce qu'il lui était arrivé.

— Vous avez le temps ? demanda Eve sur un ton de défi.

Il pivota vers elle sans comprendre.

— Ce doit être l'heure du dîner, poursuivit-elle comme si c'était une réponse.

— Je pensais que vous étiez trop occupées…

— Sottises, coupa-t-elle. Allez au pub un peu plus bas dans la rue. Sur la gauche. Rapportez-nous des sandwichs. Au rôti de bœuf. Pas trop de moutarde.

— Oh !

Sur le point de lâcher un blasphème, il se retint à temps.

— Au fromage pour vous, si vous préférez, reprit Eve sur un ton à la fois las et patient. Vous pourrez fumer un cigare si vous voulez.

— Un cigare ? répéta-t-il, incrédule.

— Vous avez déjà humé l'arôme d'un cigare vraiment bon ?

Elle planta son regard dans le sien.

— C'est ce qu'il y a de mieux pour recouvrir une odeur dont on préférerait ne rien savoir. Cette pauvre fille vient d'arriver. Elle a été…

Sa voix s'étrangla soudain.

— … tuée cet après-midi. Juste après la tombée de la nuit.

Daniel se demanda comment elles pouvaient faire face à tant de violence et de tragédie. Elles n'y étaient pas indifférentes, il le savait. Un seul coup d'œil à leur visage, sous cette dure lumière blanche, lui aurait confirmé qu'elles étaient émues. Certaines personnes s'imaginaient que les femmes étaient plus faibles que les hommes, mais Daniel savait qu'il n'en était rien. Peut-être était-ce ce que les gens voulaient penser ? Ou avaient besoin de penser ?

— Un sandwich au rôti de bœuf, répéta-t-il, avant d'interroger Miriam du regard.

— Jambon-fromage pour moi, s'il vous plaît. Avec du cidre doux pour nous deux. Et…

Elle esquissa un demi-sourire.

— Apportez quelque chose pour vous si cela ne vous ennuie pas de manger ici ?

Il sourit à son tour, un peu jaune.

— Pas du tout. Recouvrez-la d'un drap, c'est tout, la pauvre âme.

Il désigna la femme d'un signe de tête, sans la regarder. Puis il fit mine de sortir.

— Hé ! lâcha Eve sur un ton péremptoire.

Il se retourna.

Elle lui tendait de l'argent.

— Nous ne sommes pas complètement barbares. On vous invite à dîner avec un cadavre, on ne va pas vous demander de payer par-dessus le marché.

Il ne sut que dire. Les choses allaient bien ces temps-ci pour lui, il avait aisément les moyens de régler. Cependant, il ne s'agissait pas d'argent, mais d'amitié. Et de respect professionnel, voire de territoire.

Il prit le billet.

— Je n'en ai pas pour longtemps.

À son retour, vingt-cinq minutes plus tard, le corps était dissimulé par un drap. Il aurait pu y avoir n'importe quoi sous ce coton blanc uni. En son absence, Miriam et Eve s'étaient lavé les mains et étaient en train de les sécher. Puis elles retirèrent les tabliers qui protégeaient leurs vêtements.

Eve accepta le sac en papier qu'il apportait et l'ouvrit. Il contenait trois sandwichs épais et croustillants, trois gâteaux d'avoine et trois bouteilles de cidre assez grandes.

— Excellent. Merci, dit-elle avec une évidente satisfaction.

L'espace d'un instant, Daniel se demanda à quand remontait son dernier repas. Il prit place à la table de fortune, débarrassée des instruments qui la jonchaient d'ordinaire et recouverte d'un autre drap blanc en guise de nappe, en s'efforçant de ne pas penser à ce que celui-ci dissimulait d'habitude. Les deux femmes l'avaient gentiment invité à s'asseoir sur le tabouret placé devant le cadavre, de sorte qu'il lui tournait le dos.

Il ignora la lumière crue, les produits chimiques, les instruments, les éviers aux robinets métalliques, les bocaux qui renfermaient Dieu savait quoi ! Il se concentra sur la nourriture, jetant un regard à Eve et à Miriam de temps à autre.

L'expression d'Eve Hall était forte, résolue, et ne dénotait presque aucune émotion, comme si elle avait balayé la tragédie de son esprit.

Celle de Miriam n'aurait pu être plus différente. Le chagrin creusait de fines rides sur ses joues et son menton, crispait des muscles qu'elle ne pouvait contrôler.

La ligne de démarcation qui séparait ses émotions de son savoir scientifique était fragile, Daniel en avait conscience. Elle connaissait la théorie à la perfection : dans son esprit, elle était capable de répondre aux questions les plus complexes, de réciter non seulement les postulats, mais aussi les formules. Cependant, la présence muette d'une femme de chair et d'os, plus jeune qu'elle, morte et nue dans son ultime vulnérabilité, était une autre affaire. En réalité, aucun examen imaginable ne se comparait à cela. C'était une épreuve à laquelle nul n'était jamais préparé, il le savait ; si on l'était, peut-être n'aurait-on pas dû exercer ce métier.

Ils mangèrent dans un silence solennel. Tout d'abord, Daniel éprouva quelques difficultés à avaler – en fait, il ne trouvait aucun goût à son sandwich. Cela semblait indécent de manger en présence d'une femme qui avait été en vie à peine quelques heures plus tôt, et qui était maintenant silencieuse et horriblement blessée à quelques mètres d'eux. Pourtant, jeûner n'aurait servi à rien. Étourdi de faim, aucun d'entre eux n'aurait été utile.

D'ailleurs, la jeune femme ne se rendait plus compte de rien désormais. Si elle avait pu s'en soucier, elle aurait voulu qu'ils découvrent son assassin. Avait-elle de la famille ? Les siens savaient-ils même qu'elle était morte ? Comment elle était morte ?

— Sait-on qui elle est… était ? demanda-t-il, regrettant aussitôt de n'avoir rien trouvé d'autre à dire.

Devait-il s'excuser ?

Ce fut Miriam qui répondit, tout bas.

— Elle portait un petit sac à main. Il y avait un message à l'intérieur, au nom de Lena Madden.

— Si je devais deviner, je dirais qu'elle avait vingt-huit ou vingt-neuf ans, ajouta Eve.

Daniel se demanda si elle avait été victime d'abus sexuels, mais ne savait comment aborder un sujet aussi consternant avec tact. Puisqu'on avait retrouvé son sac à main, le vol ne semblait pas avoir été le mobile de l'agression.

— Non, déclara Eve en plantant son regard droit dans le sien.

Il sentit le rouge lui monter aux joues.

— Vous vous demandiez si elle avait été violée, non ?

Il envisagea d'éluder la question, avant de se rendre compte que ce serait puéril – et vain. Miriam penserait qu'il se conduisait comme un enfant !

— Et elle n'a pas été dépouillée, se contenta-t-il de dire. À moins qu'elle n'ait possédé quelque chose de valeur dont nous ignorons l'existence ?

— Précisément, acquiesça Eve en terminant son sandwich d'une seule bouchée. Merci, dit-elle en mâchant. C'était très bon.

Elle prit une galette d'avoine et mordit dedans avec appétit, puis but une longue gorgée de cidre.

Daniel avait envie de rester. Non pour assister à l'autopsie de la jeune femme, mais pour passer un peu plus de temps avec Miriam. Il ne l'avait vue qu'une fois au cours de l'année écoulée, quand elle était rentrée brièvement en Angleterre, pendant la maladie de son père. Dès que Marcus s'était suffisamment rétabli, il avait insisté pour qu'elle retourne à ses cours en Hollande et, surtout, à la préparation de ses examens.

Daniel sentait qu'elle l'observait. Lui avait-il manqué aussi ? Ou était-ce juste une pointe d'impatience, attendait-elle de voir s'il comprenait qu'il les dérangeait ?

Il pivota légèrement sur son siège et la fixa. Elle saisit son mouvement et lui rendit son regard, ses yeux bleu nuit empreints de curiosité et d'une légère lueur qui, sûrement, équivalait à un sourire.

Il éprouva le besoin de dire quelque chose, et au minimum, quelque chose d'intelligent, à défaut de propos plus constructifs.

— A-t-il pu s'agir d'un accident ? demanda-t-il en jetant un coup d'œil indirect au cadavre.

— Non, répondit Miriam. Le seul point positif, c'est que la mort a dû être rapide. Un instant de terreur, de douleur, et puis… ç'a été fini.

Il se demanda si elle essayait de dissimuler ses sentiments pour le ménager.

— Le premier coup l'a tuée, ajouta-t-elle. Les suivants étaient une sorte de signature, ou la marque d'une haine si profonde que le tueur n'a pas pu se dominer.

— Comment le savez-vous ?

Il espéra qu'elle lui donnerait une réponse précise, et non des conjectures optimistes quant à la rapidité de la mort.

— La première blessure a beaucoup saigné. Elle a été fatale. Les autres ont été infligées après.

Il était perplexe.

— Pourquoi quelqu'un aurait-il fait ça ? Et pourquoi l'a-t-on tuée, d'ailleurs ? Elle n'a pas été violentée, et elle n'a pas été dépouillée – du moins, pas de son sac à main.

— C'est une bonne question, murmura Miriam avec une légère moue. Il n'y a pas de mobile qui saute aux yeux. L'assassin lui vouait-il une haine personnelle ? Voulait-il se venger ? Détenait-elle des informations assez compromettantes à son sujet pour qu'il doive la réduire au silence ? Ou bien a-t-elle été victime d'une rivale ?

Daniel secoua la tête.

— Tant de raisons possibles, dit-il, songeur.

— C'est à la police de le découvrir, pas à nous, conclut Eve en terminant son cidre.

Elle posa la bouteille sur la table et enveloppa Daniel d'un regard inquisiteur, comme si elle était sur le point d'ajouter quelque chose et qu'elle cherchait comment le formuler.

Il observa Miriam. Elle semblait avoir un peu maigri. La connaissant, il était sûr qu'elle avait travaillé très dur pour obtenir les meilleures notes possibles à ses examens. Il savait combien elle avait souffert de ne pas avoir de qualification en dépit des connaissances qu'elle avait acquises après des années d'études. Les gens la traitaient avec condescendance, comme si elle était une jeune écervelée qui s'imaginait être sur un pied d'égalité avec les hommes, être au même niveau intellectuel. Elle avait trente-neuf ans quand elle avait entrepris ses études en Hollande, et par conséquent plus de quarante maintenant. Lui allait en avoir vingt-sept. Pour elle, il n'était qu'un enfant. Pourtant, il ne se considérait pas du tout ainsi.

— N'est-ce pas votre travail que de l'aider, si vous le pouvez ? demanda-t-il. La police, je veux dire.

Eve laissa échapper un rire rauque.

— Si elle nous demande notre avis, ce qui arrive rarement.

Elle regarda Miriam.

— Vous ne le savez pas encore, mais c'est la deuxième.

Le dernier morceau de sandwich tomba des mains de Miriam et atterrit sur la feuille de papier qui lui servait d'assiette.

— Que dites-vous ?

Le visage d'Eve était impassible, presque dépourvu d'ombres sous la lumière dure.

— Je dis que c'est la deuxième comme ceci.

Elle ne se tourna pas vers le corps étendu sous le drap, mais ils savaient tous les deux ce qu'elle voulait dire.

— Comment ça… comme ceci ? demanda Daniel.

— Pour autant que je m'en souvienne, exactement pareille, répondit Eve en rencontrant son regard. La première victime a été apportée voilà six jours.

Miriam se figea.

— Vous ne m'en avez pas parlé ! protesta-t-elle, comme si nier le lien pouvait d'une manière ou d'une autre le démentir.

— Ma chère, vous veniez d'arriver ! Je vous en parle maintenant. La première s'appelait Sandrine Bernard. Ses blessures étaient en tous points identiques. Je ne suis pas encore certaine que la lame utilisée ait été similaire, mais je crois que oui. Cette femme semble avoir été poignardée à l'aide d'un couteau incurvé, très aiguisé. Les deux ont été frappées plus d'une fois, mais le premier coup a été fatal. Malgré tout, l'assassin a continué, apparemment dans le seul but de donner libre cours à une émotion. Un acharnement absurde. C'est comme…

Elle marqua une brève pause.

— Soit c'était une signature cruelle et délibérée, soit il avait perdu tout contrôle de lui-même.

Un moment de silence s'écoula avant que Miriam ne reprenne la parole.

— De gauche à droite ? De droite à gauche ?

Elle se pencha légèrement par-dessus la table.

— Je veux dire, est-ce un droitier qui a attaqué de face ?

— De gauche à droite, les deux, répondit Eve.

— Donc…

Miriam esquissa un arc de la main, de la gauche vers la droite.

— Cela s'est passé comme cela : un droitier debout face à elle, ou un gaucher debout derrière elle.

— Sans doute, acquiesça Eve.

— Par conséquent, c'était quelqu'un dont elle n'avait pas peur, observa Daniel.

— Exactement. Si l'agresseur était face à elle.

— Et l'attaque a-t-elle été perpétrée de face, ou de dos ? Pouvez-vous le dire ?

— Pas avec certitude, admit Eve. Cela soulève des questions intéressantes. De plus, il pleuvait à seaux le soir où la première victime a été retrouvée.

Instinctivement, Daniel jeta un coup d'œil à la porte par laquelle il était entré. La pluie de l'après-midi n'avait pas été aussi violente, ç'avait plutôt été une bruine.

— Pas ici, lui fit remarquer Eve. À l'endroit où elle a été retrouvée, la pauvre ! Nous avons eu des averses ici, mais des pluies torrentielles plus à l'est.

— Cela a-t-il de l'importance ?

— Je ne sais pas, avoua Eve avec un petit haussement d'épaules. C'était peut-être une simple coïncidence. Si on sort par ce temps, que porte-t-on ? Que voit-on ? Qui d'autre est dehors ? Et que portent ces gens ?

Daniel réfléchit un instant.

— Un imperméable. Le plus long possible. Le col remonté. Un chapeau à large bord…

— … pour se protéger autant que possible, conclut Eve. De la pluie… ou des regards de quiconque pourrait vous reconnaître.

— Un déguisement, dit Miriam lentement, comme si la lumière se faisait dans son esprit. Derrière un chapeau à large bord ou même un suroît, si on en possède un. Peut-être une grosse écharpe ou un parapluie. On ressemble à tout le monde et personne ne vous soupçonne de rien, hormis de vouloir rester au sec.

Elle dévisagea Eve.

— Pensez-vous que ç'ait été intentionnel ou seulement un effet du hasard ?

— Je ne sais pas. La première victime, Sandrine Bernard, a reçu quatre coups. Elle a été tuée entre sept heures du soir et minuit, juste à l'écart de Chalk Farm Road, à moins de huit cents mètres de la gare de chemin de fer.

— Qui était-ce ? s'enquit Miriam. Que savons-nous à son sujet ?

Eve se mordit la lèvre avec regret.

— Elle avait vingt-huit ans. Jolie, brune, mince. À moitié française, apparemment. Elle était venue de Paris rendre visite à ses grands-parents. Elle était là depuis un mois. Les descriptions d'elle varient. D'après certains, elle était intelligente, franche, elle avait l'esprit indépendant. Pour d'autres, elle était obstinée, parlait trop librement – et accordait trop librement ses faveurs à des messieurs de réputation douteuse.

— Elle paraissait plutôt sympathique, commenta

Daniel avec une grimace de douleur. La pauvre fille. Même si elle était un peu trop généreuse dans ses affections, elle ne méritait pas de mourir ainsi !

Eve le regarda avec intérêt, puis reprit, avec un sourire triste, presque amer.

— La seconde victime a été trouvée dans College Road, à quelques rues de là, plus près de la gare.

Une expression fugace de colère et de tristesse traversa ses traits. Daniel se tourna vers elle.

— Des témoignages ? J'imagine que tout le monde se dépêchait, et se contentait de regarder droit devant, en évitant de marcher dans les flaques.

— Rien d'utile, confirma Eve. Tout le monde avançait tête baissée, en effet. Les gens n'apparaissaient que comme des silhouettes encapuchonnées dans la pénombre. Et sous la pluie battante, personne n'y voyait rien !

Daniel sentit une sorte de désespoir l'envahir. Tout semblait si affligeant, et pourtant si logique. Des formes courbées en deux, emmitouflées, trempées, ne regardant que dans la direction où elles allaient, sans rien voir. En apparence, la rue était comme d'habitude. Seulement, ce soir-là, l'une des ombres qui se hâtaient était armée d'un couteau. Et avait tué avec. Laissant derrière elle un cadavre, et du sang en partie emporté par la pluie. La mort, le sang… et la peur.

— Choisit-il ses victimes ? Tue-t-il des femmes qu'il connaît ? demanda-t-il. Ou s'en prend-il à n'importe qui ? Cela vaut-il la peine de chercher un lien ?

— Je ne sais pas, répondit Eve honnêtement. Nous ne pouvons taire le meurtre de cette malheureuse. Mais quand les journaux se seront emparés de l'affaire, ce qui ne manquera pas d'arriver, certains vont s'affoler. Et comment leur en vouloir ?

— Je suppose que le tueur est un homme, et non une femme qui tue d'autres femmes ? insista-t-il.

— C'est possible, déclara Eve sur un ton sombre. Peu

probable. Les femmes sont plus enclines à tuer un mari ou un amant. Elles ne traquent pas des gens dans la rue. Et elles ont plus volontiers recours au poison qu'à l'arme blanche. Cela dit, il y a toujours une première fois…

Daniel garda le silence, mais sentit qu'on ne lui disait pas tout. Son regard alla de Miriam à Eve, avant de retourner à Miriam, espérant déchiffrer quelque chose de révélateur sur son visage.

— Miriam ? dit-il enfin.

Elle pinça des lèvres, comme pour refouler une réponse.

Daniel se tourna vers le Dr Eve qui l'observait, les yeux étrécis.

— C'est le doigt, expliqua-t-elle.

Voyant que Daniel était perplexe, elle s'avança vers la table et écarta un peu le drap qui recouvrait la victime, désignant la main. Daniel se pencha davantage. Là où s'était autrefois trouvé un index ne restait plus qu'un moignon ensanglanté.

— Les deux femmes ont été amputées d'une partie d'un index, reprit-elle. Et non, ce n'est pas une coïncidence. Les doigts ont été tranchés au moment du crime.

Daniel pivota vers Miriam.

— Pourquoi auriez-vous préféré que je ne sache pas cela ?

L'expression déterminée de son visage ne s'adoucit pas.

— Il y a des détails qui ne doivent pas être connus du public. Si la presse apprend ceci, l'affaire fera sensation.

— Et vous pensez que je divulguerais cette information ? demanda-t-il, un défi dans la voix.

— Nous ne pouvons courir ce risque, intervint Eve. Que le public l'apprenne, et ce serait la panique.

Daniel hocha la tête. Il ne pouvait contredire ce point.

— Vous avez ma parole.

Le Dr Eve inclina abruptement la tête, puis adressa un petit sourire à Miriam.

— Nous pouvons poursuivre à présent.

Daniel lut un profond soulagement sur les traits de celle-ci.

Pendant que les deux femmes travaillaient, Daniel les regarda tour à tour. Deux femmes, très seules. Si l'auteur de ces crimes était un dément, qui était en sécurité ? Il n'avait guère envie lui-même de s'aventurer seul dans la nuit.

Il se tourna vers Miriam.

— Puis-je vous raccompagner ?

— Nous n'avons pas tout à fait terminé, objecta-t-elle.

— Faites ce qu'on vous dit, grogna Eve sur un ton sec. Allez-y ! Je vais dormir ici. Il y a une chambre au premier étage.

— Je peux attendre, proposa Daniel.

Eve lui lança un regard dur, et pourtant empreint d'une étrange douceur.

— Vous ferez ce qu'on vous dit aussi ! Ramenez-la chez elle.

Daniel ne protesta pas. Eve resterait assez longtemps pour mettre de l'ordre et classer leurs notes. Il savait que Miriam avait le sentiment qu'elle ne devrait pas partir avant que tout soit terminé – quelle que fût l'heure –, mais ce qu'elle désirait lui était indifférent à cet instant. Seule comptait sa sécurité.

Il se leva.

— Venez, dit-il.

C'était presque un ordre. Miriam le regarda calmement, sans ciller, puis sourit.

— Merci.

Marchant côte à côte, ils sortirent de la morgue et suivirent le trottoir obscur en direction du carrefour avec la rue principale, plus éclairée. Au bout de quelques minutes, ils trouvèrent une voiture à cheval. Ils enjambèrent les flaques d'eau et grimpèrent à l'intérieur tandis que la pluie redoublait de violence.

Il réprima l'envie de dire à Miriam combien il était content de la revoir : cela semblait déplacé maintenant. En réalité, il était plus que content, mais il n'était pas prêt à lui avouer cela non plus. L'horreur et la tragédie qui avaient amené ces cadavres à la morgue rendaient les politesses d'usage plus qu'absurdes ; celles-ci auraient ressemblé à une échappatoire, un déni de ce qu'il avait vu. Et il n'osait pas se pencher et prendre sa main dans la sienne. Ce geste serait peut-être mal compris.

Ils s'arrêtèrent devant la maison des fford Croft, où Daniel escorta Miriam jusqu'à la porte. Lorsqu'elle fut à l'abri à l'intérieur, il retourna au taxi et indiqua au cocher l'adresse de sa pension. La voiture repartit sous la pluie battante, tandis que Daniel continuait à songer à la morte… et à son index manquant.

3

De retour à la maison depuis quelques jours à peine, Miriam n'avait pas tardé à prendre son poste, avec un mélange d'excitation et d'appréhension. Le travail en lui-même était familier, et elle était amplement qualifiée, mais il s'accompagnait de lourdes responsabilités.

Elle referma la porte d'entrée et traversa le vestibule. La porte du salon était entrebâillée, et un faisceau de lumière jaune se dessinait sur les lames du parquet. Elle sourit, s'approcha et poussa le battant.

— Bonsoir, Père. Avez-vous passé une bonne journée ?

Dès le seuil franchi, elle fut enveloppée d'une chaleur agréable, légèrement parfumée. Elle reconnut l'arôme des branches de pommier.

Tout d'abord, Miriam avait cru qu'elle regretterait la compagnie de ses camarades et les conversations passionnantes qu'ils avaient à propos des cours. Au lieu de quoi, elle découvrait que, après avoir passé une journée entière avec de vraies victimes – des morts récents, des gens que, la veille encore, elle aurait pu croiser ou même à qui elle aurait pu parler –, la dernière chose qu'elle avait envie de faire était de revivre ces moments-là.

La senteur de pommier offrait un contraste bienvenu à l'odeur de soude et de désinfectant qui régnait à la morgue. Et bien sûr, à celle de la fumée des cigares d'Eve, dont l'air ambiant était imprégné.

Marcus fford Croft la dévisageait avec attention.

— Eh bien ? dit-il, s'efforçant de cacher son inquiétude. Tu as l'air fatiguée.

— Merci, répondit-elle avec une pointe de réticence.

Il avait parlé par gentillesse, mais sa remarque n'était guère flatteuse.

Il arqua les sourcils.

— D'humeur susceptible ?

Elle tenta de sourire.

— Pardon. C'est différent quand il s'agit d'un cas réel, et non d'un ancien qu'on ressort pour servir d'exemple.

Un pli d'anxiété se forma sur le visage de son père et elle sut qu'elle avait commis une erreur. Elle n'aurait pas dû lui dire la vérité, mais il était trop tard pour faire marche arrière.

Il avait toujours été là, depuis ses premiers souvenirs jusqu'au moment où elle était partie pour Amsterdam. Si elle avait pu lui taire certaines choses – du moins l'avait-elle cru –, il y en avait d'autres que, malgré tous ses efforts, elle était incapable de cacher. Et il lisait en elle à livre ouvert, même s'il ne le disait pas.

Miriam se força à sourire.

— C'est la réalité, Père, et c'est en cela que consiste mon travail. Il ne s'agit pas d'exercice, mais de vrais meurtres, et de vraies victimes sur la table. Ce qui serait tragique, ce serait que cela me laisse froide – alors ce serait le moment de changer de métier.

Il hocha lentement la tête, un sourire très doux sur les lèvres.

— Je suis fier de toi, murmura-t-il, les yeux brillants, la voix un peu rauque. As-tu vu Daniel ?

Soudain, elle se sentit embarrassée.

— Il est venu au laboratoire aujourd'hui, dit-elle avec un sourire, en rougissant un peu. C'était bien de le voir, même autour de sandwichs sur une table destinée à des cadavres.

— Mais cela t'a fait plaisir ?

Il sembla à Miriam que c'était une supposition autant qu'une question. Elle savait ce qu'il voulait qu'elle dise.

— Oui, bien sûr.

Et c'était la vérité.

Il parut réfléchir un instant, prit une profonde inspiration et exhala son souffle sans rien dire. Puis il se pencha et mit une nouvelle bûche dans l'âtre.

C'était quelque chose qu'elle aborderait un jour ; ce silence pesant ne pouvait durer indéfiniment entre eux. Son père avait subi une crise cardiaque grave quelques mois plus tôt. Un de ses plus grands soucis désormais était que sa fille unique soit en mesure de gagner sa vie, quoi qu'il arrive. En réalité, elle avait toujours été en mesure de faire cela. Cependant, ce n'était pas tout. Il voulait être sûr que quelqu'un prendrait soin d'elle de la manière qui comptait ; quelqu'un qui croyait en ses compétences, en la valeur de son travail, non seulement aux yeux des autres, mais surtout de Miriam elle-même. Il voulait qu'elle soit avec quelqu'un qui la voie telle qu'elle était, qui reconnaisse ses échecs comme ses succès, qui comprenne combien elle avait du mal à composer avec la mort, à assumer la responsabilité de la peur ou du chagrin d'autrui. Il voulait que quelqu'un l'aime. Ce qui signifiait aussi tempérer son ardeur de temps à autre, quoique avec douceur.

Miriam savait tout cela, mais n'était pas encore prête à y faire face.

Elle devait parler d'autre chose, rompre le silence afin de ne pas donner l'impression évidente d'esquiver le sujet.

— C'est tout à fait différent quand on a affaire à un cas actuel, reprit-elle en se ramenant fermement dans le laboratoire. Je crois savoir certaines choses, je vois les éléments que nous avons devant nous, mais le Dr Eve en tire toujours plus de conclusions ; elle perçoit des sens plus profonds. Je doute qu'elle ait jamais dit quoi que ce soit d'ennuyeux dans sa vie.

— Voudrais-tu lui ressembler ? demanda-t-il avec une légère moue, comme s'il n'était pas certain de vouloir entendre sa réponse.

Cependant, il avait posé la question. L'éluder serait une sorte de mensonge, et il n'y en avait jamais eu entre eux. Des malentendus, sans doute, mais pas des mensonges délibérés.

Le silence n'avait déjà que trop duré. À chaque seconde qui s'égrenait, la réponse devenait plus importante. On n'entendait aucun son dans la pièce, hormis le chuintement des flammes. Son père tendit la main vers une bûche. Le silence régnait au-dehors. La pluie avait dû cesser.

— Oui et non, dit-elle enfin. J'aimerais être aussi consciencieuse, ce qui ne tient qu'à moi. Aussi courageuse. Je ne l'ai jamais vue reculer devant rien. Et aussi travailleuse. Là encore, cela ne tient qu'à moi.

Elle observait son père. Il écoutait, mais elle ne pouvait déchiffrer ses émotions.

— Quant à savoir si j'ai la capacité d'être aussi brillante, je l'ignore, poursuivit-elle. En tout cas, je vais certainement essayer.

Elle eut un petit sourire de regret. Elle savait que ce qu'elle s'apprêtait à dire était la partie de sa réponse qu'il attendait.

— Cela dit, je ne crois pas aspirer à être aussi excentrique. Soit je le deviendrai parce que je ne pourrai pas m'en empêcher, soit non, parce que je ne suis tout simplement pas aussi originale qu'elle. Faire des choses excentriques dans le seul but d'attirer l'attention est absurde, et plutôt affligeant. Le Dr Eve est l'honnêteté même. J'aimerais lui ressembler en cela aussi, mais je ne sais pas ce que cela signifiera… pas encore.

Elle fixa sur lui un regard calme, et un sourire innocent.

Elle savait quelle question il lui poserait, s'il l'osait. Avait-elle l'intention de poursuivre sa carrière à l'exclusion de tout le reste ? Se marierait-elle si elle recevait une proposition acceptable ? Elle avait plus de quarante ans. Quelles chances y avait-il pour que cela se produise ? Elle ne pouvait envisager qu'un mariage d'amour, avec un homme qui l'aimerait telle qu'elle était. Une femme qui avait une carrière et une passion, et un cerveau qui devait être utilisé au maximum de ses capacités, dans la quête incessante du savoir et de la justice.

Une pensée s'engouffra dans son esprit : peut-être ne se marierait-elle pas.

Par conséquent, la réponse à la question de son père était probablement négative. Qui pourrait-elle aimer hormis, peut-être, Daniel Pitt ? Il lui était impossible de l'imaginer. Elle bannit cette pensée, la refoula, se ridiculisa même pour l'avoir laissée s'imposer à elle.

— Je ne sais même pas ce que demain va apporter, dit-elle à voix haute. Posez-moi la question de nouveau dans un an. Maintenant, que voudriez-vous pour dîner ?

Il accepta son rejet de la conversation. Peut-être le sujet était-il plus douloureux, plus sensible, que l'un et l'autre ne l'avaient supposé.

— Je crois qu'il y a du ragoût de mouton et des navets, répondit-il. La cuisinière a mentionné quelque chose de ce genre. Avec du romarin du jardin. Il donne toujours ce petit goût supplémentaire.

Miriam sourit.

— Excellent. C'est justement ce dont j'avais envie.

Cela, au moins, était la vérité.

Horriblement tôt, avant même la première distribution du courrier, on toqua à la porte du bureau de Daniel.

— Entrez, dit-il, supposant que c'était Impney.

Qui d'autre pouvait venir à cette heure-ci ?

Le clerc apparut, avec l'air de s'excuser.

— Il y a un inspecteur de police ici, monsieur. Il affirme vous connaître. En fait, il affirme être un ami de longue date. Il s'appelle Ian Frobisher. Dois-je le faire entrer, monsieur ? Et voudriez-vous du thé ?

Daniel fut d'abord stupéfait, puis se rendit compte qu'il n'aurait pas dû l'être. Près d'un an s'était écoulé depuis la dernière fois qu'il avait vu Ian, mais il le connaissait depuis aussi loin que remontaient ses souvenirs.

— Oui. Merci, Impney, ce serait parfait.

— Certainement, monsieur.

Il se retira.

Un instant plus tard, Ian Frobisher franchissait le seuil.

Daniel et lui approchaient de la trentaine maintenant. Cependant, en dehors du fait que leur silhouette s'était étoffée, leur apparence n'avait guère changé ces dernières années. Ian dépassait Daniel de deux centimètres, et était toujours plutôt mince. Ses cheveux blonds retombaient sur son front, comme autrefois.

— Excuse-moi, dit-il en s'avançant. Je suis désolé de t'avoir envoyé Wolford, ajouta-t-il, l'air contrit, mais tu es sans doute le seul avocat compétent qui ait la patience de travailler avec lui. Il a de sérieux ennuis.

Il fronça les sourcils.

— Il n'y est vraiment pas allé de main morte avec ce type, Tolliver. Il lui a cassé le nez. Et plusieurs dents. Au moins, le nez va se remettre… sans doute.

— Par chance, l'enjeu n'est pas de sauver la réputation d'une jolie femme ni de poursuivre un voleur doublé d'un lâche.

Si Ian choisissait d'aborder l'affaire sur un ton léger, voire désinvolte, Daniel ferait de même. Il savait préférable de permettre à son ami de donner le ton. Un an tout juste s'était écoulé depuis que son épouse était morte, lui laissant une petite fille et un immense chagrin. Il était inutile d'y faire allusion ; ils pouvaient l'un et l'autre tenir pour acquis que Daniel se souciait du bien-être de son ami. Cela n'avait pas besoin d'être exprimé par des mots. Daniel se soucierait toujours de Ian, et ce dernier n'irait jamais bien.

Ian s'assit en face de lui, de l'autre côté du bureau.

— Il est coupable, bien entendu, déclara-t-il en croisant les jambes d'un geste un peu gauche. Au fond, il s'agit de sauver ce qui peut l'être. Le mieux serait d'obtenir de cet imbécile qu'il présente ses excuses, et d'éviter un procès. Avec les meilleures intentions du monde, il ne pourra se maîtriser très longtemps. Un mot de travers et il explosera comme un fichu volcan. Tu en auras pour une semaine à recoller les morceaux.

— Il n'est pas coupable de plagiat, même sans en avoir eu l'intention, je suppose ?

— Seigneur, non ! se récria Ian, abasourdi. Il n'est pas accusé de cela. Ils ont cité les mêmes sources, si bien que, naturellement ils ont usé des mêmes termes et l'éditeur a été un peu négligent, voilà tout. Une heure de travail aurait suffi à n'importe quel chercheur compétent pour comprendre que c'était une erreur, et pas celle de Wolford.

— Dans ce cas, pourquoi l'avoir mentionné ?

— Une rivalité académique, je suppose. Un jeune auteur qui essaie d'attirer l'attention sur lui. Qui cherche un peu de publicité, peut-être ?

— Et Wolford, comme un idiot, l'a agressé.

— Ce n'est pas tout à fait aussi simple que ça, mais c'en est proche.

— Dis-moi franchement, quelle est la gravité de ces blessures ? Qui a frappé le premier ?

— Tout dépend de qui on écoute. Il semblerait que Tolliver ait insulté Wolford. De l'avis général, il l'a accusé d'être un menteur, un plagiaire et un écrivaillon sans envergure.

Daniel fit une grimace.

— Il voulait le provoquer, j'imagine ?

— On le dirait, acquiesça Ian. Et puis il a pris son élan comme pour le frapper, mais il l'a manqué et de très loin. En fait, je crois qu'il a perdu l'équilibre.

— Et il est tombé sur le poing tendu de Wolford ? ironisa Daniel, sans réussir à dissimuler son sourire.

— Tu auras du mal à convaincre quiconque de cela, commenta Ian avec un rire. Peut-être que tu pourrais dire que Wolford a trébuché et basculé en avant au même moment ? Le poing tendu. Franchement, je pense qu'il vaudrait mieux être honnête et répéter les insultes de Tolliver. Avec un peu de chance, ce dernier acceptera des excuses et ne se rendra pas plus ridicule que nécessaire.

On toqua à la porte et Impney entra, chargé d'un plateau. Dessus, il avait disposé une théière en argent et deux tasses en porcelaine sur des soucoupes assorties.

Daniel le remercia par quelques mots appropriés. Impney s'inclina et se retira discrètement.

— Je suis dûment impressionné, observa Ian. Ça ne ressemble pas au thé cuit du commissariat, servi dans une vieille tasse en émail !

— Non, inspecteur, répondit Daniel, usant du titre de son ami.

Pour le taquiner, mais aussi en signe de respect professionnel.

— D'autres suggestions quant à la manière dont je devrais mener cette affaire ?

— Pas dans l'immédiat, répondit Ian pendant que Daniel servait le thé. Mais je suis toujours à ta disposition en cas de besoin.

— Wolford m'a fait l'impression d'être… difficile, non ?

Ian haussa les épaules.

— Désolé, répéta-t-il, reportant son attention sur le plateau. Ce sont des biscuits au gingembre ?

— Bien sûr, confirma Daniel avec un sourire. Sers-toi.

Miriam arriva au laboratoire à huit heures et demie. Elle s'était attendue à y être avant Eve, mais son mentor était déjà en blouse blanche, debout en train de se laver les mains dans l'évier comme si elle venait de terminer un travail.

— Bonjour, dit Eve gravement.

— Avez-vous passé toute la nuit ici ? demanda Miriam en guise de réponse.

— Non.

Eve lui rendit son regard.

— J'ai passé le plus clair de la nuit à dormir. Maintenant, avez-vous apporté de quoi manger ? Si ce n'est pas le cas, ne prenez pas la peine de retirer votre manteau. Rendez-vous utile et allez chercher du café digne de ce nom et deux sandwichs au bacon.

Miriam savait qu'il n'aurait servi à rien de discuter.

La file d'attente était longue au restaurant, et elle dut faire la queue avant d'être servie. Comme il n'y avait pas d'urgence en cours, elle préférait patienter, même si elle savait que le garçon au comptoir aurait été prêt à lui donner la priorité. Elle avait pris son petit déjeuner à la maison, mais les sandwichs au bacon sentaient si bon qu'elle s'en acheta un aussi.

En dépit du ciel couvert, le vent était sec et dépourvu de mordant. En fait, il était assez tiède pour le mois de février, souvent le plus rigoureux de tous.

Se sentant pleine d'énergie, elle marcha d'un pas vif, si bien que le café et les sandwichs étaient encore chauds lorsqu'elle rentra à la morgue.

Eve l'accueillit d'un signe de tête et d'un brusque et charmant sourire.

— Vous vous y habituerez, promit-elle.

Miriam se demanda à quoi au juste elle faisait allusion.

— À vous occuper de cas réels, reprit-elle, comme si Miriam avait exprimé ses pensées à voix haute. Sans que personne regarde par-dessus votre épaule pour vérifier que vous travaillez correctement. Il n'y a personne ici pour rectifier vos erreurs. Par conséquent... vous n'en commettez pas. C'est solitaire, n'est-ce pas ?

— Vous vérifierez mon travail, répondit Miriam, une pointe d'incertitude dans la voix malgré tout.

— Parfois, admit Eve en souriant toujours. Mais vous ne saurez pas quand ni si je vais le faire. Vous ne devez donc pas compter sur moi. Le but de vos études était justement d'assurer que vous ne commettiez pas d'erreur. Sauf que, bien sûr, cela arrivera ! Pendant quelque temps.

Il n'y avait aucune réponse possible à cette remarque, aussi Miriam se contenta-t-elle de manger son sandwich. C'était un de ses en-cas préférés. Il lui avait manqué pendant son séjour à Amsterdam, malgré les mets délicieux qu'elle avait découverts là-bas. Il était familier, réconfortant, et vous laissait rassasié, satisfait.

— Que pensez-vous de notre éventreur ? s'enquit Eve soudain.

Miriam fut prise par surprise.

— Vous êtes sûre qu'il s'agit du même individu ?

— En doutez-vous ? Et ne me répétez pas mes propres paroles, ajouta Eve sèchement sans lui donner le temps de répondre. Parlez franchement. Je ne cherche pas à vous mettre à l'épreuve ; je veux connaître votre opinion, bon sang.

Miriam était stupéfaite. Eve voulait connaître son avis ! Un bref regard lui suffit pour se rendre compte que cette dernière était soucieuse. Aucune lueur ne pétillait dans ses yeux, en tout cas, aucune étincelle d'humour.

— Les blessures ont été causées par un couteau à lame crantée, dit-elle, songeuse. Les entailles étaient profondes et les coups, sans doute portés de face – du moins pour ce qui est du premier. Le coupable mesurait probablement entre un mètre soixante-dix et un mètre quatre-vingts, il devait être droitier, et assez fort. Cependant, tout ceci est approximatif, et assez peu utile. Cela ne me dit pas qui chercher. Il y a cinq cent mille personnes à Londres qui pourraient correspondre à cette description. C'est presque certainement un homme, mais pas forcément. Il pourrait s'agir d'une femme.

Eve acquiesça lentement.

— Quoi d'autre ?

Miriam détourna les yeux. Elle ne voulait pas dire ce qu'elle voyait.

Eve la dévisageait.

— Continuez, enfin ! Ce n'est pas le moment de faire la dégoûtée !

— Au moins, elle est morte rapidement, la pauvre…

Elle s'interrompit et prit une profonde inspiration.

— Les deux victimes étaient d'un âge similaire : entre vingt et trente ans. En revanche, l'une était brune et l'autre blonde. Toutes les deux étaient minces, de taille moyenne. L'agresseur les connaissait peut-être. Peut-être pas.

— Et le doigt ?

— Oh… oui.

Miriam avait évité ce point ; la mutilation avait un côté particulièrement personnel. Elle se surprit à serrer les poings comme pour se protéger.

— L'index gauche d'une des victimes a été sectionné. Sur l'autre femme, c'était le droit.

— Qu'est-ce que cela vous apprend ?

— Que le tueur a voulu emporter un souvenir ? La police n'a pas retrouvé les doigts. C'est… troublant. Nous avons affaire à un dément.

— Je suppose qu'il n'est pas inutile de citer l'évidence, admit Eve avec réticence. Au moins, c'est une manière de la garder à l'esprit. Mais pourquoi ?

— Pourquoi quoi ?

— Pourquoi un index, enfin ? insista Eve. Pourquoi pas un pouce ou un auriculaire ? Un annulaire ?

— Je ne sais pas ! Peut-être parce que…

Elle marqua une pause – elle savait qu'Eve allait dire « Eh bien ! Découvrez pourquoi ! » – avant de poursuivre.

— Nous le signalerons aux policiers quand ils viendront nous voir. Ils auront peut-être une idée, mais j'en doute. La seule chose que nous pouvons affirmer, c'est que le doigt a été coupé après la mort. La pauvre fille ne s'est pas défendue. Elle n'en a pas eu la possibilité.

— En effet, confirma Eve d'une voix étonnamment rauque.

Miriam savait que, même après toutes ces années, certaines morts touchaient profondément Evelyn Hall, et qu'alors apparaissait, ne fût-ce qu'un instant, une pitié qu'elle ne pouvait dissimuler, en dépit de ses vastes connaissances, de son professionnalisme, de son sens du devoir et de la somme de son expérience.

Peut-être Miriam ne pourrait-elle jamais tout à fait dominer ses émotions non plus. Elle voulait y parvenir – elle avait besoin d'y parvenir – et pourtant elle savait aussi que leur profession ne pourrait jamais n'être qu'un métier, qu'on ne pouvait jamais vraiment s'habituer au deuil.

Miriam fixa la morte, incapable de chasser de son esprit les questions qui la taraudaient. Pourquoi le tueur avait-il pris le temps de retirer les gants de la victime et de sectionner un doigt ? Cela ne signifiait-il pas qu'il avait encouru un risque plus grand d'être arrêté ? Avait-il emporté le doigt sectionné ? Ou l'avait-il simplement laissé sur place ? La pluie l'avait-elle entraîné dans le caniveau, avait-il fini par tomber dans les égouts, pour être rongé par les rats ?

Là encore, pourquoi ? S'il ne s'agissait pas d'un souvenir, était-ce un message ? Si oui, à qui était-il destiné ? Et pourquoi la main droite d'une victime et la main gauche de l'autre ? C'était seulement l'ébauche d'une réflexion. Il n'y avait guère d'éléments, mais elle éprouvait le besoin d'examiner les corps de nouveau. En les étudiant de près, pourrait-elle déterminer à partir de la musculature des bras laquelle des deux mains était la dominante ? Et si le tueur avait mutilé la main dominante, cela signifiait-il qu'il connaissait bien ses victimes ? Sinon, comment aurait-il pu le savoir ?

Miriam songea aux gens qu'elle connaissait. Pour la moitié d'entre eux sans doute, elle ignorait complètement s'ils étaient gauchers ou droitiers.

La matinée touchait à sa fin quand Ian Frobisher arriva à la morgue. Lors de sa dernière visite, le Dr Eve l'avait reçu seule, Miriam n'étant pas encore rentrée d'Amsterdam. Maintenant, une semaine plus tard, elle avait une nouvelle assistante, et un nouveau cadavre.

— Inspecteur Frobisher, lança-t-elle en le détaillant de la tête aux pieds.

Il paraissait très grave. Et las, bien que la journée fût à peine entamée.

— Docteur Hall, répondit-il d'un ton familier, amical.

Peut-être l'empathie venait-elle rapidement lorsqu'on travaillait sur une telle affaire. Les deux mortes n'avaient qu'un ou deux ans de plus que lui.

Miriam l'observait. Il avait environ vingt-sept ans, comme Daniel. Savait-il déjà que ces femmes avaient été victimes du même tueur ?

Eve s'acquitta des présentations.

— Inspecteur, voici le Dr fford Croft. Elle vient d'obtenir son diplôme, mais elle est très douée. Je l'ai formée moi-même… du moins, durant sa dernière année. Il faut beaucoup plus longtemps que cela pour devenir médecin légiste.

Miriam sourit au policier. En revanche, elle ne lui tendit pas sa main gantée, encore dégoulinante de désinfectant.

— Enchantée, inspecteur Frobisher.

— Tout le plaisir est pour moi, docteur fford Croft, répondit-il avec un sourire tranquille, chaleureux.

Il n'avait ni le comportement ni la manière de parler d'un policier ordinaire. Il était trop jeune pour occuper un tel rang et trop détendu. Son accent était très similaire à celui de Daniel. Avait-il lui aussi étudié à Cambridge ? Si oui, que faisait-il dans la police ? Avait-il étudié le droit et abandonné ses études pour une raison quelconque ? Quoi qu'il en fût, cela ne la regardait en rien.

— J'ai des informations pour vous, annonça Eve à mi-voix.

Le policier resta silencieux et attendit, le visage impassible.

Eve se tourna vers Miriam, comme pour indiquer que son assistante était prête à livrer les informations en question.

— Inspecteur, commença Miriam. Le Dr Hall et moi estimons que ces femmes ont été tuées par la même personne.

Frobisher fit un pas en avant et considéra le cadavre avant de relever les yeux vers elle.

— Vous en êtes… sûres ?

— Oui, confirma Eve. Nous avons peut-être un dément sur les bras. Probablement un homme, je pense. Ou une femme très forte, mais j'en doute. Je ne sais pas si cela vous est utile. L'arme utilisée était une longue lame crantée, de forme inhabituelle. Incurvée à l'extrémité.

— Plus incurvée que la normale ?

Miriam se demanda pourquoi Eve n'avait pas mentionné le doigt, mais garda le silence.

— La plupart des lames ne sont incurvées que d'un côté, celui qui coupe, répondit Eve. Dans le cas présent, c'est le couteau tout entier qui était incurvé. Et manié avec une certaine habileté.

Elle mima un mouvement de coupe, rapide et brutal,

comme si elle vidait l'intérieur d'une énorme courgette… ou citrouille.

Frobisher cilla.

— Que pouvez-vous me dire de plus sur cet homme ?

Miriam ne voyait que peu d'espoir dans son regard, et éprouva un élan de pitié pour lui.

— Sa taille, mais c'est une estimation approximative. D'ailleurs, vous pouvez en juger par vous-même. En outre, il possédait une certaine force.

Elle se tut, mais inclina la tête et le fixa, comme si elle avait autre chose à ajouter.

Il dut s'en rendre compte, car il insista :

— Et ?

— Il a été plus violent cette fois-ci. Causé plus de dégâts avec le couteau.

Frobisher exhala lentement son souffle.

— Et le doigt ?

— Ah, oui ! Le doigt.

Eve secoua un peu la tête.

— C'est là que ça devient intéressant.

Miriam saisit cette perche pour partager leurs idées avec le jeune policier. Elles n'avaient pas déterminé si les femmes étaient droitières ou gauchères, mais il pourrait trouver leurs soupçons intéressants.

— Le Dr Hall et moi croyons que…

Eve secoua vivement la tête afin de lui intimer le silence.

— Quoi ? demanda Frobisher avec curiosité.

— Trop tôt, grommela le médecin entre ses dents.

Miriam recula d'un pas. Pourquoi Eve était-elle intervenue ? Elle lui poserait la question dès que le jeune homme aurait quitté la morgue.

— Ce que je peux vous dire, reprit Eve comme s'il n'y avait pas eu de pause, c'est que les doigts des deux femmes ont été tranchés proprement, et après la mort. Le cœur avait cessé de battre. Par conséquent, il y a eu très peu de saignements, contrairement à ce qui se serait passé si elles avaient été en vie.

— Ce geste n'était donc pas censé être un... châtiment, conclut-il. De quoi s'agissait-il, dans ce cas ? Voulait-il emporter un trophée ? Nous communiquer un message ? Si oui, nous ne savons pas l'interpréter.

— Il est possible que le doigt ait été entraîné dans le caniveau par la pluie, suggéra Eve en jetant un regard rapide à Miriam. N'allez pas chercher de raisonnement sensé, inspecteur.

Elle était très pâle maintenant, les lèvres cerclées de blanc.

— Pas sensé, docteur, mais je cherche bel et bien une raison. Beaucoup de déments ont leurs raisons, même si elles nous semblent absurdes.

Le Dr Eve ne répondit pas, ce qui ne lui ressemblait pas. Miriam le savait, même si le policier, lui, l'ignorait.

— Nous vous tiendrons au courant si nous découvrons autre chose, inspecteur, déclara-t-elle. Avons-nous le numéro de téléphone de votre commissariat ?

— Je crois que le Dr Hall l'a, en effet. Merci. Nous n'avons que très peu d'éléments pour l'instant. Les meurtres ont eu lieu non loin de Chalk Farm et de Kentish Town. Sandrine Bernard, la première victime, était française – elle résidait en France, à Paris –, mais elle a vécu ici pendant un certain temps. Elle était venue rendre visite à ses grands-parents. La seconde victime... nous ne savons pas encore grand-chose à son sujet.

Il jeta un coup d'œil rapide à la femme étendue sur la table.

— Elle s'appelle Lena Madden. Nous pensons qu'elle habitait dans le quartier, mais qu'elle n'avait pas de famille à Londres. Elle avait deux ans de plus que Miss Bernard, presque trente. Nous n'avons trouvé aucun lien entre elles jusqu'à présent.

Miriam attendit qu'Eve réponde. Comme cette dernière se taisait, elle reprit :

— Pensez-vous que ce soit un dément en quête d'une opportunité, visant des femmes qui paraissent vulnérables ?

Elle espérait que ce n'était pas le cas, car chacun était vulnérable, d'une manière ou d'une autre. Elle devait rester concentrée, professionnelle, réfléchir de façon rationnelle. Pourquoi, se demanda-t-elle, la raison semblait-elle rendre la situation moins effrayante ? Peut-être parce qu'elle vous donnait l'illusion réconfortante de pouvoir l'affronter ou, du moins, l'empêcher de se reproduire ?

— Je suis navré de vous dire que nous ne le savons pas encore, répondit Frobisher. Si vous remarquez autre chose, dites-le-nous, je vous en prie.

— Mais vous cherchez un lien entre les deux femmes ?

— Cela nous aiderait, oui. En dehors de leur âge et de leur ressemblance, qui sont évidents.

Elle hocha la tête.

L'inspecteur prit congé et Miriam se tourna vers Evelyn, toujours debout devant une des tables. Son visage était livide.

— Eve, vous allez bien ? demanda Miriam, envahie par l'anxiété.

— Oui, bien sûr ! répliqua le médecin vertement. Ce n'est qu'un mal à la tête. N'en faites pas une histoire !

Jamais, au cours des heures, des jours, des mois qu'elles avaient passés à travailler ensemble, Eve n'avait mentionné de mal de tête. Miriam aurait aimé être rassurée mais ne prit pas la peine d'insister : la tension dans la posture d'Eve, le défi qu'elle lisait dans ses yeux lui ordonnaient de garder le silence.

Elle pivota et retourna à la tâche qui l'avait occupée avant l'arrivée du policier.

4

— Je ne sais pas, admit Ian Frobisher.

C'était difficile à admettre, car plus d'une semaine s'était écoulée depuis qu'ils avaient été appelés dans Prince of Wales Road et qu'ils s'étaient penchés sur le chemin détrempé, entre les caniveaux qui débordaient, pour examiner le corps de Sandrine Bernard, la première victime. Et voilà que, deux jours plus tôt, un second corps avait été découvert, pareillement mutilé.

— Eh bien, vous feriez mieux d'avoir une idée, rétorqua son sergent.

Petit, trapu, les cheveux tirant sur l'auburn – ou, si on était moins flatteur, roux foncé –, Billy Bremner était à presque tous points de vue le parfait opposé de Ian. Lui était grand, mince et blond. De plus, sa voix, le choix de ses mots, son aisance à porter ses vêtements bien coupés, tout cela le différenciait de Bremner.

Bremner était originaire du nord-est industriel, région de mines et de construction navale. La côte y était sauvage, ponctuée de châteaux forts centenaires, dont certains étaient désormais à demi submergés par les grandes marées de la mer du Nord, leurs tours noires émergeant seules des flots. Le grand-père de Bremner avait été mineur, son père petit contremaître dans une des vastes aciéries qui fournissaient le métal aux chantiers navals. Billy avait conservé l'accent chantant du Nord et, parfois, son vocabulaire hautement imagé. Il avait eu une bourse d'études, dont il était à fois fier et honteux. Fier parce qu'il ne devait rien à personne, que sa place n'était due qu'à son mérite, et honteux parce que sa grand-mère ne savait pas même écrire son nom. En revanche, elle pouvait préparer un repas digne d'un roi, et ce, avec presque rien. Il l'avait décrite à Ian comme une femme simple, solide, d'apparence quelconque sauf pour ceux qui l'aimaient. Son sourire était gravé dans la mémoire de Bremner, bien qu'il parlât rarement d'elle.

Quant à son chef, Ian Frobisher, il venait des contrées clémentes du Sud, avait été éduqué à Cambridge. Il s'habillait et s'exprimait à la manière d'un gentleman. Ce n'était pas une affectation : cela faisait autant partie de son histoire que le Nord de celle de Bremner.

Ian rompit le silence.

— Nous avons suivi toutes les pistes imaginables, examiné les corps de nouveau et, pour autant que je le sache, nous n'avons toujours rien. Nous avons fouillé le logement qu'occupait Sandrine Bernard, feuilleté les quelques livres et lettres qui s'y trouvaient.

La déception se lisait sur ses traits.

— Nous avons interrogé la logeuse, qui ne nous a rien appris d'utile. D'après elle, Sandrine était charmante, jolie, très élégante, réglait son loyer sans faute et se montrait toujours polie. Elle était venue de Paris passer de longues vacances ici. Elle n'a pas eu de visiteurs, mais elle sortait assez souvent et a reçu plusieurs lettres.

Ils avaient examiné ses possessions, une des tâches qui répugnaient le plus à Ian. Cela lui semblait une intrusion affligeante dans la vie privée d'un être, même si c'était aussi un aspect nécessaire de leur travail.

Ils venaient également d'inspecter l'appartement loué par la seconde victime, Lena Madden, ils avaient fouillé ses affaires et questionné la plupart de ses amis.

Jusqu'alors, rien ne s'était révélé utile, ni n'offrait d'éventuelles pistes à suivre.

Les deux femmes étaient instruites. De fait, toutes les deux avaient étudié à Cambridge, à deux ans d'écart et dans des collèges différents. La police avait eu beau interroger toutes sortes d'employés de l'université, depuis les concierges jusqu'aux serviteurs, elle n'avait encore rien découvert qui suggérât qu'elles se connaissaient.

— Nous ne regardons pas cette affaire sous le bon angle, répliqua enfin Bremner. Même si le tueur est fou à lier, dans sa tête, il y a un point commun.

Il haussa les épaules.

— À moins, évidemment, qu'elles n'aient pas été tuées par le même fichu cinglé.

C'était exactement ce que Ian se disait, néanmoins cela le perturba de l'entendre. Il avait beau s'être préparé à cette éventualité, il se refusait à l'accepter.

— C'est vrai, admit-il à regret. Voilà une bien meilleure solution. Nous avons deux fous en liberté, et ils viennent d'apparaître ici, cet hiver. C'est ça ! On a ouvert tous les asiles et oublié de nous prévenir ! Peut-être que les gens ont pensé qu'on comprendrait tout seuls – tôt ou tard.

Il ponctua ce discours d'un sourire, pour en atténuer la morsure.

— Votre fameuse université vous a grillé le cerveau ? rétorqua Bremner. Et les imitateurs ?

— Comment pourrait-il s'agir d'un imitateur ? Les détails ne figuraient pas dans les journaux, fit remarquer Ian, raisonnable. Inutile d'avoir une licence pour savoir qu'il vaut mieux taire certaines informations. Et ne me dites pas que quelqu'un ici puisse être à l'origine d'une fuite. Il serait fichu à la porte.

— C'est ce que vous espérez ! commenta Bremner avec un sourire sombre. D'ailleurs, on ne vous laisserait pas faire.

— La menace du déshonneur suffirait à flanquer une peur bleue à ceux qui pourraient être tentés, riposta Ian.

Bremner répondit par un grand sourire, comme s'il résistait sagement à la tentation de répliquer.

— Un imitateur, répéta Ian. Je ne crois pas. Il y a des choses…

Il grimaça.

— Comme… ce qui a été fait à…

— La dernière phalange de l'index droit sectionnée, vous voulez dire.

Ian se figea.

— C'est ça ! s'écria-t-il avec un sursaut, d'une voix tout excitée. Vous venez de trouver ! Vous êtes brillant !

Il hésita et baissa la voix.

— Enfin, peut-être.

— Vous savez de quoi vous parlez ? demanda Bremner, l'air perplexe, mais une lueur d'espoir dans le regard. Parce que, si c'est le cas, dites-le-moi, je vous en prie.

— Non ! Bon sang, insista Ian. Vous ne voyez pas ? Pour Lena Madden, c'était l'index de la main gauche !

— Oh ! Ça lui était peut-être égal, une main ou l'autre, suggéra Bremner.

— Vous savez écrire ?

— Bien sûr que je sais écrire ! rétorqua Bremner vivement. Mieux que vous, en fait. Et je peux lire mon écriture. Contrairement à vous avec vos pattes de mouche. Vous n'arrivez même pas à vous relire.

— Parce que je suis pressé, répondit Ian, écartant la remarque d'un geste. Dites-moi, comment tenez-vous un stylographe ?

Il farfouilla dans sa poche, en sortit un crayon et le tendit à Bremner.

Celui-ci le prit et le tint entre le pouce et l'index, le calant de son annulaire.

— Comme tout le monde.

Ian arqua un sourcil.

— Même si vous êtes gaucher ?

Bremner fit passer le crayon dans son autre main. La compréhension se lut soudain sur ses traits.

— Vous voulez dire qu'elle était gauchère ? Qu'est-ce que ça signifie ? En quoi est-ce que ça peut nous aider ?

— Bien sûr que ça nous aide. Parmi tous les gens que vous connaissez, combien sont gauchers ?

Bremner secoua la tête.

— Je n'en suis pas sûr. Un ou... peut-être cinq ou six. Peut-être un sur vingt ? Pour être franc, je n'en ai aucune idée. Un certain nombre. Qu'est-ce que... oh !

Là encore, la lumière se fit dans son esprit.

— Exactement, dit Ian. Je ne sais pas non plus. Voilà justement ce qui est intéressant. Si Lena Madden était gauchère et Sandrine Bernard droitière, le tueur le savait.

Bremner le dévisagea sans pouvoir réprimer un frisson. Ses pensées se lisaient clairement sur son visage, mais il garda le silence.

— Si elles avaient été attaquées au hasard, parce qu'elles avaient été témoins d'un incident, par exemple, il n'aurait pas pu savoir si elles étaient gauchères ou droitières, reprit-il. Mais il le savait... et comment ? Parce qu'il les connaissait ! Il ne s'agissait pas d'une rencontre fortuite. Il les connaissait assez bien pour savoir avec quelle main elles écrivaient.

— Si c'est pour cette raison qu'il l'a fait...

— Vous avez une meilleure idée ?

— Non, admit Bremner. Donc, maintenant, il faut qu'on essaie de découvrir ce qu'elles avaient en commun. On a déjà essayé, sans grand succès.

— Ce qui signifie seulement qu'on n'a pas trouvé ce que c'était. Mais il y a forcément un lien.

— Dans leur passé ? Et voilà un autre problème, lui fit remarquer Bremner.

— Lequel ?

— Pourquoi maintenant ? S'il les connaît depuis un

certain temps, des années, peut-être, pourquoi les tuer maintenant ? Et les poignarder ? C'est brutal.

Il cilla, comme s'il revoyait dans son esprit les blessures des victimes.

— Il aurait pu s'arrêter après le premier coup fatal, mais il s'est acharné. Qu'est-ce qui lui a pris, tout d'un coup ? Qu'est-ce qui lui a fait perdre la tête ?

— Qui sait ? soupira Ian. Nous n'avons presque aucun élément. Et comme vous dites, les victimes ne semblent pas avoir de point commun, hormis qu'elles étaient plus ou moins du même âge et que ce sont deux femmes. L'une anglaise, l'autre française. Elles ont toutes les deux étudié à Cambridge, mais pas la même matière, et pas en même temps. Quelque chose doit les lier dans l'esprit du tueur, mais je n'arrive pas à voir quoi.

— Et ça va être la première chose que Petheridge va vous demander, lui fit remarquer Bremner, parlant de leur commissaire. Il doit y avoir quelque chose qu'elles savaient, qu'elles avaient vu ou entendu toutes les deux. Si ce n'était pas dans le passé, peut-être que ça concerne l'avenir ? Quelque chose qu'elles s'apprêtaient à faire ?

— Eh bien, elles ne peuvent plus le faire maintenant, commenta Ian avec amertume.

Après quelques secondes de silence, il reprit la parole.

— Et pourquoi sort-il sous la pluie battante ? Personne ne s'aventure dehors par ce temps, pas à moins d'y être obligé.

— Peut-être qu'il y est obligé, justement ? suggéra Bremner. Ce qui signifie que ses victimes y sont obligées aussi. Que c'est le seul moment où il peut les trouver seules.

— Dans ce cas, les choisit-il au hasard ?

Ian tournait et retournait toutes les possibilités dans sa tête.

— Des gens qui travaillent et doivent rentrer seuls

chez eux ? Des gens qui ne seraient pas seuls à n'importe quel autre moment de la journée ?

— Et qui doivent rentrer chez eux, qu'il pleuve ou pas.

Ian réfléchit, imaginant la scène : le froid, la pluie pénétrante qui vous transperce, vous picote les yeux, dégouline le long de votre nuque, sur votre visage. Il faut regarder où l'on met les pieds, sans quoi on marche dans une flaque ou dans un caniveau gorgé d'eau, et on a les chaussures trempées.

— Elles regardaient droit devant elles, dit-il à voix haute. Pas les gens alentour. Elles n'auront remarqué personne. On ne s'arrête pas pour bavarder, même avec des gens qu'on connaît bien. On se contente de lancer un salut et on continue son chemin. Voilà pourquoi nous ne pouvons pas trouver de témoin capable d'identifier qui que ce soit.

— Sans compter que tout le monde porte un chapeau pour se protéger de la pluie, et une écharpe remontée jusqu'aux yeux, renchérit Bremner. Bon sang, je déteste ce temps-là !

— Je pensais que vous y étiez habitué, vous qui venez des terres glacées du Nord, ironisa Ian.

Ce n'était pas vraiment une pique. Il savait que la campagne natale de Bremner lui manquait. Que ce dernier aimait les lourdes collines aux flancs balayés par le vent, le ciel à perte de vue, les villages pelotonnés contre la terre, les maisons épaule contre épaule. Des villages de mineurs où les hommes creusaient le charbon depuis des générations, où on affrontait ensemble épreuves et tragédies, où chaque famille connaissait ses voisins. La plupart de ces gens n'étaient jamais allés à la ville, n'auraient jamais imaginé y vivre. Et n'en avaient jamais éprouvé l'envie. Bremner le disait rarement, mais Ian savait qu'une partie de lui regrettait ces cieux dégagés, ces collines nues, exposées aux éléments, la beauté rude et familière de ces paysages. Il avait dit un jour que c'était comme si la carcasse de la terre se soulevait à la rencontre du ciel.

Le Sud d'où venait Ian était une contrée plus plate, plus clémente. Lui regrettait les champs et les bois, les pentes herbues, les fleurs sauvages de l'été. Malgré tout, il n'aurait pas voulu être policier à la campagne. Il voulait affronter le véritable ennemi, les crimes commis dans les grandes villes, par des êtres trop tassés les uns sur les autres, violents ou âpres au gain. En vérité, les seuls moments où il envisageait de changer de vie et de retourner à la campagne survenaient lorsqu'il pensait à Hannah, sa petite fille, qui vivait avec ses grands-parents, les parents de Ian. Elle avait déjà un an, c'était une enfant vive et gaie. Ian se demandait parfois si sa mère lui manquait, et puis se rappelait que Mary était morte en lui donnant la vie, si bien que les deux personnes qu'il aimait le plus au monde n'avaient jamais eu la possibilité de se rencontrer.

Refoulant ces pensées, il reporta son attention sur Bremner.

— Eh bien, ces victimes sont-elles choisies au hasard ou non ?

Bremner travaillait avec Ian depuis assez longtemps pour savoir que son supérieur réfléchissait tout haut, et ne s'attendait pas vraiment à une réponse.

— Et la pluie est-elle un catalyseur ? Ou bien attend-il simplement qu'elle tombe pour frapper plus aisément ?

Bremner était assis les coudes sur les genoux. Il leva les yeux vers Ian et eut un frisson involontaire.

La porte s'ouvrit et un agent passa la tête dans l'entrebâillement.

— Le commissaire Petheridge veut vous voir, dit-il à Ian. Il a l'air… il a l'air d'un rat qui vient d'écoper d'un coup de pied malencontreux, monsieur.

— Bien, répondit Ian à regret.

Il s'était attendu à cette convocation. Il avait espéré que Bremner et lui auraient une idée de piste à suivre, mais il avait l'esprit las et vide. Néanmoins, il devait obéir. Petheridge allait exiger un rapport, et il était dans son droit.

Petheridge leva les yeux à son entrée. Il faisait bon dans le bureau, où quelques boulets de charbon achevaient de se consumer dans l'âtre. Si on n'en remettait pas bientôt, le feu allait mourir. Pour Ian, cela symbolisait toute l'affaire.

Petheridge désigna d'une main élégante la chaise placée en face de lui.

— Asseyez-vous.

C'était mauvais signe. S'il estimait que Ian resterait assez longtemps pour devoir s'asseoir, il avait à l'évidence beaucoup de choses à dire.

— Oui, monsieur.

Les pieds de la chaise s'enlisèrent dans la trame du tapis, et Ian dut la soulever pour l'éloigner du bureau.

Petheridge le regarda calmement, son visage lisse presque dénué d'expression. C'était un homme au teint très pâle, aux yeux bleu clair et aux cheveux blonds, presque blancs. Il possédait une bouche délicate, un nez plutôt long. Doté d'une élégance naturelle, il portait souvent du gris, jamais du noir, et ses complets toujours bien coupés tombaient en plis souples et gracieux. Il avait considéré sa promotion comme un dû, et la méritait, mais maintenant, il ne cachait pas son impatience face au volume de paperasses que son poste lui imposait. On le devinait à la manière agacée dont il repoussait les dossiers sur son bureau. Ian partageait son sentiment.

— Vous êtes censé être le cerveau de l'équipe, Frobisher, commença Petheridge à voix basse.

Il haussait rarement le ton, même quand les circonstances l'auraient justifié.

— Dieu sait que vous avez suffisamment planché sur cette affaire. Chaque fois que je vous vois, vous êtes penché sur des rapports. Et maintenant, nous avons un second meurtre ! Qu'avez-vous ? Savez-vous la moindre chose sur ce… cet « Éventreur des jours de pluie », hormis l'évidence ? Si vous me débitez encore une évidence digne du premier idiot venu, je vous renvoie patrouiller dans les rues. Et ne me dites pas que ça ne vous gênerait pas. Votre famille n'a pas dépensé une fortune en frais d'études dans les meilleures écoles du pays pour que vous deveniez un simple agent !

C'était la vérité, et Ian ne pouvait se permettre de riposter sur le même ton. Il ignora les insultes ; elles n'exprimaient que son propre sentiment d'échec. En un sens, il les comprenait : il avait été privilégié et en avait conscience. Cependant, avoir à se justifier lui pesait. Il se reprochait de ne pas être à la hauteur de la tâche.

— Oui, monsieur, répéta-t-il. Je le crois. C'est-à-dire, j'en ai appris davantage. Les deux victimes ont subi une mutilation similaire : chacune a eu une partie de l'index sectionnée.

— Je le sais ! répliqua Petheridge sèchement. Ne me dites pas que cela vous avait échappé !

— Non, monsieur. Mais je viens de comprendre ce que cela pourrait signifier.

Il poursuivit, ignorant l'expression de son supérieur.

— Pour une des victimes, c'est l'index droit qui a été coupé, mais pour l'autre, c'est le gauche.

— Et vous venez de vous en apercevoir ? répéta Petheridge, incrédule et presque narquois.

— Je ne sais pas s'il est possible à un médecin légiste de déterminer si un mort était droitier ou gaucher, mais si oui, cela confirmera ma théorie.

Un intérêt soudain surgit sur le visage de Petheridge.

— Je crois que le tueur a coupé l'index pour que la victime ne puisse plus jamais s'en servir. Plus jamais écrire, par exemple. Ou plus jamais jouer d'un instrument de musique, ni pointer quelqu'un du doigt.

— Ne lui est-il pas venu à l'esprit que le meurtre aurait cet effet-là, et que la mutilation n'était pas nécessaire ?

La voix de Petheridge était devenue douce, contrôlée avec soin, comme s'il avait entrevu une lueur d'espoir à laquelle il n'osait encore vraiment croire.

— Si, monsieur. Mais cet homme haïssait ces femmes. C'est un symbole, monsieur. Une manière de signifier que c'était leur péché qui a provoqué sa rage.

Il se pencha en avant, de quelques centimètres.

— Ce que je veux dire, monsieur, c'est qu'il les connaissait.

Petheridge leva la main, pointant sur Ian un doigt que les deux hommes fixèrent. Son index droit. Manifestement, il était droitier.

Le commissaire prit une lente inspiration et exhala son souffle.

— Bien. Oui, c'est logique. Il les connaissait toutes les deux. Par conséquent, découvrez ce qu'elles avaient en commun. Ce qui a déclenché la rage du tueur. Pourquoi frappe-t-il sous la pluie ? Nous devons trouver ce misérable et l'arrêter avant qu'il ne tue de nouveau. Que comptez-vous faire à présent ?

— Essayer de trouver le fil qui relie ces individus, monsieur. Des millions de gens se servent de leur doigt pour un usage spécifique. Qu'y a-t-il de différent à propos de ces deux femmes ? Quant à la pluie ? Je n'en suis pas sûr, mais je crois qu'il sait où trouver ses victimes. Je vais m'intéresser à leur cercle d'amis, leurs relations d'affaires et bien entendu, leur passé. Voir où leurs chemins se sont croisés et ce qu'elles ont encore en commun, si tant est qu'il y ait quelque chose.

Petheridge l'avait écouté avec attention, hochant la tête.

— Au moins, nous savons maintenant, si vous avez raison à propos des doigts, qu'elles ont bel et bien un point commun. Plus que la malchance d'avoir attiré l'attention du même dément.

— Oui, monsieur.

— Eh bien, mettez-vous au travail, Frobisher !

Ian se leva, se tint au garde-à-vous un instant, et puis quitta la pièce.

Ian et Bremner se rendirent au *chippy* du quartier et s'offrirent une portion de *fish and chips* bien chaude, servie selon la tradition dans un cornet de papier journal.

— Il y a des jours où je me dis qu'ils ne sont bons qu'à ça, commenta Bremner, les sourcils froncés, en désignant le journal. À envelopper des *fish and chips*.

— Ou à rouler en boule pour allumer le feu, renchérit Ian alors qu'ils ressortaient dans la rue. On dirait que la pluie a cessé. Comment dites-vous, déjà ? Quand février ne remplit pas les fossés, petites sont les sources ? Il faut que je retourne voir les médecins légistes. Nous devons établir si les victimes étaient gauchères ou droitières. Si cela ne correspond pas à la mutilation, nous serons dans une impasse.

Bremner attrapa une frite et mordit dedans avec précaution.

— C'est une chose que vous savez bien faire, ici dans le Sud ; ce *chippy* est vraiment bon, ajouta-t-il en désignant l'établissement qu'ils venaient de quitter.

Ian songea que, en dépit de leurs différences, Bremner et lui formaient une bonne équipe ; la plupart du temps, ils se complétaient, que cela leur plût ou non.

— Eh bien, retournons à la morgue, reprit le sergent entre deux bouchées. Dès que j'aurai fini mon déjeuner…

Ian leva les yeux et sourit.

À l'entrée de la morgue, ils s'arrêtèrent. Ian jeta un coup d'œil vers Bremner, remarquant son regard calme, sa mâchoire résolue. Il savait que son subordonné avait peur, non de ce qui les attendait en ce lieu, mais de ce qui resterait à jamais gravé dans sa mémoire, et dans son imagination. Bremner feignait d'être un gars du Nord endurci et pragmatique, mais les légendes du passé, les héros des mythes et du folklore étaient aussi réels pour lui qu'ils l'avaient été pour ses grands-parents, juste hors d'atteinte, et à deux pas de la mémoire : une poésie silencieuse dans le sang.

Ils échangèrent un regard, après quoi Ian ouvrit la porte et entra, suivi de près par le sergent.

L'endroit était immuable, toujours nu, d'une propreté agressive, comme si rien ne vivait là, pas même les insectes ou les germes. Il sentait Bremner sur ses talons, si proche qu'il entrerait en collision avec lui s'il s'arrêtait brusquement.

Un homme en blouse blanche vint à leur rencontre. Ils se présentèrent, mais ce n'était pas nécessaire. L'employé les connaissait, et réciproquement.

— Merci, Joe.

Ian prit une profonde inspiration et pénétra dans la salle crûment éclairée, aux murs garnis de vitrines remplies de flacons et de bocaux. Plusieurs tables en acier occupaient les lieux, on entendait le murmure d'un filet d'eau. Il lui semblait être entré dans un monument dédié à la mort, comme si le sang était lavé, emporté, et avec lui le souvenir de la vie.

Le Dr Evelyn Hall se tenait debout devant une des tables. Miriam fford Croft était là aussi, les deux femmes vêtues de blouses blanches qui dissimulaient et protégeaient leurs vêtements.

Ian remarqua la couleur flamboyante de l'épaisse chevelure bouclée de la plus jeune femme, retenue sous un filet de manière à empêcher la moindre mèche de la gêner.

Le Dr Hall s'adressa à lui sur un ton brusque.

— Eh bien, ne restez pas planté là, jeune homme ! Que voulez-vous ?

— La femme tuée sous la pluie… commença-t-il.

— Ah oui, l'Éventreur des jours de pluie, répondit-elle avec répugnance. Que voulez-vous savoir ? Oui, elles ont toutes les deux été tuées par le même individu. Non, je ne peux rien vous dire de plus que je ne l'ai déjà fait. Je dis « le même » parce qu'il est peu probable que ces meurtres aient été commis par une femme, même si ce n'est pas impossible. Je vous ai déjà dit sa taille – environ un mètre soixante-quinze, à quelques centimètres près – que j'estime d'après la profondeur, l'angle et la force des coups. Et les endroits où les victimes ont été frappées, selon leur taille…

— Est-il droitier ou gaucher ? coupa Ian.

— Droitier, répondit-elle. Ce qui ne vous aide guère. La plupart des gens sont droitiers. Certains sont ambidextres. Il pourrait en faire partie, mais jusqu'à présent rien ne le suggère. Ce n'est pas très utile.

— Et les victimes ?

— Je vous demande pardon ?

Elle avait arqué les sourcils légèrement, comme si la question était suspecte.

— Les victimes, répéta-t-il. Étaient-elles gauchères ou droitières ? Pouvez-vous le déterminer ?

Elle saisit aussitôt.

— Ah ! La mutilation. Vous pensez qu'elle a un sens ? Un index gauche, et un droit ?

Il fut surpris qu'elle eût compris si vite où il voulait en venir.

— Oui.

— Et cela vous aidera de savoir si elles étaient gauchères ou droitières. Elles ont sans doute des amis, des parents, des relations qui le sauraient avec certitude. Quelle activité exerçaient-elles ? Ne le savez-vous pas ?

— Nous savons seulement qu'elles n'avaient pas

d'amis communs, répondit-il. Du moins, nous n'en avons pas trouvé. Nous n'avons pas posé la question de savoir si elles étaient gauchères ou droitières. Cela ne nous était pas venu à l'esprit.

— Quelle importance cela a-t-il ? demanda-t-elle, sans chercher à cacher son intérêt. Savez-vous ce que signifie la mutilation ? Vous avez une idée !

Elle n'avait pas besoin d'expliquer qu'elle avait lu la réponse sur son visage.

— Oui, admit-il. Ce qui est important, ce n'est pas le travail qu'elles faisaient. C'est que le tueur savait que l'une était gauchère et l'autre droitière. Ce qui veut dire qu'il les connaissait personnellement, et assez bien pour l'avoir remarqué. Je ne sais pas quelle est la main dominante de gens que je connais depuis des années, et vous ?

— Ah ! lâcha-t-elle avec un soupir de satisfaction. Il les connaissait assez bien pour le savoir. Comment remarque-t-on ce genre de chose, en général ? Parce qu'on voit de quelle main les gens écrivent, peignent ou cousent. L'écriture est l'explication la plus évidente. C'est une activité que l'on pratique en public, en quelque sorte.

— Oui. Je n'avais pas songé à la peinture, avoua Ian. Cela dit, ni l'une ni l'autre n'était peintre, pour autant que nous le sachions. Mais il les connaissait, j'en suis certain.

— Y a-t-il autre chose qui les lie ?

Cette fois, c'était Miriam fford Croft qui avait posé la question.

— Des centres d'intérêt ? Leur occupation ? Je présume que vous vous êtes renseigné ?

— Oui, et nous n'avons rien trouvé, répondit Ian en s'adressant à elles deux. Elles n'étaient pas voisines. Sandrine Bernard venait à Londres assez souvent et parlait très bien l'anglais. Lena Madden était originaire du Gloucestershire.

Le Dr Hall réfléchit un instant.

— Mais toutes les deux ont été tuées à Londres. J'imagine que vous savez où elles habitaient ? Et que vous avez parlé à leurs voisins, forcément.

— Elles résidaient près de Chalk Farm, non loin de Kentish Town. Au nord-est d'ici, précisa-t-il.

— Je sais où se trouve Kentish Town, rétorqua-t-elle sur un ton sec.

— Avez-vous un lien éventuel à suggérer ? Nous avons tout envisagé, interrogé les voisins, les commerçants du quartier. Les gens connaissaient Lena, mais n'ont pas pu nous aider. Ils ne connaissaient pas Sandrine, ce qui se comprend : elle était en visite. Soit le tueur l'attendait et son arrivée a déclenché la série de crimes, soit c'est une simple coïncidence.

Là encore, le Dr Hall parut songeuse.

— Je sens qu'il doit y avoir un lien ; mais je ne vois pas lequel.

Miriam reprit la parole.

— Un hobby ? Il peut rapprocher les gens les plus différents qui soient, seulement parce qu'ils sont passionnés par un certain sujet ; ils trouvent là un succès qu'ils n'ont nulle part ailleurs. Peut-être toutes les deux collectionnaient-elles des pièces romaines ou des papillons, ou assistaient-elles à des concerts de Beethoven ? Les gens en arrivent parfois à se jalouser énormément. De telles rivalités peuvent paraître insignifiantes, mais si votre hobby est une source de fierté – ce à quoi vous consacrez tout votre temps, une occupation à laquelle vous excellez –, dans ce cas, votre foi en vous-même risque d'être ébranlée. C'est peut-être absurdement trivial aux yeux de quelqu'un d'autre. Mais pour vous, c'est votre identité…

Elle se tut soudain, comme s'ils l'avaient critiquée.

Le Dr Hall pivota vers Ian pour voir s'il comprenait.

— Vous devez vous glisser dans son univers, acheva Miriam d'une voix gênée.

Ian la comprit. Peut-être avait-il cherché ce qui avait un sens pour lui, plutôt que d'explorer les pensées du tueur. S'il se servait de ses propres valeurs comme d'un repère, il n'arriverait à rien.

La jeune femme aux cheveux éclatants avait entrouvert une porte dans son esprit et lui avait fait entrevoir un monde étriqué, solitaire, où les perspectives changeaient, où les choses revêtaient des formes différentes. Des raisons s'ébauchaient là où aucune n'avait existé jusqu'alors. Et puis elles s'envolaient en fumée, obscurcissant d'autres perceptions, laissant une confusion ténébreuse où plus rien n'était reconnaissable.

Était-ce à cela que ressemblait la folie ? Ou bien la raison n'était-elle qu'une illusion soufflée par l'esprit humain, par son besoin de former des modèles, de discerner des causes et des effets, de se cramponner à l'illusion du contrôle, parce que c'était le seul moyen d'éviter les suppositions dérangeantes ? Il songea à la religion, au nombre de gens qui bâtissent leur vie sur la croyance qu'une action donnée garantit une récompense donnée.

— Merci, dit-il aux deux femmes. J'apprécie que vous m'ayez consacré un peu de votre temps. Si vous découvrez autre chose, je vous en prie, tenez-moi informé.

Il sourit, pivota et s'en alla, Bremner juste derrière lui.

— Je suppose que vous savez de quoi vous parlez ? demanda le sergent lorsqu'ils furent dans la rue bruyante, animée par la circulation et les vivants.

— Je le crois.

— Tant mieux. Parce qu'une des deux, Hall, me fiche une sacrée frousse. Pourquoi quiconque, sans parler d'une femme, choisit-il de disséquer des cadavres ? Et cet endroit… il empeste la mort… et la fumée de cigare.

Il regarda Ian.

— C'est possible ?

Ian secoua la tête. Il n'en avait pas la moindre idée.

5

Miriam fford Croft observa avec intérêt les deux jeunes policiers qui sortaient du laboratoire. De retour depuis moins d'une semaine, elle découvrait la réalité du travail sur des enquêtes en cours. Chaque détail avait de l'importance, ç'avait toujours été le cas. Mais une affaire où les cadavres étaient récents, où elle étudiait des êtres humains qui avaient succombé à une mort violente, qui étaient encore en vie quelques heures plus tôt, était bien différente de la théorie.

Avant l'obtention de son diplôme, elle avait été habituée à une approche académique, sachant que le but principal des examens était d'évaluer l'étendue de ses connaissances, la précision de sa technique, sa compétence. À l'université, c'était elle qu'on mettait à l'épreuve, qu'on jugeait. Et elle avait réussi brillamment. Au fil de ses études, elle avait appris une foule de choses. Une des leçons les plus importantes avait été que les émotions, que ce fût le chagrin, l'humour ou la pitié, n'avaient aucun rôle à jouer dans un compte rendu d'autopsie.

Cela lui semblait être un grand tort. Comment ne pas ressentir de chagrin en songeant à la douleur, à la terreur de la victime désormais étendue sur la table devant elle, ne fût-ce qu'un instant ? Elle avait pensé qu'elle n'aurait aucune difficulté à rester détachée, qu'elle était suffisamment formée pour s'en tenir aux faits. Et c'était le cas.

Mais elle avait dû aussi reconnaître qu'il n'y avait pas de mal à éprouver de la pitié. Que, en fait, quiconque n'en éprouvait pas n'avait pas sa place dans cette profession.

Si une pitié calme, silencieuse, était acceptable, la peur, en revanche, ne l'était pas – ni la peur, ni le jugement, ni la colère – et l'ambition encore moins. Son rôle consistait à relayer les déductions obtenues à partir des analyses scientifiques les plus rigoureuses, en se concentrant fermement sur le sujet, sans accorder de place à la conjecture ni à la supposition.

Le sujet ici n'était pas ses sentiments, mais la mort tragique de deux femmes qui avaient été des êtres humains, animés de passions et de buts, de rires et de peines. Miriam n'avait pas d'importance : personne ne l'observait pour s'assurer qu'elle travaillait bien, avec rapidité et précision. Ce qui importait, c'était qu'elle apprenne tout ce que les corps pouvaient révéler de la tragédie, du crime brutal qui avait mis fin à la vie de ces femmes. Qu'elle s'efforce de déterminer comment c'était arrivé, où, et de quelle manière. Elle devait accomplir tout cela en se servant de son intelligence, en se basant sur les connaissances acquises au cours de ses études, et rassembler des faits qui pouvaient être présentés sous serment au tribunal. Il ne devait y avoir aucune ambiguïté et, surtout, aucune erreur.

Miriam avait travaillé dur pour être reconnue dans un domaine qui, en Angleterre, était réservé aux hommes. Evelyn Hall s'y était fait une place, mais seulement parce que ses collègues n'avaient pas vu en elle une rivale sérieuse, et que certains avaient même considéré sa présence parmi eux comme une nouveauté amusante. Elle avait prouvé son talent avant qu'ils n'aient pu s'intéresser de plus près à qui elle était. C'était sa foi en l'intelligence de Miriam, sa patience et son influence qui avaient valu à cette dernière de pouvoir étudier en Hollande, et d'obtenir ses qualifications. La réalisation de ses rêves professionnels, son statut de docteur, elle devait tout cela à Eve Hall. Elle n'avait pas le droit à l'échec.

Debout en face d'elle, Eve paraissait exténuée. Jamais elle ne cédait à la fatigue, mais au cours des années bien remplies qui venaient de s'écouler, Miriam en était venue à la connaître trop bien pour ne pas identifier les signes. Sa lassitude n'était pas due à une surcharge de travail, lequel était surtout routinier et consistait à confirmer la cause du décès quand la plupart des faits étaient connus. Eve était affectée par l'affaire en cours, qui pesait sur tout Londres. Même les jeunes policiers qui venaient de s'en aller étaient bouleversés par elle. Tous sentaient une violence irraisonnée, et la colère tapie derrière, qui semblait gagner en intensité.

Miriam posa la question qui la taraudait le plus. Et qui, devinait-elle, tourmentait Eve tout autant.

— Pensez-vous qu'une seule personne soit responsable des deux meurtres, bien qu'on n'ait trouvé aucun lien entre elles ?

Eve haussa les sourcils.

— Peut-être allons-nous découvrir toute une série de tueurs ? Des émules de Jack l'Éventreur, qui frappent encore et encore ?

Miriam était accoutumée à ce qu'Eve ne mâche pas ses mots, et rarement blessée par ses ripostes. De fait, elle répliquait souvent sur le même ton.

— Dans ce cas, si c'est une seule et même personne, il doit y avoir un lien. Nous ne l'avons pas encore découvert, voilà tout.

Eve posa sur elle un regard interrogateur, arquant de nouveau un sourcil.

— Des idées sur le plan médico-légal ?

— Non, pas encore, admit Miriam. Je ne sais même pas où chercher au juste. Mais s'il n'y a qu'un seul tueur, la violence doit être provoquée par un point commun. Ces femmes ont été tuées dans des lieux différents, à différentes heures de la journée, mais les deux fois à la nuit tombée et sous la pluie.

— Cela se comprend aisément. Il ne veut pas se faire attraper ! Dans le noir et sous une pluie diluvienne, tout le monde est emmitouflé jusqu'aux yeux. Dans ces conditions, on reconnaîtrait à peine sa propre mère.

— A-t-il tué ces femmes en sachant qui elles étaient ? S'il ne les connaissait pas et qu'il les ait choisies au hasard, lui fit remarquer Miriam, peu lui importait de savoir qui allait mourir !

Eve secoua la tête, les lèvres pincées. Elle tendit la main vers un de ses cigares que Miriam jugeait abominables, coupa l'extrémité et l'alluma. Elle prit une inspiration, puis exhala une fumée à l'odeur âcre.

— Sottises, asséna-t-elle avec véhémence. Bien sûr que l'assassin est le même. Que pouvons-nous déduire de ces victimes ? Nous ne leur avons rien trouvé de commun. À quoi n'avons-nous pas pensé ? S'agit-il de religion ? De politique ? D'une société quelconque qui poursuit un but illicite, ou du moins, un but qu'elle veut garder secret ?

Une expression de dégoût traversa ses traits.

— Une aberration sexuelle ? Espérons que non !

— En apparence, il n'y avait rien de sexuel dans les meurtres.

Eve resta immobile.

— C'est un très petit réconfort. Mais la haine est bien là, la passion, la violence.

Elle planta son regard dans celui de Miriam.

— Et elle augmente. Petit à petit. La deuxième victime a subi des blessures plus profondes, plus larges. Après examen, je dirais qu'elles étaient moins contrôlées. Il y a moins d'entailles et plus de lacérations. Il s'habitue. Il n'hésite plus.

Une fois de plus, Miriam formula la question à laquelle elles songeaient toutes les deux.

— Il n'en a pas terminé, n'est-ce pas ?

Au fond, ce n'était pas une question.

— Non, confirma Eve, je crains que non. Mais je n'ai aucune idée du genre de victime qui va suivre. S'il continue dans la même veine, ce sera sans doute une autre jeune femme.

Elles demeurèrent un moment silencieuses, perdues dans leurs pensées.

— Nous savons une chose concernant ces deux victimes, dit enfin Eve. Et si nos conclusions sont justes, cette mutilation a un sens. Elle n'est ni accidentelle, ni le fruit d'un hasard. Il connaît ces femmes. À mon avis, il les punit pour un acte qu'elles ont commis.

— Si nous réexaminions leurs mains ? suggéra Miriam. Le doigt dominant a disparu, mais les autres recèlent peut-être des indices. Des cals, des taches, que sais-je ? Et d'où vient cette rage ? ajouta-t-elle, réfléchissant à voix haute. Que lui ont fait ces femmes ? Ou que croit-il qu'elles lui aient fait ? L'ont-elles ridiculisé ? Ont-elles détruit ou volé quelque chose, l'ont-elles privé de quelque chose qui était immensément important à ses yeux ?

Eve acquiesça.

— C'est possible. Regardons les corps de nouveau.

Miriam déglutit avec difficulté, comme si elle avait un objet coincé en travers de la gorge.

— Oui. Rien d'autre ne nous attend. Enfin, rien d'urgent.

La tâche était profondément déplaisante. Les cadavres étaient conservés en chambre froide : ils ne pouvaient être enterrés tant que les meurtres n'auraient pas été résolus.

Le premier qu'elles inspectèrent fut celui de Sandrine Bernard. Il fut apporté sur une civière roulante et déposé sur la table d'autopsie.

Eve alluma un cigare encore plus odorant que le

précédent. Elle abaissa le drap et promena un regard sur le corps, son visage de scientifique ne trahissant presque aucune émotion.

Malgré tout, Miriam devinait ce qu'elle ressentait. Elle avait vu cette expression de nombreuses fois par le passé. Et la rigidité de la posture d'Eve, ses épaules ramassées, tendues, suggéraient qu'elle se préparait à subir une immense pression. En un sens, c'était le cas. Le métier de médecin légiste s'accompagnait d'une lourde responsabilité, et Miriam savait qu'Eve en avait une conscience aiguë.

Cependant, il y avait autre chose dans la réaction d'Eve, dont Miriam avait déjà été témoin aussi : une profonde douleur, émanant peut-être d'un souvenir. Un jour, peut-être, Miriam en connaîtrait l'origine. Peut-être que non.

Elle baissa les yeux sur le corps de Sandrine Bernard. La chair fripée, grisâtre, lui rappela l'étal d'un boucher. Le visage de la femme était dénué d'expression, elle avait les yeux fermés. Il était aisé de savoir qu'elle était morte. Il n'y avait personne dans cette coquille vide.

Miriam regarda le cadavre de plus près. Les marques causées par les lacérations ne portaient aucune trace de sang, et la peau ne ressemblait plus à de la chair. La femme paraissait plus petite que la taille indiquée sur sa carte, un mètre soixante-deux.

De part et d'autre de la table, Miriam et Eve fixaient l'entité inerte qui avait autrefois été une jeune femme vivante. Sandrine Bernard.

Miriam souleva la main mutilée du cadavre et l'examina. Le doigt avait été tranché à hauteur de la deuxième phalange.

Miriam était presque certaine que la jeune femme s'était vidée de son sang très vite, en quelques minutes. En dehors de la blessure qui l'avait tuée, et des lacérations post mortem, il n'y avait pas d'autres marques de violence. Pas de blessure notable, pas de fractures, pas de traces d'opération.

En revanche, Sandrine Bernard avait sur la jambe une cicatrice d'apparence récente qui résultait sans doute d'une chute, et une seconde, quasi invisible, au-dessus du sourcil gauche. Elle avait des cors sur les petits orteils de chaque pied. Miriam éprouva une bouffée de compassion pour elle, ne connaissant que trop bien l'inconfort des chaussures à la mode, toujours un soupçon trop étroites. C'était d'ailleurs la raison pour laquelle elle avait cessé d'en porter. Aucune femme ne pouvait avoir l'air chic lorsqu'elle grimaçait de douleur à chaque pas.

L'espace d'un instant, ce fut comme si elle avait été à la place de cette femme. Des larmes lui picotèrent les yeux, qu'elle refoula avec irritation. Elle n'était pas là pour pleurer la victime, mais pour découvrir ce qui était arrivé, et qui lui avait infligé ce sort.

Levant la tête, elle se rendit compte qu'Eve l'observait. Elle lui adressa un petit sourire crispé et se pencha de nouveau sur son travail.

Combien d'autres corps avaient-elles examinés ? Miriam savait qu'il y avait des limites à ce qu'on pouvait apprendre dans les livres, les diagnostics, les organes préservés dans des bocaux. Il fallait être confronté à un cadavre qui, quelques heures plus tôt à peine, avait appartenu à un être vivant, voir comment tout s'imbriquait pour constituer un être humain qui respirait, dont le cœur battait, qui éprouvait des émotions, qui avait des idées, qui était aimé. Le travail de Miriam consistait à rester détachée… et à réfléchir.

Eve lui avait enseigné cela et avait dû parfois montrer une grande patience pour l'aider à dépasser le stade de l'empathie. Malgré tout, il y avait eu, de temps à autre, des moments où elle avait vu la fureur et la pitié submerger Eve, l'avait vue se replier sur elle, sur son imagination. Ou ses souvenirs ?

Il avait fallu plusieurs mois de collaboration entre elles avant le départ de Miriam pour la Hollande pour qu'elle comprenne que la mort de jeunes femmes affectait son mentor plus que toutes les autres. L'instinct avait soufflé à Miriam de ne pas lui demander pourquoi, et même de ne pas lui montrer qu'elle l'avait remarqué.

La voix d'Eve interrompit ses réflexions.

— Je ne vois rien de plus que la dernière fois.

Avec l'aide de Joe, elles remirent Sandrine Bernard dans la chambre froide et sortirent le second corps, celui de Lena Madden, qu'on avait retrouvé tout juste quelques jours plus tôt.

Miriam fut soudain assaillie par un sentiment cuisant de défaite, comme si elles auraient dû prévenir cette mort. La légère expression de surprise avait quitté le visage de la victime. Le cadavre étendu sur la table, blanc et sans âme, ne contenait plus que le souvenir de la personne qu'elle avait été. Cependant, même sur ce corps lavé et couvert d'un drap blanc impersonnel, la sauvagerie des coups frappa Eve et Miriam dès qu'elles commencèrent à le réexaminer.

— Que leur reprochait-il ? murmura Eve. Les plaies sont similaires, et la mutilation de l'index aussi. Comment se servait-elle de cette main ?

Elle tourna la main droite et l'examina avec plus d'attention. Le deuxième doigt accusait une très légère marque.

— Un stylographe ? demanda-t-elle à Miriam. Tenait-elle un stylographe entre ses deux doigts ? Ou un pinceau ?

— Nous n'avons trouvé aucune trace de peinture sur leurs vêtements. Si elles étaient artistes toutes les deux, une d'elles au moins aurait dû avoir une tache quelque part ? Et si elles utilisaient des peintures à l'huile, un soupçon de térébenthine ? Ou même l'odeur ?

— Peut-être dessinaient-elles au fusain, ou au crayon.

Ou à la sépia. Et pour l'aquarelle, on n'a besoin ni d'huile ni de térébenthine. Si elle portait une blouse, il serait normal qu'elle n'ait pas de taches sur ses vêtements. Je songeais à des musiciennes. Pour une pianiste, la perte d'un doigt aurait pu mettre fin à une carrière brillante. Et un violoniste ? Pourrait-on tenir un archet avec un doigt manquant ? Seigneur ! Quel acte abominable, que de rendre délibérément infirme…

Elle ferma les yeux, laissant sa phrase en suspens. Il n'était pas nécessaire de l'achever.

Eve semblait s'être tassée sur elle-même. Elle avait oublié d'éteindre son cigare. Il reposait sur la table, encore fumant, dégageant une odeur rance, épouvantable.

— Remettez-la dans la chambre froide, murmura-t-elle. Nous allons fermer. Cela ne prendra pas longtemps. Ensuite, je vous raccompagnerai chez vous. Et ne vous donnez pas la peine de protester, ça ne fera que me mettre de mauvaise humeur.

— Il ne pleut pas, lui fit remarquer Miriam.

Eve la foudroya du regard.

— Pas encore. Vous voulez risquer votre vie sur le pari qu'il ne pleuvra pas ? Faites ce que je vous dis. Je n'ai pas gaspillé mon temps et ma compétence pendant plus d'un an à vous apprendre le métier, pour que vous alliez tout gâcher en vous croyant invincible ! Vous ne l'êtes pas. Vous êtes faite de chair et de sang, comme nous tous. Comme ces malheureux dans la chambre froide !

— Bien, docteur Hall, répondit Miriam, avec une bouffée de soulagement.

Dès son retour chez elle, Miriam alla trouver son père.

Marcus fford Croft, à la tête du prestigieux cabinet juridique qui portait son nom, avait connu plus que sa part de procès impliquant des meurtres. Assis au coin du feu, il leva les yeux du journal qu'il lisait.

— Tu es en retard, observa-t-il. Il n'y a pas eu d'autre meurtre par cette créature sous la pluie, au moins ?

— Non, Père, répondit-elle en lui donnant un baiser rapide sur la joue. Rien de nouveau. Nous continuons à examiner les éléments dont nous disposons.

Elle ne dit pas « les corps ».

— Nous avons appris certaines choses, je vous dirai si elles mènent quelque part. Je sors dîner ce soir.

— Tu n'en avais pas parlé !

Une pointe d'irritation perçait dans sa voix.

Elle l'avait mentionné. Elle en était tout à fait sûre, mais cela ne valait pas la peine de se quereller. Prouver qu'il avait tort, mettre sa mémoire en cause, ne les réconforterait ni l'un ni l'autre.

— Pardon, je pensais l'avoir fait. Je vais dîner avec Daniel chez ses parents.

— Oh ! s'écria-t-il, bien que son expression fût indéchiffrable. Eh bien, passe une bonne soirée. Et...

Elle attendit, mais il ne poursuivit pas.

— Et quoi ? dit-elle enfin, avant de le regretter aussitôt.

Engager une conversation avec son père la mettrait en retard.

— Je dois aller me changer, mettre une robe propre, qui ne sente pas la mort !

Il lança quelque chose dans son dos, mais elle ne voulut pas répondre – quoi que cela fût.

Elle se rendit dans sa chambre, se dévêtit et gagna la salle de bains afin de faire sa toilette. Elle voulait se débarrasser de l'odeur des cadavres, et même de leur souvenir, ne plus imaginer les souffrances qu'ils avaient subies.

Quelle tenue choisir ? Elle n'avait pas eu le temps d'y penser plus tôt. Non, ce n'était pas tout à fait la vérité. Elle y avait pensé mais sans parvenir à une décision, et avait donc chassé la question de son esprit. Le moment était venu de faire un choix. Une robe rouge, droite, mais trop décolletée, peut-être ? Et puis, la couleur détonnait avec ses cheveux. Ou accentuait trop l'éclat de ses mèches auburn. Dans la boutique, sur son cintre, elle avait paru différente, moins audacieuse.

La robe noire était plus sûre. Le noir était toujours sûr, à moins que la coupe ne fût pas bonne. Cependant, celle-ci lui donnait l'impression d'être prévisible. D'après ce que Daniel lui avait dit de sa mère, celle-ci était tout sauf prévisible. Charlotte Pitt n'avait jamais reculé devant un risque ! Depuis son refus d'accepter l'époux sélectionné par ses parents jusqu'à l'expression d'opinions inacceptables aux yeux de la société. Après tout, les jeunes dames n'étaient pas censées avoir d'opinion du tout ! Bien sûr, son plus grand acte de désobéissance avait été d'épouser un policier, un homme qui, du point de vue social et financier, était bien au-dessous d'elle. Sa sœur cadette, Emily, avait au contraire fait un très beau mariage en la personne du riche Lord George Ashworth. Toujours d'après ce que lui avait dit Daniel, Charlotte avait été pauvre pendant un certain temps, mais jamais au grand jamais elle ne s'était lassée, que ce fût de Pitt ou de son existence. Et alors qu'Emily avait perdu son mari, Lord Ashworth, et était désormais remariée et heureuse d'être Mrs. Radley, Charlotte était maintenant Lady Pitt !

Et Miriam, qu'était-elle ? Elle était le Dr fford Croft. Toujours occupée, toujours curieuse, dévouée à un métier auquel elle croyait passionnément. Aspirait-elle à davantage ? C'était une question qu'elle n'était pas prête à envisager… du moins, sur laquelle elle ne voulait pas se focaliser.

Elle repoussa l'idée d'opter pour une tenue prévisible. C'eût été une capitulation ! Elle était trop âgée pour porter des couleurs pastel ; elle donnerait l'impression de se faire passer pour quelqu'un qu'elle n'était pas. Non, elle mettrait la robe rouge, et au diable ce que quiconque en pensait ! D'ailleurs, elle avait rencontré les Pitt un an plus tôt et ils ne semblaient pas être des gens trop prompts à juger.

La robe rouge lui allait à merveille. Peut-être un peu trop bien. Sans un autre regard à son reflet, elle souhaita une bonne nuit à son père, gagna la porte d'entrée et pria le majordome de lui héler un taxi. Elle était excellente conductrice et possédait une superbe automobile, mais cette soirée n'était pas de celles auxquelles on se rendait par ses propres moyens.

Vingt minutes plus tard, Miriam arrivait à Keppel Street. Elle descendit du taxi, soulagée qu'il y eût une accalmie entre les averses. Elle régla la course et emprunta l'allée qui menait à la porte d'entrée, prête à sonner. Ce ne fut pas nécessaire. La porte s'ouvrit avant qu'elle l'eût atteinte et une lumière vive et chaleureuse baigna le seuil. Daniel se tenait juste à l'intérieur.

Miriam avait été présentée à Daniel par son père, qui l'avait engagé dans son cabinet juridique trois ans plus tôt. Il y était entré aussitôt après avoir terminé ses études à Cambridge. Il y avait été brillant, mais bien sûr, il n'avait pas la moindre expérience du monde du travail. Marcus l'avait engagé en partie pour faire une faveur à son père, Sir Thomas Pitt, et avait été récompensé pour cette décision. Daniel était en passe de devenir un excellent avocat. Il commettait encore des erreurs. Sans doute en commettrait-il toujours car il acceptait des affaires délicates, obéissant parfois à ses émotions ou à ses convictions plutôt qu'à son cerveau. Cependant, il apprenait. Et il faisait de nouvelles erreurs, il ne répétait pas les anciennes… dans l'ensemble. Miriam et lui s'étaient liés d'amitié, et avaient collaboré à l'occasion.

Elle fut soulagée qu'il fût venu l'accueillir : elle n'aurait pas à se présenter à un domestique.

— Entrez, dit-il en s'effaçant devant elle.

Dès qu'elle eut franchi le seuil, il referma la porte

sur la nuit, l'air humide et le vent qui se levait. Comme il l'aidait à retirer sa cape, elle regretta brusquement de n'avoir pas opté pour une approche sûre et mis la robe noire. Le rouge était trop vif, et à n'en pas douter trop voyant. Elle avait l'impression d'être une tache de couleur au milieu d'une aquarelle de teintes discrètes et délicates. La tenue était trop décolletée, révélait trop de peau blanche.

Daniel sourit.

— Vous êtes ravissante. Si vivante, et pourtant je sais que vous avez travaillé toute la journée. Êtes-vous contente ?

La question était sérieuse et, à en juger par son expression, exigeait une réponse.

— De mon travail ? Oui, je le suis, répondit-elle, sincère. Comme vous, j'interviens quand les choses ont mal tourné, parfois très mal, et même tragiquement. Mais quelqu'un doit s'en occuper. Et oui, merci de m'avoir posé la question. J'ai le sentiment d'avoir un long chemin devant moi, qui m'emmène à la place qui est la mienne.

Elle prit une profonde inspiration.

— Une place qui compte.

Il sourit. Pendant un instant, ce fut comme s'ils n'avaient pas été séparés pendant plus d'un an. Comme s'ils étaient de retour sur la minuscule île d'Alderney, où ils avaient travaillé ensemble pendant quelques jours à la résolution d'une affaire. Bien que la situation se fût terminée dans la violence et la tragédie, cette époque demeurait dans son esprit aussi radieuse qu'un rayon de soleil en pleine tempête.

Daniel parut soudain se souvenir qu'ils étaient debout dans le vestibule et que ses parents devaient les attendre. Précédant Miriam, il s'effaça une fois de plus pour la laisser entrer dans le spacieux salon, anciennement deux pièces qu'on avait réunies pour en former une seule. On distinguait encore sur le plancher la marque de l'endroit où la cloison s'était trouvée autrefois. Des fenêtres en saillie donnaient sur le jardinet de devant, invisible derrière les rideaux tirés. À l'autre extrémité, presque entièrement dissimulée par un rideau en velours bleu nuit, une porte-fenêtre devait s'ouvrir sur la pelouse à l'arrière.

Un feu pétillait. Au-dessus du manteau de cheminée très simple, une marine hollandaise toute en nuances de gris et de bleu ponctués ici et là de touches de lumière sur l'eau représentait des navires à l'ancre, les contours flous de bâtiments presque obscurcis par le crépuscule. Miriam le contempla, songeant qu'elle n'avait jamais rien vu qui respirât autant la paix.

Charlotte avait parlé, mais Miriam ne l'avait pas entendue. Elle se trouva prise au dépourvu, telle une écolière qui ne sait comment se conduire.

— Je suis heureuse que ce tableau vous plaise, répéta Charlotte tranquillement. Il a cet effet sur moi aussi. Je l'ai apporté de chez moi lorsque j'ai épousé Thomas. Mes parents m'ont permis de le prendre et je leur en ai toujours été reconnaissante. Il est hollandais. J'ignore si c'est un original ou une copie, et peu m'importe.

Elle sourit en prononçant ces mots. À l'évidence, elle était sincère.

Charlotte Pitt était assez grande, et dépassait Miriam de quelques centimètres. Ses épais cheveux bruns ondulants, traversés ici et là de mèches auburn, grisonnaient sur les tempes. Daniel avait hérité de sa couleur de cheveux et d'une partie de ses traits.

— Cela me serait égal à moi aussi, dit Miriam, parlant pour la première fois. Je suis si heureuse qu'il soit apprécié.

Aussitôt, elle songea que c'était une remarque ridicule, mais elle le pensait, et elle vit Charlotte sourire en guise de réponse.

Elle se tourna vers Thomas Pitt, debout à côté de sa femme. Il était grand lui aussi, plus grand que le père de Miriam. En fait, les deux hommes n'avaient rien en commun. Marcus apportait toujours un soin méticuleux à sa tenue, adorait foulards et gilets en velours, qu'il possédait dans toutes les teintes. Pitt était vêtu d'un complet très sobre, qui avait sans doute été confectionné sur mesure mais semblait répondre davantage aux exigences du confort qu'à celles du style. Daniel avait confié à Miriam qu'il avait fallu plus de vingt ans à Charlotte pour persuader son mari de ne plus remplir ses poches d'objets hétéroclites dont il n'aurait sans doute jamais besoin.

— Voudriez-vous boire un verre avant le dîner, docteur fford Croft ? proposa Sir Thomas avec un sourire.

Elle hésita. Il semblait si curieux qu'un homme dont elle avait tant entendu parler par Daniel s'adressât à elle par son titre. Serait-il trop familier de lui demander de l'appeler par son prénom ?

— Non, merci, répondit-elle, avant de songer que cela paraissait trop abrupt. Je suis juste ravie d'être ici.

Charlotte émit un petit rire de plaisir.

— Vous êtes exactement telle que Daniel vous a décrite avant notre première rencontre, commenta-t-elle. Félicitations pour votre victoire sur les institutions. Elles vont devoir vous prendre au sérieux dorénavant, ajouta-t-elle en regardant Miriam avec gravité. Vous avez changé un peu depuis la dernière fois que nous vous avons vue, il y a longtemps maintenant. Vous semblez plus solennelle. Vous avez pris conscience de ce que vous pouvez accomplir, je crois. Avez-vous trouvé la Hollande intéressante ? Je n'y suis jamais allée et j'adorerais entendre votre opinion. Venez, asseyez-vous et racontez-nous vos impressions, je vous en prie. Était-ce très différent de Londres ? Votre pension était-elle convenable ? J'imagine que vous avez dû travailler très dur. Tout le monde parle-t-il anglais ? Ou une grande partie de la terminologie médicale constitue-t-elle un langage à part, assez similaire dans les deux langues ?

— Mère ! protesta Daniel, mais avec un sourire. Pas plus de cinq questions à la fois !

Charlotte se mit à rire et eut un gracieux haussement d'épaules.

— Une à la fois, dit-elle docilement en regardant Miriam.

Celle-ci eut la certitude que Charlotte ne faisait pas seulement preuve de politesse. La curiosité animait ses traits !

— Une grande partie du langage scientifique est plus ou moins similaire, acquiesça Miriam. Cela dit, j'ai appris quelques rudiments de hollandais, juste pour me faire des amis et parler d'autres sujets. Mais les gens là-bas sont très cosmopolites et beaucoup maîtrisent l'anglais.

La conversation roula aisément d'un sujet à l'autre. Charlotte semblait sincèrement intéressée et Pitt participait volontiers. Miriam se sentait la bienvenue chez eux.

Assis sur un côté, Daniel parlait peu. Pourtant, chaque fois que Miriam jetait un coup d'œil dans sa direction, comme pour l'attirer dans la conversation, elle découvrait qu'il la regardait déjà. Elle aurait voulu savoir ce qu'il pensait. Peut-être aurait-il préféré qu'elle portât une robe moins tape-à-l'œil ? Elle avait presque l'air de s'être vêtue pour un rendez-vous romantique plutôt que pour une soirée amicale… ou un dîner chez ses parents ! Elle ne devait pas oublier qu'elle avait quinze ans de plus que Daniel, et appartenait pour ainsi dire à une génération différente. Elle espéra avec ferveur que Charlotte ne s'imaginait pas… elle sentit le rouge lui monter aux joues à cette idée.

La bonne vint annoncer que le dîner était servi. Miriam supposa que Charlotte n'avait pas fait la cuisine elle-même, comme elle le faisait aux débuts de son mariage avec Pitt. Daniel lui avait raconté des anecdotes datant d'avant sa naissance, telles que sa mère les lui avait relatées, et parlé de la servante qu'ils avaient eue lorsqu'il était enfant. En écoutant ces souvenirs chers à Daniel, qui la faisaient rire et, parfois, pleurer, Miriam se sentait plus proche d'eux tous. Elle avait l'impression de connaître toute la famille, mais devait veiller à ne rien dire qui leur révélât que Daniel avait partagé toutes ces choses avec elle. Il serait vexé. Pire, il ne lui ferait plus jamais confiance.

Le repas fut servi, et Miriam mangea avec plaisir. D'abord, un potage aux légumes léger, suivi d'un plat d'agneau rôti accompagné de sauce à la menthe et de légumes d'hiver. La conversation continua, et fut souvent assez drôle. Elle rit sans retenue avec eux.

— Et maintenant, vous travaillez pour le Dr Hall ? demanda Pitt.

— Oui, s'empressa-t-elle de répondre. J'ai encore tant de choses à apprendre et personne n'en sait autant qu'elle. Non seulement sur la médecine et la médecine légale, mais aussi les jurés et, dans bien des cas, les avocats.

Elle sourit à Daniel et vit une lueur amusée traverser ses traits. Il savait combien elle admirait Evelyn Hall, sa compétence, sa vivacité et son agilité d'esprit, mais aussi le courage que celle-ci manifestait dans toutes les batailles qu'elle livrait, son honnêteté sans faille dans sa quête pour la justice, qui l'obligeait aussi à reconnaître ses erreurs et à se pencher encore et encore sur les faits jusqu'à ce que ses conclusions soient irréfutables. Le Dr Eve avait sauvé plus d'un procès pour Daniel, rapprochant des faits, alignant les diverses preuves pour en tirer un sens logique, incontestable.

Durant le dîner, Daniel taquina Miriam, gentiment et à propos de petites choses, et elle se surprit à rire. Elle le taquina en retour, juste un peu, de crainte de paraître trop familière, voire de trahir combien il avait parlé de ses parents, surtout de son père – souvent sans même s'en rendre compte.

Elle sentit le regard de Charlotte sur elle et sut qu'elle comprenait. C'était comme si elle avait vu la même chose : l'admiration, et une sorte de réticence, une crainte de révéler trop de lui-même. Elle sentit le rouge lui monter aux joues de nouveau. C'était une acceptation, une sorte d'appartenance qu'elle désirait et redoutait à la fois. Suivait-elle un chemin que Charlotte avait emprunté elle-même autrefois ? Elle refoula cette pensée. Elle était absurde. Prenait trop de plaisir à cette soirée.

Après dîner, dans le salon, Miriam leur parla davantage de la Hollande, ajoutant par inadvertance qu'elle était heureuse d'être de retour à Londres, en dépit de la pluie. Il pleuvait en Hollande aussi, d'ailleurs, observa-t-elle, et sans doute sur toute l'Europe du Nord à cette saison.

Elle fut soulagée que personne ne mentionne le tueur que les journaux avaient surnommé « l'Éventreur des jours de pluie ». Il allait sans dire que celui-ci n'avait pas sa place dans cette pièce douillette, avec son feu qui se consumait doucement dans l'âtre, son mobilier un peu disparate mais si confortable. Et bien sûr, les marines accrochées aux murs, les rideaux tirés contre la nuit. Au lieu de quoi, ils plaisantèrent ensemble de sujets qui leur étaient familiers.

Miriam savait depuis longtemps que Daniel aspirait à ressembler à son père, à posséder la même rare et discrète autorité, la même assurance tranquille. Thomas Pitt avait commis des erreurs, et les avait surmontées. Il avait acquis le respect de ses pairs, la loyauté de ses subordonnés. Il était naturel que Daniel voulût être comme lui – sans cependant l'imiter en tout. Cela apparut clairement à Miriam quand Pitt fit une remarque à propos du Premier Ministre : Daniel prit une inspiration comme pour dire son assentiment, avant de faire une observation plutôt sèche, basée sur un point de vue différent. Pitt ouvrit la bouche pour discuter, puis la referma sans rien dire.

Une seconde s'écoula.

Miriam sentit que Daniel l'observait, et évita son regard. Elle le comprenait mieux qu'elle ne désirait le lui montrer. Elle savait qu'il adorait sa mère mais se rendait compte qu'elle ne voulait pas être vue à la même lumière qu'elle. Elle n'avait pas la moindre idée de la place qu'elle voulait occuper et elle avait peur d'offenser quelqu'un. Les parents de Daniel l'avaient accueillie avec chaleur au sein de leur famille et rejeter l'intimité sous-entendue plongerait Daniel dans l'embarras et le blesserait profondément.

Charlotte se tourna vers elle et lui dit quelque chose. Perdue dans ses pensées, Miriam ne saisit pas ses paroles.

— Je vous demande pardon ?

Charlotte sourit.

— Daniel affirme que le Dr Hall est une femme remarquable, répéta-t-elle. J'avoue que, quand je l'ai vue au tribunal voici un ou deux ans, j'ai pensé qu'elle était courageuse et extrêmement intelligente. Je suis heureuse que vous ayez pareil mentor. Il est clair qu'elle croit en vous.

Miriam se sentit rougir.

— Il semble que oui, en effet, et je lui dois mon existence professionnelle. C'est à moi de me montrer digne de son impressionnante réputation.

Ses propos sonnèrent arrogants à ses propres oreilles, ce qui n'était pas du tout son intention.

— Excusez-moi. Je voulais dire que je ferai de mon mieux pour satisfaire ses attentes, non que j'ai la prétention de l'égaler un jour.

Pitt sourit. Son expression était charmante, si naturelle qu'elle se surprit à lui rendre son sourire.

— C'est ce que je ressentais à propos de Lord Narraway, quand il était à la tête de la Special Branch. Mais je ne pourrais jamais être comme lui. Je m'efforce simplement d'être le meilleur homme que je puisse être en restant moi-même.

— J'aimerais ressembler au Dr Hall, mais…

Elle chercha ses mots, ne sachant au juste comment achever sa pensée.

— Mais en moins excentrique, termina Daniel à sa place. Au moins, je vous en prie, ne fumez pas ces abominables cigares !

— Elle les fume à cause de l'odeur, expliqua Miriam. C'est parce que…

Il riait.

Charlotte fronçait les sourcils, perplexe.

— L'odeur des morts, Mère. C'est de l'autodéfense, voilà tout. Plus le cadavre est ancien, plus le cigare est fort.

— Oh !

La compréhension se lut sur le visage de Charlotte, vite suivie du dégoût.

Sur le point de gronder Daniel d'avoir mentionné ce sujet, Miriam vit qu'il souriait, s'attendant visiblement à sa réprimande. Elle comprit soudain que l'opinion que les Pitt avaient d'elle comptait beaucoup plus à ses yeux qu'elle ne le désirait. Elle était une invitée, pas un membre de la famille, et il était ridicule de laisser de telles pensées s'immiscer dans son esprit.

Elle se leva, ne sachant au juste que dire, et fut stupéfaite de s'apercevoir que l'horloge de la cheminée indiquait onze heures moins le quart.

Daniel se leva à son tour, mais à regret.

— Vous commencez de bonne heure demain ? Je suis désolé.

Il regarda son père.

— Puis-je emprunter la voiture pour raccompagner Miriam ? Elle ne va pas prendre un taxi à cette heure-ci.

— Bien sûr que si… commença-t-elle en regardant Pitt.

Elle faillit demander à Daniel s'il savait conduire maintenant, ce qui n'était pas le cas avant son départ pour la Hollande, mais elle ravala sa question. Elle aurait semblé par trop condescendante. Que dire ?

— Bien entendu, répondit Pitt. Mais je préférerais la raccompagner moi-même. J'en profiterai pour saluer Marcus. Je ne l'ai pas vu ces derniers temps.

Il se tourna vers Miriam.

— Je ne le retiendrai pas. Je voudrais juste lui dire bonsoir. C'est un bon prétexte, je ne lui donnerai pas l'impression de m'inquiéter à son sujet.

Miriam avait oublié combien son père avait été proche de Thomas Pitt, quelques années plus tôt. Ce n'était pas un hasard si Daniel avait débuté dans sa carrière chez fford Croft et Gibson.

Il n'y avait qu'une seule réponse possible.

— Merci, accepta-t-elle.

En réalité, elle était soulagée. Elle avait passé un excellent moment, mais elle aspirait maintenant à se réfugier dans une conversation polie, superficielle. Elle se tourna vers Charlotte pour la remercier, et, enfin, vers Daniel. Il n'y avait rien à ajouter, hormis un nouveau remerciement, plus sincère que jamais.

Aussi détendue qu'agréable, la soirée avait été un plaisir absolu, et pourtant elle sentait une marée d'émotions bouillonner en elle. Non pas semblable aux vagues de la mer, mais un courant profond, inéluctable, loin sous la surface.

6

Daniel s'était attendu à trouver Nicholas Wolford peu accommodant et ne tarda pas à en avoir la confirmation. Il comprenait que le professeur eût perdu son sang-froid.

Tolliver prétendait avoir écrit son texte avant Wolford, tandis que ce dernier clamait le contraire. Les sources de Wolford, qui étaient clairement citées dans des notes de bas de page sur son manuscrit, l'étaient en annexe dans le livre imprimé, de sorte que Daniel ne comprenait pas pourquoi Tolliver avait lancé cette accusation, hormis dans l'espoir de faire parler de lui et de tirer une certaine publicité des accusations de plagiat et de coups et blessures. Néanmoins, Wolford avait fait preuve d'une extrême stupidité en s'autorisant à en venir aux mains.

Daniel relut ses notes. Apparemment, Tolliver était bel et bien passé à l'attaque le premier, mais avait complètement raté son coup. D'après trois témoignages distincts, cependant, la riposte de Wolford, elle, avait été à la fois précise et violente. Les blessures infligées étaient plus sérieuses que Wolford ne l'avait laissé entendre. Tolliver avait eu non seulement le nez cassé, mais également la mâchoire et plusieurs dents.

Il était donc impossible de plaider non coupable. Quant à la légitime défense, elle serait difficile à prouver. La meilleure solution consistait à persuader son client de présenter des excuses et d'affirmer qu'il n'avait pas eu l'intention de frapper si fort. Daniel pourrait peut-être arguer, si le compte rendu médical le permettait, qu'une partie des dégâts était due à l'action de Tolliver lui-même, puisque, en se propulsant en avant pour attaquer son adversaire, il avait contribué à la violence de l'impact.

Cependant, Wolford devrait s'excuser de toute façon, et sans doute dédommager sa victime. Tolliver était blessé assez grièvement pour justifier cela et le fait qu'il avait été temporairement défiguré jouerait en sa faveur.

Wolford, de son côté, n'était pas blessé du tout. Au pire, il avait eu les phalanges un peu contusionnées.

Daniel devait aller voir Wolford, lui exposer les faits, et lui donner les meilleurs conseils possibles. Cette perspective ne l'enchantait guère. Plus vite il en aurait terminé, mieux ce serait.

Ainsi que Daniel l'avait escompté, Wolford était chez lui. C'était une de ces tristes journées de février, grises et bruineuses, balayées par le vent. Personne ne sortait à moins d'y être obligé.

— Entrez, entrez, lança Wolford, ouvrant grand la porte.

Daniel franchit le seuil avec gratitude et ferma le battant derrière lui. Il faisait sombre dans la maison, à cause des murs lambrissés du vestibule, des étagères remplies de livres dans le salon. Un feu était allumé dans l'âtre. L'air sentait le cuir, le bois et le papier ; Daniel se félicita qu'il fît chaud.

— Eh bien ? s'enquit Wolford en lui indiquant un fauteuil avant de s'installer en face de lui, du côté opposé de la cheminée. Qu'avez-vous pour moi ?

Daniel redoutait cette conversation. Cependant, à tout le moins, Wolford – comme n'importe lequel de ses clients – méritait qu'il lui accorde sa confiance.

— Vous êtes indemne, professeur. Tolliver ne vous a

même pas touché… sauf que, d'après tous les témoins, il a attaqué le premier.

— En effet. Je vous l'ai dit, lui fit remarquer Wolford sur un ton sec.

— Certes. Nous allons néanmoins devoir présenter un récit des faits. C'est-à-dire, un récit autre que votre description.

— Pensez-vous que j'aie menti ? s'indigna le professeur.

— Non. Mais je vous connais et je me fie à votre parole, alors que je ne connais pas Tolliver. Le juge qui entendra l'affaire ne vous connaîtra ni l'un ni l'autre.

— Et alors ? admit Wolford de mauvaise grâce.

— D'autre part, Tolliver a été blessé, plus gravement que vous ne me l'avez suggéré.

— Je lui ai cassé le nez. Un nez se fracture assez aisément.

— Et la mâchoire. En outre, il a dû subir des soins de reconstruction dentaire non négligeables.

— Oh… marmonna Wolford, l'air un peu déconcerté. Vous êtes sûr que c'est moi qui ai fait cela ? L'incident remonte à des semaines ! Il a pu arriver n'importe quoi entre-temps.

— Oui, j'en suis sûr, dit Daniel patiemment. Comme le médecin qui l'a examiné. Et le dentiste.

Une ombre d'anxiété traversa le visage de Wolford.

— Cela a coûté cher ?

— Pas si on considère le travail que le dentiste a dû accomplir. Tolliver va devoir porter un appareil comportant trois fausses dents. Le nez va se remettre tout seul.

— Voilà qui le découragera d'accuser quelqu'un de plagiat, commenta Wolford. Il a essayé de me déshonorer ! Il voulait que je sois renvoyé de l'université.

L'indignation lui avait fait élever la voix, et on y percevait de la peur aussi.

— Oui, on le dirait.

— Vous mettez ma parole en doute ?

Son client était furieux maintenant. Ses yeux lançaient des éclairs, il ramassait les épaules comme s'il se préparait à en découdre. Il fit mine de se lever.

D'abord stupéfait, Daniel se rendit compte qu'il n'aurait pas dû l'être. Il savait déjà que Wolford était coléreux de nature, et maintenant que ce dernier menaçait de se jeter sur lui, il en avait la preuve.

— Non, répondit-il. Pas du tout. Avez-vous l'intention de me frapper, moi aussi ?

Wolford se tassa sur lui-même et se laissa retomber sur le fauteuil.

— Non, bien sûr que non. Qu'allons-nous faire ?

— Nous devons discuter des blessures et des dédommagements, déclara Daniel, pesant ses mots. D'après les témoignages que j'ai lus, la violence de l'impact s'explique en partie par le fait que Tolliver était en train de se ruer sur vous. Sans cela, il n'aurait peut-être pas eu les dents cassées.

— Allons-nous argumenter en ce sens au tribunal ? demanda Wolford avec empressement.

— Non. Si nous pouvons nous en tirer avec des excuses sincères, je pense que c'est le mieux que nous puissions espérer.

— Mais il m'a accusé ! Il...

— Professeur ! coupa Daniel sèchement.

Wolford se figea.

— Vous devez régler cette histoire aussi discrètement que possible. Elle ne plaira pas à Cambridge. Il est impératif qu'elle soit étouffée, et au plus vite ; nous voulons à tout prix éviter un procès qui traîne en longueur. Vous avez besoin – et croyez-moi, je pèse mes mots – de vous conduire avec autant de dignité et de courtoisie que vous en êtes capable. Si vous discutez, et que vous refusiez d'admettre le moindre tort, vous pouvez encore être déshonoré. Suivez mon conseil et ne soyez pas tenté par un coup d'éclat. Il ne laisserait derrière lui qu'un tas de cendres, vestige d'une carrière unique. Je me souviens encore de vos cours. Vous m'avez donné un amour de l'histoire que je poursuivrai un jour, quand je ne me battrai pas au tribunal. Ne gaspillez pas cela. Vous êtes trop intelligent pour commettre cette erreur.

Wolford le fixait.

— Si vous avez des rivaux dans le monde académique, reprit Daniel, ils se serviront de votre caractère emporté pour vous détruire. Ne faites pas leur jeu.

Le professeur resta silencieux pendant quelques instants, puis hocha la tête à regret.

— Oui, dit-il lentement, comme s'il s'essayait à prononcer des mots nouveaux, complexes. Oui, je vois...

Daniel tenta sa chance au commissariat, et fut récompensé. Frobisher était là.

Ce dernier leva les yeux de son bureau jonché de papiers.

— Qu'y a-t-il ? demanda-t-il avec un très léger sourire. Wolford t'exaspère ? Il n'est pas si pénible, Daniel. Il est juste... difficile. Il a tendance à se méprendre.

Daniel tira une chaise en face de Ian et s'assit.

— Non, il se montre assez raisonnable. Très franchement, je pense que Tolliver est au moins autant responsable de l'incident que lui. Il a voulu frapper le premier et a raté son coup. D'après les témoins, son élan l'a propulsé pile dans la trajectoire du poing de Wolford.

Ian ouvrit des yeux écarquillés.

— Vraiment ?

— Le professeur dit qu'il va s'excuser et contribuer aux frais dentaires.

Ian sourit.

— Merci. Maintenant, voudrais-tu résoudre cette affaire-ci aussi ? demanda-t-il en tapotant la pile de documents devant lui.

— Qu'est-ce que c'est ?

— Un dément qui poignarde des femmes et les laisse mourir dans la rue, sous la pluie.

— Je… j'ai vu un des corps, murmura Daniel. Je suis passé à la morgue voir mon amie, Miriam fford Croft. Elle est qualifiée officiellement, à présent, et travaille sur cette affaire avec le Dr Evelyn Hall.

Il regarda Ian avec plus d'attention.

— Peut-être le sais-tu déjà ?

— En effet. Mais nous n'avons guère d'éléments. Hormis la mutilation des mains. Leur index a été sectionné à hauteur de la dernière phalange. Le droit pour l'une, le gauche pour l'autre.

Ian était tendu, le visage plissé par la concentration, la douleur et la déception.

— Qu'est-ce que cela signifie ? Pourquoi couper des doigts ? Est-ce une sorte de fétichisme personnel ? Cela a-t-il un sens ?

— Penses-tu que ces femmes l'auraient offensé d'une manière ou d'une autre ? suggéra Daniel. Nous disons « lui », ajouta-t-il, mais s'agit-il forcément d'un homme ?

Ian réfléchit un instant.

— C'est le plus probable. La plupart des crimes violents sont perpétrés par des hommes. À quoi songeais-tu ? À une rivalité ? Une vengeance ?

— Je ne sais pas vraiment, admit Daniel, je suis horrifié, voilà tout. Et je me demande comment Miriam peut affronter cela. La vue de ce corps m'a inspiré une immense pitié. Il y a si peu de temps, ces jeunes femmes étaient pleines de vie, d'idées, d'émotions. Et puis il y a eu un instant d'angoisse, d'atroce douleur, et plus rien.

— Tu as trop d'imagination, lui reprocha Ian. Tu as toujours été comme ça !

Il eut un sourire soudain.

— Tu n'as pas changé. Je suis heureux que tu aies accepté de te charger de l'affaire de Wolford. Merci.

— Je ne gagnerai peut-être pas, mais je crois qu'il a de bonnes chances. À condition qu'il réussisse à garder son sang-froid.

Il pensait ce qu'il disait, et il était trop avisé pour faire des promesses imprudentes.

— J'aimerais pouvoir être aussi optimiste pour mon affaire, dit Ian, dont le sourire s'était effacé. Je vis dans la hantise d'apprendre qu'il y a eu un autre meurtre. Je soupçonne qu'il y a un lien entre les victimes, qu'elles n'ont pas été choisies au hasard. Mais l'assassin attaque-t-il des personnes qu'il connaît ? Ou les choisit-il parce qu'elles correspondent à un certain type ?

— Pour ce qui est des doigts… qu'est-ce que cela signifie ? Si tu le savais, tu tiendrais peut-être la réponse. Ou du moins une idée de quoi faire.

Ian lui adressa un sourire morose.

— Je sais. Si seulement…

7

— Je l'ai reconstitué de mon mieux, monsieur, expliqua l'agent à Ian sur un ton d'excuse. Le sac était complètement trempé.

— Merci.

Ian prit la feuille de papier maintenant sèche que lui tendait le jeune homme. Elle était renforcée par un morceau de carton qui, à l'évidence, l'empêchait de se désintégrer. On voyait qu'elle avait été mouillée, mais le titre était encore lisible, même si le reste du texte n'était plus qu'un amas de taches et de traînées d'encre.

— Église St. Wilfrid, Adelaide Road, Chalk Farm, lut Ian à voix haute.

Il leva les yeux vers l'agent.

— Ceci se trouvait dans le sac à main de Lena Madden ?

— Oui, monsieur. À première vue, ça n'avait pas l'air important. Je ne sais pas si ça va vous être utile, répondit le jeune homme avec espoir.

— C'est possible, déclara Ian, soudain plus optimiste. Il se peut qu'elle soit connue de la congrégation. Et même, si elle avait conscience d'une menace quelconque, qu'elle se soit confiée au révérend.

La voix de la raison modéra quelque peu son enthousiasme.

— Cela vaut la peine d'essayer, en tout cas. Merci, c'est du bon travail.

Une demi-heure plus tard, il quittait le commissariat. Il remonta la rue d'un pas vif, un œil sur les nuages qui traversaient le fleuve, venant de l'est. Jusqu'à maintenant, ils n'avaient pas gâté la journée. Il se dirigea vers la station de chemin de fer souterrain afin de prendre le train pour Chalk Farm, dont la gare n'était qu'à quelques centaines de mètres du presbytère d'Adelaide Road.

Lena Madden s'était peut-être rendue par hasard à l'église, mais peut-être pas. Avec un peu de chance, le révérend la connaîtrait. Les gens assistaient souvent à des offices loin de leur quartier, où ils ne couraient pas le risque de croiser une connaissance, et pouvaient puiser du réconfort sans devoir affronter des questions indiscrètes. La police avait fouillé le logement de la jeune femme à Islington sans rien découvrir d'utile. Aucune bible ne figurait parmi ses possessions, ni rien qui indiquât ses croyances. Qui était cette femme ? Qu'est-ce qui avait compté pour elle ? L'examen de ses biens n'avait révélé que très peu de choses à son sujet. Idem pour son carnet d'adresses. Les quelques notes personnelles qu'elle avait conservées, rédigées dans une écriture soignée, témoignaient de son éducation mais ne contenaient rien qui prêtât à controverse.

Il descendit les marches et monta dans le premier train cahotant et rugissant qui se frayait un chemin dans le vaste réseau de tunnels courant sous Londres. Il se surprit à sourire sans raison alors que le train filait d'une gare à l'autre, peut-être parce qu'il ne cessait de s'émerveiller de ce triomphe d'ingénierie, de cette lumière artificielle, et de cette chaleur si peu naturelle. Enfin, il ressortit dans l'air frais, à des kilomètres de son point de départ. Chalk Farm était un des faubourgs les plus plaisants de Londres, et la gare n'était pas loin de sa destination. De fait, il apercevait déjà le clocher de l'église, à deux cents mètres de là.

Il tourna dans Adelaide Road, une rue large qui allait

en s'incurvant, bordée de superbes demeures des deux côtés. Dans leurs jardins taillés avec soin pour l'hiver, il remarqua ici et là un buisson de houx ou de laurier encore vert, des parterres déjà retournés, prêts pour les plantations du printemps. L'église était très facile à trouver ; grâce non seulement à son clocher élancé, mais aussi au cercle d'ifs sombres qui l'entourait. Elle était flanquée d'un grand et beau cimetière, très ancien, rempli de pierres tombales dont certaines portaient des inscriptions datant des siècles précédents. Des anges en marbre ornaient les lieux, leurs ailes blanches assombries par les arbres noirs et imposants.

Ian s'engagea dans l'allée qui menait au presbytère et toqua à la porte. Il était sur le point de toquer de nouveau quand elle s'ouvrit, révélant une très jolie femme debout sur le seuil. Il jugea qu'elle devait avoir une trentaine d'années. Ses traits étaient intelligents et décidés, ses yeux d'une remarquable teinte entre vert et noisette. Ses cheveux bouclaient naturellement, si soyeux qu'ils échappaient à leurs épingles.

Elle regarda Ian avec curiosité. Il n'était pas en uniforme, si bien que rien ne révélait qu'il fût policier.

— Bonjour, madame. Je suis Ian Frobisher, inspecteur de police, et j'ai besoin de renseignements.

Il ponctua ses paroles d'un sourire d'excuse.

— Nous avons des raisons de croire qu'une jeune femme, peut-être en proie à une certaine détresse, a pu venir à votre église récemment.

Aussitôt, l'expression de son interlocutrice s'emplit de pitié.

— Nous ne savons que très peu de choses à son sujet. Tout ce que vous pourrez me dire me serait utile.

Comme la femme se taisait, il ajouta :

— Je suis navré, mais elle a été assassinée il y a quelques jours.

— Oh, mon Dieu ! C'est terrible. Mais qu'est-ce qui vous incite à penser que nous pouvons vous renseigner ?

— Elle avait sur elle une feuille de messe de l'église St. Wilfrid. Nous nous demandons si vous l'aviez remarquée ? Ou même si elle avait sollicité l'aide ou les conseils du révérend.

Sans rien dire, elle ouvrit plus grand la porte et recula d'un pas.

— Merci.

Il la suivit dans un large vestibule meublé d'un portemanteau et d'une table encombrée de courrier, de journaux et de divers prospectus, et surmontée d'une glace. Il eut vaguement conscience de tableaux accrochés aux murs, dont seuls quelques-uns semblaient avoir un lien avec la religion. Pas d'angelots, ni d'évêques défunts à la mine pieuse, ni de martyrs notables. Il se découvrit aussitôt plus à l'aise.

La femme referma la porte contre le froid mordant qui sévissait au-dehors et lui tendit la main.

— Je suis Apollonia Rhodes, mais tout le monde m'appelle Polly. Vous êtes ici pour voir mon mari, bien entendu. Cela dit, hormis pour une confession ou ce genre de chose, je pourrai peut-être vous aider.

Elle saisit sa perplexité et ajouta :

— Richard est aveugle, ajouta-t-elle avant d'esquisser un léger sourire. Il saisit des nuances qui échappent à la plupart des gens, des degrés d'émotion dans une voix, des hésitations, par exemple. Et il n'est pas influencé par les minuscules détails visibles qui nous affectent tous : un joli visage, un sourire chaleureux. Ils ne l'induisent pas en erreur. Une voix peut être très révélatrice, vous savez.

Elle sourit et baissa les yeux sur sa jupe.

— Le choix de vêtements peut aussi en dire long, et pas seulement pour ce qui est du goût, surtout aux yeux d'une femme.

Elle sourit de nouveau, comme pour dépouiller ses mots de toute arrogance.

Il décida sur-le-champ d'accepter son offre. Il pourrait toujours demander au révérend de s'entretenir avec lui en tête à tête plus tard – s'ils connaissaient bel et bien Lena Madden. Étaient-ils déjà au courant de sa mort ? Il était plus probable qu'elle ne leur avait même pas adressé la parole, qu'elle s'était juste glissée sur un des bancs au fond, en quête d'une familiarité réconfortante. Toutes les églises sont uniques à leur manière, mais dans chacune on ressent une paix, une sorte d'intemporalité, l'essence de l'espoir et du chagrin, la sincérité de la prière ; en leur cœur se trouve le même besoin de réconfort, la foi en un pouvoir supérieur, qui perdure après notre départ.

Polly Rhodes toqua d'un coup sec à la porte du salon et l'ouvrit.

— Richard, il y a ici un policier qui enquête sur le meurtre de…

Elle interrogea Ian du regard.

— Lena Madden.

— Lena Madden, répéta-t-elle. Apparemment, elle avait une feuille de messe émanant de notre église dans son sac. La police ne sait que peu de choses à son sujet et il a pensé que nous pourrions les aider.

Richard Rhodes était un homme bien bâti. Assis, il ne donnait pas l'impression d'être particulièrement grand, mais il était large d'épaules. Ses traits étaient à la fois doux et déterminés, encadrés d'une masse de cheveux bruns bouclés qui commençaient juste à grisonner sur les tempes. Il ne portait pas de lunettes et, à première vue, il était impossible de savoir que ses grands yeux gris-bleu étaient aveugles. En tout cas, aucune lésion n'était apparente. La seule chose qui le trahissait, c'était que, bien qu'il fût tourné dans la direction de Ian, il ne croisait pas son regard.

Une chienne noir et blanc, qui n'était d'aucune race précise mais possédait peut-être dans sa lignée récente une trace de border colley, se leva et s'approcha pour inspecter Ian.

Ce dernier lui tendit le dos de sa main à renifler. Elle parut satisfaite et retourna aux pieds de son maître, au coin du feu.

— Excusez Dido, dit Richard. Elle est revenue vers moi, vous avez donc dû réussir l'inspection. Polly dit que vous êtes de la police ?

Celle-ci indiqua la chaise vacante en face de son mari, et Ian la remercia d'un signe de tête.

— Je suis l'inspecteur Ian Frobisher, monsieur, expliqua-t-il en s'asseyant.

La chaise était ferme et des plus confortables. Il imaginait aisément des générations de paroissiens se succédant ici, en quête de conseils, de réconfort, de pardon, ou simplement pour se soustraire un moment aux fardeaux du quotidien.

— Eh bien, inspecteur, que puis-je faire pour vous ?

Polly prit place légèrement en retrait, afin de ne pas gêner la vue que Ian avait de son mari.

— Lena Madden, monsieur.

Sur le point de donner une brève description de la jeune femme, Ian s'arrêta juste à temps.

— Hormis le fait qu'elle approchait d'une trentaine d'années, nous n'avons guère d'informations sur elle.

Cela semblait très succinct, mais il ne pouvait se fier qu'à ce qu'il avait vu. Il ne savait rien de sa voix, si elle était sonore ou douce, si elle était teintée d'accent régional. Certaines personnes avaient un tel talent pour reconnaître ceux-ci qu'elles pouvaient situer un individu dans un rayon de quelques kilomètres de sa ville natale.

— Je me souviens d'elle, déclara Rhodes sur un ton pensif.

Il avait une très belle voix, au timbre très riche, qui

devait résonner sans peine dans l'église, empreinte d'autorité et de bienveillance. Ce serait décevant s'il n'avait rien d'important à apprendre à Ian, mais une telle voix pouvait sans doute donner de l'importance aux phrases les plus ordinaires.

Le révérend se tourna vers son épouse.

— C'est la jeune femme qui est venue prendre le thé voici deux semaines. Elle n'est restée qu'une demi-heure environ, mais sa visite s'est gravée dans ma mémoire. Elle était effrayée. Peux-tu la décrire ? Je n'ai pas pensé à poser la question alors parce que cela semblait sans importance, mais l'inspecteur Frobisher voudra peut-être confirmer qu'il s'agit bien d'elle.

— Bien sûr, acquiesça Polly. Elle était de taille et de carrure moyenne. Des cheveux entre blond et châtain, d'une teinte plutôt quelconque mais épais et ondulants. Très soyeux. Et un teint parfait. Clair, immaculé, les joues un peu roses. De jolies mains. Vêtue de manière très ordinaire. On avait l'impression que son apparence lui était indifférente. J'ai pensé qu'elle avait l'air d'une jeune femme studieuse, intelligente.

Ian se remémorait le corps avec netteté. La peau blanche et immaculée s'était gravée dans sa mémoire. Quand il reprit la parole, sa voix était altérée par les souvenirs.

— Il semblerait que ce soit elle.

Il reporta son regard sur Rhodes.

— Pouvez-vous me dire quoi que ce soit à son sujet, révérend ? J'ignore combien de temps un ministre du culte est censé garder un secret concernant un membre de sa congrégation après la mort de celui-ci. Mais si nous ne découvrons pas qui l'a tuée, le coupable tuera peut-être de nouveau. Elle n'a malheureusement pas été la première victime, et sa mort a été plus violente encore que la précédente, si bien que je crains qu'il n'y en ait bientôt une autre.

La douleur pinça les traits de Rhodes, et Ian regretta d'avoir été si direct. Cependant, les propos du révérend pourraient leur faire gagner un temps précieux dans leur enquête et déterminer la rapidité avec laquelle ils arrêteraient le coupable. Et même rendraient possible ou non une arrestation.

Rhodes s'adressa à son épouse.

— Savais-tu cela, Polly ? Qu'il y avait eu d'autres meurtres comme celui-ci ? L'autre victime était-elle aussi une jeune femme ?

— Oui, murmura-t-elle. Je crains que oui. D'après les journaux, elle était française, originaire de Paris, et elle était venue rendre visite à des parents. Du moins, c'est ce qui a été rapporté.

Rhodes hocha la tête et se tourna de nouveau vers Ian, comme s'il pouvait le voir.

— Polly va nous préparer une tasse de thé. Vous devez être transi. Vous n'êtes pas du commissariat du quartier, si ?

C'était une observation plus qu'une question.

— Non, admit Ian. Mon commissariat est un peu plus près du centre, à quelques stations d'ici. Et oui, merci, j'apprécierais une bonne tasse de thé.

Il sourit à Polly.

— Celui qu'on boit au poste est tout juste buvable.

— Ce sera avec plaisir, dit-elle, comme si elle comprenait que la suggestion de son mari lui donnait quelques instants en tête à tête avec Ian, et la possibilité de lui confier quelque chose que la situation exigeait et qu'il préférait qu'elle n'entende pas.

Dès la porte refermée, Rhodes prit la parole.

— C'était une jeune femme très sérieuse, inspecteur, dit-il à voix basse. Elle était à l'évidence troublée par le souvenir d'un événement remontant à plusieurs années, pour lequel elle éprouvait toujours un certain remords. Elle ne m'a pas révélé ce que c'était, hormis qu'elle était jeune, peu sûre d'elle, et qu'elle avait suivi l'exemple d'autres parce qu'elle voulait s'intégrer. Cela n'a rien d'anormal, à n'importe quel âge, mais surtout quand on est jeune, qu'on ne se connaît pas encore et qu'on aspire à être apprécié.

Il eut un sourire empreint de regret.

— On veut être exceptionnel, ne jamais être confondu avec quiconque et, pourtant, on veut aussi ressembler à tous les autres. On désire à la fois l'anonymat et l'originalité, sans se rendre compte qu'on ne peut pas avoir les deux. Du moins, pas simultanément. Bien entendu, on finit comme la plupart de ses contemporains, qui essaient tous aussi d'être différents.

Ian se souvenait avec embarras de cette phase de sa vie. Il avait étudié l'histoire moderne sans avoir de carrière particulière en vue. Cela avait écœuré son professeur à l'époque, Nicholas Wolford, qui l'estimait capable de bien davantage. De fait, Wolford avait déclaré à Ian qu'il avait le devoir d'exploiter de son mieux ses capacités intellectuelles pour se forger une carrière au sein même du gouvernement, en tant que député, voire à un poste plus haut placé encore.

— Si ce ne sont pas nos meilleurs éléments qui nous dirigent, il n'y a aucun espoir pour nous, l'avait tancé Wolford. L'intelligence et la chance d'avoir reçu une éducation de qualité ne sont pas des dons dénués d'obligation, Frobisher, avait-il insisté. Souvenez-vous de la parabole des talents ! Dieu, ou le destin, ou la justice naturelle – quelle que soit la manière dont vous voulez l'appeler – exigera de savoir ce que vous avez fait de ce qui vous a été donné, et qui n'a pas été accordé à tant d'autres !

Ian se rendit compte que Rhodes parlait bas, et qu'on entendait tout juste sa voix par-dessus les crépitements paisibles du feu et les ronflements discrets de la chienne qui s'était endormie, si près de l'âtre qu'elle était en danger d'avoir le poil roussi.

— Elle s'accablait de reproches pour la manière dont elle s'était conduite, poursuivit Rhodes. Je crois que cela lui a fait du bien de l'admettre. Voyez-vous, la personne à qui elle avait fait du tort n'était plus de ce monde. Je l'ai questionnée à ce sujet, parce que j'avais le sentiment que c'était la clé de sa détresse. J'avais vu juste. Son amie, la malheureuse, avait connu de graves ennuis et, au lieu de la soutenir, les gens qu'elle croyait être ses amis l'avaient accusée. Lena ne m'a pas donné de détails. Cela la faisait trop souffrir et j'ai craint, si j'insistais, de la voir se retrancher dans le silence.

Le doute se lisait sur son visage, suggérant qu'il se demandait maintenant s'il avait eu tort.

— Pourquoi s'adresser à vous à présent, si ces événements remontent à plusieurs années ? demanda Ian.

Le révérend détourna légèrement la tête, peut-être parce qu'il redoutait que Ian ne déchiffre trop aisément son expression.

— Je lui ai posé cette question, et elle a refusé de me le dire. Mais une jeune femme était morte dans d'épouvantables circonstances. Très…

Il secoua la tête, une profonde détresse creusant ses traits.

— Puisse-t-elle reposer en paix.

Sa remarque était plus une prière qu'une remarque à l'adresse de Ian.

Ce dernier, stupéfait, ouvrait la bouche pour répondre quand Rhodes le devança.

— Non, affirma-t-il. Il ne s'agit pas d'une affaire criminelle passée, d'une enquête que la police n'aurait pas résolue. Elle a juste été victime de la cruauté ordinaire à laquelle les gens s'abaissent si facilement. De la peur, de l'ignorance. Du besoin d'être comme tout le monde. Du moins, c'est ce que j'ai compris. Lena semblait se sentir mieux après l'avoir admis. C'est souvent ainsi, avec le remords.

Il esquissa un mince et doux sourire.

— Cela fait partie du travail d'un ministre du culte, inspecteur. D'aider les gens à faire face à leur culpabilité, et à la surmonter. À cesser de se mentir, de s'inventer des excuses de plus en plus tortueuses pour se convaincre qu'ils n'étaient pas en faute. C'est moins douloureux qu'on ne le croit d'admettre qu'on a eu tort. La confession vous délivre des mensonges et vous permet de demander pardon.

Il eut un petit haussement d'épaules, un geste empreint de regret.

— Alors, on peut poser son fardeau de culpabilité. Cela ne change rien, du moins pas dans l'immédiat, mais on a cessé de se mentir. C'est étonnant de voir combien il est difficile d'y parvenir. Les mensonges déploient des tentacules qui s'enroulent autour d'autres choses en nous et les étouffent. Et pendant tout ce temps, on se hait, parce qu'on sait qu'on a tous ces mensonges au fond de soi.

Ian songea à l'époque où il était écolier, et à leur aumônier. Il n'avait guère aimé cet homme, mais il avait eu du respect pour lui.

— Néanmoins, fit-il remarquer, cela ne nous dispense pas de devoir payer le prix. S'il reste des comptes à rendre, quelque chose qui a besoin d'être réglé.

— Si tel est le cas, on a de la chance, répondit Rhodes. Parce que, trop souvent, quand on finit par reconnaître sa faute, il est trop tard pour se racheter.

— Est-ce cela que ressentait Lena Madden ?

— Certes, puisque son amie était morte. J'ignore si elle avait fait quoi que ce soit pour causer cela, mais en tout cas, elle n'a rien fait pour l'empêcher.

— Vous avez dit qu'elle avait peur ?

— C'est l'impression que j'ai eue, rectifia le révérend.

Elle ne me l'a pas avoué. Et je ne peux vous dire ce qu'elle redoutait, si tel était bel et bien le cas. Peut-être faire face aux autres gens qui étaient mêlés à cette affaire, ou l'un d'eux en particulier. Elle ne me l'a pas dit. Peut-être fallait-il qu'elle se confesse à quelqu'un d'autre, quelqu'un dont l'opinion comptait pour elle. C'est toujours difficile. Certains sont plus enclins à pardonner que nous ne nous y attendons, et d'autres beaucoup moins.

La tristesse était peinte sur ses traits et Ian ne put s'empêcher de se demander s'il songeait à une personne ou à un événement particulier.

— C'est comme percer un furoncle, ajouta Rhodes avec un sourire morose. Le jour vient où cela doit être fait. Je crois que Lena était arrivée à ce jour-là. Et ne me demandez pas pourquoi. Je l'ignore.

On toqua un coup léger à la porte et, avant que Ian eût pu se lever pour répondre, celle-ci s'ouvrit. Il vit Polly soulever un plateau posé sur la table du vestibule et l'apporter.

— Tout va bien, Dido, assura-t-elle à la chienne qui l'avait entendue et s'était redressée, humant sans doute l'arôme discret mais appétissant d'un gâteau au gingembre.

Polly déposa le plateau et sourit à Ian.

— Je suis désolée. Elle pense qu'elle va être incluse chaque fois que nous mangeons ou que nous sortons faire…

Elle se tut abruptement, évitant le mot qui ne manquerait pas d'exciter Dido.

— Vous pouvez deviner, acheva-t-elle, avec une expression un peu contrite.

— Bien sûr, répondit Ian, tout à fait détendu maintenant. Et je suppose qu'elle ne se trompe pas ?

— Non, naturellement. Vous prenez du lait ?

— Oui, s'il vous plaît, mais pas de sucre, merci.

— Et une part de gâteau au gingembre ?

Ses yeux brillaient. Elle connaissait déjà la réponse, aussi bien qu'elle connaissait celle de la chienne.

— Oui, avec plaisir, merci, dit-il regardant non pas Polly mais l'animal, qui avait quitté sa place au coin du feu pour s'approcher du plateau.

Elle s'assit docilement, comme si on l'en avait priée.

Polly coupa une tranche qu'elle mit sur une assiette, et posa celle-ci sur le sol à l'intention de la chienne. La deuxième tranche, plus épaisse, fut offerte à Ian, et la troisième à Richard, déposée au coin de la table le plus proche de lui. Sa main la trouva aussitôt, et Ian présuma que l'assiette était toujours mise au même endroit.

Il but une gorgée de thé brûlant, léger et parfumé. Le gâteau au gingembre était délicieux, moelleux à souhait, cuit de la veille sans doute.

Tout était confortablement rassurant. Lena Madden avait-elle été assise là, dans cette pièce, quelques jours à peine avant sa mort ? S'était-elle délivrée de son fardeau à ce bienveillant révérend, et puis était-elle sortie pour aller à la rencontre de son destin ? Et avait-elle été moins anxieuse après sa visite alors que, en réalité, elle aurait dû être bien plus effrayée encore ?

8

Marcus fford Croft n'était pas un homme imposant. De taille moyenne, voire un peu en deçà, il était indéniablement bien en chair, mais il possédait une présence impressionnante. Ses épais cheveux, qui avaient autrefois été aussi roux que ceux de Miriam, étaient désormais blancs comme neige.

Assis dans son bureau, les documents étalés devant lui, Daniel avait du mal à rester concentré sur l'affaire de l'agression commise par Nicholas Wolford. Il était de son devoir de rendre compte de ses progrès à Marcus en tant que directeur du cabinet, mais il avait hâte de se remettre au travail.

Sa conversation avec Ian Frobisher au sujet des victimes poignardées par celui que les journaux avaient surnommé « l'Éventreur des jours de pluie » lui était restée à l'esprit. Il aurait voulu être plus utile à Ian, et surtout à Miriam. Elle n'aurait pu écoper d'affaire plus terrible pour entamer sa nouvelle carrière.

Quant aux charges retenues contre Wolford, il ne semblait pas y avoir grand-chose à décider. Il était avant tout question de l'amour-propre du professeur. Si Daniel tenait Marcus informé de la situation, c'était uniquement par courtoisie professionnelle. Il s'attendait à ce que son employeur lui prodiguât des conseils et il ne fut pas déçu.

— Vous devez être prudent, avertit ce dernier. Ne prenez pas cette affaire trop à la légère.

Il eut un petit geste de dégoût et soupira.

— Elle peut apparaître comme du temps perdu, mais il faut tout de même faire preuve de doigté. Il pourrait y avoir des aspects de la relation entre Wolford et Tolliver que vous ignorez. Soyez préparé à ce que ses avocats déterrent quelque chose de compromettant au dernier moment. Quelque chose de malsain ou de malhonnête. Ils prétendront qu'ils viennent de le découvrir, même si vous pouvez prouver qu'ils le savaient depuis le début. Et ils seront prêts à réfuter vos dires, de sorte que toutes les justifications imaginables ne serviront à rien. Wolford a une bonne réputation d'érudit sur laquelle s'appuyer, mais Tolliver aussi. Ou, pour être plus précis, aucun fait connu ne semble de nature à jeter le discrédit sur l'une ou l'autre partie. Je suis en mesure de l'affirmer car j'ai procédé à des vérifications appropriées…

Marcus hésita. Il était clair sur son visage qu'il se demandait s'il devait plaisanter des manœuvres juridiques qu'il suggérait, ou mettre Daniel en garde plus précisément contre des pièges qu'il ne verrait peut-être pas à temps.

Daniel, lui, fut pris au dépourvu par la révélation que Marcus venait de lui faire.

— Vous avez entendu parler de Wolford ? s'écria-t-il, stupéfait. Je ne pensais pas…

Il avait été sur le point de dire qu'il ne pensait pas que Marcus s'intéressât à l'histoire européenne moderne, en particulier à l'origine de la révolution française et des soulèvements successifs qui avaient ébranlé toute l'Europe. Ni à la manière dont, un par un, chacun de ces mouvements avait été écrasé. Les troubles politiques de 1848 avaient eu lieu avant la naissance de Marcus, mais la génération de ses parents avait dû être témoin de leurs conséquences dévastatrices.

— Je ne savais pas que cela vous intéressait, avoua-t-il enfin.

— Cela ne m'intéresse pas sur le plan historique, répondit Marcus. Seulement en tant qu'étude fascinante de la nature humaine et du processus qui a conduit les protestataires à devenir les oppresseurs contre lesquels ils s'étaient élevés.

— Est-ce là la conclusion de Wolford ? demanda Daniel, s'efforçant de fouiller dans sa mémoire.

En même temps, il s'appliquait à ne pas jeter un coup d'œil à l'horloge, qui lui rappellerait que la journée filait à toute allure et qu'il avait beaucoup à faire pour préparer ce procès.

Marcus secoua la tête.

— Quand vous vous levez au tribunal pour répondre à une question, il vous faut penser à tout. Il y a douze jurés à convaincre, sans parler d'un avocat adverse dont il faut déjouer les manœuvres. Comment est votre homme ? Que vont voir les jurés lorsqu'ils le regarderont, à votre avis ?

Daniel réfléchit quelques instants. Il se représenta les traits de Wolford, son attitude, son élocution si précise. Songea à l'habitude qu'il avait de chercher le mot juste.

— Ils verront un homme qui prend ses écrits très au sérieux. Un homme qui n'a jamais jusqu'ici été accusé de plagiat et dont l'originalité de pensée n'a jamais été mise en cause. Les opinions de Wolford n'ont pas changé, mais je vais devoir me donner du mal pour en apporter la démonstration sans ennuyer les jurés à mourir ni avoir l'air de les traiter avec condescendance. Je ne veux pas leur donner l'impression qu'il vient d'un monde différent du leur et qu'il ne leur ressemble en rien. Bien sûr, il n'avait aucun droit de frapper Tolliver, mais celui-ci avait menacé son honneur, sa réputation, et par conséquent, sa carrière même.

Et n'était-ce pas, au fond, le cœur de l'affaire ? Pas un coup de poing dans la mâchoire, mais une tache noire sur la réputation durement gagnée d'un homme. Daniel avait besoin de présenter ce danger de manière compréhensible à tout un chacun.

— Quand je leur montrerai que la carrière de cet homme pourrait être brisée par cette accusation – qu'il a volé les idées d'un autre –, ils comprendront sa réaction. Les jurés apprendront aussi que Wolford et Tolliver disposaient des mêmes sources, qui sont consultables par n'importe qui, et qu'ils en ont tiré les mêmes conclusions indépendamment l'un de l'autre.

Il eut un léger haussement d'épaules.

— Bien sûr, cela explique l'indignation de Wolford, mais convaincre les jurés qu'une agression était justifiée est une autre question. Ils ont perdu leur sang-froid tous les deux mais seul Wolford a fait mouche. Tolliver a eu de la chance – sauf, que, naturellement, il s'en est tiré moins bien physiquement. Quoi qu'il en soit, une amende imposée à Wolford devrait suffire à régler l'affaire. En partie en tant que châtiment pour sa conduite, et en partie comme contribution aux frais dentaires. Vous ne pensez pas que ce soit suffisant ?

— Si je le pense ? demanda Marcus, arquant les sourcils. Cela fait beaucoup de choses à observer pour douze hommes seuls. Si vous leur faites remarquer tout cela, procédez avec délicatesse. Ne leur parlez pas de haut.

Sa voix était aimable, le ton assez bienveillant, mais son regard perçant.

— N'attendez pas trop de ces gens, Daniel. Vous n'espérez pas que vos douze bons jurés soient tous diplômés de Cambridge, n'est-ce pas ? Dommage que Kitteridge soit en congé. Il aurait pu être utile.

Daniel tint sa langue avec difficulté ; il n'avait pas besoin des conseils de Toby Kitteridge, que ce fût en tant qu'ami ou supérieur immédiat, mais il savait que Marcus était bien intentionné et voulait l'aider.

— Je veux qu'ils voient un homme alarmé, à l'esprit confus, accusé d'un méfait dont il est innocent, dit-il avec fermeté. Menacé par la perte de sa bonne réputation à cause d'une accusation fausse. Tout ce qu'il possède, tout ce qu'il est, dépend de ma capacité à y parvenir.

— Voilà qui est mieux, déclara Marcus, approbateur. Vous devez leur faire comprendre qu'il s'agit d'une bataille entre deux hommes qui ont la même idée. Soyez prudent, Daniel. N'allez pas trop loin, cela vous perdrait la sympathie du jury. Et surtout, n'allez pas dire que votre homme était dans son droit en frappant son adversaire au visage. C'est un comportement trop agressif, et vous le savez ! Cela fait apparaître Wolford comme un homme violent.

— Oui, monsieur, j'en ai conscience. Je serai prudent !

Ayant relu ses notes une fois de plus, Daniel acquit la certitude que personne ne pouvait établir la culpabilité de Wolford en tant que plagiaire. L'agression, en revanche, était une tout autre question.

Il remit tous les documents dans sa serviette et prit un taxi pour se rendre au domicile de son client.

Wolford ouvrit la porte à l'instant où Daniel toqua, comme s'il l'avait attendu dans le vestibule.

— Bonjour, professeur Wolford, dit Daniel avec un léger sourire. Merci d'avoir pris le temps de me recevoir.

Il franchit le seuil et pénétra dans le vestibule sombre, au décor austère, avant de suivre Wolford dans son salon.

Il faisait agréablement chaud dans la pièce. Certains auraient trouvé les murs couverts de rayonnages pleins de livres oppressants, mais aux yeux de Daniel, c'était un décor parfait. Il s'installa dans un fauteuil en face de Wolford et ouvrit sa serviette pour y prendre les notes qu'il avait rédigées plus tôt dans la journée.

— J'aimerais passer les faits en revue une fois de plus… afin d'être bien sûr d'avoir tout couvert. Vous m'avez communiqué vos sources et j'ai lu votre livre – que j'ai trouvé fascinant. J'ai également étudié le travail de Mr. Tolliver, qu'il affirme que vous avez copié. C'est important, parce que cela explique pourquoi vous étiez furieux contre lui au point qu'une querelle éclate.

— Merci, dit Wolford.

Surpris, Daniel leva les yeux.

— C'est mon travail.

— D'avoir trouvé mon livre intéressant, rectifia Wolford. Et d'avoir perçu que Tolliver ment.

— Il vaudrait mieux que nous n'utilisions pas ce terme, conseilla Daniel.

Wolford le fixa d'un regard noir, accusateur.

— C'est la vérité !

— Professeur Wolford, si la vérité suffisait, la plupart des procès n'auraient pas besoin d'avoir lieu, rétorqua Daniel. Il y a des tactiques à adopter et une certaine compétence requise pour bien présenter votre affaire. Il s'agit de persuader des gens, de cerner leurs convictions, ce qu'ils peuvent comprendre à partir de leur propre vie, et puis d'utiliser leurs convictions et leurs craintes à notre avantage.

Il savait qu'il discourait, et lut une lueur de compréhension dans les yeux de son interlocuteur. Il reprit son souffle.

— On ne peut pas assommer les jurés avec des faits, votre sentiment d'indignation ou votre amour-propre blessé, si justifié soit-il. Souvenez-vous qu'ils n'ont pas à expliquer leur décision. Notre objectif est de les amener à considérer la situation de votre point de vue, si possible à avoir de la sympathie pour vous.

— Je demande qu'on me rende justice, pas qu'on me montre de la compréhension…

Wolford s'interrompit, l'air stupéfait et mécontent.

Daniel se rendit compte qu'il exprimait ses convictions

en tant qu'avocat, au lieu de satisfaire les besoins de Wolford en tant qu'accusé.

— Excusez-moi, dit-il. Beaucoup d'éléments vont être présentés au jury. Il y a le pour et le contre des deux côtés. Tout dépendra de qui les jurés croient, et cela ne tiendra pas qu'aux faits. Ils croiront ce qu'ils veulent croire et qui ils veulent croire ; ce qui est à leur portée et ne les trouble pas. Le concept de plagiat échappe à la plupart d'entre eux. Il n'affecte pas la vie d'un homme ordinaire. Cela ne nous servira à rien qu'ils voient en vous un homme intelligent. Peut-être qu'ils n'aiment pas les gens intelligents, ou que ceux-ci leur font peur.

Il se redressa un peu dans son fauteuil. La pièce lui semblait étonnamment familière. Elle lui rappelait l'université : la camaraderie, la soif d'explorer des idées nouvelles.

— Je ne peux pas les forcer à m'aimer ! protesta Wolford. Je suis professeur, enseignant, je ne suis pas un fichu politicien !

Une pointe d'agressivité perçait dans sa voix, audible quand il haussait le ton.

— Bien sûr que non, admit Daniel gentiment. C'est pourquoi vous avez un avocat. C'est à moi de faire en sorte qu'ils vous voient comme la victime, un homme à qui on a volé quelque chose d'une grande valeur et qui a momentanément perdu son sang-froid, pour une raison très justifiable. L'altercation est une autre affaire – et Tolliver a frappé le premier, de toute façon, même s'il n'a pas fait mouche. Mais votre réputation est une question différente et beaucoup plus grave. Elle définit le regard d'autrui sur vous. De fait, c'est votre gagne-pain. Tout homme peut comprendre cela, qu'il s'agisse de sa réputation en tant que professeur, écrivain, ou honnête commerçant, comptable ou boucher, quel que soit son métier.

Il se pencha un peu en avant.

— Les jurés seront avec vous là-dessus. Ils ne tranchent pas entre deux érudits. Ils tranchent entre un honnête et brave homme avec qui ils peuvent s'identifier et un jeune homme aux dents longues qui essaie de lui voler son travail et d'en profiter à tort.

Wolford baissa la tête et passa les mains dans ses épais cheveux, les décoiffant tout à fait. Daniel voyait qu'il se faisait violence pour se concentrer.

Il s'était trouvé plusieurs fois dans une situation similaire, lorsqu'il travaillait sur une affaire avec des clients. Il comprenait le besoin de clamer son innocence et savait combien tout pouvait soudain paraître incertain, vous filer entre les doigts.

— Écoutez-moi, reprit-il d'un ton calme. Si vous criez à l'injustice et que vous accablez Tolliver, vous donnerez l'impression d'être en colère et de vous apitoyer sur votre sort. Même si c'est à raison, cela ne vous rendra pas sympathique. Vous devez apparaître comme un homme fort, digne, qui a été dépouillé du fruit de son travail. Un homme à qui on a fait du tort. En même temps, si vous prouvez aux jurés que vous êtes un érudit respecté et admiré et que vous avez toujours été plus intelligent que Tolliver, ils auront peut-être pitié de lui. Et croyez-moi, son avocat aura pensé à tout cela. Si vous témoignez, il essaiera de vous faire perdre votre sang-froid, de vous pousser à la vantardise, à vouloir montrer que vous êtes plus brillant que son client – et, d'ailleurs, que tous les jurés mis ensemble. Là, ils auraient l'impression d'être insultés, ce qui les mettrait sur la défensive et surtout, susciterait de la sympathie pour Tolliver et non pour vous !

Wolford leva les yeux et le fixa.

— Habile, murmura-t-il. Je suis content d'être innocent. Si vous me pensiez coupable, me défendriez-vous avec autant d'assiduité ?

Il ponctua sa question d'un sourire bref, un peu tordu, impénétrable.

— Sans doute que non, admit Daniel avec franchise. Mais non seulement je vous crois, je crois aussi que toutes les preuves sont de votre côté. Ce que j'ai besoin de faire, c'est de persuader le jury de considérer la situation de manière impartiale. Ce n'est pas aussi simple qu'il y paraît, parce que, à moins que l'un d'eux ne soit écrivain, tout le concept de l'intégrité académique – l'idée de rechercher, d'étudier, d'aboutir à une conclusion – leur sera étranger. Et si l'avocat de la partie adverse est un tant soit peu compétent, il veillera à ce que le jury soit formé d'hommes ordinaires – qui savent lire et écrire, mais pas comme des auteurs, et sûrement pas comme des historiens. Ce ne seront pas des professeurs de Cambridge, vous pouvez le parier !

Wolford se mordilla la lèvre, signe inconscient d'anxiété.

— Eh bien, que comptez-vous faire ?

Daniel batailla pour trouver une réponse honnête, qui puisse rasséréner Wolford. Quand les jurés verraient sa mine abattue, ils en concluraient qu'il avait peur et, à leurs yeux, la peur serait synonyme de culpabilité. Personne ne voulait envisager que des innocents puissent être condamnés ; cela suggérait un abîme d'horreur où les jurés préféraient ne pas regarder. Ils pouvaient si aisément être encouragés par la partie adverse à croire qu'un homme innocent leur ferait confiance pour le trouver tel, et n'aurait donc aucune crainte. Il expliquerait cela à Wolford le moment venu. Il savait combien cet homme avait à perdre et était sincèrement désolé pour lui.

— Vous êtes innocent, dit-il avec fermeté. Faites-leur confiance. Et je vous en prie, faites-moi confiance !

Il eut un sourire sombre.

— Si vous avez des doutes à mon sujet, le jury le sentira, et notre tâche sera d'autant plus difficile.

Wolford sourit.

— Je vous fais confiance, autant que je puisse faire confiance à quiconque. Ce n'est pas facile.

— Non, mais vous devez essayer, c'est très important.

Daniel comprenait le point de vue de Wolford. Plus il s'habituait à exercer comme avocat, à se tenir devant un jury et à présenter un argument avec passion, plus il avait de mal à laisser quelqu'un parler à sa place. Il en allait de même pour Wolford. Ce dernier était accoutumé à donner des conférences, à discourir plutôt qu'à écouter, et à ne jamais avoir quelqu'un qui parlait pour lui. Il incombait à Daniel de s'assurer que son client ne nuirait pas à ses chances de victoire, voire ne perdrait pas son procès par mégarde en essayant de prendre sa propre défense.

Daniel s'aperçut que Wolford le dévisageait. On voyait à son regard, à la tension qui raidissait chacun des muscles de son corps, qu'il voulait protester.

— Vous êtes dans votre droit, ajouta Daniel fermement, l'empêchant de parler sans pour autant lui couper la parole. C'est vous, la victime ! Ce n'est pas à vous de vous battre, mais à moi. Et si vous me privez de cela, vous pourriez perdre, juste parce que vous avez déplu au jury. Par conséquent, cessez de penser à tout ceci comme à un exercice mathématique et de vouloir résoudre l'équation, et prenez conscience qu'il s'agit d'une pièce de théâtre ! Faites-leur ressentir quelque chose et ils seront d'humeur à vous disculper.

— Mais… commença Wolford. Pour l'amour du Ciel, Pitt, nous sommes des gens civilisés ! Faites appel à leur raison ! La raison est de mon côté. Je suis innocent !

— Le jury n'est pas composé d'étudiants, professeur. Ce sont les représentants de l'homme de la rue – et je dis bien « de l'homme »… les femmes n'ont pas le droit d'en être. Il ne sert à rien de s'adresser à leur raison avant d'obtenir leur compréhension, et leur compassion face à ce que cette perte signifie pour vous. C'est-à-dire quand…

Il se tut. Wolford le fixait avec une irritation croissante.

— Les mots sont mon domaine autant que le vôtre, reprit Daniel. Les mots qui informent mais aussi qui éveillent les émotions, qui touchent les jurés. S'ils voient que vous n'avez pas confiance en moi, ils ne me feront pas confiance non plus. À vous de me donner les armes que je peux utiliser.

Wolford hocha la tête en silence, comme si son agacement l'avait déserté.

— Parlez-moi de Tolliver et de votre relation avec lui.

Bien entendu, Daniel avait déjà effectué des recherches à ce sujet, aussi bien sur le plan personnel que professionnel. Il était au courant de l'hostilité et de la rivalité qui opposaient les deux hommes. Il connaissait les faits, il avait besoin de comprendre les émotions. Pourquoi Tolliver avait-il choisi d'accuser Wolford d'un méfait aussi laid ? D'ailleurs, croyait-il à sa culpabilité ? Surtout, de quelles preuves disposait l'équipe adverse que Daniel n'avait pas prévues ? L'avocat de Tolliver était un homme d'âge moyen appelé Cobden, qui avait gagné bien plus de procès qu'il n'en avait perdus.

— Professeur ! lâcha Daniel sur un ton sec, les ramenant tous les deux à la conversation.

Wolford rencontra son regard, et Daniel lut dans son expression un curieux mélange d'assurance, de colère et d'angoisse sincère. Il fut envahi par une bouffée de pitié à son égard. Instinctivement, il eut envie de tendre la main et de le toucher, ce qui était ridicule : il exerçait la profession d'avocat, il avait été engagé pour défendre cet homme au tribunal. Cependant, il comprenait l'inquiétude de Wolford. S'ils perdaient le procès, la punition juridique serait limitée à une simple amende, laquelle pourrait causer certaines difficultés financières. Il n'était pas question d'une peine de prison. Cependant, il y avait des conséquences pires que la prison pour un homme tel que Wolford. L'affaire pourrait se solder par la ruine de la réputation qu'il avait mis une vie entière à construire.

Daniel savait qu'il n'allait pas être un client coopératif, et pourtant, son attitude au tribunal était d'une importance cruciale.

— Prêtez attention ! ordonna-t-il sévèrement, du ton que Wolford usait avec les étudiants autrefois.

À l'époque, Daniel l'écoutait, fasciné, relater les événements qui avaient jalonné la révolte, donner une description vivante des personnages presque incroyables de la révolution française. Le géant qu'était Danton : un homme fruste, une force de la nature, et, en fin de compte, une figure héroïque. Le sinistre Robespierre, avec sa perruque poudrée, ses hauts talons et sa démarche efféminée, qui suçait des oranges pour combattre l'indigestion en expédiant des centaines, sinon des milliers, de malheureux à la guillotine. Comme il était ironique qu'il n'eût jamais vu cette monstrueuse machine de mort avant le jour où on le transporta en charrette au lieu de sa propre exécution ! Et puis, bien sûr, il y avait Marat, assassiné dans sa baignoire sabot par Charlotte Corday ! Et Joseph Fouché, l'ancien oratorien qui leur avait survécu. Wolford avait brossé d'eux tous un portrait passionnant aux étudiants qui, assis devant lui, étaient suspendus à ses lèvres.

Daniel saisit un éclair de compréhension sur les traits de Wolford. Revoyait-il le même passé que lui ? Les souvenirs revenaient-ils au galop ? Daniel s'était senti si insignifiant alors, en découvrant que son succès à l'école s'était évanoui en présence des meilleurs cerveaux du pays. L'excellence de naguère n'était que la moyenne à Cambridge. Il avait été tiraillé entre l'excitation, le doute quant à ses capacités, des peurs qui semblaient immenses et ridicules, et la conviction que l'entrée qu'on lui avait accordée dans le vaste monde du savoir et de la passion valait bien n'importe quel sacrifice exigé de lui.

Sa vie à l'université ne remontait qu'à quelques années, mais elle semblait appartenir à une autre existence. Il avait été un adolescent à l'époque, il était un homme maintenant. Les grands rêves qui le guidaient alors avaient cédé la place à d'inébranlables réalités. Rien n'était théorique, il n'avait pas de deuxième chance de trouver la bonne réponse. Désormais, tout était réel : les gens, les tragédies, la culpabilité, le deuil et l'échec. Et parfois, la mort.

Il recommença à questionner Wolford sur chaque étape de son travail, les arguments qu'il avait avancés, les références et sources sur lesquelles il s'était fondé. Des souvenirs lui revinrent en mémoire et il s'en servit pour faire sourire Wolford, même si les plaisanteries qui avaient paru si drôles à l'époque l'étaient moins maintenant, tempérées par la mémoire et la pensée de ceux avec qui il les avait partagées.

— Oh ! Il est allé en Amérique, déclara Wolford à propos de quelqu'un que Daniel avait évoqué. Il enseigne et cela lui plaît énormément. J'ai reçu une lettre de lui voilà juste un mois.

Son visage s'était détendu à la mention du nom de cet ancien étudiant resté en relation avec lui.

Daniel vit ses traits s'éclairer et se promit intérieurement de se servir de cela au tribunal. Il s'attendait à ce que le procès ne dure pas plus d'une journée.

— Et cela ? demanda-t-il en désignant un article publié par Tolliver deux ans plus tôt.

Il le tendit à Wolford. Le texte était controversé et le ton querelleur, mais il voulait provoquer Wolford et voir sa réaction. Il se souvenait que ce dernier pouvait s'emporter facilement. Voire frôler la violence parfois. Comme maintenant.

Une lueur de rage traversa le visage de Wolford.

— Irresponsable. Cet homme est stupide, asséna-t-il sèchement. Son raisonnement est faussé ; il s'imagine être infaillible.

Un mépris non dissimulé s'entendait dans sa voix.

— C'est évident ! Il est complètement incompétent…

Il avait haussé le ton et son visage s'était empourpré.

— C'est ce que je veux dire ! coupa Daniel. Ne faites pas ça – ne criez pas contre les autres. Ne soyez pas agressif et ne leur donnez pas l'impression qu'ils sont stupides, inférieurs à vous.

Wolford se tut, l'air interdit.

— Pour l'amour du Ciel, servez-vous de votre cerveau ! ordonna Daniel sèchement. Je ne peux pas gagner ce procès si vous me mettez des bâtons dans les roues.

Wolford resta silencieux.

Daniel se détendit un instant, prit une profonde inspiration et redressa les épaules. Il continua à guider son client sur la manière de répondre aux questions qu'il risquait d'avoir à affronter. Il commençait à se demander sérieusement si Wolford tenait à gagner ce procès ou pas.

9

Huit jours s'étaient écoulés depuis le meurtre de Lena Madden. Ian Frobisher s'était assoupi dans son fauteuil après le dîner.

Il était plus endormi qu'éveillé quand une main lui secoua doucement l'épaule.

C'était celle de Mrs. Jones, sa logeuse, qui avait gardé dans sa voix l'intonation chantante du gallois et considérait encore les montagnes du pays de Galles, qu'elle avait quittées quarante ans auparavant, comme son foyer. Deux autres pensionnaires vivaient dans la maison, deux hommes plus âgés, mais Ian était son préféré et elle n'en faisait pas mystère.

— Je suis désolée, Mr. Frobisher, dit-elle sur un ton d'excuse, mais il y a ici un monsieur qui désire vous parler.

Ian se força à revenir au présent. Il comprit à la manière dont elle s'était adressée à lui qu'il ne s'agissait pas de la visite d'un ami. Il en avait quelques-uns, surtout d'anciens camarades d'université ou même d'école qu'il avait connus en pratiquant des sports d'équipe. Il avait excellé en sport, surtout en cricket, et ces amitiés-là avaient perduré.

Il se redressa au moment où son sergent, Billy Bremner, entrait dans la pièce. Ce dernier avait les cheveux mouillés, aplatis sur le front. Ses vêtements, en revanche, paraissaient secs. Puis Ian baissa les yeux et vit que le bas des jambes de son pantalon était détrempé, et ses bottes aussi. Il devina que l'imperméable et le chapeau de son subordonné devaient être accrochés dans le vestibule. Il savait aussi que Bremner aurait dû avoir terminé son service.

— Merci, Mrs. Jones, dit Ian avec un sourire tendu, avant de s'adresser directement à Bremner, l'estomac déjà noué. Qu'y a-t-il ?

Il savait déjà.

— Une autre victime ? souffla-t-il.

— Désolé, monsieur, murmura Bremner, visiblement abattu.

Ian se leva.

— Tout est pareil ? Aucune chance que ce soit l'œuvre d'un imitateur ?

Il n'y croyait pas vraiment.

Bremner jeta un coup d'œil à Mrs. Jones qui se tenait un peu en retrait, attendant peut-être de savoir si Ian allait sortir.

— Non, monsieur, aucune. Du moins, je ne crois pas, ajouta-t-il en se balançant d'un pied sur l'autre.

Ian comprit. Plus longtemps Bremner s'attardait au chaud, plus il lui serait pénible de braver le froid de nouveau.

— Bien. Merci, Mrs. Jones. Il semble que je doive sortir. Ne m'attendez pas, je ne serai sans doute pas de retour avant demain matin.

Mrs. Jones marmonna quelque chose que Ian ne comprit pas, même s'il en devinait le sens. Peut-être avait-elle parlé gallois. Il se tourna vers elle.

— Cela paraît très satisfaisant, Mrs. Jones. Il faudra que vous m'appreniez ça un de ces jours.

Il lui sourit et lut l'amusement sur ses traits.

— Oh ! Mr. Frobisher, je ne pourrais pas faire ça ! C'est… c'est du langage de la mine. Je l'ai appris…

Elle secoua la tête, les joues rosies par la gêne.

— Peu importe. Je vais fermer la porte derrière vous. N'oubliez pas votre clé, au cas où vous rentreriez avant que je me lève pour allumer les feux.

— Merci, Mrs. Jones. Je l'ai toujours sur moi. Et ne gardez pas de petit déjeuner pour moi. Je ne serai pas de retour à temps.

— On se demande où va le monde, soupira-t-elle, morose. Je suppose que vous ne voulez pas boire un thé avant de partir ?

Elle haussa les sourcils, son regard allant de Ian à Bremner.

— Je voudrais bien, répondit Bremner en lui rendant son sourire. Mais on est pressés, désolé.

— Dans ce cas, voulez-vous emporter un peu de cake ?

— Oui, merci, répondirent les deux hommes avec enthousiasme, et à l'unisson.

Elle s'en occupa pendant qu'ils enfilaient leurs bottes et leurs lourds imperméables, et nouaient une écharpe autour de leur cou. Elle leur tendit à chacun une épaisse tranche de cake enveloppée dans du papier brun.

— Ne le laissez pas prendre l'eau, recommanda-t-elle.

— Merci.

Ian glissa le paquet dans sa poche intérieure, après quoi il ouvrit la porte et sortit sous la pluie battante. Bremner était à un pas derrière lui, ayant protégé pareillement sa précieuse part de gâteau.

Ils s'engouffrèrent dans la voiture de police garée contre le trottoir et le chauffeur démarra. Ian n'avait pas besoin de lui demander où ils allaient. Bremner avait mentionné Ferdinand Street, une rue qui partait de Chalk Farm Road, et Ian connaissait le chemin.

Il était neuf heures, par un lugubre soir d'hiver. Tous les commerces étaient fermés, les caniveaux ressemblaient à des ruisseaux de montagne charriant de l'écume dans les rues désertées. Les rares personnes qui avaient été surprises par la pluie se hâtaient sur les trottoirs glissants pour trouver un pas de porte ou un refuge quelconque abrité du vent.

— Qu'est-ce que cela nous dit sur la victime ? grommela Ian. Quel genre de personne sort par une nuit comme celle-ci ?

Bremner ne prit pas la peine de répondre.

La voiture tourna dans une petite rue et s'arrêta près de deux agents debout sous la pluie, col remonté et chapeau enfoncé sur la tête, les bords dégoulinants d'eau. L'un d'eux se pencha pour ouvrir la portière.

Ils étaient non loin d'un réverbère et, dans le faisceau de lumière, la pluie tombait à l'horizontale, les gouttes rebondissant sur les pavés en arcs lumineux avant de couler dans le caniveau. Un autre faisceau de lumière brillait sous le réverbère suivant, à quelques mètres de là, illuminant un bref tunnel de pluie battante. Un tas informe qui ressemblait à une pile de vieux vêtements sales gisait là, sur l'étroit trottoir.

Ian descendit de voiture et remercia l'homme qui lui tenait la portière. Il sentit que Bremner descendait de l'autre côté. Il n'y avait pas de circulation dans la rue. Il entendit la portière se refermer.

— Qu'est-ce qu'on a ? demanda-t-il à l'agent.

— Un homme de quarante-cinq ans environ, je dirais, répondit ce dernier. Lardé de coups de couteau. Je n'ai pas regardé de près. Je ne voulais pas le bouger au cas où il y aurait des indices importants pour vous, monsieur. Vu que c'est vous qui vous êtes occupé des autres.

— Vous êtes sûr qu'ils sont liés ? Comment ?

— Faut espérer qu'il n'y ait pas deux déments pareils, répliqua l'agent avec conviction. Comme je vous disais, il a reçu une série de coups de couteau. Mais surtout, le bout de son index droit est manquant. Et personne ne sait ça, monsieur. Du moins, on n'en a pas parlé dans les journaux.

— Comment se fait-il que vous soyez au courant des autres doigts manquants ?

— Je l'ai entendu dire. Des rumeurs, quoi.

— Par qui ?

— Euh… je…

— Des collègues, vous voulez dire ?

Ian remonta son col pour empêcher la pluie glacée de dégouliner dans son cou.

— Allons, mon brave, je ne vais manger personne. Il faut qu'on attrape ce salopard avant qu'il ne tue de nouveau. Nous n'avons pas la moindre piste. Ce n'est pas le moment de protéger qui que ce soit. Si vous le faites, vous protégez peut-être le tueur aussi. C'est ça que vous voulez ?

— Non ! Non, monsieur. C'était juste quelques mots entre policiers.

Il secoua la tête avec vigueur.

— C'est comme ça que je l'ai su. C'était un des gars qui ont trouvé la deuxième victime, monsieur. Je préférerais ne pas…

— Non, coupa Ian. Je comprends. Avertissez-le, de ma part, de tenir sa langue à l'avenir, sans quoi il le regrettera. Compris ?

— Oui, monsieur.

Peut-être Ian se montrait-il trop peu strict, mais il voulait que l'agent coopère avec lui, non qu'il soit terrifié, ou qu'il garde des secrets.

— Avez-vous envoyé chercher le médecin légiste ?

— Oui, monsieur. Il devrait arriver d'un moment à l'autre. Je suppose que vous allez le transporter à la morgue, ajouta-t-il en désignant le corps recroquevillé, pour le voir à la lumière.

Personne ne pouvait faire grand-chose, là, dans le noir

et sous la pluie. De l'autre côté de la rue, les caniveaux débordaient déjà.

Ian hocha la tête.

— Je vois que vous avez fermé la rue à la circulation. Je ne sais pas ce que nous allons trouver dans le noir. De toute façon, la pluie a sans doute emporté beaucoup de sang.

— On l'a protégé comme on pouvait, monsieur, mais je ne sais pas depuis combien de temps il était là quand on l'a trouvé. Ses vêtements sont complètement détrempés. Je l'ai recouvert de mon ciré. Par décence.

Ian remarqua alors que l'agent ne portait que sa veste d'uniforme, et qu'il était aussi trempé, sans doute jusqu'aux os. Il devait être transi. Cependant, Ian ne pouvait l'envoyer se mettre à l'abri dans l'immédiat.

— Vous avez bien fait, dit-il en regardant l'homme dans les yeux. Ça nous donne une chance de trouver des indices. Vous avez parlé à des gens qui reconnaissent l'avoir vu avant vous ?

— Non, monsieur. Je suppose que, si des gens sont passés par ici, ils auront pensé que c'était un ivrogne ou… ou alors ils n'ont pas eu envie de vérifier.

Ses épaules se tassèrent légèrement, comme s'il cherchait à se protéger.

— Les gens ont peur, monsieur. Ils ne veulent rien voir, rien regarder. Surtout, ils ne veulent pas rester debout sous la pluie à attendre la police.

— Ce n'est pas étonnant. Comment avez-vous su qu'il était ici ?

— Une femme a crié, monsieur. Un agent faisait sa ronde dans Malden Crescent, qui débouche dans Prince of Wales Road, et l'a entendue. Il est venu nous trouver.

— Où est-elle ?

— Il l'a emmenée dans un café au coin de la rue pour qu'elle se remette. Elle était dans tous ses états, vous comprenez.

— Oui.

Ian leva les yeux.

— Bremner ! appela-t-il. Il y a un café au coin, où un agent a emmené la femme qui a découvert le corps. Allez voir ce qu'elle a à dire avant qu'elle ne l'oublie.

— Vous ne voulez pas y aller, monsieur ?

— Si, mais vous allez le faire à ma place.

— Mais, monsieur…

— Allez-y ! aboya Ian. Nous serons tous gelés et trempés jusqu'aux os avant la fin de la soirée.

Il savait que, comme eux tous, Bremner détestait questionner un témoin bouleversé, mais il n'y avait pas de tâche agréable dans ce genre de situation. Même s'il était agacé, Bremner serait courtois. Il avait beau affirmer ne pas avoir de patience, surtout avec les femmes, Ian était persuadé qu'elles lui inspiraient un excès de compassion, au contraire ; Bremner voyait sa mère et sa sœur en elles, et il était dans sa nature de vouloir les protéger.

Le sergent s'en alla. Ian s'approcha du corps, braquant sa torche sur le visage de la victime. C'était la partie qui lui coûtait le plus, le premier regard sur un être qui, quelques instants plus tôt, était en vie, et terrifié, peut-être en proie à des souffrances presque insupportables. Il se disait qu'il était stupide de l'imaginer. Que cela n'aidait personne ! Pourtant, ce n'était pas tout à fait vrai. Cela rendait la personne réelle, comme si l'essence de ce qu'elle avait été restait réelle.

— Vous connaissez son nom ?

— Oui, monsieur. Il avait son portefeuille et deux lettres dans sa poche. Roger Haviland. Il vit dans Park Road, juste à côté de Haverstock Hill, d'après l'adresse sur l'enveloppe. Et…

Sa voix s'éteignit.

— Oui ?

— Il est marié, monsieur. Une des enveloppes est

adressée à Mr. et Mrs. Haviland. Nous n'avons encore envoyé personne l'avertir.

— Nous nous en chargerons, dit Ian, révisant aussitôt son opinion quant à la tâche qui lui déplaisait le plus.

Il déplaça lentement sa torche afin d'examiner le visage de l'homme. Celui-ci avait des traits agréables, décidés, des cheveux bruns épais, légèrement ondulants. Ian vit du premier coup d'œil que sa chemise était en tissu d'excellente qualité, et très bien coupée. Il n'aurait pas été étonné d'apprendre qu'elle venait de Jermyn Street, près de Savile Row, le quartier où se trouvaient les meilleurs tailleurs du monde. Sa mère lui avait offert une chemise de Jermyn Street une fois, pour Noël. Il ne la portait que lors d'occasions spéciales et elle était encore comme neuve.

Qui avait offert cette chemise à Roger Haviland ? L'avait-il achetée lui-même ?

Le complet était de bonne qualité, mais ce n'était pas du sur-mesure. Du moins, pas à en croire l'étiquette. Cela dit, le tissu avait été lacéré avec tant de violence qu'il était impossible d'en dire davantage.

Dans le noir et le vent, Ian ne pouvait rien constater de plus. À la lumière du réverbère, la pluie ressemblait à des poignards argentés, le sang luisait sur les pavés. Il songea à Miriam fford Croft et se demanda comment les médecins légistes faisaient pour ne pas penser au fait que les corps qu'ils examinaient avaient été des êtres humains vivants. Comme nous tous, la victime avait eu des qualités et des défauts, des espoirs et des craintes. Il pria pour que sa terreur eût été brève, que la souffrance eût vite cédé le pas au néant.

Il se redressa.

— Merci. Pouvez-vous braquer votre torche sur les alentours et voir si vous remarquez autre chose ?

L'homme s'exécuta. Ensemble, ils scrutèrent les dalles et le bord du trottoir, puis dirigèrent le faisceau de la lampe vers le mur qui longeait la rue jusqu'au pâté de maisons suivant. Ils se penchèrent sur la chaussée, mais les caniveaux pleins à déborder régurgitaient leur contenu boueux sur le goudron noir. Tout semblait en mouvement, l'eau glissait sur la surface sombre, charriant divers débris. Et peut-être, des indices.

— Que savons-nous de Mr. Haviland ? Que faisait-il par ici ? Avez-vous trouvé quelqu'un qui le connaissait ? Ou qui l'aurait croisé ?

— Non, monsieur. Personne ne s'arrête pour bavarder, encore moins pour regarder autour de soi par une nuit pareille. Nous pouvons interroger les commerçants et les employés des bureaux voisins, mais je serais étonné qu'on trouve qui que ce soit.

— Eh bien, insistez malgré tout. Faites-leur bien comprendre que, s'ils mentent, cela suggère qu'ils ont quelque chose à cacher.

— Ils ont sûrement juste envie de rester en dehors de tout ça, monsieur.

— Je sais ! riposta Ian. Mais les gens qui sont passés ici ce soir sont déjà impliqués, qu'ils le veuillent ou non. Selon l'heure, ce pauvre diable était là ou non. Soit ils ont vu quelqu'un d'autre, soit non. S'ils ont l'habitude d'emprunter cette rue et qu'ils ne l'aient pas fait ce soir, pourquoi ? Ont-ils quitté leur travail à une heure différente de l'accoutumée, et pourquoi ? Si la raison est innocente, ils n'ont rien à craindre. Dans le cas contraire, tant qu'elle n'a rien à voir avec la mort de Haviland, nous pouvons certainement l'ignorer. Une liaison ou un rendez-vous illicite nous importe peu. Mais un mensonge, n'importe lequel, est suspect, c'est compris ?

— Oui, monsieur, c'est compris.

— Bien. Nous commencerons dès que le fourgon de la morgue et le médecin légiste seront arrivés.

— Oui, monsieur. Ce sera le Dr Hall ?

— Vous la connaissez ? demanda Ian, surpris.

L'agent esquissa un sourire gêné.

— Elle m'a remonté les bretelles une fois. Je ne l'ai jamais oublié. J'ai cru qu'elle allait me dévorer tout cru… et puis elle a souri. Mais ça m'a appris à ne pas être insolent avec elle.

Ian lui rendit son sourire.

— Ça ne m'étonne pas. Et je n'essaierais pas avec le Dr fford Croft non plus.

— Qui c'est, celui-là ?

— C'est une femme, rectifia Ian. Celle qui va succéder au Dr Hall.

— Je ne pensais pas que les femmes puissent faire ce genre de métier. Pourtant, je suppose que le Dr Hall est une femme, plus ou moins.

Dix minutes plus tard, le fourgon de la morgue arrivait. Une silhouette trapue en descendit, affrontant la pluie diluvienne pour s'approcher du réverbère et observer le corps.

— Quand on parle du loup… souffla l'agent.

— Je vous ai entendu ! aboya le Dr Hall avant de regarder Ian. Un autre ?

— Oui, madame. On dirait bien.

Elle baissa les yeux sur la victime.

— Pauvre diable, murmura-t-elle, avant d'ajouter plus fort : Très bien. Ôtez-vous de mon chemin !

Ian et l'agent restèrent en retrait. Bremner émergea d'un rideau de pluie pour saluer le médecin, puis se tourna vers Ian.

— J'ai le nom et l'adresse du témoin. Je ne crois pas qu'elle nous soit d'une grande aide. Elle passe ici presque chaque soir en rentrant chez elle et elle a croisé cet homme plusieurs fois, mais ils ne se sont jamais adressé la parole. Par conséquent, il vient ici régulièrement.

Il ne tira pas de conclusion à voix haute. Ils se comprenaient.

— Que fait-elle dans la vie ?
— Elle travaille dans une chapellerie à cinquante mètres d'ici.
— Qui diable sort acheter un chapeau par un soir pareil, bon sang ?
— Personne. C'est pourquoi elles ont fermé boutique de bonne heure.
— On se demande pourquoi elles ont pris la peine d'ouvrir.
— Pour les chapeaux d'hiver, expliqua Bremner. Certains sont en fourrure et plutôt alambiqués, ajouta-t-il avec un bref sourire amusé.
Ian haussa les épaules. Il avait les pieds trempés après avoir examiné les caniveaux. La pluie semblait de plus en plus drue.
Les policiers poursuivirent leurs investigations auprès de quelques commerçants et employés qui travaillaient non loin de là. Deux ou trois d'entre eux se souvenaient d'avoir entrevu des silhouettes, mais guère plus que des ombres indistinctes sous la pluie.
— Tout ça ne sert à rien ! se plaignit Bremner. Un passant emmitouflé sur le trottoir est impossible à distinguer d'un autre. Je ne reconnaîtrais même pas mon propre père par ce temps. D'ailleurs, il faudrait vraiment qu'il n'ait pas le choix pour sortir.
Il leva la tête et regarda Ian.
— Vous ne faites que repousser le moment d'annoncer à sa pauvre femme qu'elle est veuve. Elle commence sûrement déjà à s'inquiéter de son retard, alors finissons-en. Nous n'apprenons rien ici. Tout le monde est trempé, transi, en colère et horrifié.
Ian écarquilla les yeux. Il n'était pas accoutumé à ce qu'on lui parle sur ce ton, et certainement pas son subordonné. La pression se faisait sentir et ce déluge n'arrangeait rien. Il sentait à peine ses pieds mouillés, glacés.
— Nous devons interroger les gens qui sont dans le

quartier avant qu'ils ne rentrent chez eux et que nous ne les perdions, rétorqua-t-il, plus sèchement qu'il ne l'avait voulu. Je suis surpris d'avoir à vous le dire.

Les paroles avaient à peine franchi ses lèvres qu'il les regretta. Il donnait l'impression de se venger du ton que Bremner avait employé avec lui. Il avait été puéril, et s'en rendait compte.

— Ça nous fera une belle jambe, répliqua Bremner. Si on a appris une seule chose utile, vous avez dû oublier de m'en parler.

Ian devait recouvrer le contrôle de la situation. Il inspira profondément.

— Il faut qu'on essaie, dit-il, s'efforçant au calme. Il est possible que quelqu'un ait vu quelque chose.

— Des trombes d'eau, voilà ce que les gens ont vu. Et des gens qui les croisaient tête baissée. Ça nous sert à quoi, bon sang ? J'aurais pu vous en dire autant sans les interroger.

Bremner rentra les épaules, se tassant contre une rafale de vent qui déferlait dans la ruelle.

— Allons gâcher la vie de cette pauvre femme, et finissons-en.

Sur le point de riposter, Ian se ravisa. Céder à la colère ne résoudrait rien. Il se sentait coupable de ne pas avoir d'idée nouvelle ou utile alors que ce troisième meurtre semblait conforme à un modèle désormais familier. À cette différence près que, cette fois, la victime était un homme, et que l'agression paraissait avoir été encore plus sauvage.

En dépit du travail acharné qu'ils avaient fourni depuis le premier meurtre, ils n'en savaient pas davantage à propos de l'identité du tueur qu'au début. Ils ne savaient pas non plus qui risquait d'être la victime suivante. Quel point commun ce Roger Haviland pouvait-il avoir avec Lena Madden ou Sandrine Bernard ?

Au bout d'un moment, il comprit la raison du

comportement de Bremner : le sergent avait peur. Lui aussi avait le sentiment que l'affaire échappait à leur contrôle, et peut-être avait-il raison d'être effrayé. En outre, il se complaisait dans le rôle du rude gaillard venu du Nord, élevé dans un climat tout aussi rude, aux antipodes de la douceur du Sud. En réalité, Bremner était doux comme un agneau ! Une fois, il avait passé toute une nuit dehors à chercher un chien perdu. Quand il était revenu le lendemain matin, à moitié endormi, Ian avait feint de n'avoir rien remarqué. Ils n'y avaient jamais fait allusion depuis.

Tête baissée, il affronta le vent qui s'engouffrait dans la rue étroite, et gagna le coin pour déboucher sur l'artère principale. Bremner le talonnait.

La voiture les attendait. Ian donna au chauffeur l'adresse des Haviland, trouvée sur l'enveloppe qui était glissée dans la poche de la victime.

Il fixa la vitre, les rues désertées sous la pluie incessante, songeant que cette soirée allait encore empirer. Il était en route pour annoncer à une épouse dévouée, qui ne se doutait de rien, que l'homme qu'elle aimait ne reviendrait pas à la maison. Jamais.

10

Le trajet dura une demi-heure, durant laquelle ni Ian ni Bremner ne prononcèrent un mot. Ian se demandait si Bremner pensait à la manière dont ils allaient annoncer la nouvelle, comment s'y prendre pour en amortir la brutalité. On n'entendait que le ronronnement du moteur, le frottement des essuie-glaces et le ruissellement de l'eau sur le pare-brise.

— Nous y sommes, monsieur, déclara le chauffeur, brisant le silence. Je vous attendrai ici.

Ian le remercia et descendit, aussitôt agressé par la pluie torrentielle. Après la chaleur relative qui régnait dans la voiture, c'était comme si des glaçons s'abattaient sur lui ; sans doute la pluie allait-elle se muer en neige fondue avant l'aube. Ce serait encore pire.

Bremner juste derrière lui, il remonta l'allée faiblement éclairée par la lampe de l'entrée. Ils avaient beau être entre deux réverbères, la pluie assombrissait tout.

Ian tâtonna pour trouver la sonnette et la pressa.

Le silence parut interminable, mais moins d'une minute s'était écoulée lorsqu'un bruit de pas lui parvint, suivi du déclic du loquet qu'on tirait, et puis la porte s'ouvrit en grand. Une femme aux cheveux châtains se tenait sur le seuil. Grande, jolie, le teint clair et les yeux foncés, une expression stupéfaite sur les traits. À l'évidence, elle s'attendait à accueillir quelqu'un d'autre. Son mari, qu'elle ne reverrait plus jamais.

— Mrs. Haviland ?

— Oui, répondit-elle avec une pointe de méfiance. Je vous connais ?

— Non, madame. Je suis l'inspecteur Ian Frobisher et voici le sergent Bremner.

Il lui montra sa plaque.

— Pouvons-nous entrer ?

— Mon mari n'est pas là…

Un doute se lut soudain sur son visage, comme si elle se demandait si elle aurait dû admettre qu'elle était seule.

La gorge de Ian se serra. La tâche qui l'attendait était la pire qu'un policier eût à affronter, et il ne pouvait jamais trouver de moyen de la rendre plus facile. Il n'avait encore jamais eu à annoncer à une femme que son enfant était mort. Sans doute cela arriverait-il un jour.

Mrs. Haviland recula dans le vestibule. Ian entra, suivi de Bremner.

Elle s'immobilisa et ils se firent face quelques secondes, puis Ian prit la parole.

— Je suis désolé, Mrs. Haviland, mais je dois vous dire que votre mari a été attaqué dans la rue ce soir, et qu'il a été tué.

Cela semblait si brutal. En une seule phrase, il venait de détruire son univers. Il esquissa un geste vers elle, afin de la soutenir au cas où elle s'effondrerait. Cela se produisait parfois.

Elle le fixa.

— Roger… tué ?

— Entrons, madame, venez vous asseoir.

Il tendit le bras davantage, prêt à lui apporter son aide. Même à la lumière chaleureuse de la lampe, son teint paraissait livide, pâle comme la mort.

Bremner referma la porte, laissant la pluie derrière eux. Tout à coup, ce fut comme si l'air manquait dans le vestibule. La main de Mrs. Haviland reposait lourdement sur le bras de Ian, lequel la soutenait à demi.

Passant devant eux, Bremner ouvrit la porte du salon, puis se retourna pour aider la femme à s'asseoir sur le canapé.

Ian observait celle-ci avec attention, redoutant encore qu'elle ne perde connaissance. Il avait à peine eu le temps de remarquer les bibliothèques remplies de livres, le feu modeste dans l'âtre, la riche couleur du papier peint, les photographies de famille encadrées sur les murs et les rayonnages.

— Que… que s'est-il passé ? balbutia-t-elle, perchée sur le bord du canapé, toujours soutenue par Ian. Il n'avait rien sur lui qui vaille la peine de le dévaliser ! C'est absurde !

Elle luttait encore contre l'incrédulité ; cela se lisait sur ses traits.

— Oui, madame, c'est vrai, admit Ian. Il semblerait qu'il ait été victime de l'individu qui a tué les deux femmes qu'on a retrouvées récemment. Vous en avez peut-être entendu parler dans les journaux…

Il se refusait à utiliser le terme « poignardé ».

— Je sais que cela ne vous apporte aucun réconfort.

Elle se redressa vivement.

— Pourquoi ne pouvez-vous pas l'attraper ? Allez-vous le laisser continuer indéfiniment à tuer les honnêtes gens et… ?

Son visage était déformé par une détresse qu'elle ne pouvait plus maîtriser.

Ces accusations étaient injustes et elle le savait sans doute, mais Ian fut quand même piqué par ses reproches. Pourtant, il pouvait les comprendre, et contredire cette femme ne ferait qu'ajouter à son chagrin. Toutefois, s'il répondait, il aurait au moins l'impression de faire quelque chose. Il se força à se remémorer que la colère fait moins souffrir que le chagrin.

— Nous essayons toujours de l'identifier, commença-t-il.

— Toujours ? coupa-t-elle. Il a tué tous ces gens et vous ne savez rien de lui ? Que faites-vous donc ? Vous restez les bras croisés, en attendant qu'il recommence... encore et encore ? Vous êtes...

Ian l'interrompit.

— Votre mari jouait-il d'un instrument de musique ?

— Quoi ?

Sa voix était dure, son expression incrédule.

— Se servait-il de son index pour une activité particulière, une compétence quelconque ?

— Quel rapport cela peut-il bien avoir avec... ?

Sa voix s'éteignit, et le dernier vestige de couleur déserta ses joues. Elle semblait sur le point de s'effondrer complètement.

Ian avait l'impression d'être un parfait imbécile, maladroit et dépourvu du moindre tact.

— Pourquoi ? demanda-t-elle en faisant un effort visible pour se ressaisir. Pourquoi voulez-vous savoir cela ?

Elle avait élevé le ton, comme si cette question était un motif pour lui chercher querelle. Peut-être se disait-elle que, si elle pouvait prouver que c'était une absurdité, ce cauchemar prendrait fin.

Ian décida de ne pas tenter de l'apaiser. En un sens, ce serait revenu à nier sa douleur.

— Mrs. Haviland, toutes les victimes ont été amputées d'une partie de l'index. Ce geste a un sens pour celui qui les a tuées. Il suggère qu'il pourrait y avoir un lien entre elles.

— Les journaux n'en ont pas parlé ! protesta-t-elle, se cramponnant au premier argument venu pour nier la réalité à laquelle elle était confrontée.

Bremner se leva et se mit à arpenter la pièce sans bruit. Ian devina qu'il cherchait de petits indices susceptibles de leur en apprendre plus long sur la victime, de petits souvenirs de sa vie.

— Vous pensez que sa mort était préméditée, et non juste… ?

Elle avait du mal à terminer.

— Non juste le geste aveugle d'un dément, d'un malade…

— C'est cela, oui, répondit-il d'une voix radoucie.

— Non.

Elle secoua la tête avec fermeté.

— Il ne faisait rien de ses mains. Il travaillait dans une banque, mais à ses heures perdues, c'était un penseur, un écrivain, ajouta-t-elle, sur la défensive, comme si cela suffisait à établir son innocence.

— Un écrivain ? répéta Ian.

— Oui. Et il était doué.

— Votre mari était-il droitier ?

— Oui. Mais quelle importance ?

— Peut-être aucune. Nous essayons seulement de trouver un point commun entre les victimes.

Quelque chose changea sur le visage de la femme. Quand elle reprit la parole, sa voix n'était plus qu'un murmure.

— Vous voulez dire qu'elles se connaissaient ? Que Roger connaissait le tueur ? Qu'ils étaient peut-être amis ?

Ian garda le silence.

— Qu'il aurait pu parler à Roger, exactement comme vous et moi sommes en train de parler et que mon mari aurait subitement compris qu'il avait affaire à un monstre ? Mon Dieu ! il aurait été terrifié.

— Je sais, admit Ian. Je suis désolé.

Il était sincère, et cette idée le rongeait.

— Mais nous devons explorer tout ce qui pourrait nous aider à découvrir qui est derrière ces crimes.

Elle ferma les yeux.

— Quelle horrible pensée ! Ce pourrait être n'importe qui. Le plus aimable, le plus gentil des hommes… un prêtre, un médecin, le mari d'une amie. Mais si nous pouvions lire dans son esprit, nous y verrions la mort.

Elle baissa la tête et enfouit le visage dans ses mains. Ses doigts étaient longs et minces.

— Personne n'est à l'abri.

— Presque tout le monde est à l'abri, dit Ian avec fermeté. Vous n'avez pas été attaquée, et moi non plus. Avec un peu de chance, nous ne le serons jamais. La plupart des gens traversent la vie sans affronter de tels traumatismes. Mais un meurtrier est en liberté et nous devons le trouver. S'il connaissait votre mari, il est presque certain que votre mari le connaissait aussi.

Elle leva les yeux.

— La porte de l'enfer s'est ouverte et… les ténèbres règnent dans ma rue, dans mon jardin… et même dans ma maison.

Ian resta à côté d'elle et répondit à voix basse à toutes ses questions. Il lui expliqua que son mari avait trouvé la mort non loin de son bureau, dans une rue assez fréquentée. Que l'assassin devait être quelqu'un dont il ne se méfiait pas, quelqu'un qu'il connaissait. Et que, si Ian avait vu juste, les autres victimes connaissaient aussi.

— Réfléchissez, je vous en prie, dit-il, s'efforçant de parler d'une voix neutre. Sandrine Bernard. Lena Madden. Ces noms vous disent-ils quelque chose ?

Elle secoua lentement la tête, l'air hébété, les sourcils froncés.

— En êtes-vous sûre ?

Là encore, il s'était fait violence pour parler calmement. Elle était si blessée, si vulnérable.

— Sandrine n'est pas un prénom courant, ajouta-t-il.

Elle cilla.

— Elle était française ?

— À moitié, je crois. Mais elle parlait français.

Il ne devait pas trop insister. C'était tentant, mais ce qu'elle dirait n'aurait aucune valeur s'il lui avait mis des pensées dans la tête, suggéré des réponses. Elle voulait tant se rendre utile. Il le sentait en elle, sur son visage empressé, ses mains crispées.

— Cette Sandrine était écrivain aussi ?

— Je ne sais pas, dit-il, résistant une fois de plus à la tentation de l'influencer.

— Roger a connu une Sandrine à Cambridge. Cela remonte à un certain temps.

Elle secoua la tête.

— Mais pas aussi longtemps que vous pourriez l'imaginer, parce qu'il est retourné à l'université suivre un cursus spécial voici quelques années. Je ne sais plus quand c'était au juste. Cela pourrait-il vous aider ?

Une pointe d'excitation naquit en Ian.

— Peut-être, répondit-il. En tout cas, c'est une piste à suivre.

Il marqua un temps, s'obligeant à ne pas se cramponner trop étroitement à cette pépite d'information. Il continua à lui poser des questions, certaines utiles, d'autres dans le seul but de la faire parler. Cela semblait la réconforter.

— Pouvons-nous avertir quelqu'un pour vous ? demanda-t-il. Avez-vous des parents qui habitent à proximité ? Ou quelqu'un qui pourrait vous tenir compagnie ?

Elle secoua vivement la tête.

— Non, personne à proximité. Et d'ailleurs, je n'ai pas envie de parler.

— Allez-vous à l'église ? s'enquit Ian.

La question était peut-être indiscrète, mais il n'avait pu s'empêcher de la poser.

— Oui, parfois.

— Pourrions-nous avertir votre révérend ?

— Il est aveugle, balbutia-t-elle. Il ne peut pas se déplacer par un temps pareil.

— Voulez-vous parler du révérend Rhodes ?

— Oui ! Comment saviez-vous… ? Je crois que j'aimerais lui parler, en effet.

Elle faisait un effort visible pour maîtriser son émotion.

— Croyez-vous qu'il… non, je ne peux lui demander de venir par ce temps. C'est impossible.

Lentement, la lueur d'espoir qui avait jailli sur son visage reflua.

Avec douceur, Ian lui fit promettre de ne pas mentionner la mutilation si elle venait à être interrogée par des journalistes. Ensuite, il s'engagea à transmettre son message à Rhodes.

— Je le connais, et il possède une voiture.

— Il est aveugle, répéta la femme. Je vous l'ai dit.

— Certes, mais son épouse sait conduire.

Ian se leva.

— Je vais lui parler. Vous ne devriez pas rester seule. C'est trop dur.

Il s'était engagé. Il n'avait d'autre choix que de tenir sa promesse.

— Vous êtes une vraie pâte, vous ! lança Bremner quand ils furent de nouveau dans la voiture, en route vers la demeure du révérend.

Sa voix était chaleureuse et il souriait, le regard tourné vers la vitre comme s'il craignait que son expression ne le trahisse.

Ian ne répondit pas. Il savait que les propos de son sergent étaient une manière détournée de s'excuser pour sa colère de tantôt. Le nœud de chagrin en lui se desserra un peu.

La soirée était lugubre. Entre bourrasques et trombes d'eau, il leur fallut plus longtemps que d'ordinaire pour rouler jusqu'au presbytère. Les deux policiers descendirent et allèrent toquer. Le temps que Polly Rhodes apparaisse sur le seuil, ils étaient trempés.

— Seigneur ! Entrez avant de vous noyer, s'exclama-t-elle et elle ouvrit la porte en grand, puis la referma immédiatement derrière eux. Vous êtes tout mouillés ! Tous les deux. Il a dû falloir une terrible urgence pour vous amener ici.

Son visage empreint de pitié suggérait qu'elle pressentait déjà une tragédie.

— Retirez vos chaussures.

Bremner baissa les yeux. Son ciré dégoulinait sur le plancher, et ses bottes étaient manifestement détrempées. Ian était dans le même état. Elle les regarda à travers les mèches soyeuses qui avaient échappé à leurs épingles.

— Allons ! ordonna-t-elle. Je vais mettre vos chaussures dans le four et vous apporter des chaussettes sèches, et puis vous pourrez aller dire à Richard ce qui ne va pas. Quelqu'un est mort, je présume.

Dès qu'ils se furent exécutés, elle les conduisit au salon où Richard lisait un livre. Ses doigts couraient sur les points en relief de Braille, Dido était étendue sur le tapis à ses pieds. Au son de leur pas, maître et animal levèrent la tête et Dido s'avança en remuant la queue. Sans doute se souvenait-elle du petit morceau de gâteau au gingembre que Ian lui avait donné.

— Richard, annonça Polly, l'inspecteur Ian Frobisher et son sergent sont ici. Ils apportent de mauvaises nouvelles.

— Oh, mon Dieu ! murmura Richard, qui referma son livre et se tourna dans leur direction.

— Je suis navré, révérend, commença Ian. Il y a eu un nouveau meurtre... du même type que les précédents.

— Je suppose que la victime est quelqu'un que nous connaissons ? demanda-t-il tout bas.

— C'est Mr. Roger Haviland. Nous arrivons de chez lui. Mrs. Haviland n'a pas de famille par ici et elle dit vous connaître.

— Une très belle femme, intervint Bremner.

Il rougit subitement, se souvenant que Richard Rhodes était aveugle.

— Je la connais, dit Polly très vite en regardant Bremner, comme pour le tirer de son embarras. Elle chante. Elle a une belle voix, puissante et harmonieuse. Elle n'assiste pas très souvent à la messe, mais elle se joint à la chorale à l'occasion. Elle a fait un ou deux solos. Elle aura besoin de soutien.

Elle se tourna vers son mari.

— Je vais t'emmener tout de suite.

— Il pleut des cordes, objecta Richard.

— Peu importe, rétorqua-t-elle, se préparant déjà à partir.

Polly sortit de la pièce et revint un instant plus tard, munie de chaussettes sèches. Pendant que les policiers les enfilaient, elle gagna le buffet situé de l'autre côté de la pièce, y prit une bouteille de whisky et remplit deux verres à moitié.

Ian ouvrit la bouche pour dire qu'ils étaient en service, mais elle lui tendit un des verres et fixa sur lui un regard calme. Elle avait vraiment des yeux magnifiques, d'une nuance frappante de vert noisette, de très longs cils. La protestation mourut sur les lèvres de Ian, et il accepta la boisson.

— Prenez-le, dit-il à Bremner.

Comme si son sergent l'écoutait.

Une longue nuit les attendait. Ils terminèrent leur verre, remercièrent Mrs. Rhodes et le révérend, puis sortirent leurs chaussures du four, les enfilèrent et fourrèrent leurs chaussettes encore humides dans leurs poches avant de ressortir sous la pluie.

— Au moins, nous savons que Mrs. Haviland est en de bonnes mains, observa Ian alors qu'ils remontaient en voiture.

Bremner acquiesça.

— Tout ça ne nous aide pas à trouver l'Éventreur,

commenta-t-il avec aigreur. Enfin, ce sont de braves gens, même s'ils vivent en dehors de la réalité.

Sa remarque toucha un point sensible chez Ian ; il ne pouvait se défaire d'un sentiment d'échec : ils avaient été impuissants à empêcher un nouveau meurtre. Il était bouleversé.

— Je pense que leur monde est sacrément plus réel que le nôtre, rétorqua-t-il. Nous sommes allés dire à Mrs. Haviland que son mari était mort et nous sommes partis. Eux vont faire face à son chagrin ; à la réalité quotidienne de se réveiller chaque matin dans un lit vide, de se lever sans avoir personne avec qui partager son petit déjeuner ou son dîner. Personne à qui parler, et personne non plus pour subvenir à ses besoins, payer le loyer, l'épicier, le marchand de charbon ou je ne sais qui ! Et nous ne savons même pas s'il y a des enfants. En ont-ils ? Vivent-ils dans les environs ?

Il jeta un coup d'œil en direction de Bremner.

— Nous lui avons apporté la mauvaise nouvelle ; maintenant, ils doivent l'aider à croire en quelque chose qui lui permette de continuer à vivre.

— Beaucoup de gens vivent seuls, répondit Bremner. Ou quasiment. Et beaucoup de femmes ont un mari qui boit, qui les bat, ou qui s'adonne au jeu, ou qui est tout simplement indifférent et ne leur accorde aucune attention. Beaucoup d'hommes ont une femme qui…

— Très bien ! coupa Ian, exaspéré. Le révérend a sans doute tout cela à affronter aussi. Ce soir, demain, après-demain et le jour suivant, et dans l'immédiat, il devra trouver les mots justes pour aider cette pauvre femme à tenir bon et à endurer son chagrin, jour après jour. Si au moins nous pouvions identifier le salaud qui a fait ça !

— Vous croyez qu'elle s'en soucie ?

La question de Bremner ne visait pas à être critique, elle émanait de son impuissance, de l'impression d'avancer à l'aveuglette.

— Ça ne le ramènera pas. Est-ce que c'est pire que d'être abandonnée par son mari ? Je me le demande.

— Oh ! Pour l'amour du Ciel…

Ian s'interrompit. Se quereller avec Bremner n'atténuerait en rien son sentiment d'insuffisance. Le blesser ne pourrait pas apaiser sa propre peine. Il avait perdu sa femme. Il savait combien cette épreuve était douloureuse, et que la solitude ne s'en irait pas. Il prit une profonde inspiration.

— Nous devrions pouvoir apprendre quelque chose de ce meurtre. Qu'avait Haviland en commun avec les autres ? Nous savons désormais qu'il y a un lien avec Sandrine. Et que Lena Madden regrettait quelque chose, dont elle se sentait toujours coupable. Réfléchissons !

Bremner pivota et foudroya Ian du regard, au moment où un réverbère illuminait l'habitacle. Ce dernier comprit que le sergent était en colère, mais curieusement vulnérable, comme s'il avait conscience de n'être d'aucune utilité à un moment où il voulait désespérément aider.

— Les crimes suivent le même modèle, reprit Ian.

Il ne pouvait laisser le silence s'éterniser.

— Le bout de l'index sectionné. C'est cela qui relie tous ces individus. Mais comment ? L'écriture est une hypothèse, une occupation qu'on peut faire à tout âge.

— Des lettres anonymes ? suggéra Bremner. Auraient-ils tous pu… Non, ça ne tient pas debout.

La voiture avançait au pas, maintenant, tant la pluie était violente.

— Non, mais ils auraient tous pu écrire quelque chose. Sur le même sujet, peut-être. Mrs. Haviland a dit que son mari était retourné suivre des cours à Cambridge, mais il est peu probable que ses études aient coïncidé avec celles de Lena Madden ou de Sandrine Bernard, même s'ils y étaient en partie en même temps.

Il poussa un lourd soupir.

— Elles n'étaient pas du même âge que lui.

Qu'auraient-ils bien pu avoir en commun ? Il y a vingt ans d'écart entre lui et la plus jeune des deux femmes.

— Si ce n'est pas les études, murmura Bremner, réticent à renoncer, c'était peut-être autre chose. Un club, une société quelconque ?

— C'est possible. Ou une lettre écrite aux journaux sur le même sujet ?

Bremner ne cacha pas son scepticisme.

— Est-ce qu'on tue quelqu'un pour une lettre envoyée aux journaux ? Non, décréta-t-il, balayant cette hypothèse. C'est insensé !

— Oui, mais le tueur est insensé, lui fit remarquer Ian. Et quelle raison sensée pourrait-il y avoir à suivre une personne sous la pluie et à la poignarder à mort ? Et puis à l'amputer d'une partie de l'index ?

— C'est juste, concéda Bremner. Nous sommes à la recherche d'un dément. Un dément très, très cruel. Guidé par la rage. Mais par un temps pareil, je pourrais croiser un éléphant dans la rue et ne pas m'en rendre compte.

— Dans ce cas, j'ouvrirai l'œil au cas où, assura Ian.

11

Il faisait grand jour quand Ian Frobisher se réveilla. Si le soleil était déjà au-dessus de l'horizon, il devait être grand temps de se lever, songea-t-il, encore épuisé. Il s'était couché tard, et ses rêves avaient été pleins de rues obscures, et de caniveaux qui charriaient du sang.

Il était raide et avait mal partout, mais il était soulagé d'échapper à un sommeil tourmenté. Bremner et lui avaient fait tout ce qu'ils avaient pu pour retrouver le tueur. Dix jours s'étaient écoulés depuis que le Dr Evelyn Hall les avait informés que Lena Madden avait été assassinée par le même individu que Sandrine Bernard. Et maintenant, Roger Haviland aussi. Ce troisième meurtre se différenciait des précédents en ce sens que la victime était un homme. Tous les autres détails, y compris le doigt mutilé, étaient similaires.

Les journaux criraient haro sur la police, fustigeant son incapacité à arrêter le coupable, qui était à l'évidence un dément. Ian ne pouvait en vouloir aux journalistes. Cependant, il était beaucoup plus ardu d'identifier le tueur que ceux-ci ne l'estimaient. Il ressemblait sans doute à tout un chacun, sauf quand la fureur s'emparait de lui et le transformait en… quoi, en individu fou à lier ? Peut-être s'agissait-il d'un homme discret qui se conduisait comme tout le monde, jusqu'au moment où quelque chose le provoquait et que la rage remplaçait le calme. Pas comme une marée qui monte peu à peu, mais une vague imprévisible et monstrueuse, surgie de nulle part.

Ian fit sa toilette et s'habilla distraitement, songeant que ces gestes de la vie quotidienne n'exigeaient aucune réflexion. Cette constatation s'accompagna d'une prise de conscience, à savoir qu'un brusque changement de comportement ne vient pas de nulle part. Il émane d'un incident qui, souvent, semble insignifiant, ou dont le sens n'apparaît que trop tard. La colère, la rage, une émotion enfouie en soi depuis des années, peut-être. Dans cette affaire, cet incident avait transformé un être jusqu'alors perçu de l'extérieur comme normal, en dément capable de tuer de manière violente, atroce, et de s'enfuir sans être vu. Sans que nul se fût rendu compte de rien. Qu'est-ce qui avait déclenché cela ?

Il descendit au rez-de-chaussée, sachant qu'il était en retard pour le petit déjeuner. Mrs. Jones s'activait dans la cuisine. Apparemment, ayant entendu son pas dans le couloir, elle avait remis la poêle sur le fourneau. Deux œufs et plusieurs tranches de bacon attendaient sur une assiette, prêts à être frits.

— Comment avez-vous dormi ? s'enquit-elle.

— Assez bien, merci, affirma Ian, espérant être convaincant.

Comment aurait-il pu dormir sur ses deux oreilles, alors que ce tueur était en liberté ?

— Eh bien, allez vous mettre à table. Je vous apporterai votre petit déjeuner dès qu'il sera prêt.

Il s'exécuta, reconnaissant.

Quelques minutes plus tard, elle entra et déposa une assiette chaude devant lui. Il la remercia et mangea machinalement, l'esprit encore aux prises avec le problème qui avait gâché le peu de sommeil qu'il avait grappillé, et provoqué ces rêves hantés par de terribles images. Il était si absorbé dans ses pensées qu'il ne remarqua même pas qu'elle lui apportait du pain grillé tout frais, et remplissait sa théière d'eau bouillante.

Son raisonnement était-il erroné ? Peut-être le tueur ne se transformait-il pas en monstre du jour au lendemain et réfléchissait-il à son plan, peut-être était-il à la fois prudent et intelligent. Peut-être sortait-il seulement les soirs de pluie, quand le temps l'aidait à passer inaperçu ? Il attaquait et disparaissait, regagnant son domicile. Le lendemain matin, il était exactement comme d'habitude. Une crise de folie pouvait-elle survenir et se dissiper aussi vite ? Ian était sûr que quelque chose lui échappait. Mais quoi ?

À peine était-il entré dans son bureau qu'il s'adressa à Bremner.

— Reprenez tout depuis le début, ordonna-t-il en retirant son chapeau et son manteau. Sommes-nous certains que les trois victimes ont été tuées par le même individu ?

— Le Dr Hall l'est, répliqua Bremner. Vous croyez qu'elle a tort ?

Son visage arborait son habituelle expression amusée, mais il ne souriait pas. Ses cheveux roussâtres étaient humides sur le front et il était évident qu'il avait omis de se donner un coup de peigne : il s'était contenté d'y passer les doigts à la va-vite. Une tasse en fer-blanc vide était posée devant lui. Il avait déjà bu son premier thé de la journée.

Ce n'était pas la réponse que Ian désirait, et elle le troubla. Le Dr Hall pouvait-elle être dans l'erreur ? Quant à l'humour de son sergent, il dissimulait une pointe d'anxiété bien réelle.

— Non, je ne pense pas. Mais je suppose que c'est une possibilité.

Il s'assit, songeant une fois de plus qu'il devait vraiment se procurer un nouveau coussin pour sa chaise. Il oubliait toujours.

— Elle nous a donné ses raisons, lui rappela Bremner. Vous songez à trois assassins différents, chacun ayant imité le précédent ? Les similarités ne peuvent pas être une simple coïncidence, si ?

C'était tout juste si on pouvait déceler un soupçon de sarcasme dans sa voix et son visage était l'innocence même.

— Non ! Bien sûr que non, répliqua Ian. Pas trois fois. Mais si nous examinons ce que les crimes ont en commun – même s'il y a eu une erreur accidentelle –, cela pourrait nous mettre sur la bonne voie.

Bremner se mordit la lèvre.

— Je vois ce que vous voulez dire. Mais il y a une autre façon de voir les choses. Si on regarde chaque victime séparément, l'une d'elles va peut-être nous paraître différente des autres.

Il se redressa un peu, fixant Ian.

— Et que c'était justement celle que le tueur avait des raisons de haïr et de craindre. Peut-être que cette personne était la véritable cible.

— Et qu'il n'y avait aucune raison de tuer les deux autres, compléta Ian. Dans ce cas, si la vraie cible est morte, les meurtres devraient cesser ?

Plût au Ciel que ce fût la vérité, pria-t-il.

— Quel salaud ! Tuer gratuitement par deux fois, rien que pour cacher la vraie raison qui l'a poussé à assassiner la personne qu'il visait.

Le souvenir d'autres enquêtes s'imposa soudain à sa mémoire.

— L'histoire de chacun compte une part de tragédie, qui peut parfois être difficile à comprendre. Nous avons tous…

Il songea à une affaire sur laquelle il avait enquêté par le passé. Il s'était agi d'une femme qui était souvent maltraitée par son mari. En fin de compte, incapable d'en supporter davantage, elle lui avait enfoncé un couteau de boucher dans la gorge pendant qu'il dormait. C'était un crime, certes, mais il avait vu en elle un cas tragique plutôt qu'un être cruel. Qu'en était-il de tous les gens qui avaient su ce qu'elle endurait ? Qui avaient su et choisi de fermer les yeux parce que l'admettre les aurait obligés à intervenir ?

Cette affaire-ci était différente. Là, il s'agissait peut-être d'un meurtre délibéré, et de deux autres que le tueur avait commis de sang-froid afin de maquiller ses véritables intentions.

— Et si toutes les victimes avaient été témoins de quelque chose ? avança-t-il à voix haute. Avons-nous vérifié si elles s'étaient trouvées toutes les trois au même endroit à un certain moment ?

— Sandrine Bernard était journaliste à Paris, observa Bremner. Surtout pour des revues de mode, ce genre de choses. Nous avons lu certains de ses articles, mais elle n'exprimait pas d'opinions politiques, rien de particulièrement original, du moins, pour ce que nous en savons. Nous avons interrogé ses amis, parlé à la police de Paris, mais personne ne nous a rien appris d'utile.

— Lena Madden travaillait pour une œuvre charitable, une société qui organise l'adoption d'orphelins et d'enfants trouvés par de bonnes familles, ajouta Ian.

Les agents de son équipe avaient questionné ses collègues, s'étaient renseignés sur ses amis et fréquentations. Ils avaient suivi les pistes qu'on leur avait indiquées, en vain.

— Et Roger Haviland était banquier, reprit-il. Assez haut placé. Aucun lien apparent avec les autres, sauf qu'ils sont tous allés à Cambridge – ce qui, à mon avis, va se révéler être une fausse piste.

Bremner se mordit la lèvre.

— Ça n'a aucun sens, hein !

C'était une observation, et non une question.

— La période passée à Cambridge remonte à des

années. Pour autant qu'on le sache, aucun d'entre eux n'avait de raisons de voir les autres au cours de ces dernières semaines.

— Ils ont pourtant dû le faire, insista Ian. Nous n'avons pas encore trouvé le lien, voilà tout. Il ne semble pas tenir à leur occupation. Ils n'avaient pas de convictions politiques ni de relations sociales en commun…

Il se tut brusquement.

— Mais Lena Madden est allée à St. Wilfrid et Mrs. Haviland connaît le révérend, Richard Rhodes. C'est auprès de lui qu'elle a quêté du réconfort.

— Le mobile tiendrait à la religion ? répéta Bremner, incrédule. Mais enfin, l'Église anglicane est aussi fade qu'il est possible de l'être ! Ça reviendrait à accuser quelqu'un d'être pris de folie après avoir bu du lait tiède.

— Je déteste le lait tiède, observa Ian, qui réfléchissait à toute allure. Je l'aime brûlant, ou bien froid. Tiède, il me soulève le cœur.

— Quoi ? s'écria Bremner, tout à fait sérieux. À quoi pensez-vous ? Pas au révérend Rhodes ? Il est aveugle.

— Je sais. Vous le connaissez ?

— Je l'ai croisé deux ou trois fois. Pour le travail, quoi. Je ne le connais pas en dehors de ça, répondit Bremner avec un haussement d'épaules. Mais c'est un brave homme.

— Et Mrs. Rhodes ?

Ian ne savait pas du tout où il voulait en venir avec ce cheminement de pensée, mais quelque chose le taraudait vaguement, l'image d'une silhouette noire sous la pluie, d'un être au-delà de tout soupçon, comme la femme d'un révérend sortie accomplir des actes de charité au nom de son mari aveugle. C'était absurde. Il se força à chasser cette idée.

— C'est une question bizarre, ça, monsieur, dit Bremner tout bas. Vraiment bizarre.

— Oui, je sais. Oubliez que j'ai dit cela.

Cependant, Bremner ne regardait plus Ian. Ses yeux étaient voilés comme s'il fixait quelque chose au loin ou dans son imagination.

— Bremner ! lâcha Ian sur un ton sec. Je vous ai dit d'oublier ça. C'est absurde !

— Bien, monsieur.

Le sergent avait répondu mais automatiquement, comme par obéissance plutôt que pour donner son accord.

— Savez-vous quelque chose à propos de Mrs. Rhodes que j'ignore ?

— Quoi ?

Bremner secoua la tête.

— Non, monsieur. C'était juste une idée si horrible que j'ai eu du mal à m'en défaire. L'épouse d'un révérend aveugle qui sort sous la pluie réconforter des paroissiens esseulés ou effrayés, mais qui a un poignard dans la poche et éventre les passants.

— Enfin, mon vieux, reprenez-vous ! ordonna Ian sèchement.

Cette idée était révoltante en effet. C'était une offense à la décence.

— Qu'est-ce qui vous arrive, enfin ?

— Excusez-moi, monsieur.

Ian allait invoquer la raison et la maîtrise de soi, mais il comprit que Bremner était sérieusement secoué. Peut-être l'étaient-ils tous les deux. Cette affaire était atroce, violente, sanglante, et ils n'y décelaient aucun sens. Les journées étaient sombres et froides, il pleuvait à seaux la plupart du temps. Ils étaient fatigués. Et bien que Ian se refusât à l'admettre, ils étaient aussi effrayés. Les cadavres s'accumulaient et ils n'avaient fait aucun progrès. Aucun.

— Non, dit-il, plus bas. Toute hypothèse vaut la peine d'être envisagée, quelle qu'elle soit. Même la culpabilité d'une épouse de révérend. Nous n'avons aucune raison de la soupçonner pour le moment ; mais j'espère sincèrement que Polly Rhodes n'est pas coupable. Je l'aime bien. Le presbytère semble être un havre de paix, un lieu où on peut être au sec et au chaud dans un monde froid et humide. Je ne veux pas lâcher cette vision.

— Il est sans doute exactement tel qu'il paraît, monsieur. Je veux dire, le presbytère et tout ce qu'il représente. Mais quelque chose… quelqu'un rôde alentour, quelqu'un d'assez intelligent pour que nous ne l'ayons pas encore trouvé.

Ian enfouit une main dans ses cheveux, imitant Bremner sans en avoir conscience.

— Nous allons tout reprendre. Chercher un incident récent. N'oubliez pas que le premier meurtre ne remonte qu'à deux semaines. Que s'est-il passé pour tout déclencher ? Cela n'aura peut-être l'air de rien pour nous – en fait, ç'a dû apparaître comme un événement mineur, sinon nous l'aurions déjà trouvé – mais pour l'assassin, il avait une importance majeure.

— Un échec quelconque ? suggéra Bremner. Ou un rejet. C'est sans doute la chose la plus difficile à accepter…

Il se tut, une ombre sur le visage.

Ian se demanda à quoi il songeait, à quel souvenir, peut-être. Parfois, de petites choses blessent plus qu'on ne s'y attend, comme une minuscule piqûre d'aiguille, mais si profonde qu'elle reste douloureuse bien longtemps après. Des moments de souffrance lui revenaient en mémoire avec une netteté soudaine, celui où sa femme était morte, par exemple. Tout d'abord, il s'était refusé à l'accepter. Comment avait-elle pu être en vie un instant, et morte quelques secondes plus tard ? Comment avait-elle pu laisser leur fille Hannah, un bébé minuscule, un bébé parfait, sans mère auprès de qui grandir ? Et Ian, un père endeuillé, au comble du désespoir ? Le bébé se muait maintenant en petite fille qui pouvait courir à toutes jambes et lui échapper en riant. Et qui commençait à parler – à dire « papa » tout le temps. Il ne pouvait songer à Hannah sans sourire et, en même temps, sans avoir envie de pleurer.

Ian savait que, souvent, la souffrance n'était pas purement physique, et qu'elle pouvait être associée à un bonheur perdu. Ou émaner d'une humiliation, d'un échec, d'un rejet, qui demeurait à jamais une blessure. De la conviction d'être seul, laid ou stupide, loin de tout secours. D'un sentiment de culpabilité, même si parfois on ne savait pas ce qu'on avait fait de mal. Ou encore de la terrible certitude de ne pas être aimé. Ou, pire, d'être impossible à aimer. Même si la souffrance venait à passer et que la plaie guérît, un mal perdurait. Il y avait des moments, il le savait, où un simple mot ou sourire atténuait les contours acérés de la douleur. Mais si cela n'arrivait pas ? Si les ténèbres étaient permanentes ? Un inconnu pourrait-il s'en apercevoir ? Un être en proie à un affreux supplice pouvait-il cacher cette blessure émotionnelle qui continuait à saigner ?

Bremner avait dit quelque chose que Ian n'avait pas entendu.

— Pardon ? demanda-t-il sèchement.

— Je disais que ç'avait pu être une histoire d'amour qui avait mal tourné, répéta Bremner. Mais il y a vingt ans d'écart, plus ou moins, entre Haviland et les femmes, par conséquent je doute qu'une romance soit le nœud de l'affaire. S'agit-il d'argent ? D'un placement quelconque qui se serait révélé malheureux ?

— Penchons-nous davantage sur Haviland, suggéra Ian, fouillant sa mémoire. Il était banquier, c'est peut-être cela, le lien. Je vais m'en charger. Voyez si les autres ont subi des pertes financières dernièrement. Ou placé de l'argent dans des affaires qui ont échoué. Si vous avez besoin d'une autorisation pour cela, demandez-la à Petheridge.

— Oui, monsieur. Vous gardez Haviland pour vous ?

— Oui, admit Ian avec un sourire. Je suis plus doué que vous en mathématiques.

Bremner le dévisagea un instant.

— Parce que je ne suis pas allé à Cambridge, c'est ça ?

— J'y suis allé, répondit Ian, mais pas pour étudier les mathématiques.

— Qu'avez-vous étudié ?

— Si vous tenez à le savoir, l'histoire moderne, admit Ian, s'attendant à une réaction.

— Eh bien, voilà qui explique beaucoup de choses !

Bremner secoua la tête.

— Nous sommes censés résoudre des affaires actuelles, pas historiques.

Ian ne prit pas la peine de répondre. Ils avaient abordé ce sujet par le passé. Bremner savait très bien quelle matière Ian avait étudiée. Il y avait une sorte de réconfort dans leurs échanges, comme les rimes d'un couplet familier.

Avant de se pencher sur la carrière de Roger Haviland, Ian s'intéressa à son parcours académique. Il avait étudié l'histoire moderne à Cambridge, avait obtenu sa licence brillamment et était presque immédiatement entré à la banque. Le professeur Wolford se souviendrait-il de lui ? Presque à coup sûr. Il possédait une mémoire extraordinaire. Depuis toujours. Était-il susceptible de lui apprendre quoi que ce fût au sujet de Haviland ? Quelque chose d'utile ? Un défaut de personnalité ? L'âpreté au gain, la malhonnêteté, une faiblesse qu'un ennemi pouvait exploiter ? Connaître les points faibles de l'homme ne serait pertinent que s'ils suggéraient un lien avec les autres victimes.

Ian envisagea d'aller rendre visite à la veuve de Haviland, mais il doutait qu'elle fût suffisamment remise du choc qu'elle avait subi. Et le voir lui rappellerait la terrible réalité de sa situation, si tragiquement changée.

Les circonstances de la disparition de sa bien-aimée Mary étaient aussi différentes qu'elles pouvaient l'être de celles de la mort de Haviland, mais peut-être l'amour et la loyauté d'un partenaire, le cauchemar soudain du deuil, étaient-ils identiques.

Qu'est-ce qui avait pu mener cet homme à une fin aussi atroce ? Pouvait-il tout simplement s'agir d'une information glanée accidentellement, mais qui représentait une menace, voire pire, pour quelqu'un ? Une information mortelle, connue de toutes les victimes ?

C'était un point de départ. Il irait voir Mrs. Haviland plus tard, si besoin était. En attendant, la suggestion absurde de la culpabilité de l'épouse du révérend hantait toujours un coin reculé de son esprit ; il lui vint à l'idée que Mrs. Haviland était peut-être encore au presbytère, blessée dans son cœur et dans son âme, reconnaissante du réconfort que le couple pouvait lui apporter.

Ian patientait devant la banque quand celle-ci ouvrit ses portes, à dix heures du matin. C'était une austère journée de février, le ciel était dégagé et un vent mordant transperçait les vêtements les plus chauds.

— Bonjour, monsieur. Puis-je vous aider ? s'enquit un jeune employé bien mis, au sourire avenant.

— Oui, s'il vous plaît, répondit Ian. Je désire voir le directeur.

Il sortit sa carte et la tendit au jeune homme.

— Inspecteur Frobisher. Je viens concernant feu Mr. Roger Haviland.

L'employé pâlit.

— Oui, monsieur. Je vais informer Mr. Weller. Si vous voulez bien patienter…

Il ouvrit une porte et enfila un couloir, pressant le pas à mesure qu'il s'éloignait.

Moins de cinq minutes plus tard, il réapparut et pria Ian de le suivre au premier étage. Au bout d'un élégant corridor, le jeune homme toqua à une imposante porte lambrissée – en acajou, à en juger par le ton chaleureux du bois.

Weller était brun, âgé d'une cinquantaine d'années. Ian savait que Haviland avait été directeur régional, et il supposait que Weller était le directeur de cette succursale.

Ils se présentèrent sobrement, et prirent place dans des chaises tapissées de cuir, Weller derrière son bureau, Ian face à lui.

— Que puis-je faire pour vous, inspecteur ? demanda Weller d'un ton grave.

Ian décida de ne pas perdre de temps en explications superflues. Il était tout à fait sûr que Weller comprenait la situation.

— Je suis chargé de l'enquête sur les meurtres commis par l'individu que les journaux ont surnommé « l'Éventreur des jours de pluie ».

Il répugnait à utiliser ce terme, mais tenait à éviter tout malentendu.

— Je crains que Mr. Haviland n'ait été sa dernière victime en date. Cela paraît indéniable. Comme vous pouvez l'imaginer, nous essayons de déterminer si un lien existait entre les trois. Ce n'est pas quelque chose d'évident, sinon nous l'aurions découvert à l'heure qu'il est.

— Oui, bien sûr, acquiesça Weller. Tragique affaire. Je ne peux imaginer comment Mr. Haviland a pu y être mêlé, hormis en se trouvant au mauvais endroit au mauvais moment.

Il paraissait à la fois perplexe et sur ses gardes.

— Il est clair qu'un dément rôde en liberté. Je ne sais que vous dire.

Il secoua la tête, un geste que Ian interpréta non comme une manifestation d'émotion, mais comme l'expression inconsciente de sa complète incompréhension.

— Je comprends, monsieur. J'ai peur que nous

n'éprouvions le même sentiment. Nous n'avons rien pu trouver qui lie les victimes entre elles. Et pourtant, il doit y avoir quelque chose.

Il changea de position sur sa chaise. Celle-ci était dure, inconfortable.

— Toutes les trois avaient fait des études poussées et occupaient un emploi respectable. Si elles avaient une activité accessoire, pour ainsi dire, nous n'avons pas été en mesure de la découvrir.

Il perçut une altération sur le visage de Weller, qu'il interpréta comme un déni.

— Cela dit, se hâta-t-il d'ajouter, nous ne cherchons rien de ce genre. Nous devons seulement écarter cette possibilité. Les premières victimes, deux jeunes femmes, avaient une trentaine d'années. Et maintenant, il y a Haviland, un homme plus âgé. Aucun des trois ne semble avoir eu de dettes, ni s'être adonné au jeu. Ils ne buvaient pas à l'excès. Ils n'avaient pas davantage recours à l'opium ni à d'autres stupéfiants.

Weller accusa le coup.

Ian eut un sourire morose.

— Procéder à ces vérifications fait partie de notre travail. Nous sommes certains qu'un lien existe. Et pourtant, ils avaient des postes différents, des cercles d'amis différents, et n'avaient pas d'affiliations religieuses ou politiques évidentes. Il y a d'autres possibilités, naturellement – nous suivons quelques pistes, ajouta-t-il, curieux de voir la réaction de son interlocuteur.

Weller cilla.

— Ces meurtres auraient-ils pu être accidentels ? demanda-t-il sans conviction.

— Voulez-vous suggérer que le tueur, pris d'une soudaine envie de meurtre, serait sorti armé d'un couteau et aurait attendu que quelqu'un se présente, seul et sans défense ?

— Cela paraît affligeant, répondit Weller. Est-ce à

dire que ce dément a l'air parfaitement normal dans la journée et que, la nuit venue, ou par temps de pluie, il se transforme en monstre et… ?

Sa voix s'éteignit et une stupeur mêlée de détresse se lut sur ses traits.

— Naturellement, je compte aussi interroger Mrs. Haviland sur les relations, passe-temps et intérêts de son mari, poursuivit Ian. Mais ce sera très pénible pour elle…

Il laissa sa phrase en suspens, mais lut la compréhension sur le visage de Weller.

— Bien entendu. Pauvre femme, murmura-t-il.

Un instant, il ferma les yeux, comme s'il se remémorait un deuil personnel. Celui d'un de ses parents, peut-être. Puis il regarda Ian droit dans les yeux.

— Que puis-je vous dire ? Haviland travaillait ici quatre ou cinq jours par semaine. Il voyageait de temps à autre, sur ordre du siège. Ses activités étaient des plus confidentielles.

Il eut un sourire d'excuse.

— J'ai demandé un jour si je pouvais lui être d'aucune aide, mais on m'a poliment répondu que cela ne me concernait pas.

Ian sentit une pointe d'intérêt naître en lui, avant de se mettre aussitôt en garde contre l'optimisme. Haviland était sans doute un expert en matière de finance, peut-être concernant de gros emprunts, des dettes importantes, des transactions monétaires internationales, sans rapport avec le dément qui arpentait les rues détrempées de Londres. En tout cas, il était difficile d'imaginer le moindre lien avec une jeune femme qui travaillait pour une bonne œuvre et une journaliste qui n'avait aucun intérêt pour la politique. Néanmoins, des recherches s'imposaient.

— Cela nous aiderait peut-être, dit-il sans enthousiasme, que vous me donniez une liste de ses clients, de ses déplacements, ou des documents émanant du siège…

que vous sachiez ou non à quoi ils se rapportent. Il est possible que l'un d'eux mentionne les autres victimes. Jusqu'à maintenant, nous n'avons presque rien d'autre.

— Oui, bien sûr. Vous connaissez le secteur bancaire, monsieur ?

La question était courtoise, mais le regard de Weller indiquait qu'il connaissait déjà la réponse – et qu'elle était négative.

Ian passa les quatre heures suivantes dans le bureau de Haviland, à lire ou plutôt, à parcourir les papiers que Weller lui avait donnés, et à essayer de comprendre en quoi au juste consistait le travail de Haviland. La conclusion inéluctable était qu'il faisait exactement ce que Ian avait supposé, et qu'il était très compétent. Il avait effectué des voyages assez fréquents en Europe, surtout en Autriche et en Suisse germanophone, et en Allemagne aussi. Cela se comprenait aisément, puisque tous étaient des pays connus pour leurs banques, surtout la Suisse. Il n'y avait rien là d'étonnant ni de suspect. Ian nota les dates des déplacements, les destinations. Il effectua aussi une fouille rapide des tiroirs et des étagères, sans rien trouver d'intéressant.

Lorsqu'il eut terminé, il pria Weller d'expliquer certains déplacements, ceux qui, d'après la documentation, s'étaient répétés le plus fréquemment ou qui étaient survenus à des intervalles réguliers. Weller put expliquer chacun en termes bancaires.

— Et ceux-ci ? demanda Ian, désignant une dernière liste.

— Je ne sais pas, avoua Weller. Haviland parlait plusieurs langues. Il maîtrisait très bien le français. Et l'allemand, bien sûr.

Ian se demanda si ces voyages avaient visé à régler des questions financières au-delà des connaissances de Weller en tant que directeur de succursale, ou peut-être trop confidentielles pour qu'il fût mis au courant.

Pouvaient-ils avoir eu un lien avec les autres victimes ? Il se sentait stupide de poser la question, mais il n'avait guère d'autre piste.

— Je suis navré, mais je n'ai pas accès à ces informations, admit Weller. Permettez-moi de téléphoner au siège.

— Voudriez-vous que j'attende dans le couloir ? demanda Ian, faisant mine de se lever.

— Pas du tout. On voudra peut-être vous parler.

Weller composa un numéro et finit par être mis en relation avec le responsable concerné. Il expliqua qui était Ian Frobisher et la raison de sa requête. Son visage s'assombrit soudain.

— Mr. Haviland a été assassiné, Sir William. Une enquête est en cours. Il est la troisième victime du même tueur, apparemment…

Il s'interrompit. À l'évidence, son interlocuteur lui avait coupé la parole. Weller attendit un instant avant de reprendre :

— Monsieur, l'inspecteur de police chargé de l'enquête se trouve dans mon bureau et est prêt à vous parler…

Il se tut de nouveau. Une vive rougeur se répandit sur ses joues.

— Il s'est déjà entretenu avec la veuve, monsieur. Je…

Là encore, on lui coupa la parole.

Ian commençait à se sentir gêné. Il regrettait d'avoir mis Weller en porte-à-faux vis-à-vis de son supérieur. Ayant lui-même un chef parfois sarcastique, Ian savait ce qu'il en était d'être traité avec condescendance devant autrui. Cependant, plus l'échange se poursuivait, plus il avait l'intuition que la banque avait bel et bien quelque chose à cacher.

— Oui, monsieur, répondit Weller.

Il prit une inspiration, prêt à continuer, mais, même

de là où il était assis, Ian devina que la communication avait été coupée. Ce Sir William avait donc raccroché ?

— Je suis navré, dit Weller, morose. Apparemment, tout cela est strictement confidentiel.

La question était de savoir s'il y avait un rapport avec la mort de Haviland, songea Ian.

— Vous avez fait tout ce que vous pouviez, assura-t-il. Peut-être devrais-je demander à mon commissaire de se mettre en relation avec Sir William… Quel est son nom de famille ?

Un sourire triste se forma sur les lèvres de Weller, atteignant même son regard.

— Coxon, monsieur. On le surnomme William le Coq errant.

Il s'humecta brièvement les lèvres, les yeux anxieux.

— Mais je ne vous ai rien dit.

— Je présume que vous ne l'avez mentionné que pour que cela me serve d'aide-mémoire, répondit Ian avec un léger sourire. Pour que je n'oublie pas son nom.

— Bien entendu.

Weller se leva.

— J'espère que vous attraperez ce dément. Haviland était quelqu'un de bien. Mais si ça n'avait pas été le cas, personne, pas même un animal, ne devrait mourir ainsi.

Il se pencha par-dessus le bureau et serra la main de Ian, avec un peu plus de force que ce n'était nécessaire.

Ian eut l'impression qu'il s'excusait.

12

Ian consacra son début d'après-midi à se renseigner davantage sur Roger Haviland, sans rien apprendre d'utile. Lorsqu'il retourna au poste, on l'informa que Petheridge désirait le voir sur-le-champ.

— Oui, monsieur ? dit-il dès que son supérieur lui eut ordonné d'entrer.

Petheridge semblait à la fois perplexe et mal à l'aise. On aurait dit que le froid de cette journée de février s'était immiscé en lui, le glaçant jusqu'à la moelle.

— Que diable avez-vous fabriqué, Frobisher ? J'ai reçu des appels du ministère de l'Intérieur. Haviland est mort ! Laissez cet homme reposer en paix, ayez un peu de respect pour sa veuve !

Ian fut stupéfait.

— Monsieur ? Je n'ai rien suggéré qui puisse être à son discrédit. J'essaie seulement d'établir un lien avec les autres victimes, qu'il ait été délibéré ou non. Pensez-vous vraiment qu'il soit mort par hasard ? Que le tueur aurait juste été d'humeur massacrante, si bien qu'il aurait enfilé son imperméable et serait parti en chasse ? Qu'il se serait trouvé seul avec Haviland dans une rue isolée et qu'il aurait saisi sa chance ?

Le visage de Petheridge était pâle, son long nez légèrement pincé, comme s'il faisait froid dans la pièce.

— Ne soyez pas insolent, Frobisher. Vous commencez

à vous sentir aux abois parce que cette affaire est affligeante et que, pour autant que je le sache, vous n'arrivez à rien. Les gens ont peur. La situation est en train d'échapper à notre contrôle. Personne ne s'attend à ce que vous réussissiez à résoudre toutes les enquêtes qu'on vous attribue et…

Ian coupa la parole à son supérieur, ce qu'il n'aurait jamais osé faire en temps normal.

— Je veux résoudre celle-ci. Mais je ne peux pas y parvenir si j'ai les mains liées, monsieur. J'ai besoin de savoir pourquoi il a choisi ces gens, et pourquoi maintenant. Vous avez une autre suggestion ?

Petheridge pâlit de plus belle, et les muscles de son cou et de sa mâchoire se raidirent.

— Je sais que vous êtes dans une situation délicate. Moi aussi. Le ministère de l'Intérieur m'a ordonné de ne pas toucher à la réputation de Haviland. C'était quelqu'un de bien, qui est désormais incapable de se défendre ou de défendre sa malheureuse épouse.

Il marqua une pause.

— C'était une manière polie de vous ordonner de la laisser tranquille. Sinon on exigera de moi que je vous remplace par quelqu'un qui peut comprendre les ordres et y obéir, bon sang !

Il prit une profonde inspiration et exhala lentement son souffle.

— Ou, éventuellement, on me remplacera aussi. Allez dénicher votre éventreur, Dieu nous aide, mais débrouillez-vous pour trouver un autre moyen de le faire. Ne mettez pas votre nez dans les affaires de Haviland, conclut-il, l'air gêné. C'est compris ?

Ian ravala avec peine la protestation qui lui brûlait les lèvres. Il savait que la hiérarchie allait bien au-delà de son supérieur, et si impénétrable qu'elle fût, si vaines fussent ses valeurs, ils se devaient de la respecter.

— Oui, monsieur, dit-il, réfléchissant néanmoins à toute allure.

De quel genre de privilège spécial Haviland jouissait-il donc pour que sa réputation doive être à ce point préservée ?

— Bien, répondit Petheridge. Maintenant, rentrez chez vous et mangez quelque chose. Vous vous remettrez au travail demain.

Ian ne rentra pas chez lui. Cette affaire lui filait entre les doigts. Il avait l'impression que son esprit tournait en rond, décrivant des cercles de plus en plus réduits : il commençait par suivre toutes les règles de la logique et de la réflexion, et finissait tôt ou tard par retomber à son point de départ, en n'ayant rien résolu.

Il décida donc d'aller consulter le penseur le plus lucide qu'il connût, un homme qui n'avait aucun lien avec l'enquête, mais à qui il avait récemment pu rendre service.

Il était trempé, transi et fatigué lorsqu'il se présenta à la porte de Nicholas Wolford. Il toqua et attendit, debout dans le brouillard glacé balayé par le vent. Un rai de lumière filtrait à travers les rideaux du salon. Il toqua de nouveau, et puis tira sur la sonnette.

La porte s'ouvrit à la volée et Wolford apparut, foudroyant son ancien étudiant du regard.

— Professeur Wolford ?

Il ne cherchait pas à établir son identité, seulement à lui demander la permission d'entrer.

Wolford secoua vivement la tête, comme si l'air froid venait de le réveiller.

— Frobisher ? Pour l'amour du Ciel, mon brave, ne restez pas dehors, il fait un froid glacial ! À propos, cet avocat que vous avez recommandé, Pitt ? Un brave type. Aussi vif d'esprit qu'à l'époque où il était étudiant. Mais entrez. Vous allez bien ? Non. Excusez cette question idiote. Vous avez une mine épouvantable !

Ian sourit. Presque jusqu'aux oreilles, tant il était soulagé.

— Merci, monsieur.

Il franchit le seuil, se débarrassa de son imperméable sur le paillasson afin de ne pas dégouliner partout sur le plancher ciré, et le tapis.

Ian se souvint que Wolford ne résidait que par intermittence dans cette maison, et cela depuis des années. Il logeait à Cambridge durant l'année universitaire, mais cet endroit était son refuge.

— Entrez, entrez, répéta Wolford en le toisant de la tête aux pieds. Oui, vous avez vraiment une mine épouvantable. Que se passe-t-il ? Avez-vous mangé ? Que diriez-vous d'un sandwich au mouton accompagné d'un verre de vin ?

Ian n'avait même pas songé à dîner, mais se rendit compte à cet instant qu'il mourait de faim.

— Je ne voulais pas...

C'était la vérité. Il n'était pas venu dans l'intention de se faire nourrir. Ce dont il avait besoin, c'était de mettre de l'ordre dans ses pensées avec l'aide de quelqu'un qui avait un esprit rationnel, logique et qui était assez solide pour affronter des faits déplaisants.

Wolford sourit, une expression étonnamment douce sur les traits.

— Incidemment, pourquoi êtes-vous venu me voir ?

Ian décida d'être franc. Wolford méprisait les excuses. « Du verbiage », disait-il.

— Je suis venu mettre de l'ordre dans mes pensées, auprès de quelqu'un qui ne sera ébranlé ni par les faux-semblants ni par les émotions, et qui pense que l'honnêteté est la seule manière de venir à bout d'un problème complexe.

Wolford arqua ses sourcils bruns.

— Vraiment ? C'est un compliment que vous me faites.

Ian se sentit retomber dans de vieilles habitudes, en dépit des années qui s'étaient écoulées depuis qu'il avait quitté l'université. À l'époque, tout avait tourné autour des débats d'idées : un « débat » n'étant pas une querelle, mais la discussion d'un raisonnement visant à aboutir à une conclusion. Aucune situation réelle, aucune tragédie ni chagrin ne faisait obstacle au cheminement pur de la pensée. Argumenter revenait peut-être à se tenir en marge de la réalité. C'était aussi une manière de prendre du recul vis-à-vis d'embrouillaminis émotionnels.

— J'ai besoin de votre sang-froid et de votre logique, expliqua-t-il.

Wolford sourit.

— Dans ce cas, vous m'obligez à être à la hauteur de votre estimation de mon talent. Pouvez-vous manger et parler en même temps ? Ou préférez-vous manger d'abord et parler ensuite ?

Il secoua la tête.

— Non, ne me dites pas que vous ne pouvez rien avaler. Vous êtes peut-être un peu perdu, mais vous n'êtes pas malade.

Ian le suivit dans le salon. Le feu était allumé, emplissant l'air de chaleur et d'une faible senteur boisée, aromatique, qui réveilla en lui une foule de vieux souvenirs. Des moments où il avait travaillé dur pour former son esprit, où l'effort avait été intense, voire épuisant, mais aussi passionnant. Ils avaient abordé des théories, des idées, des rêves et parfois des cauchemars, à une époque où Ian n'avait pas tout à fait décidé de sa voie. Il n'avait pas encore eu à faire face à des familles endeuillées, à la disparition de son épouse, à des cadavres ensanglantés gisant sous la pluie, à l'obligation de passer des heures au-dehors par un froid si pénétrant qu'il vous rongeait les os.

Il s'assit devant le feu pendant que Wolford gagnait la cuisine. Ce dernier revint cinq minutes plus tard, un plateau entre les mains. Il apportait d'épaisses tranches de pain, de l'agneau rôti, un beurrier et un peu de sauce à la menthe. Et bien sûr, une bouteille de vin rouge et deux verres.

Les hommes mangèrent dans la pièce silencieuse. Pour Ian, c'était comme s'il remontait en arrière et que le monde était de nouveau confortable. La réalité avait disparu derrière le rideau de pluie qui tombait de plus en dru et que les bourrasques projetaient contre les vitres. Tout concept de temps s'évanouit.

— Eh bien, quel est le problème ? demanda Wolford lorsqu'ils eurent terminé la dernière bouchée et que Ian eut rapporté le plateau à la cuisine, le laissant à côté de l'évier, selon les instructions de son hôte.

Ian se rassit dans son fauteuil au coin du feu.

— Eh bien ? insista Wolford. Exposez votre problème et nous nous y attaquerons. Les faits uniquement. Nous en viendrons aux opinions plus tard.

Il se cala en arrière et croisa les jambes, les coudes pliés reposant sur les accoudoirs du fauteuil, les mains nouées.

Il semblait incroyablement détendu, mais Ian comprit qu'il lui accordait toute son attention.

— Je suis chargé de l'enquête sur celui que les journaux appellent « l'Éventreur des jours de pluie », commença-t-il. Je sais toutes sortes de choses sur chacune des victimes, mais rien qui soit commun à toutes. Elles n'avaient pas le même âge, ni la même occupation. Deux étaient des femmes, et la troisième un homme.

Il saisit une lueur dans le regard de Wolford.

— Qu'y a-t-il ? demanda-t-il aussitôt.

Il se remémorait cette expression : elle signifiait que son ancien professeur avait une idée. Il se tut, attendant que celui-ci s'explique.

Wolford le dévisagea calmement.

— Pensez-vous qu'elles aient été tuées à cause d'une ressemblance évidente ? Quelque chose de commun aux trois ?

Ian secoua la tête.

— Non, nous avons cherché de ce côté-là.

— Cela semble peu plausible, admit Wolford. C'était plus probablement une cause externe, des circonstances communes aux trois. Un hasard, plutôt qu'une raison enracinée dans leur vie ? Ou, peut-être plus probablement encore, mais plus difficile à trouver et à identifier – mais aussi plus intéressant –, un trait de caractère que tous partageaient. Avez-vous songé à cela ?

Il sourit très légèrement, comme amusé par une idée qui venait de lui traverser l'esprit.

Ian réfléchit quelques instants.

— Un trait de caractère ? Vous voulez dire qu'ils auraient agi de concert…

— Pas nécessairement, dit Wolford, pensif. S'ils possédaient un défaut, un trait de caractère qui…

Il haussa les épaules.

— Quelque chose qui les a poussés à se conduire d'une certaine manière, et qui a fini par les rattraper. Surtout, cherchez en dehors de leur profession… penchez-vous davantage sur leurs centres d'intérêt.

— À vrai dire, je suis dans une impasse sur ce point, admit Ian. Quelqu'un de haut placé au gouvernement m'a claqué la porte au nez. Il semblerait que la dernière victime en date ait été un personnage important.

Wolford esquissa un petit sourire tordu.

— *Important.* Un mot intéressant. Question de valeurs. Important pour qui ? Peut-être y a-t-il un secret que les autorités ont intérêt à cacher ? Avez-vous dit qu'il y a eu trois victimes jusqu'ici ? Avez-vous envisagé que l'une ait pu être la véritable cible et que les deux autres aient été tuées pour dissimuler ce fait ?

Ian fut secoué. Cette idée lui était venue, mais l'entendre formulée par quelqu'un d'autre était glaçant.

Wolford arqua les sourcils.

— Vous y avez pensé, conclut-il, et cette possibilité vous a horrifié ?

Il hocha légèrement la tête.

— C'est bien. Il est normal qu'elle vous horrifie. Y a-t-il des crimes, des blessures infligées à des passants innocents, des torts commis accidentellement ou au hasard, qui vous laissent indifférent ?

Il y avait sur son visage une expression qui ressemblait à du dégoût.

Ian n'eut pas besoin de réfléchir à sa réponse.

— Non, mais la plupart des crimes sont irréfléchis, sauf peut-être les vengeances. Ou les crimes commis par intérêt. Ils résultent souvent d'une rage que le coupable ne peut ou ne veut contrôler ; d'une peur pour sa propre sécurité. De l'âpreté au gain, ou d'un autre appétit auquel on a laissé libre cours. En fin de compte, de l'égoïsme, de la conviction que sa vie compte plus que tout et que celle d'autrui n'a pas d'importance.

Wolford se pencha vers lui.

— Qu'en est-il de la légitime défense ? Ou d'une sorte de justice naturelle pour les crimes que la loi ne reconnaît pas comme tels ? Un tort… contre lequel il n'existe aucun recours.

— Vous pensez que l'individu devrait être autorisé à décider de cela ? se récria Ian, interdit. Je ne voudrais pas vous contredire, monsieur, mais considérez votre situation : quelqu'un vous a accusé d'un délit et vous a demandé réparation devant la justice alors que, en réalité, c'est lui qui a causé le tort en premier lieu. La justice est censée statuer sur ce différend. N'est-ce pas ainsi que les gens civilisés se conduisent ou devraient se conduire ? C'est la raison d'être d'un jury. Les forts protègent les faibles et la communauté choisit des représentants qui écoutent les arguments des deux parties, puis parviennent à une décision. Si on remonte à l'époque des Saxons, avant la conquête normande, c'était l'issue d'un combat armé qui réglait la question. Nous avons progressé et atteint le stade où les arguments sont verbaux, où c'est la raison qui l'emporte.

Wolford sourit. Son expression était un peu moqueuse, mais l'humour y perçait.

— Bravo ! Je constate que vous m'écoutiez vraiment. Et vous m'avez envoyé un bon avocat, un champion civilisé, si vous voulez, pour argumenter à ma place. Je vous en remercie une fois de plus.

Il regarda Ian fixement, avec quelque chose qui ressemblait à de la colère dans les yeux.

— Pourquoi diable, n'avez-vous pas fait carrière dans le droit, vous aussi ? Vous en avez les capacités, au moins autant que le jeune Pitt. Pourquoi vous traînez-vous sous la pluie à chercher vous ne savez qui ? Alors que vous pourriez être assis dans un bureau, au chaud, à vous interroger sur le droit et à défendre les faibles ?

Il pointa le doigt vers Ian et se pencha davantage.

— Ou attaquer ceux qui, d'après vous, ont enfreint les règles. En cherchant toujours à lutter pour les principes, la compassion, la raison ! Il n'y a pas de limite à ce que vous auriez pu accomplir. Au lieu de quoi, que pouvez-vous faire, au mieux ? Devenir commissaire, donner des ordres à autrui ?

— Vous donnez l'impression que cela revient à diriger la circulation, rétorqua Ian, surpris d'être aussi profondément blessé par le mépris de Wolford quant à son métier. Quelqu'un doit faire la circulation. Imaginez le chaos si personne ne s'en chargeait.

Quand Wolford répondit, sa voix dégoulinait de dédain.

— On peut apprendre au premier imbécile venu à faire cela. Un jour, des machines s'en chargeront pour nous ! aboya-t-il. Vous avez un cerveau de premier ordre.

Ou, si vous voulez ergoter, un bon cerveau de deuxième ordre. Vous n'êtes pas un génie, mais ils sont rares, et diablement difficiles à supporter. Vous auriez pu faire tellement mieux !

Il écarta les bras, les doigts étendus comme pour saisir l'invisible.

— Au fond, moralement, vous êtes un balayeur des rues ! Vous ramassez les quelques détritus dangereux qui traînent et vous les mettez à la poubelle. Cela vous suffit-il, Frobisher ? Cela stimule votre intellect, satisfait votre âme ? Cela fait-il bon usage de votre imagination, de votre esprit, de votre discipline intellectuelle ? C'est cela, votre contribution à l'humanité ?

Ian lutta pour trouver une réponse. L'espace d'un instant, la douleur causée par ces questions fut si violente qu'il en resta stupéfait. Il savait sans l'ombre d'un doute que Wolford pensait ce qu'il disait. Ses paroles n'avaient pas été prononcées dans le but de blesser, ni de piquer, mais de le faire réfléchir, douter de la voie qu'il avait choisie, suffisamment, peut-être, pour qu'il décide d'en changer. Ce n'avait pas été la solution de facilité. Il aurait pu faire son droit, comme Daniel, mais il avait opté pour la police.

Il s'efforça de composer une réponse. Pas pour satisfaire Wolford, mais pour se satisfaire, lui.

— Le travail de police est la première ligne de défense de la société contre le chaos, dit-il.

— Ne soyez pas mélodramatique, rétorqua Wolford froidement.

— Le chaos ne commence pas lorsque deux univers entrent en collision, argua Ian, agitant brusquement les mains pour suggérer l'action. Il se produit quand de petites choses ne sont pas à leur place, de petites déchirures ne sont pas réparées, de petits délits deviennent une habitude. Quand ces choses-là sont tolérées, elles se développent et alors elles intimident les gens, qui baissent les bras, ou bien elles donnent aux opportunistes la possibilité de devenir plus dangereux. De menus larcins ignorés se muent en escroqueries, en l'érosion systématique de la notion de propriété, en vol à grande échelle. On ne prête plus attention à l'injustice dès lors qu'elle devient coutumière, et il n'y a plus de recours pour les faibles, ceux qui ont peur, qu'ils soient âgés ou très jeunes. La violence conjugale devient monnaie courante. Les échauffourées dans les pubs deviennent de franches bagarres. Et…

— C'est entendu, coupa Wolford, hochant la tête à regret. Mais lutter contre ce chaos n'exige pas votre cerveau, votre éducation.

— Pas pour être un fantassin, admit Ian. Mais pour être un général, si. Et on n'entre pas dans l'armée comme général. On commence en bas et on gravit les échelons. Un bon chef apprend d'abord à obéir.

— Qui vous a dit ça ? demanda Wolford. Certainement pas moi !

— Vous m'avez enseigné la théorie, lui fit remarquer Ian. Ou, ce qui est plus important, vous m'avez enseigné comment apprendre.

Wolford prit une inspiration, mais relâcha son souffle sans répondre. C'était un vieil argument, dont il avait souvent usé lui-même.

— Les meilleurs chefs sont ceux qui ont appris le métier depuis le début, reprit Ian. Ceux qui savent comment se comporter avec les autres, les victimes, les témoins terrifiés, en deuil, blessés, ceux qui les comprennent parce qu'ils en sont passés par là. Alors, on sait quelles questions poser. On peut commander des hommes quand on a fait ce travail soi-même. On sait ce qu'on ressent, quoi demander et ce qu'on n'a pas besoin d'exprimer par des mots, parce qu'on a connu la même chose et qu'ils le savent.

— Très bien ! lâcha Wolford sèchement, les narines

pincées. Vous avez expliqué votre point de vue. Et vous vous imaginez que vous arriverez en haut de l'échelle ? Ou plus ou moins ?

— Si je n'y parviens pas, ce sera parce que je ne le mérite pas.

— Oh ! ne soyez pas si ridicule, bon sang ! riposta Wolford. Croyez-vous que chaque homme obtient ce qu'il mérite ? Si oui, vous n'êtes pas que naïf, vous êtes stupide.

— Bien sûr que non, répondit Ian, maîtrisant son irritation avec difficulté. Je ne suis pas le seul à être intelligent et à avoir de l'ambition. Mais je ferai de mon mieux chaque jour, et ce sera difficile. Peut-être que je parviendrai au sommet, peut-être que non, en tout cas je balaierai pas mal de détritus en cours de route. Certains de vos étudiants arriveront peut-être en haut de l'échelle, mais pas tous, et pourtant, nous serons tous des gens meilleurs que nous ne l'aurions été sans votre enseignement. Vous avez été un bon professeur, mais ce n'est pas à vous de décider de la manière dont nous devrions utiliser ce que nous avons appris.

L'espace d'une seconde ou deux, Wolford demeura immobile, le visage indéchiffrable. Puis il se leva subitement, prenant Ian par surprise au point qu'il eut un mouvement de recul.

— Encore un peu de vin ?

— S'il vous plaît. Merci, monsieur.

Il n'en avait pas vraiment envie, mais il savait qu'un refus serait un rejet tacite de Wolford lui-même, une rebuffade à la concession qu'il lui faisait, et il se refusait à faire cet affront à l'hospitalité du professeur.

Au-dehors, la pluie cinglait les fenêtres et faisait trembler les ardoises sur le toit. Bientôt, elle se transformerait en neige fondue. Le retour chez lui serait long, et lugubre.

13

Les journaux n'en finissaient pas de faire la une avec « l'Éventreur des jours de pluie ». C'était une obsession. Sans doute partagée par tout Londres. Daniel, pour sa part, s'efforçait de chasser ce monstre de son esprit. Il était au courant des meurtres, y compris du dernier, celui d'un banquier respecté, mais il n'y pouvait rien. Et il avait besoin d'accorder toute son attention au procès intenté à Wolford.

Il avait relu le manuscrit du professeur et l'avait étudié avec soin. Il avait été emporté par le mouvement de l'histoire, les descriptions détaillées des extraordinaires protagonistes. C'était un ouvrage remarquable. Wolford était un raconteur éminemment distrayant. Le livre traitait d'histoire, mais était aussi bien davantage. Daniel y voyait un drame d'une complexité shakespearienne, peuplé de personnages inoubliables. La terreur de la révolution, l'exécution de rois, autant de thèmes qui ne perdaient jamais leur intérêt. Wolford s'était concentré sur l'individu, mais avait démontré par ses recherches la manière dont la révolution finit par se consumer elle-même, laissant souvent dans son sillage un bouleversement plus radical, plus violent et plus extrême que l'insurrection d'origine.

Il était plongé dans ses pensées quand Impney toqua à sa porte.

— Oui ? dit-il avec une pointe d'agacement.

Il venait d'atteindre la dernière scène, il était prêt à renverser Robespierre et à en finir avec la période de la Terreur.

Impney entra dans son bureau et fit face à Daniel, le visage grave.

— Je suis désolé de vous interrompre, monsieur, mais je viens de m'entretenir avec Mr. fford Croft. Il s'inquiète à propos de ce troisième terrible meurtre.

Il y avait un journal plié dans la main du premier clerc, au lieu du plateau que Daniel aurait préféré. Il était encore tôt, mais il avait travaillé dur, étudiant des ouvrages de référence portant sur les conflits, agressions, provocations et le principe de légitime défense.

— Je suis désolé, monsieur, répéta Impney.

Son visage d'ordinaire aimable était creusé par la sollicitude et un ton inhabituellement sombre s'entendait dans sa voix.

— J'ai pensé que vous devriez voir le journal de ce matin.

— On y parle encore de la flotte allemande ?

Daniel avait parlé sur un ton désinvolte, mais il ne plaisantait qu'à demi. Il y avait constamment des tensions en Europe et les alarmistes les montaient en épingle.

— Non, monsieur, pas que je sache. Ce n'est pas le *Times*, monsieur, mais un des quotidiens moins sérieux.

— Dans ce cas, pourquoi me l'avez-vous apporté ?

— Parce qu'il a fait sa une, monsieur, sur un nouveau meurtre sous la pluie.

Le clerc déplia le journal pour le lui montrer, sans toutefois le lui tendre.

— Certains faits ne sont pas mentionnés, monsieur. Malheureusement, cette victime a été attaquée exactement de la même manière que les deux jeunes femmes, et relève de la responsabilité de Miss Miriam.

— Je suis vraiment désolé, Impney. Je sais qu'il y a

eu une autre victime, mais cette affaire n'est pas de notre ressort. Il n'y a rien que nous puissions faire au cabinet. Le journal suggère-t-il que la police a une idée de l'identité du coupable ? Ou la victime est-elle quelqu'un que nous connaissons ?

Il avait formulé cette dernière question avec lenteur, l'estomac soudain noué par une peur glacée. Il n'y avait pas si longtemps qu'on l'avait appelé pour identifier un confrère mort.

Impney fit la moue.

— Miss Miriam s'occupe de ces corps, monsieur. Mr. fford Croft se fait du souci pour elle mais hésite à lui en parler, au cas où elle ne serait pas à la hauteur de la tâche, si vous me suivez, Mr. Pitt.

— Je sais, murmura Daniel.

Il s'était efforcé de ne pas y penser.

— Il ne veut pas lui poser de questions et lui donner l'impression qu'il s'inquiète pour elle, expliqua Impney d'une voix empreinte d'anxiété.

Quelques mois à peine auparavant, Marcus fford Croft avait été terrassé par une crise cardiaque et dû être hospitalisé. C'était une épreuve que sa fille ne risquait guère d'oublier – et elle ne voudrait pas être la cause de soucis supplémentaires.

— Je lui ai apporté du thé, monsieur, et un très petit cognac, juste pour le réchauffer. Mais, Mr. Pitt, ce ne serait pas une mauvaise idée d'aller le voir, de vous assurer qu'il va bien. J'ai pris la liberté de servir votre thé dans son bureau, monsieur.

Daniel prit une inspiration, puis exhala son souffle.

— Merci.

Il ne semblait rien y avoir d'autre à dire. Impney l'avait manipulé impeccablement, avec son habileté coutumière. Il fixa le clerc un instant de plus, s'efforçant de déterminer à son regard s'il était réellement soucieux.

Impney se contenta de sourire, s'inclina légèrement et sortit.

Daniel se rendit droit au bureau de Marcus et toqua à la porte.

Ce dernier répondit aussitôt, l'invitant à entrer. Ce jour-là, il portait un gilet d'un riche ton prune associé à un foulard violet, un contraste superbe et très chic. Son choix d'accessoires et ses combinaisons de couleurs étaient souvent plus réussis que Daniel ne s'y attendait. Il se serait senti ridicule en les portant ; sur Marcus, en revanche, ils étaient splendides.

— Bonjour, monsieur.

Il ne fit pas de commentaire sur le gilet ni le foulard. Il se contenta de sourire.

Marcus dut sentir son amusement, car il parut un peu perplexe.

— Du thé ?

— Oui, s'il vous plaît, répondit Daniel en s'asseyant.

— Eh bien, servez-nous, mon garçon. Pour quelle autre raison êtes-vous venu ?

Daniel s'exécuta et tendit une tasse à Marcus, puis se servit et but une gorgée avec précaution. Le thé était brûlant.

— Est-il arrivé quelque chose ? demanda Marcus, totalement immobile sur sa chaise.

— Juste ces meurtres qui continuent.

Marcus marmonna quelque chose qui ressemblait, fait étonnant chez lui, à un blasphème.

Daniel le regarda et décida de changer de sujet.

— Je suis plus ou moins à jour avec l'affaire Wolford, monsieur, et…

— Comment avance-t-elle ? coupa Marcus. Cet homme est un peu excentrique, mais il maîtrise son sujet. Cela dit, il est difficile. Lunatique. Susceptible à l'excès. Enfin, qu'on l'apprécie ou non, je ne crois pas qu'il ait plagié le travail d'un autre. Pour commencer, il a du mal à penser que quiconque puisse être meilleur que lui. Par conséquent, personne à ses yeux ne vaut la peine d'être plagié !

Il n'était pas venu à l'esprit de Daniel que Marcus pût avoir rencontré Wolford.

— Vous le connaissez personnellement ?

Après tout, il aurait dû envisager cette possibilité. Marcus avait étudié le droit, mais c'était un homme d'une grande curiosité intellectuelle. Il lui avait avoué connaître l'œuvre de Wolford, en outre, il était resté en relation avec nombre de ses anciens camarades d'université, comme beaucoup d'hommes qui se souviennent avec affection de cette époque de leur vie. Des amitiés nouées alors qu'ils passaient de l'adolescence à l'âge adulte ; qu'ils partageaient de nouveaux horizons, de nouvelles aventures.

Marcus sourit et se cala plus confortablement dans son fauteuil.

— Wolford est bien plus jeune que moi, bien sûr, il est plus proche de l'âge de Miriam. Je continue à voir mes vieux amis, vous savez, je sais ce qui se passe. Qui fait quoi. Je n'ai pas eu de fils, mais si ç'avait été le cas, je l'aurais envoyé à Cambridge, quoi qu'il ait choisi d'étudier.

Il eut un sourire espiègle.

— Vous savez, on n'apprécie pas les femmes en médecine légale.

Son sourire s'élargit.

— En revanche, on ne refuserait pas un homme s'il était à moitié capable.

Il jeta un coup d'œil à une photographie. Elle n'était pas sur son bureau, mais sur une étagère où il entassait les livres qu'il consultait le plus souvent. C'était un cliché de Miriam à l'âge de dix-sept ans environ. Elle paraissait très jeune et, saisie sous cet angle, ressemblait beaucoup à sa mère. Daniel n'avait jamais rencontré l'épouse de Marcus – celui-ci était veuf depuis de nombreuses années –, mais il avait vu un portrait d'elle chez les fford Croft.

— Voudriez-vous que j'aille m'assurer que Miriam va bien ? proposa-t-il. Cela ne donnerait pas l'impression évidente qu'on s'inquiète pour elle – du moins, ce serait moins évident que si vous y alliez vous-même.

Marcus hocha la tête.

— Elle refuse de m'écouter. Elle dit que je me fais du souci pour rien. Assurez-vous juste que le dragon ne la fait pas travailler trop dur, voulez-vous ? Sans lui donner le temps de manger et de se reposer. Vous savez, elle…

Il ne parvint pas à trouver le mot qu'il cherchait, ou bien se ravisa.

Daniel comprenait son besoin de protéger sa fille.

— Oui, monsieur. Je le ferai.

— Merci.

Marcus hésita, puis se remit à discuter de l'affaire Wolford, comme s'ils n'avaient jamais évoqué un autre sujet.

En sortant du bureau, Daniel croisa Impney dans le couloir, et lui adressa un signe de tête en souriant. Le clerc comprenait une foule de choses sans qu'on eût besoin de les exprimer par des mots.

— Serez-vous ici cet après-midi, monsieur, au cas où on vous demanderait ?

— Je ne sais pas au juste. Il est possible que je rende visite à Mr. Wolford. Il me reste plusieurs points mineurs à éclaircir. Et je compte aller voir comment va Miss Miriam.

— Très bien, monsieur.

Daniel comprit avec une surprise momentanée que le clerc connaissait sans doute Miriam depuis qu'elle était née. Il avait vu la famille traverser des années de bonheur et de chagrin, de joies et de deuils, connaître le succès et affronter le danger. Avait-il des proches hormis les fford

Croft ? S'il était orphelin, le cabinet constituait peut-être le seul endroit où il se sentait à sa place.

— Impney, dit Daniel.

Le clerc s'immobilisa, puis se retourna, arquant les sourcils d'un air interrogateur.

— Oui, monsieur ?

— Merci.

— Je vous en prie, monsieur.

Il y avait une légère rougeur sur ses joues, comme s'il avait lu très clairement dans les pensées de Daniel – sauf que, bien sûr, c'était impossible.

Une fois dans la rue, Daniel envisagea de héler un taxi, mais la pluie avait cessé un peu avant l'aube. Il avait plu si fort que la rue semblait avoir été récurée à la brosse. L'air scintillait dans la lumière vive et froide de l'hiver, le vent était frais.

C'était une belle journée pour aller à pied à la gare du métropolitain.

Quand le train arriva à destination, il gravit les marches qui rejoignaient la rue et poursuivit son chemin d'un pas léger.

Un quart d'heure plus tard, il était au laboratoire. On le fit entrer et il trouva Miriam, apparemment seule, penchée sur son travail. Tout d'abord, elle ne lui accorda pas même un regard, comme s'il était un assistant venu apporter ou ranger quelque chose. Puis elle leva les yeux, et son visage s'illumina brusquement.

— Daniel !

Elle posa l'instrument qu'elle tenait à la main et s'avança vers lui. Comme elle approchait, il remarqua les fines rides de fatigue au coin de ses paupières, la raideur de son cou et de ses épaules.

— Vous êtes venu prendre de mes nouvelles pour mon père ?

Elle s'efforçait de sourire, mais il y avait des cernes sombres sous ses yeux.

— Il veut savoir comment vous allez, bien entendu, répondit-il. Il s'inquiète pour vous. Exactement comme vous vous inquiétez pour lui. Mais non, ce n'est pas lui qui m'envoie.

Il la regarda posément.

— Je suis venu pour nous deux, et pour Impney. J'imagine que vous le connaissez depuis toujours.

Elle se détendit un peu.

— Oui. Père étant enfant unique, Impney est le seul oncle que j'aie connu, en quelque sorte. Il ne parle guère, mais jamais il n'oublie mon anniversaire. Depuis aussi loin qu'il m'en souvienne, ajouta-t-elle en détournant la tête.

— Miriam ?

— Daniel, c'était le même homme, dit-elle tout bas. Mais cette agression était encore plus sauvage que la précédente.

Les journaux l'avaient affirmé, mais il avait supposé qu'ils exagéraient, comme ils le faisaient si souvent. Entendre cela de la bouche de Miriam était différent. Effrayant. Cependant, sa première pensée devait être pour elle, pour ce qu'elle devait ressentir. Elle avait vu la victime, touché ses plaies, elle savait si l'homme avait mis longtemps à mourir. Elle avait dû percevoir l'horreur et la souffrance qu'il avait éprouvées, sa prise de conscience, si brève eût-elle été, qu'il mourait seul, son assassin debout devant lui, sous la pluie, sur le trottoir, dans le noir.

Miriam avait-elle la capacité de se protéger contre cela ? Il brûlait de l'aider, de prononcer des paroles qui atténueraient l'horreur, mais à l'instant où il ouvrait la bouche, il sut que ses mots ne communiqueraient qu'un manque de compréhension. La protéger reviendrait à nier la réalité du métier qu'elle exerçait ; c'était une femme courageuse et intelligente qui ne devait pas être abritée de la réalité lorsque celle-ci devenait trop laide. Et s'il était honnête avec lui-même, se concentrer sur la protection de Miriam était un moyen pour lui d'éluder cette réalité. Il était beaucoup plus facile de penser à elle qu'à Roger Haviland, ou à la veuve de celui-ci.

Il esquissa un sourire triste.

— Je suis venu voir comment vous allez, de mes propres yeux, afin de pouvoir retourner dire à Marcus et à Impney que vous allez bien. Et peut-être vous proposer quelque chose à manger ou du thé, même si je sais que cela ne résoudra rien. Vous devrez quand même regarder la tragédie en face et l'analyser pour aider la police à trouver ce… dément. Car c'est un dément, n'est-ce pas ?

Elle repoussa ses cheveux en arrière et resserra le filet qui les maintenait en place.

— Je ne sais pas. Ce qui est certain, c'est qu'il était en proie à une fureur incontrôlable quand il a commis ce meurtre. La dernière phalange de l'index a été sectionnée, comme pour les deux autres victimes. Je ne peux m'empêcher de penser que ce geste a un sens très important pour l'homme qui l'a accompli. C'est un symbole, comme s'il avait l'esprit empoisonné par quelque chose.

— Pouvez-vous déduire quoi que ce soit sur la victime d'après le corps ?

Elle réfléchit un instant.

— Il n'était ni faible ni handicapé, mais portait des lunettes assez souvent. On voit une marque sur le nez, à l'endroit où elles reposaient, bien que nous ne les ayons pas retrouvées. Du moins, la police ne les a pas trouvées. Et si on observe sa main mutilée avec attention, on voit que le majeur est légèrement déformé : il y a un petit creux, et une infime tache d'encre, ce qui indique qu'il écrivait beaucoup. Enfin, c'est ce que je devine. Mais j'en parlerai à l'inspecteur Frobisher quand il viendra.

Je ne suis pas sûre que cela lui soit utile. Cela ne prouve rien et n'a peut-être aucune importance.

Elle baissa les yeux.

— J'aimerais vous en dire davantage, mais insister sur un point pour y accorder une importance démesurée serait trompeur.

Elle se mordit la lèvre et prit une inspiration.

— J'ai peur que les journaux ne cherchent à faire sensation avec ce dernier meurtre, qu'ils ne se répandent en détail jusqu'à ce qu'un faible d'esprit, ou quelqu'un qui a perdu la raison, essaie de l'imiter, causant une mort de plus.

Il aurait aimé avoir une réponse réconfortante à lui apporter, mais il n'en voyait aucune qui fût honnête, et Miriam ne méritait rien moins que son honnêteté.

Le Dr Eve sortit de la réserve où elle travaillait jusqu'alors, hors de vue. Elle portait sa blouse blanche habituelle, tachée ici et là. Ses cheveux étaient trop courts pour exiger un filet ou des épingles. Elle toisa Daniel.

— Vous avez une bonne raison d'être venu ? demanda-t-elle sur un ton un peu aigre. Miriam n'a pas besoin qu'on s'occupe d'elle. Et si elle en avait besoin, je m'en chargerais. Elle est parfaitement capable de bien faire son travail, sinon je ne la laisserais pas mettre le pied dans mon laboratoire.

Elle fixa sur Daniel un regard froid, attendant qu'il rougisse et batte en retraite.

Au lieu de quoi, il soutint son regard sans ciller.

— Et comment allez-vous, docteur Hall ? Voudriez-vous une tasse de café ? J'irai vous en chercher une avec plaisir. Ainsi vous n'aurez pas à interrompre votre travail pour le faire vous-même. Je sais que le Dr fford Croft va bien. Elle va toujours bien. Mais son père a tendance à s'inquiéter, par conséquent je vais lui téléphoner et le rassurer. Avant d'aller chercher votre café. Ensuite, j'irai voir un de mes clients concernant une question en suspens.

Le Dr Eve arqua les sourcils.

— Oh ! Et ce client a-t-il un lien avec cette affligeante affaire ? S'agirait-il d'un parent endeuillé, par exemple ?

— Aucun lien, sauf qu'il connaît l'inspecteur Frobisher. Cela dit, moi aussi. Nous étions ensemble à l'université.

Eve sourit. Quelque chose semblait l'amuser.

— Tiens donc. Et vous vous préparez à un de vos spectaculaires plaidoyers au tribunal ?

— Pas du tout. Notre client est à l'évidence innocent et cela va être assez simple à prouver. Malheureusement, il a frappé l'homme qui l'accusait, ce qui risque de lui porter un peu préjudice, mais pas gravement.

— Vous êtes sûr de vous, non ? le défia-t-elle. « L'orgueil précède la chute. »

— Il n'est nul besoin d'être un avocat brillant pour prouver ce...

— Donc pas très excitant pour vous, conclut Eve. Cela explique que vous soyez venu ici voir ce que nous faisons.

— Puisque personne n'a été accusé des meurtres et qu'il semble que personne ne doive l'être dans l'immédiat, je n'ai rien à faire ici, répondit-il. Et je détesterais en défendre le responsable : le mieux serait qu'il soit si manifestement fou qu'un procès soit inutile.

— Pas d'occasion de démontrer une tactique brillante ? Ce serait d'un ennui !

Elle arqua de nouveau les sourcils. Elle l'asticotait, et ils le savaient tous les deux. Daniel sourit. Elle lui faisait un compliment, de manière détournée, ce qui signifiait qu'elle le jugeait digne de son attention. À moins qu'elle ne fût en train de le mettre à l'épreuve pour voir s'il était digne du temps que Miriam lui consacrait ? Il arqua presque imperceptiblement un sourcil, lui aussi, comme s'il n'était pas certain que la remarque doive être commentée.

— Même si j'étais assez expérimenté pour choisir mes affaires et ne prendre que les plus compliquées, je ne crois pas que je le ferais. Certains cas simples en apparence se révèlent plus complexes quand on se penche dessus. Une seule pièce à conviction, un seul mensonge peuvent tout changer.

Eve n'en avait pas tout à fait terminé.

— C'est tout ?

— Non. Ce serait assommant de savoir à l'avance comment un procès va se dérouler. Et malsain de ne choisir que des affaires susceptibles de favoriser sa carrière, poursuivit-il. Plutôt intéressé. En fin de compte, ce ne serait pas une bonne idée.

Eve hocha la tête lentement.

— Allez chercher du café, dit-elle en reculant d'un pas. Si vous voulez être le bienvenu ici, il va falloir commencer à le mériter. Nous allons passer un certain temps sur celui-ci.

— Il est pire que les autres ?

Daniel jeta un coup d'œil à Miriam, puis à Eve, bien que son visage lui eût donné la réponse avant même qu'elle eût ouvert la bouche.

— Oui, dit-elle, radoucie. Maintenant… allez-y.

Il marcha d'un pas rapide. Le propriétaire de l'établissement sourit et emballa des sablés sans même en avoir été prié. Quand Daniel expliqua que le tout était destiné au Dr Eve et au Dr fford Croft, l'homme s'écria :

— Pour les docs ?

Il ne permit pas à Daniel de régler.

À son retour au laboratoire, on le fit entrer aussitôt et il répartit le contenu de la cafetière dans trois tasses. Eve et Miriam interrompirent leur tâche, se lavèrent les mains et s'approchèrent de la table. Elles ne retirèrent pas leur blouse, cependant.

Daniel regarda autour de lui. Toutes les étagères étaient remplies de bouteilles et de pots, tous soigneusement étiquetés de lettres et de chiffres dont le sens, pour les trois quarts au moins, lui échappait. Il y avait aussi divers appareils, tous silencieux à cet instant, et une série de bocaux en verre contenant des spécimens qu'il préférait ne pas regarder, ainsi que des instruments dont il ne pouvait que deviner l'usage.

Il observa Miriam pendant qu'elle sirotait son café. Elle paraissait différente depuis son séjour en Hollande ; une tension en elle s'était dissipée. Elle était lasse, certes, et même à cette heure relativement matinale, ses cheveux semblaient épinglés à la va-vite.

Ce métier correspondait-il réellement à ses attentes, se demanda-t-il, maintenant qu'elle était libre de l'exercer ? Affronter la mort, souvent violente, examiner des restes de corps humains, parfois encore anonymes, après l'horreur d'un accident, d'un meurtre, ou les ravages de la maladie ? Pourquoi ? Alors que la plupart de ses amies se consacraient au mariage et à la maternité, qu'est-ce qui avait poussé Miriam à rejeter les conventions ?

Elle avait dû se rendre compte qu'il la fixait car elle lui rendit son regard, comme si elle le mettait au défi de parler.

Evelyn Hall les dévisageait l'un et l'autre.

Il devait soit éluder sa question muette, soit exprimer ses pensées. De toute façon, il devrait s'y résoudre tôt ou tard.

— C'est une triste affaire pour entamer votre carrière, mais il n'y en aura jamais de plaisantes.

Eve resta silencieuse, observant désormais Daniel plutôt que Miriam.

— Les crimes plaisants existent-ils ? demanda celle-ci. Et une bonne partie de vos clients ne sont-ils pas coupables ? Ou bien les jurés se trompent-ils la moitié du temps ?

On lisait à la fois un défi et une pointe d'amusement dans ses yeux.

Donc, elle n'allait pas se dérober, mais venir à sa rencontre. Il en éprouva un petit frisson de contentement. Pendant le temps qu'elle avait été absente, il avait presque oublié combien elle était agréable, combien elle était directe. Et combien il prenait plaisir à lui parler. Les conversations n'étaient jamais à propos de la pluie et du beau temps.

— Des crimes plaisants ? répéta-t-il. Non, bien sûr que non. Ce qui m'apporte de la satisfaction, c'est de démêler les mensonges et les erreurs, et de parvenir à une sorte de justice. Ou de compassion. Souvent, c'est de comprendre ce qui s'est passé et comment je peux, à tout le moins, en limiter les conséquences.

Le visage de Miriam s'éclaira, révélant ce qui, aux yeux de Daniel, était un profond assentiment.

— Je n'aurais pu le dire mieux ! s'écria-t-elle. Un crime ne peut être effacé. Les morts ne peuvent ressusciter. Mais ce qui est arrivé peut être compris. Ce qui a été accidentel, ce qui a été délibéré. Comment on pourrait l'éviter à l'avenir. Sans oublier la possibilité d'en tirer des leçons, et de rendre justice autant que faire se peut.

Un instant, Daniel se demanda si elle l'avait à dessein attiré dans cette conversation. Puis il se souvint de lui avoir lancé un défi, et qu'elle l'avait relevé. Il lui adressa un large sourire.

— Quand ça marche, ajouta-t-il. Et quand ça ne marche pas, il faut l'accepter avec humilité. Au moins, je suis libre de choisir la plupart de mes clients. Vous devez les accepter tous. J'en suis désolé. C'est dur.

Le sourire de Miriam en disait plus long que des mots n'auraient pu le faire. Il avait été soudain, éclatant, d'une honnêteté resplendissante. La seconde d'après, il s'évanouit, et elle se pencha de nouveau sur son travail.

Daniel n'hésita qu'un instant, prit congé des deux femmes et sortit dans la lumière calme du matin.

De retour au cabinet, il alla faire son rapport à Marcus, se contentant de lui dire que Miriam allait bien. Qu'elle était un peu fatiguée, certes, mais se consacrait à son travail avec une fierté et une conviction qui lui avaient échappé jusqu'alors.

— Elle est différente, n'est-ce pas ?

Assis à son bureau, Marcus s'adossa à sa chaise. Il souriait et regardait Daniel, s'efforçant clairement de déchiffrer les émotions que ce dernier ressentait, s'il était heureux du changement intervenu chez Miriam, ou que celui-ci suscitait chez lui un certain malaise. S'était-elle éloignée de Daniel ? De la personne qu'elle avait été, et même de Marcus ?

— Oui, acquiesça Daniel. Mais elle fait désormais partie d'un groupe auquel elle a toujours voulu appartenir, au lieu d'être en marge, seule. Je ne veux pas dire que cela va être facile. Elle doit encore faire ses preuves. Le Dr Hall est acceptée parce que seul un imbécile nierait ses remarquables compétences. Miriam doit prouver qu'elle était tout aussi bonne.

— Elle n'y parviendra peut-être jamais, observa Marcus, mais si elle réussit…

Son expression perdit de son assurance, son regard affronta celui de Daniel, direct mais troublé.

— Va-t-elle se transformer en une autre Dr Eve ? Vous êtes sûr qu'elle ne va pas changer à ce point ?

La question était sincère.

Daniel comprit ce qu'il voulait dire sans oser l'exprimer. Miriam allait-elle devenir aussi excentrique qu'Eve, aussi isolée, redoutée et admirée par ses confrères, presque idolâtrée par ses étudiants, mais essentiellement seule, parce qu'elle était une femme dans un monde masculin ? Et qu'elle était non seulement égale aux hommes, mais meilleure que la plupart.

Daniel réfléchit pendant plusieurs secondes avant de répondre.

— Evelyn Hall est unique. Elle a dû se battre encore davantage, et sans exemple féminin pour l'inspirer, contrairement à Miriam. Mais Miriam ne deviendra pas comme elle. Elle ne sera comme personne d'autre. Je ne sais pas ce qui l'attend, et je ne peux pas choisir à sa place et vous non plus. Si vous essayez, elle n'aura plus confiance en vous. Et si elle renonce à sa carrière pour quiconque, en fin de compte elle détestera cette personne pour l'avoir persuadée d'abandonner son talent et la possibilité de participer à une entreprise qui compte énormément à ses yeux.

— Réussira-t-elle ? Je veux dire, trouvera-t-elle sa place, au fond ?

Il fronça les sourcils.

— Elle n'y est jamais arrivée, vous savez. Même enfant, elle était toujours à part. Elle n'a jamais eu de poupées, uniquement des peluches. Qu'elle traitait comme si elles étaient des êtres humains, ajouta-t-il, souriant à ce souvenir.

Daniel le croyait sans peine. Il avait considéré les animaux comme ses amis quand il était enfant, surtout les chats et les chiens.

Miriam avait-elle été aussi seule que cette déclaration le suggérait ? Un jour, peut-être, il le saurait.

— Ne vous inquiétez pas au sujet de son travail, dit-il à voix haute. Sachez seulement qu'elle réussira et que nous n'y parvenons pas tous.

Une pensée soudaine lui traversa l'esprit.

— Savez-vous que les Chinois bandaient les pieds des femmes nobles pour qu'elles ne puissent pas marcher ? À leurs yeux, c'était une forme de protection, une affirmation qu'on prendrait toujours soin d'elles. Du moins, c'était ce que pensaient les hommes.

— Je vois ce que vous voulez dire, rétorqua Marcus sèchement. Cela paraît barbare, mais je présume que l'intention était bonne. Eh bien, comment avance votre affaire avec Wolford ?

— Je crois que l'accusation ne tient pas debout. Je comptais aller voir Wolford aujourd'hui, mais j'ai changé d'avis. Je vais me rendre à Cambridge à la place. Je devrais y être en fin d'après-midi, si je prends le prochain train. Je vais essayer de me renseigner sur le parcours de Tolliver, voir quand il a commencé à entreprendre ces recherches. Wolford affirme que leurs chemins ne se sont jamais croisés, mais peut-être l'a-t-il oublié, ou même n'en avait-il pas conscience.

Marcus hocha la tête.

— Cela paraît raisonnable. Mais n'avez-vous pas déjà fait cela ?

— Je me suis renseigné sur la carrière de Tolliver en tant qu'auteur. Cela dit, si je peux trouver des gens qui l'ont connu ou qui les ont connus tous les deux, cela me donnera peut-être une meilleure compréhension de l'affaire.

— Elle vous inquiète ? s'étonna Marcus.

— Pas vraiment, mais je ne veux pas me faire piéger par quelque chose que j'aurais dû savoir – ou pu savoir, si je m'étais préparé correctement.

— Bien, commenta Marcus, approbateur. De l'application, des recherches de fond. Parfois ce sont les procès qu'on croyait gagnés d'avance qui nous réservent de mauvaises surprises. Drake le savait.

Une ombre passa sur son visage et il esquissa un sourire attristé. Il faisait allusion au meilleur avocat que le cabinet eût jamais engagé, à l'exception peut-être de lui-même. Drake avait été assassiné l'année précédente. Ils n'en parlaient pas souvent, mais aucun d'eux ne l'avait oublié.

— Oui, monsieur.

Il était inutile d'ajouter quoi que ce fût. Il prit congé de Marcus et regagna son bureau.

Daniel arriva à Cambridge en fin d'après-midi et se mit aussitôt à chercher de vieux amis parmi les professeurs qu'il avait eus. C'était étrange de cheminer dans les rues familières, de voir les bâtiments de l'université au crépuscule, la pelouse désertée où ils avaient joué au cricket avec tant d'énergie et de passion, comme si le résultat du moindre match était une question d'orgueil national. Il se remémorait leurs conversations au sujet de frappes extraordinaires, de réceptions manquées, de tactique, comme si c'étaient des repères de l'histoire. En un sens, ils l'étaient. L'amitié, l'effort suprême consacré à ce qui n'était que du sport, à une équipe, faire de son mieux, mettre tout son cœur dans quelque chose qui n'avait aucune importance. Quelqu'un frappait une balle, ou la manquait. Le lendemain, personne ne se souciait des matchs perdus ou gagnés. Rien n'avait changé.

La pelouse était exactement comme autrefois, le vent murmurait dans les arbres, les derniers rayons du soleil jouaient à cache-cache avec les nuages ; le silence n'était rompu que par les remarques sonores de l'arbitre, une salve d'applaudissements.

Il se laissa absorber par la scène. Par certains côtés, ce moment résumait tout. Une strophe du poème de Henry Newbolt, « Vitaï Lampada » surgit dans sa mémoire.

> Ce soir on ose à peine respirer –
> Dix points à marquer, la victoire à portée –
> Un terrain bosselé, plus qu'une heure de jeu,
> Un ultime équipier, le soleil dans les yeux.
> Et l'enjeu n'est pas un ruban sur son blazer
> Ni l'espoir égoïste d'une gloire passagère,
> Mais la main du capitaine sur son épaule :
> « Vas-y ! Vas-y ! Et fais de ton mieux ! »

Une bouffée d'émotion le submergea. Un sentiment d'appartenance intense, une marée de bonheur déferlant dans ses veines. Puis il se secoua et revint au présent.

Il continua à traverser le gazon en direction du trottoir, puis se dirigea vers le bureau du premier homme à qui il voulait parler. La lumière était encore allumée. Quelqu'un était là.

Ayant vu tous les gens qu'il avait souhaité interroger, Daniel rentra par le dernier train, qui devait arriver vers minuit. Il était fatigué, mais Londres étant le terminus, il ne risquait pas de manquer son arrêt. Au début, il lutta contre le sommeil, et passa en revue dans sa tête tout ce qu'il avait appris. C'était un territoire familier, quoique vu d'un angle différent. Cinq ans seulement s'étaient écoulés depuis qu'il avait quitté l'université, mais ç'avaient été des années marquantes, riches en espoirs, en craintes, en expériences mémorables. Depuis lors, il avait été confronté à des morts violentes, avait défendu des coupables et des innocents, grandement développé ses connaissances et son application, et trébuché ici et là, découvrant son ignorance. Enfin, si on regardait les choses différemment, ces faux pas étaient peut-être aussi des pas en avant. Il avait une conscience beaucoup plus aiguë de l'étendue de ce qu'il ignorait.

Par exemple, il s'était entretenu avec six personnes qui connaissaient à la fois Wolford et Tolliver. Elles avaient ajouté texture et profondeur au tableau qu'il avait des deux hommes, confirmé des incidents dont il était informé, et en avaient mentionné quelques autres dont il n'avait pas eu connaissance. Dans tous leurs propos, Tolliver apparaissait comme un homme honnête, profondément convaincu de l'originalité des observations qu'il avait publiées dans ses essais, articles et autres ouvrages. Surtout, ils avaient évoqué le livre qui était au cœur du procès, un livre contenant des passages qu'il croyait avoir été copiés par Wolford, dont, selon lui, l'ouvrage ne contenait aucune référence à ses sources. Daniel savait que cette affirmation était fausse. Les références étaient citées dans une annexe, à la fin du livre, et non dans des notes de bas de page, dont la présence nuisait à la fluidité du texte.

Tous ceux à qui Daniel avait parlé comprenaient le raisonnement de Tolliver, mais percevaient aussi sa méprise. Certains avaient de la compassion pour lui. Cependant, la plupart s'accordaient à dire que Wolford avait toujours fait preuve d'indépendance d'esprit. Personne n'était disposé à fournir de preuves de plagiat à l'encontre de l'un ou de l'autre.

Daniel avait tous les éléments dont il avait besoin pour défendre Wolford, et pourtant il était troublé par un malaise qu'il ne pouvait exprimer par des mots. Dans l'univers bien réel d'une salle de tribunal – avec ses jurés, la perspective de la prison ou de la liberté, la vie des gens en jeu, ou leur bonheur menacé par le déshonneur –, l'argument intellectuel serait tout aussi réel, débattu avec tout autant de passion.

Les gens qu'il avait rencontrés se souvenaient avec netteté des discours, débats, articles et textes de Wolford. Si certains étaient des récits ordinaires, classiques, d'autres témoignaient d'une grande perspicacité, et étaient souvent spirituels. Ses étudiants l'admiraient, son imagination et sa créativité forçaient le respect. C'était vraiment un penseur exceptionnel.

Il se remémorait le plaisir de Wolford à expliquer des moments décisifs de l'histoire politique, sa capacité à donner vie à chaque protagoniste, à rendre son point de vue compréhensible à un public moderne ; c'était comme s'il avait été à leur place, qu'il avait connu leur indignité, leur peur, traversé leurs épreuves et leurs luttes. Ses étudiants ne voyaient plus l'histoire seulement comme une série d'événements qui leur étaient extérieurs, mais comme une partie d'eux-mêmes.

Et pourtant, Daniel restait en proie à l'intuition confuse que quelque chose clochait, et c'était cela qui le troublait. Les choses étaient-elles trop simples ? Tolliver avait-il attaqué Wolford en justice et persévérait-il parce qu'il ne savait comment battre en retraite sans perdre la face ? Présenter des excuses serait peut-être dans l'intérêt de l'un comme de l'autre. Daniel devait-il explorer cette possibilité ?

Un arrangement avant le procès pourrait être la meilleure solution pour les deux parties. Cela valait la peine d'être envisagé.

14

Le Dr Eve était arrivée au laboratoire de la morgue avec du retard ce matin-là, ce qui ne lui ressemblait pas du tout. Un instant, Miriam avait songé à lui demander si elle se sentait bien, mais un regard au visage d'Eve l'en avait dissuadée.

Leur première tâche consistait à examiner le cadavre d'un homme très corpulent, qui avait apparemment succombé à une attaque. Miriam l'avait déjà regardé et avait rédigé un rapport préliminaire avec l'aide de leur assistant, Joe. Ce dernier avait la force nécessaire pour déplacer et soulever des corps lorsqu'il le fallait, et était également assez consciencieux pour faire tout ce qui était exigé de lui, même quand il était occupé, et même quand les ordres étaient donnés sur un ton péremptoire.

Miriam et Eve commencèrent en silence, n'échangeant que les mots indispensables à leur tâche.

— Crise cardiaque, conclut enfin Miriam.

Eve lui adressa un regard inquisiteur.

— Il s'agit simplement d'en apporter la confirmation, insista Miriam.

— Ou pas ! rétorqua Eve sur un ton sévère. Que nous a-t-on dit à son sujet ?

Miriam répéta les notes laissées par les médecins qui s'étaient occupés du défunt.

— Eh bien, qu'attendent-ils de nous ? demanda Eve.

Ils ont peur qu'il ne soit mort d'une autre cause, mais ils ne savent pas laquelle ? Qui est-ce, d'ailleurs ?

Elle toisa le cadavre avec dégoût.

— Vous allez rester là longtemps à le fixer ?

Sur le point de se justifier, Miriam remarqua la pâleur d'Eve et s'empara du scalpel. Après avoir observé le corps un instant, elle pratiqua une incision.

Le silence continua, entrecoupé ici et là des commentaires qu'elle faisait à l'intention de Joe, chargé de prendre des notes pendant qu'elle travaillait.

Une demi-heure durant, Miriam examina, pesa, mesura, ne parlant que pour décrire ce qu'elle voyait.

Eve l'observait sans rien dire.

Au bout d'un moment, Miriam se mit à inspecter les organes. Le foie était gonflé, endommagé, mais elle s'y était attendue. Il n'y avait rien d'exceptionnel à cela.

— Pourquoi les médecins tenaient-ils à cette autopsie ? demanda-t-elle enfin.

— Pour être sûrs que rien ne leur avait échappé, répondit Eve. Ils ont présumé que la cause du décès était une crise cardiaque, mais ils voulaient notre confirmation. Avez-vous cherché un poison ?

— Pardon ?

— Je vous ai demandé si vous aviez cherché des traces de poison ?

— Non, je...

— Bien, coupa Eve. Ç'aurait été une perte de temps. Il est mort de causes tout à fait naturelles, comme vous l'avez dit. Maintenant, passons à quelque chose de plus utile.

— Un thé ? suggéra Joe.

— Non ! aboya Eve, avant de se raviser. Oui, dit-elle d'un ton brusque.

Sur quoi elle fit volte-face et sortit du laboratoire pour gagner une des réserves.

Miriam jeta un coup d'œil à Joe, puis la suivit. Eve

était penchée au-dessus d'une paillasse, la tête baissée. Miriam éprouva un pincement de réelle angoisse. Son instinct la poussait à vouloir la protéger, la réconforter, mais elle savait qu'Eve ne l'accepterait pas. La scientifique qu'elle était ne pouvait se permettre de paraître vulnérable, surtout pas à ses propres yeux. Quelle était la meilleure chose à dire ? De quoi avait-elle besoin ?

Miriam n'osait imaginer ce qui n'allait pas. Elle avait toujours pensé à Eve Hall comme étant non seulement invincible, mais indestructible. La compassion risquait d'être confondue avec la pitié. Enfin, elle dut se résoudre à poser une question.

— Où avez-vous mal ?

Elle se tenait près d'Eve, mais sans la toucher, se rappelant qu'elle était encore son élève. Sans doute le resterait-elle à jamais.

Eve ne répondit pas.

Miriam se jeta à l'eau.

— De quoi avez-vous peur ?

Sa voix était douce, affectueuse.

Eve pivota lentement. Un instant, la colère se lut sur ses traits puis, au prix d'un effort évident, elle la chassa.

— J'ai un mal de tête épouvantable, c'est tout. J'ai pris de l'aspirine. Elle fera bientôt effet. N'en faites pas toute une montagne !

Miriam la fixa, se rappelant les journées écoulées, s'efforçant de jauger la vérité de ses paroles. Le mal de tête allait-il passer bientôt ? Eve paraissait fiévreuse. Elle avait les joues enflammées, le tour des yeux et le front très pâles.

— Dans ce cas, venez vous asseoir et boire un thé, répondit Miriam, sur un ton plus proche de l'ordre que du réconfort.

— Vous devenez autoritaire, lança Eve.

Cependant, elle esquissa un léger sourire et se redressa un peu.

Elles retournèrent dans le laboratoire, où Joe apporta du thé et fit le service. Boire assez de liquide était une des règles d'or d'Eve. Administrée d'une poigne de fer. Elle ne pouvait maintenant s'ériger contre. Ou bien était-elle trop souffrante pour faire autre chose qu'obéir ? Miriam savait que, même si Eve était malade, elle se sentirait tenue d'être ici. Ou, pire que cela, peut-être pensait-elle Miriam incapable d'assumer seule la responsabilité du laboratoire. Miriam maîtrisait la théorie, mais maintenant, il fallait qu'elle la mette en pratique.

Et c'était si différent quand, au lieu d'une copie d'examen exigeant une réponse toute faite, c'était cette femme remarquable qui attendait d'écouter ses conclusions. Dans un examen, le destin de personne n'était en jeu, le jugement de personne ne reposait sur l'identification d'un signe de maladie contagieuse, ou la découverte d'un indice suggérant un meurtre dans une mort qu'on avait supposée accidentelle ou due à des causes naturelles. Les accidents pouvaient être reconnus et compris, évités à l'avenir. Les êtres touchés par un décès voulaient des réponses, pour toutes sortes de raisons. Ils avaient besoin de savoir qu'ils n'auraient rien pu faire pour l'empêcher. Parfois, ils avaient besoin de blâmer quelqu'un. La vérité ouvrait la voie à la guérison. Les malentendus, les mensonges, l'ignorance, tout cela ne servait qu'à générer du chagrin supplémentaire.

Miriam avait beau savoir tout cela, il lui arrivait de se demander si elle pouvait se fier à son jugement lorsqu'elle examinait des êtres de chair et d'os, plutôt que des cas hypothétiques dans des examens. Elle savait quoi faire et comment le faire. Pourtant, commettait-elle des erreurs, et cela sans même s'en rendre compte ?

Qu'était-il advenu de sa confiance en elle ? Peut-être était-elle fatiguée. Elles travaillaient dur, mais c'était souvent le cas. Les morts ne survenaient pas à intervalles réguliers. Et les meurtres violents paralysaient toujours les gens d'horreur. Ainsi, on en revenait au même point : les gens exigeaient des réponses parce qu'ils avaient peur.

Pour Miriam fford Croft, ces réponses se trouvaient dans son expertise en science médico-légale. Cependant, même les connaissances les plus brillantes ne suffisaient pas toujours. Les médecins légistes pouvaient déterminer avec précision ce qui était arrivé, quel genre d'arme avait été utilisé, par la main droite ou la gauche, si l'attaque était venue par-derrière ou de face. Malgré tout, parfois, savoir tout cela n'aidait en rien à déterminer qui avait commis le crime.

Jusqu'à maintenant, Miriam et le Dr Eve n'avaient fourni à la police aucun indice susceptible de la mener au tueur. Le terme « l'Éventreur des jours de pluie » s'imposa à elle, qu'elle repoussa brusquement. Des gens étaient morts. Brutalement assassinés. Le sobriquet de mauvais goût inventé par un journaliste quelconque semblait minimiser l'atrocité.

Elle but une gorgée de thé, ses pensées retournant aux trois victimes. Le Dr Eve et elle avaient longuement évoqué l'affaire, sans pouvoir identifier de lien entre elles – du moins, de lien visible – et cela pesait lourdement sur ses épaules. Lorsqu'elle avait travaillé avec Daniel, quelque temps plus tôt, avant de se rendre en Hollande, elle avait pu lui apporter une aide précieuse. Maintenant, c'était comme si elle était incapable de faire quoi que ce fût, même avec le concours d'Eve.

Pourquoi éprouvait-elle une telle déception ? Peut-être parce qu'elle avait pris plaisir à collaborer avec Daniel. Ç'avait été une expérience à la fois excitante et détendue, qui lui avait manqué pendant son séjour en Hollande. Cela dit, elle avait été trop occupée à essayer d'assimiler en un an tout ce qu'elle avait besoin de savoir pour réussir son examen de science médico-légale, et à le faire avec les honneurs. Une note moyenne n'aurait pas été suffisante pour qu'elle puisse obtenir ce dont elle rêvait, à savoir d'être reconnue comme scientifique dans un monde qui avait longtemps été exclusivement réservé aux hommes.

Eve avait-elle jamais ressenti le poids de cette responsabilité ? Sans doute. Elle feignait de tout savoir et de n'avoir aucune anxiété, mais elle était trop intelligente et se connaissait trop bien pour imaginer que ce fût la vérité. Avait-elle quelqu'un qui puisse la corriger, rattraper ses erreurs si toutefois elle en commettait un jour ? Si ce n'était pas le cas, il n'était guère surprenant de la voir ployer parfois sous les exigences de son métier. Elle devait être lasse, seule, abattue par la présence continuelle de la mort. Eve n'avait personne, mais Miriam avait Eve. Il était temps qu'elle endosse une partie du fardeau de son mentor. À en juger par sa pâleur, celle-ci avait besoin de repos.

Elles burent leur thé en silence, puis se levèrent.

— Je vais terminer, proposa Miriam.

Eve lui lança un regard perçant. Cependant, à la surprise de Miriam, elle ne protesta pas.

Miriam continua à prélever des échantillons dans les organes du corps. À l'instar d'Eve, elle était d'avis que le décès était dû à l'obésité et à un mauvais état de santé général, causé par la négligence. Les tests n'avaient rien de compliqué, néanmoins ils devaient être effectués correctement. Elle sentait qu'Eve l'observait, mais ni l'une ni l'autre ne parla. Au bout d'une demi-heure, Eve recommença à travailler avec Miriam, et elles achevèrent l'autopsie ensemble.

Elles n'eurent pas le temps de se détendre, car un nouveau corps fut amené : un homme qui semblait simplement endormi. On ne discernait aucune cause évidente de décès. Il n'avait pas été soigné par un médecin pour quoi que ce fût, et rien n'indiquait la manière dont il était mort. Il paraissait approcher des soixante-dix ans.

Elles entamèrent un examen méthodique. Pendant

qu'elles s'activaient, Joe sortit acheter des sandwichs pour le déjeuner et refit du thé. D'ordinaire, Eve mangeait avec appétit, mais ce jour-là, elle ne manifesta aucun intérêt pour la nourriture. Comme Miriam tentait de la persuader de manger un peu plus, le médecin se tourna vers elle et ordonna :

— Oh ! cessez de me materner !

Sa voix était sèche, dure.

Miriam crut y déceler davantage que de l'irritation : on aurait dit de la peur.

Elles ne tardèrent pas à reprendre leur tâche, se concentrant sur les étapes requises pour établir les causes du décès. Un scalpel à la main, Eve s'apprêtait à effectuer une incision quand elle laissa soudain échapper son instrument, et se plia en deux. Avant que Miriam ou Joe n'aient pu la retenir, elle s'effondra gauchement sur le sol.

Figée par l'horreur, Miriam resta un instant immobile.

Ce fut Joe qui, lâchant carnet et crayon, fut le premier à réagir, et s'agenouilla à côté du docteur. Miriam revint à la vie, se pencha et saisit le poignet d'Eve pour sentir son pouls. Il était net et régulier ; aussitôt, son esprit scientifique entra en action.

— Allongeons-la, dit-elle à Joe.

Ils le firent aussitôt, sans qu'Eve leur opposât aucune résistance. Elle avait perdu connaissance.

— Allez chercher une couverture.

Joe la dévisagea, l'angoisse dans le regard.

— Pour qu'elle soit mieux installée, expliqua Miriam. Elle s'est évanouie, c'est tout.

— Vous en êtes sûre ? demanda-t-il sans bouger.

Refoulant ses propres angoisses, Miriam lui parla avec plus de douceur.

— Oui. Maintenant, allez chercher une couverture.

Joe connaissait Evelyn Hall depuis plus longtemps que Miriam. Peut-être était-elle encore plus importante à ses yeux. Eve n'avait jamais expliqué à Miriam comment elle en était venue à engager le jeune homme. Peut-être n'était-ce pas un hasard. Miriam tendit la main et effleura le bras de Joe.

— Elle doit être exténuée, dit-elle gentiment. Il arrive un moment où on ne peut plus forcer son corps à obéir, où il doit se reposer.

Il la fixa pendant quelques secondes et dut être rassuré par son expression, car il parut se détendre. Miriam se rendit compte que, sans en avoir conscience, elle avait imité le ton empreint d'autorité d'Eve, comme si elle était sûre d'avoir raison. Eve était-elle par moments aussi tenaillée par le doute qu'elle ?

Joe sortit et revint avec deux couvertures.

— Une d'elles pourra lui servir d'oreiller, dit-il, et l'autre la tiendra au chaud.

— Bonne idée.

Il faisait froid à la morgue. On pouvait facilement être pris de frissons rien qu'à rester immobile, à plus forte raison si on était étendu sur le sol dallé. Elle glissa la couverture autour du corps inerte d'Eve, puis souleva doucement une de ses paupières.

— Qu'est-ce que vous fabriquez ? s'écria Eve en se redressant en sursaut.

— Je voulais voir si vous étiez là ! répondit Miriam, submergée de soulagement.

— Bien sûr que oui, répliqua Eve. Vous vous attendiez à trouver qui ?

— Peut-être personne.

— Ne dites pas de sottises !

Eve prit une profonde inspiration.

— Et pourquoi diable suis-je par terre ?

Devinant qu'elle allait essayer de se lever, Miriam posa les mains sur ses épaules et la repoussa.

— Non. Vous allez rentrer chez vous et y rester. Joe et moi allons vous raccompagner. Vous allez voir un médecin et, si vous avez besoin d'être emmenée à l'hôpital, vous irez.

— Non !

Malgré sa réponse, il n'y avait pas de résistance dans la voix d'Eve. Elle protestait pour la forme.

— Vous ne pouvez pas…

— Oh ! Que si, coupa Miriam. Vous avez été mon professeur, souvenez-vous ? Maintenant, restez tranquille et cessez d'être pénible. J'ai mieux à faire que de m'asseoir sur vous pour vous maintenir en place !

Eve sourit, faiblement amusée malgré elle par l'ironie de la situation. Néanmoins, elle n'avait pas la force de repousser Miriam.

Il fallut quelques instants au médecin pour arriver. Ce qui effrayait le plus Miriam, c'était qu'Eve refuse d'accepter ce qu'il lui dirait.

Ils la transportèrent jusqu'à une banquette située dans un coin du laboratoire. Après l'avoir examinée, le médecin déclara qu'elle était manifestement surmenée. De plus, elle avait un peu de fièvre. Par conséquent, il jugeait préférable qu'elle soit emmenée à l'hôpital.

Eve tenta de protester, sans conviction, et capitula quand elle comprit que les trois autres ne l'écouteraient pas.

— Cela ne servira à rien, insista-t-elle, mais sa voix manquait de sa fermeté habituelle.

— Peut-être, admit Miriam. Mais vous irez quand même, alors cessez de faire la difficile !

Joe et Miriam fermèrent la morgue. Le médecin héla un taxi et tous accompagnèrent Eve à l'hôpital. Miriam s'attarda le temps de s'assurer que son amie et mentor était en de bonnes mains. Elle serait volontiers restée, mais Eve ne voulut rien entendre.

— Allez faire votre travail, bon sang ! ordonna-t-elle dès que le médecin les eut laissées seules. Et ne faites pas d'erreur idiote parce que je ne suis pas là pour vous reprendre. Vous vouliez ce poste, vous avez failli vous tuer à la tâche pour l'avoir. On vous avait dit que vous en étiez incapable, je vous ai affirmé le contraire, et que vous l'auriez un jour. Ne me faites pas mentir.

La gorge de Miriam se noua, et elle sentit des larmes lui picoter les yeux. Elle ne pleurerait pas. Il ne s'agissait pas d'elle, de ses craintes, ni de ses doutes ni de son amour-propre. Elle se dit qu'il s'agissait de faire son travail, rien de plus, mais elle savait que cela allait bien au-delà. Elle vouait une profonde affection à Evelyn Hall.

— Eh bien, restez ici et guérissez, dit-elle sur un ton sec. Et faites ce qu'on vous dit !

Elle se pencha, embrassa Eve sur la joue et puis sortit pendant qu'elle se maîtrisait encore.

Miriam et Joe passèrent le reste de l'après-midi à travailler. Ils firent du rangement, stérilisèrent tous les instruments, mirent à jour les notes concernant chacun des cas en cours. Ils étaient sur le point de s'en aller quand Daniel entra. Les lumières étaient déjà éteintes, Miriam avait les clés à la main, et il dut remarquer aussitôt l'absence d'Eve, car son visage devint grave.

— Que se passe-t-il ? demanda-t-il en plongeant son regard dans le sien.

Il fallut quelques secondes à Miriam pour répondre. Elle voulait être maîtresse d'elle-même, calme. Elle voulait être la personne que Daniel la croyait être.

— Eve est tombée malade, expliqua-t-elle. Elle est à l'hôpital. Je crois qu'elle est seulement surmenée – c'est ce qu'a pensé le docteur aussi –, mais elle ne veut pas se ménager.

— Je suis désolé, murmura-t-il. Je suppose que les qualités qui suscitent notre admiration sont aussi celles qui nous exaspèrent.

Il esquissa un mince sourire.

— Je suis sûre que vous serez pareille un jour. Si ce n'est pas déjà le cas.

Lui faisait-il un compliment ? Evelyn Hall était admirée, passionnément. Et redoutée. Miriam aspirait-elle à cela, surtout de la part de Daniel ? Une femme d'un certain âge, excentrique, intelligente, respectée pour son remarquable intellect, mais toujours un peu à part ? Personne n'aurait osé être trop familier avec Evelyn Hall.

— Peut-être... un jour. C'est possible, admit-elle.

Pourquoi se sentait-elle blessée ? Elle sut la réponse alors même que la question s'ébauchait dans son esprit. Elle redoutait d'être en marge des autres, admirée mais pas comprise ni incluse. Son instinct était de prendre elle-même l'initiative de la séparation, avant qu'un autre ne puisse le faire et qu'elle n'ait plus le sentiment que le choix lui appartenait.

Ellc dévisagea Daniel. Il paraissait si jeune. Et pourquoi pas ? Il avait quinze ans de moins qu'elle, sa mère n'en avait que quinze de plus – et Charlotte Pitt avait des petits-enfants !

— Si vous voulez savoir si nous avons du nouveau concernant l'affaire de l'Éventreur, je crains que la réponse ne soit non, dit-elle, devançant sa question.

— Je ne suis pas venu pour cela. Je suis venu voir comment vous alliez – plus ou moins.

— Que voulez-vous dire, plus ou moins ? demanda-t-elle, mi-flattée, mi-agacée. Saviez-vous qu'Eve était souffrante ?

— Non, je suis désolé. Je suis vraiment juste venu vous voir. Vous êtes restée longtemps en Hollande. Vous... vous m'avez manqué.

Miriam reconnut son expression : il était gêné. Daniel était un homme, et non un adolescent, et pourtant elle pouvait si aisément imaginer l'enfant qu'il avait été. Il avait d'épais cheveux ondulants qui lui tombaient sur le front, et qu'il repoussait constamment en arrière. L'ossature de son visage était forte et elle songea que des années pourraient s'écouler avant que l'âge n'altère ses traits.

Elle détourna les yeux.

— Merci, Daniel. C'est très gentil à vous. Je ne me rappelle même pas si nous avons déjeuné ou pas.

— Nous ? répéta-t-il, visiblement perplexe.

— Joe et moi. Joe est…

Elle regarda autour d'elle et comprit que le jeune homme s'en était allé. Elle ne se souvenait pas de lui avoir dit bonsoir. L'avait-elle remercié, au moins ? Il le méritait.

— … parti, acheva Daniel.

Il baissa les yeux sur les clés qu'elle tenait à la main.

— Vous étiez sur le point de partir aussi. Vous rentrez chez vous ?

— Oui, je suppose. La journée a été longue.

C'était la simple vérité : longue et rude. Elle n'avait pas eu l'intention d'en convenir, elle donnait l'impression de se plaindre, comme si elle n'arrivait pas à faire face. Bien sûr qu'elle en était capable, mais la responsabilité était plus lourde, plus pesante qu'elle ne l'avait envisagé. Ce travail exigeait infiniment plus qu'une compétence technique.

— Sortons dîner, suggéra Daniel.

— Cela me plairait de manger autre chose que des sandwichs, soupira-t-elle. Mais il faut que je fasse un saut à l'hôpital pour prendre des nouvelles d'Eve.

— Bien sûr. Rien ne nous paraîtra bon, rien n'aura de goût, si nous n'y allons pas.

Ils se rendirent à l'hôpital dans la petite automobile rouge de Miriam aux lignes si élégantes. Une fois sur place, Miriam entra la première, la tête haute, le dos raide comme un piquet. En l'observant, Daniel comprit combien elle était effrayée. Elle avait feint d'être calme, mais elle se rendait compte qu'Eve était sérieusement malade et qu'elle avait essayé de le nier. Maintenant, dans ce lieu aseptisé, l'angoisse la submergeait.

Au premier étage, ils croisèrent une infirmière en chef, vêtue d'un uniforme amidonné et d'un tablier blanc.

Miriam se présenta, citant son titre complet, et parvint à garder une attitude pleine d'autorité pour demander des nouvelles d'Evelyn Hall. Seul un infime frémissement dans sa voix trahissait son émotion.

— Elle a besoin de repos, docteur fford Croft. Elle dort. Ne la dérangez pas, je vous en prie, à moins que ce ne soit absolument nécessaire. Les morts ne peuvent-ils attendre ?

Daniel vit se détendre les épaules de Miriam.

— Oh ! si, certes, répondit-elle, avec un évident soulagement. Dites-lui que je suis venue, s'il vous plaît.

Le dîner se révéla plus facile que Miriam ne l'avait imaginé. Ils se rendirent dans un restaurant sans prétention et commandèrent un pudding au steak et aux rognons. Il fut servi très chaud et se révéla délicieux, la pâte au blanc de bœuf aussi légère qu'une génoise.

Pendant un petit moment, Miriam oublia ses inquiétudes pour Eve, qui était bien soignée et se reposait. Même la pluie, le froid, et l'Éventreur fou qui assassinait des gens dans la rue, pouvaient être chassés de ses pensées le temps d'une soirée.

À un moment donné, Daniel lui demanda comment elle trouvait ce métier qu'elle rêvait d'exercer depuis l'enfance.

— Correspond-il en tout point à ce que vous aviez imaginé ?

Elle sentit qu'il ne cherchait pas seulement à faire la conversation : il était sincèrement intéressé.

— Oui et non, répondit-elle, non parce qu'elle tournait autour du pot, mais parce qu'elle cherchait comment formuler une réponse honnête. C'est excitant d'être face à un défi et de savoir que je peux être aidée, guidée si nécessaire, mais qu'en fin de compte, c'est moi qui suis responsable. Je n'ai à demander de permission à personne, et j'ai accès à tous les appareils modernes disponibles. Bien sûr, cela signifie aussi que je suis comptable des réponses que je donne, ou que j'échoue à donner.

Elle baissa les yeux sur son assiette. Elle avait terminé son plat sans même en avoir conscience. Elle releva la tête et rencontra le regard de Daniel. Il attendait qu'elle poursuive.

— Cela me plaît. Et j'admets que j'ai le meilleur des deux mondes. La liberté de procéder à ma guise, comme je le juge préférable, mais j'ai aussi Eve pour m'empêcher de commettre des erreurs. Du moins jusqu'à aujourd'hui. C'est…

Elle eut un bref sourire.

— C'est très différent sans elle, même si elle n'est à l'hôpital que depuis une demi-journée.

— C'est comme de se lever au tribunal quand on est celui sur qui l'accusé compte pour lui rendre sa liberté, sa réputation, et même sa vie, observa Daniel.

Elle scruta son visage, lut l'empathie dans son regard et sut qu'il se mettait à sa place et devinait ce qu'elle avait tu. Elle sourit.

— Cet après-midi a été affreux. J'avais si peur pour elle. Elle avait une mine épouvantable. Demain, cela ira mieux, mais en ce moment, j'ai l'impression d'être en train de me noyer. Ce qui est absurde, parce que nous n'avons pas d'affaires en retard. C'est juste que…

Elle se tut, renonçant à chercher des mots pour décrire ce qu'elle ressentait.

— C'est l'inconnu, dit-il, fournissant la réponse. Ce à quoi on ne peut pas se préparer, parce qu'on n'a pas la moindre idée de ce que c'est, et on ne peut pas faire de projets parce qu'on ne sait pas ce qui va arriver. C'est avoir la capacité d'inspirer confiance aux autres quand on en manque soi-même.

Il sourit.

— Vous devez leur faire croire que vous savez quelque chose qu'ils ignorent.

Elle le trouvait à la fois drôle et gentil. Elle allait se mettre à rire quand elle comprit qu'il y avait beaucoup de vérité dans ce qu'il avait dit. Elle se surprit à lui parler du dernier cas de la journée. Tout semblait indiquer qu'il s'agissait d'une mort naturelle, bien que subite. Seul un conflit familial expliquait qu'il eût été porté à leur attention.

— L'on s'attend à la mort de quelqu'un qui est atteint d'une grave maladie, dit-elle, mais dans ce cas, ce sont les parents endeuillés qui ont réclamé notre décision.

— Certaines affaires exigent du tact plutôt que de la technique, commenta-t-il.

Miriam songea que son problème principal avait été de se concentrer suffisamment.

— À la fin, je ne cessais de penser à Eve, à sa pâleur, à sa fatigue…

— Vous aviez peur ?

— Pour Eve, oui. Et je ne suis pas enchantée par la perspective de travailler sans elle. Tout semble si facile, jusqu'au jour où quelque chose tourne mal. Quand je suis retournée au laboratoire, j'avais constamment des doutes sur ce que je faisais. Et cela se voyait. Joe n'a fait aucun commentaire, mais je sais qu'il l'a remarqué.

— Cela ira mieux demain, répéta-t-il.

Pensait-il ce qu'il disait, ou la ménageait-il parce qu'il avait peur de la voir échouer ? Elle se secoua intérieurement. Elle pouvait mieux faire. Elle devait mieux faire.

— Bien sûr, acquiesça-t-elle. C'est juste que je n'avais jamais imaginé qu'Eve puisse être malade. C'est une telle force de la nature. Comme le vent ou la marée ! Il est temps que je grandisse, n'est-ce pas ?

Il sourit, et elle lut de la douceur ainsi que de l'amusement sur ses traits.

— Oui.

Une sensation intense de bien-être la submergea soudain. Elle faillit l'avouer, puis se rendit compte qu'elle attachait trop d'importance à cet instant. Daniel exprimait sa compréhension parce que lui aussi s'était pensé qualifié, et même doué, en théorie, et puis s'était brusquement retrouvé au cabinet, non pas à suivre les instructions d'autrui, mais chargé d'une affaire, et souvent seul. À son tour, elle se sentait seule, vulnérable, terriblement inapte.

— Faites attention, avertit-il, redevenu grave.

— Vous voulez dire, à ne pas commettre d'erreurs ? Je suis très vigilante !

— Non.

Il secoua la tête avec vigueur.

— À ne pas vouloir tout endosser vous-même. Eve s'est épuisée à la tâche. Ne suivez pas le même chemin. Qui serait là pour recoller les morceaux ? Bien s'acquitter de son travail consiste en partie à mesurer ses efforts, à ne pas abuser de ses forces. À accomplir ce que vous pouvez, en jaugeant vos capacités de manière réaliste. De façon à être là le lendemain, et le jour d'après…

— Je comprends, coupa-t-elle. Ne me parlez pas comme si j'étais un amateur qui n'obéit qu'à l'émotion.

— Miriam, être un amateur ne signifie pas qu'on ne sait pas ce qu'on fait. Cela signifie qu'on le fait par amour. Le mot vient du latin *amare*, « aimer ».

Elle ne put que sourire. Elle se conduisait comme un amateur, en effet, ou du moins, réfléchissait comme tel.

— Je comprends, répéta-t-elle.

Et c'était vrai. Avec acuité.

— Vous dites qu'une partie de mon travail consiste à ne pas me croire indestructible, ni redouter que tout ne s'écroule si je ne peux pas tout faire moi-même.

Elle y réfléchit un instant. Il avait raison : elle se sentait anxieuse pour Eve, et l'idée que cette femme si forte fût malade la bouleversait. En aucun cas, elle n'était prête à assumer le niveau de responsabilité d'Eve, mais les circonstances ne se modelaient pas toujours à votre convenance. Souvent, on n'était pas prêt pour ce que l'on devait affronter : une épidémie, un deuil, la guerre. Elle ne pouvait prédire ce que lui réservait l'avenir. Elle imaginait, avec horreur, la pression intense d'avoir trop de tâches à accomplir en même temps. Oui, elle avait travaillé dans des situations de grande urgence, et pourtant rien ne pouvait la préparer à la réalité : aux émotions conflictuelles d'euphorie et d'angoisse, à la sensation de vide au creux de son estomac.

Serait-elle à la hauteur de sa mission, parce qu'elle avait eu de bons professeurs ? N'avait-elle pas réagi de manière appropriée tant de fois au cours de ses études ? La situation n'était plus théorique mais réelle. Des gens comptaient sur elle désormais – exactement comme ils avaient compté sur Eve Hall. Elle était sûre de ne pas se tromper la plupart du temps, par la simple force de l'habitude. Un faux pas était toujours possible, mais elle savait comment y remédier dans la majorité des cas. Ne jamais céder à la panique, quoi qu'il arrive. N'était-ce pas ce qu'Eve lui avait appris ? La panique aggravait n'importe quel problème. Le plus souvent, c'était dans ces moments-là que les véritables erreurs survenaient.

Elle prit une profonde inspiration et exhala lentement son souffle.

— C'est le défi que j'ai toujours désiré, avoua-t-elle avec un sourire désarmant. Mais je ne voulais pas qu'il se présente si tôt !

Daniel lui rendit son sourire, et l'espace d'un instant, elle sentit le bonheur l'envahir.

Il prit la bouteille de vin.

— Il n'est pas particulièrement bon, mais voudriez-vous encore un verre ?

— Oui, répondit-elle avec certitude. Oui, je voudrais bien, s'il vous plaît.

15

Daniel avait pris autant de plaisir qu'il l'escomptait à la soirée passée avec Miriam, voire davantage. Jamais il n'avait connu personne avec qui il se sentît aussi à l'aise, et en même temps aussi troublé. Surtout, il voulait l'encourager, car il comprenait parfaitement à quel point elle désirait réussir. Il se rendait compte que le succès était encore plus important pour Miriam que pour lui, dans sa propre carrière. Peut-être parce qu'il avait obtenu le sien assez aisément. Bien sûr, il avait travaillé dur, en tout cas à partir de la fin de sa première année universitaire. Comment aurait-il pu s'en abstenir ? Il avait éprouvé un besoin aigu de justifier le sacrifice fait par ses parents pour lui offrir une éducation extrêmement privilégiée, ainsi que la foi qu'ils avaient placée en lui. Et puis, au fil de ses études, il en était venu à travailler pour lui-même.

Cependant, les rêves de Miriam étaient différents. Tout d'abord, au début, ils avaient été impossibles à réaliser. Il devait se rappeler que toute la société établie – sur le plan personnel et professionnel – était dressée contre elle. D'une part, on considérait que les femmes étaient émotionnellement et intellectuellement inaptes à l'exercice de la médecine, et d'autre part, le domaine qu'elle avait choisi était jugé particulièrement inapproprié. Trop de gens haut placés estimaient que la femme devait assumer le destin pour lequel elle était conçue, autrement dit se marier, s'occuper d'un foyer, soutenir les besoins et ambitions de son mari et porter ses enfants. On apprenait aux jeunes femmes que ce rôle bénéficiait à la société dans son ensemble et que leur nature s'y épanouissait. Bien entendu, toutes ne pouvaient le faire, que ce fût par choix ou par hasard, mais cela n'avait aucune incidence sur l'intérêt général.

Miriam avait dû lutter à chaque étape du chemin, afin de poursuivre une carrière pour laquelle elle était aussi compétente que n'importe quel homme, et même meilleure que beaucoup. Daniel savait que cet exploit avait exigé un coût personnel considérable. À quarante ans passés, considérée par la société comme une femme mûre, elle avait enfin atteint le sommet de la montagne qu'elle avait gravie au prix de tant d'efforts, et avec tant de persévérance. Son père était à juste titre fier d'elle, et Daniel aussi, car il la connaissait depuis plus de deux ans et avait été à ses côtés durant certaines des batailles les plus rudes qu'elle avait dû affronter… et gagner. En y songeant, il comprit soudain, avec un léger choc, que rien ne l'autorisait à estimer avoir joué un rôle, si infime fût-il, dans sa victoire. Elle avait accompli cela toute seule. En revanche, il pouvait la soutenir dorénavant, et il avait bien l'intention de le faire : d'être là en tant qu'ami, en tant que personne qui croyait en elle et continuerait à croire en elle, au fil de ses succès comme de ses échecs. Et qui lui dirait la vérité. S'il y avait des moments de doute, il serait là pour l'aider à les surmonter et, petit à petit, l'amener à retrouver confiance en elle.

Était-il sur le point de se ridiculiser ? Peut-être. Il devait chasser des pensées aussi dérangeantes de son esprit. Il ne voulait pas gâcher une amitié, une amitié précieuse, en posant des questions. Elle trouverait cela gênant et absurde.

Il reporta son attention sur l'argumentaire juridique plutôt fastidieux qu'il préparait. Il avait fait tout son possible concernant le dossier de Nicholas Wolford. Il était aussi sûr de lui qu'il osait jamais l'être. Il avait la certitude que l'allégation de Tolliver, outre qu'elle était frivole et préjudiciable, reposait sur un malheureux conflit d'idées et la coïncidence que deux hommes avaient traité du même sujet au même moment. Avec un peu de bonne volonté, l'affaire pouvait être réglée, peut-être à l'avantage des deux protagonistes. Le seul obstacle consistait à les en persuader.

Restait l'accusation de coups et blessures.

Il s'efforça de se concentrer sur le dossier, mais son esprit vagabondait malgré lui. Près d'une semaine s'était écoulée depuis que l'autopsie du troisième cadavre avait confirmé la thèse de Miriam et du Dr Eve quant à un seul et même assassin. Et la peur que Daniel percevait autour de lui ne refluait pas. Les gens qu'il croisait – cochers, colporteurs, vendeurs de journaux – étaient nerveux, et faisaient tant d'efforts pour parler de tout et de rien avec leurs clients et éviter le sujet qu'il était évident que tous attendaient l'attaque suivante.

L'après-midi tirait à sa fin et la lumière commençait à baisser quand Impney toqua à la porte de Daniel et, le sachant seul, poussa le battant.

Daniel leva les yeux.

— Oui ?

Il avait espéré un thé, peut-être même des *crumpets*. Il songea qu'il devait pleuvoir, puis entendit le tapotement de la neige fondue sur les vitres. Le printemps et le moment où il ferait encore jour quand il rentrerait chez lui semblaient bien loin.

— Mr. Frobisher demande à vous voir, monsieur. Il a l'air transi. Et assez abattu. Voudriez-vous du thé pour deux et peut-être quelques *crumpets* ?

— Oui, merci, avec plaisir ! répondit Daniel avec conviction. Et même si je n'en avais pas envie, ce serait bien la moindre des courtoisies à faire à un visiteur.

— Oui, monsieur, je pensais bien que vous seriez de cet avis, déclara Impney, avec un sourire presque imperceptible.

Tout était dans le regard.

Deux minutes plus tard, Ian entrait dans le bureau de Daniel, déjà débarrassé de son pardessus. Ses cheveux humides retombaient sur son front, et il les repoussa d'un geste brusque. Ses joues étaient rougies par la neige et le vent. Impney avait raison, il avait l'air profondément morose et ne prenait pas la peine de s'en cacher. Il s'assit.

— Brave homme, dit-il, faisant clairement allusion à Impney.

— Le meilleur des hommes, confirma Daniel. Il va revenir dans un instant avec du thé et des *crumpets*. Tu as mauvaise mine. Il est arrivé autre chose ?

Il ne servait à rien de faire semblant.

— Oui, soupira Ian. La dernière victime, Roger Haviland.

— Qu'y a-t-il à son propos ?

Daniel se pencha en avant.

— Ian, tu as trouvé un lien entre les victimes ?

— Non, pas encore, mais il doit y en avoir un, si ténu soit-il.

Il frissonna et approcha sa chaise du feu.

— C'est pire que ça. Naturellement, nous devons nous intéresser à la vie de chaque victime et…

— Je sais, coupa Daniel. Eh bien, qu'y a-t-il de nouveau ?

— Haviland travaillait dans une banque. Rien d'extraordinaire, bien qu'à un poste haut placé. Mais voilà : le gouvernement refuse de livrer la moindre information le concernant.

Il eut un léger haussement d'épaules.

— Pas la moindre. On m'a averti avec tact de ne pas creuser.

Il paraissait glacé, vaincu.

— Pourquoi ? Pourquoi le protège-t-on ? Il ne peut pas être coupable : le pauvre diable a été poignardé avec tant de violence qu'il s'est vidé de son sang.

Sa voix était tendue, son visage plissé par la concentration.

— Que peut-il avoir vu ou su, pour qu'on le protège ? A-t-il fait quelque chose de répréhensible ? Exerçait-il une emprise sur quelqu'un d'important ? Je ne peux rien découvrir à son sujet ; il paraît avoir été un homme complètement ordinaire, plutôt brave, mais ennuyeux à mourir.

Il se tut, fixant Daniel comme s'il se rendait compte qu'il en avait dit plus long qu'il n'en avait eu l'intention.

— Dans ce cas, il doit bien y avoir quelque chose de crucial à son sujet que tu ne...

— Je sais ! coupa Ian, élevant la voix. Mais quoi ? Et pourquoi estime-t-on en haut lieu qu'il est plus important de garder cela secret que d'arrêter son assassin ? C'est comme s'il était apparenté à quelqu'un qui a du pouvoir. J'aurais même pu croire que c'était lui l'Éventreur, sauf qu'il est évident qu'il ne s'est pas poignardé tout seul.

Daniel était surpris, et perplexe, par cet ordre émanant du gouvernement. Quelque chose de très important se cachait là-dessous, mais il n'osait pas se hasarder à deviner quoi. Cependant, c'était bien réel, il en avait la certitude. Il fixa Ian en retour.

— J'aimerais pouvoir t'opposer un argument sensé, mais je ne vois rien.

— Que puis-je faire ?

Un mélange de colère et d'impuissance se lisait sur ses traits et dans la rigidité de sa posture.

— Qui diable est plus important que toutes les victimes de cet homme ?

Il écarquilla les yeux.

— Daniel, personne ne pourrait s'infliger de telles blessures, mais si...

Il s'interrompit.

Daniel termina à sa place.

— Si quelqu'un avait su que Haviland était le coupable et l'avait assassiné pour épargner le déshonneur à sa famille ? En le tuant à la manière de l'Éventreur…

Il comprit au regard de Ian que ce dernier devinait le reste et se tut.

— Je n'avais pas songé à chercher de ce côté-là, admit Ian. Donc, avons-nous affaire à un dément, à un tueur de sang-froid prêt à assassiner plusieurs personnes pour atteindre sa véritable cible… ou, ajouta-t-il, retournant à l'hypothèse de Daniel, quelqu'un savait-il que Haviland était l'Éventreur et l'a-t-il éliminé en imitant sa méthode pour dissimuler sa culpabilité ?

Daniel se cala en arrière sur sa chaise.

— Dieu seul le sait, murmura-t-il. Les deux théories sont horriblement logiques. Mais j'ignore si l'une ou l'autre me convainc. Quel genre de malade tue des gens au hasard dans le seul but d'en éliminer un troisième qui serait le véritable objet du crime ? En dehors du fait que c'est monstrueux, il s'exposait à un danger stupide. Ne courait-il pas le risque d'être attrapé avant d'avoir frappé la personne qui comptait à ses yeux ?

Ils furent brièvement interrompus par le retour d'Impney, lequel apportait le thé et les *crumpets*. Il déposa son plateau sur le coin de la table, accepta leurs remerciements d'un léger signe de tête et ressortit.

— Si c'est le cas, il s'en est tiré, conclut Ian, reprenant aussitôt le cours de la conversation pendant que Daniel servait le thé. Et il est aussi intelligent que je le pensais. Peut-être devrions-nous renoncer à chercher un lien entre toutes les victimes – non que nous ayons fait le moindre progrès – et essayer d'en chercher un, convaincant, d'une seule victime à l'assassin ? Je ne pense pas informer Petheridge. Il me retirerait l'enquête et m'enverrait faire la circulation !

Il ponctua ses paroles d'un sourire attristé.

— Je pourrais toujours lui dire que la suggestion venait de toi, mais alors il me traitera d'imbécile pour avoir discuté de l'affaire avec toi et il est fort possible qu'il m'interdise de recommencer. Et puis, il dira que même la circulation est au-delà de mes capacités et que je vais envoyer la moitié des véhicules droit dans le fleuve.

— Si j'étais toi, j'éviterais de lui dire quoi que ce soit, répondit Daniel.

Une autre idée avait germé dans son esprit, mais il ne voulait pas en faire part à Ian. Du moins, pas encore. Il ferait ce qu'il pouvait par lui-même. D'ailleurs, Ian ne pouvait participer ; et si Daniel se trompait, il causerait plus de soucis à son ami que ce dernier n'en avait déjà.

— Intéresse-toi aux familles des premières victimes, conseilla-t-il en tendant une tasse à Ian. Si Haviland a été assassiné par quelqu'un qui imitait le style de l'Éventreur parce qu'il le croyait coupable, tu vas peut-être découvrir ce fameux lien.

— Tu veux m'empêcher de me ridiculiser ? demanda Ian en souriant. Ou d'alerter l'Éventreur, pour qu'il ne vienne pas s'en prendre à moi ?

Un instant, Daniel ne sut que répondre. Il savait que Ian pouvait lire en lui à livre ouvert. Il avait toujours été doué pour cela – à moins que Daniel ne fût tout simplement plus transparent qu'il le soupçonnait ? –, mais les suggestions de son ami étaient trop proches de la vérité pour qu'il en convienne. Ils sirotèrent leur thé en silence, et engloutirent tous les *crumpets* avant qu'ils aient eu le temps de refroidir.

Enfin, Ian se leva.

— Ne t'en fais pas. Et merci. Tu m'as donné des pistes à suivre. Au moins, j'aurai l'air de faire quelque chose. Tout me paraît tellement…

Il ne dit pas « sans espoir », mais les mots flottaient dans l'air entre eux.

— Ce que tu recherches va sans doute apparaître au moment où tu t'y attendras le moins, assura Daniel, s'efforçant d'être encourageant.

— Eh bien, pour le moment, ça ne me saute pas aux yeux, rétorqua Ian. Mais merci pour le thé et les *crumpets*. Très civilisé.

Daniel répondit d'un haussement d'épaules. L'espace de quelques secondes, ce fut comme s'ils étaient remontés des années en arrière, à une époque où ils ne discutaient que d'une idée pour un essai, ou d'une bonne technique de mémorisation pour une référence ou la date d'un événement historique. Tout était infiniment plus compliqué maintenant.

Lorsque Ian fut reparti sous la pluie froide, Daniel enfila son manteau et son chapeau, attrapa une grosse écharpe en laine et se risqua au-dehors à son tour. Il gagna d'un pas vif le carrefour principal, sachant qu'il pouvait d'ordinaire y trouver un taxi assez aisément. C'était là un des avantages de vivre au centre de Londres. Et puis ses pensées se tournèrent vers sa famille, et les relations étroites qu'il entretenait avec ses parents : ils s'intéressaient toujours à ce qu'il avait à dire, et Daniel savait précisément ce qu'il allait dire à son père.

En arrivant au domicile de ses parents, dans Keppel Street, Daniel s'attendait à trouver son père chez lui. Si ce dernier n'était pas là, il patienterait jusqu'à ce qu'il rentre. Il était tout à fait prêt à aborder n'importe quel sujet avec sa mère, ayant bien longtemps auparavant appris qu'elle avait de bonnes idées sur toute une foule de choses, dont les crimes violents. Elle n'avait pas besoin d'être protégée de vérités sordides, et ne désirait pas l'être. Daniel avait découvert peu à peu qu'elle avait souvent aidé son père à élucider des meurtres, notamment au sein de la haute société. Au fil du temps, elle était devenue une détective accomplie. Son mari, désormais à la tête de la Special Branch, n'aurait pas contesté ce point. C'était à travers les observations de sa mère, et l'intérêt que son père y portait, qu'il avait découvert l'intelligence des femmes – et, trop souvent, le manque de considération qu'on leur portait.

Daniel régla la course, puis remonta la petite allée qui menait à la maison et appuya sur la sonnette. Quelques secondes plus tard, celle-ci fut ouverte par la servante qu'il connaissait depuis des années, Minnie Maude. (Personne ne lui avait jamais demandé si Minnie était l'abréviation d'un autre nom.)

— Mr. Daniel ! s'écria-t-elle avec un grand sourire. Entrez, entrez ! Il fait un temps épouvantable, mais février ne va pas durer éternellement.

Tout en parlant, elle avait ouvert la porte en grand et s'effaçait pour le laisser passer.

Quand Minnie Maude était arrivée dans la maison de Keppel Street, des années plus tôt, elle avait paru faite pour ce rôle, à une exception près. Elle ne cessait de recueillir des animaux errants, blessés ou perdus, qu'elle dissimulait dans la cave et nourrissait de restes – jusqu'à ce qu'ils soient découverts. Charlotte était alors intervenue et devenue complice, insistant pour que les animaux soient installés dans la cuisine, au chaud et à la lumière, où il y avait presque toujours quelqu'un pour leur parler.

La cuisinière, qui était une employée plus récente, avait appris à tolérer ces petites créatures abandonnées. Elle grommelait beaucoup ; mais que quelqu'un s'avise de menacer de jeter l'animal dehors, et il apprenait vite la différence entre grommeler et se mettre en colère.

La chaleur de ces lieux familiers enveloppa Daniel tel un cocon. Oui, « cocon » était le mot juste. Il n'était que trop tentant de s'y réfugier, et d'oublier qu'il avait désormais quitté cet endroit sûr pour prendre son envol.

Son père était assis au coin du feu, un livre ouvert

sur les genoux. Dès qu'il le vit, il mit l'ouvrage de côté comme si celui-ci ne l'intéressait plus, et se leva.

— Comment vas-tu ? demanda-t-il en considérant Daniel avec attention.

Ce dernier savait qu'il ne pouvait dissimuler grand-chose au regard pénétrant de son père et ne prit pas la peine d'essayer.

— Comme tout le monde, j'aimerais qu'on arrête le misérable qui poignarde des gens en pleine rue.

Pitt se rassit et le dévisagea, attendant visiblement la suite.

Daniel hésita. Il avait cru savoir ce qu'il allait dire mais, maintenant qu'il était face à la réalité, c'était plus difficile qu'il ne l'avait prévu.

Charlotte avait dû entendre la porte d'entrée, car elle entra dans la pièce. Elle portait une robe très simple, d'une chaleureuse nuance rose foncé qui plut aussitôt à Daniel ; elle portait souvent des couleurs riches, qui réveillaient en lui des souvenirs, d'heureux souvenirs. Il se leva et alla l'étreindre, avec plus d'émotion qu'il n'en avait eu l'intention.

Elle se dégagea et scruta son visage.

— Qu'est-ce qui t'amène ?

— Je suis venu dîner, répondit-il.

— Balivernes. Désires-tu parler à ton père en tête à tête ?

C'était tout Charlotte. Elle déchiffrait trop aisément ses pensées. Il hésita.

— Tu restes dîner ? Minnie Maude a déjà averti la cuisinière. À l'heure qu'il est, elles auront déjà ajouté un couvert.

— Dans ce cas, je ferais mieux de rester, répondit Daniel très vite, en lui souriant. Et oui, s'il vous plaît, j'aimerais échanger quelques mots avec Père.

S'il ne le faisait pas maintenant, le non-dit pèserait sur le dîner, gâchant une soirée agréable en famille.

Elle acquiesça, jeta un coup d'œil en direction de Pitt et, après avoir déposé un baiser rapide sur la joue de Daniel, quitta la pièce, refermant sans bruit la porte derrière elle.

Pitt attendit en silence que son fils prenne la parole. Tous deux savaient que Daniel n'était pas venu à l'improviste, surtout à cette heure tardive, sans avoir de motif urgent.

Daniel s'assit et commença.

— Ian Frobisher est venu me voir ce soir. Il est dans une impasse à propos de ces meurtres. Naturellement, il cherche à se renseigner sur toutes les victimes afin de voir si elles avaient un point commun. Quelque chose ou quelqu'un qui les lie, n'importe quoi qui soit susceptible d'aider à identifier leurs ennemis…

Il marqua une pause.

— Des gens haut placés sont intervenus, reprit-il. Ne me demande pas qui, je l'ignore. Mais ils ont parlé aux supérieurs de Ian, et il s'est vu ordonner en termes très clairs de mettre fin à toute investigation concernant Haviland. Que ce soit à propos de sa famille, de ses amis et surtout, de son travail. Il occupait un poste assez important dans une banque, mais on a interdit à Ian de creuser de ce côté-là. Savez-vous pourquoi, ou pourriez-vous le deviner ? Parce que cela soulève toutes sortes de questions.

— Telles que ?

— Telles que : est-il lié à quelque chose de secret ? Trop secret même pour en informer la police ? Était-il la véritable cible de l'Éventreur et les autres victimes n'ont-elles été assassinées que pour brouiller les pistes ? Si nous savions que c'était lui qui était visé, nous pourrions peut-être découvrir l'assassin plus rapidement.

Il faillit ajouter une dernière hypothèse – celle que Haviland était l'Éventreur et qu'il avait été éliminé pour protéger la réputation de sa famille et sa mémoire – puis décida de s'abstenir.

Pitt leva légèrement la main, comme pour l'interrompre.

Daniel se figea.

— Vous le connaissez ?

C'était à peine une question, plutôt une constatation.

— Pas personnellement, répondit Pitt. Mais je sais ce qu'il fait.

— La Special Branch le protège, conclut Daniel, une pointe d'accusation dans la voix.

— Elle protégeait son activité, rectifia Pitt. Il est clair qu'elle a échoué.

Daniel affronta le regard de son père, mais se refusa à commenter sa remarque. L'heure lui semblait soudain grave.

— Est-ce pour cette raison qu'il a été tué, Père ? Était-ce lui qu'on visait ? Quelqu'un a-t-il vraiment assassiné deux autres personnes d'abord, dans le simple but de…

— Je ne sais pas ! coupa Pitt sur un ton sec. Peut-être avait-il un lien que nous ignorons avec les autres victimes. Je suis désolé, Daniel. Je peux me renseigner davantage. Si je découvre quoi que ce soit de pertinent, je le dirai à Frobisher.

— Mais pourquoi la Special Branch empêche-t-elle la police d'enquêter sur lui, alors qu'il est peut-être la clé…

Daniel s'interrompit, ne sachant au juste comment terminer.

Pitt prit une profonde inspiration et relâcha lentement son souffle.

— Dis-lui de ne pas insister, Daniel. Je vais me renseigner. S'il y a quoi que ce soit à apprendre de la mort de Haviland, j'en informerai Frobisher. Ne cherche pas à fouiner de ton côté. Ne donne même pas l'impression que tu l'as fait. Je parle très sérieusement.

Il fixa Daniel sans la moindre émotion.

Daniel sentit un frisson le parcourir, l'effleurement d'une froide réalité sous la surface de tous les jours.

— Oui, dit-il.

Il faillit ajouter « monsieur », mais son père verrait peut-être là une marque de sarcasme et non de respect.

— Je dirai à Ian d'obéir.

— S'il était la victime visée depuis le début, et qu'il n'était pas seulement au mauvais endroit au mauvais moment, je dirais qu'il y avait un rapport avec une autre partie de sa vie, en dehors de la banque. Peut-être a-t-il appris quelque chose ou a-t-il été témoin d'un incident qui signifiait qu'on devait se débarrasser de lui. Mais il faudra que tu le découvres autrement. Je suis désolé.

— Vous voulez dire que Ian va devoir le faire...

Les paroles de Daniel s'adressaient à lui-même plutôt qu'à son père.

— Non, je veux dire que, toi aussi, tu dois garder tes distances, répondit Pitt. Si difficile que ce soit à accepter, j'ai peur que l'enquête ne puisse prendre le pas sur les activités auxquelles Haviland était mêlé. Je ne vais pas m'expliquer davantage et tu ne vas rien expliquer du tout à Frobisher. Je suis désolé. Mets cela sur le compte du privilège – de l'entre-soi d'une certaine élite – si tu veux ; je n'ai rien de mieux à te proposer.

On aurait dit qu'il regrettait d'être tenu au secret, mais qu'il était sûr que Daniel comprendrait. On ne pouvait se méprendre sur l'expression de son visage. Daniel capitula.

— Bien...

Sur le point d'ajouter quelque chose, il se ravisa.

Le silence fut rompu par le retour de Charlotte. Elle jeta un coup d'œil à Pitt, puis à Daniel, et referma la porte derrière elle, faisant signe à Daniel de rester où il était, dans le fauteuil qu'elle occupait d'ordinaire. Elle s'assit sur le canapé à la place.

— Comment Miriam trouve-t-elle son travail à la

morgue, en tant que médecin légiste qualifié ? demanda-t-elle. Marcus doit être terriblement fier d'elle.

Son intérêt était sincère. Elle n'était pas seulement désireuse de faire la conversation pour combler le silence.

Daniel était heureux de répondre. En fait, il découvrit qu'il en avait envie.

— C'est difficile, commença-t-il. Je pense que c'est une responsabilité beaucoup plus lourde que quand on n'a que ses notes d'examen en jeu. Tout est réel : sa décision sur les causes du décès d'un individu affecte les survivants. Et s'il n'y a pas de survivants, c'est encore pire. Il n'est pas facile de savoir qu'on est le dernier lien du défunt avec la vie, pour ainsi dire.

C'était un poste éprouvant, solitaire. Il s'inquiétait avant tout pour Miriam. Avait-elle éprouvé ce sentiment ?

— Eve Hall est malade, ajouta-t-il brusquement.

En apparence, il n'y avait aucun lien avec ce qu'il venait de dire. Dans son esprit, cependant, les deux étaient intimement liés.

— Malade ? répéta Charlotte avec sollicitude. C'est grave ? Est-elle à la maison ou à l'hôpital ? C'est Miriam qui te l'a dit ? Qui épaule Miriam ?

Il sourit, car le flot de questions était caractéristique de sa mère, et une bouffée d'émotion le submergea. Il existait un tel contraste entre les exigences de la vie professionnelle, les ambitions, et les sentiments qui en étaient le moteur ; ils étaient la force dominante, ces sentiments, et tout ce qui restait en fin de compte. Cela ressemblait tant à sa mère de se concentrer aussitôt sur son inquiétude pour autrui. C'était cette femme qui lui avait appris la compassion.

— Elle a perdu connaissance au laboratoire, répondit-il. Miriam et Joe étaient là et l'ont emmenée à l'hôpital. Je ne sais pas au juste ce qui s'est passé. Apparemment, ce n'est pas un problème de cœur. On s'attend à ce qu'elle se rétablisse mais pas tout de suite. Cela laisse Miriam seule comme médecin légiste. Du moins, pour le moment.

— Elle a la formation et la volonté nécessaires pour réussir, affirma Pitt.

— Bien sûr, Thomas, intervint Charlotte. La question n'est pas là. Mais pourrais-tu découper des cadavres seul ?

— Certainement pas, répliqua Pitt, le visage plissé par la stupeur et une pointe de dégoût. Je ne suis pas compétent en la matière.

Il était totalement sérieux.

— En revanche, je peux tirer sur un homme s'il le faut, quand il n'y a aucun autre moyen de l'empêcher de tuer quelqu'un d'autre.

— C'est différent, observa Charlotte. Je sais qu'elle possède les qualifications et les compétences nécessaires, mais les autres n'en sont pas forcément convaincus. Elle va devoir faire ses preuves cas par cas.

Pitt tendit la main et lui effleura gentiment le bras.

— Ta mémoire a-t-elle effacé l'époque où on m'envoyait à l'entrée de service questionner les gens concernant un meurtre ? Ce qu'ils pensaient, c'était qu'un homme issu de la classe ouvrière était incapable de comprendre leur mode de vie, leurs points de vue, leurs valeurs, leur situation dans la société. Et, à certains égards, ils avaient raison. Mais j'ai appris, et Miriam peut apprendre aussi. Pas en un jour – il faut du temps, et surtout ne pas laisser les autres l'empêcher d'essayer.

Charlotte se mordit la lèvre.

— J'avais oublié, admit-elle, avant d'esquisser un petit sourire. J'ignore ce qu'on raconte dans ton dos, mais ils ont trop peur de toi maintenant pour te le dire en face. Et ils n'osent pas le dire devant moi non plus ! Ou peut-être qu'ils ne disent rien parce que tu connais leurs faiblesses. Après tout, cela fait partie de ton travail que d'être informé.

Daniel se rappela soudain qu'un jour, alors qu'il était tout petit garçon, il avait vu un gentleman bien mis dans la rue ignorer Pitt comme il l'aurait fait avec un colporteur ou un ouvrier, et que le visage de sa mère s'était assombri sous l'effet de la colère. Il n'avait pas compris à l'époque. Et maintenant, tout était si différent. En était-il de même pour Miriam : les gens avaient-ils changé d'attitude maintenant qu'ils savaient qui elle était ?

Il sourit de nouveau.

— Et cela fait partie du travail de Miriam que de savoir combien le corps d'un être humain est à la fois merveilleux et fragile. De découvrir ce qui est réellement arrivé aux morts, à partir des lésions qu'on lui a appris à reconnaître. Ces malheureux sont au-delà de la douleur, et de l'indignité. Pour eux, il ne reste que la justice, et la prévention d'un nouveau crime.

— Tu te fais du souci pour elle, observa Charlotte avec douceur, comme si elle déchiffrait les pensées tapies derrière sa prétendue bonne humeur. J'aurais une moins bonne opinion de toi si tel n'était pas le cas.

Pitt secoua la tête.

— Tu connais Ian Frobisher depuis l'école, et je sais que tu t'inquiètes pour lui aussi. Mais garde-le en dehors de cette affaire… si tu peux. Je parle sérieusement, Daniel ! Et ne t'en mêle pas non plus. Je vais me renseigner moi-même et je te dirai ce que je peux.

Il posa sur son fils un regard calme, l'air d'attendre une réponse.

Daniel ne put s'empêcher de remarquer que son père avait changé de sujet sans crier gare. Cela ne se produisait que s'il était inquiet. Ou effrayé.

— J'essaierai, dit-il, sachant que sa réponse n'était pas tout à fait une promesse.

16

— Vous me comprenez, Frobisher ? demanda Petheridge à mi-voix.

Son expression était grave, ses yeux fixaient le visage de Ian assis en face de lui, de l'autre côté de son bureau encombré de papiers.

Ian entendit cela non comme une exigence ou comme un ordre, mais comme une question. Une demande de vérité, plutôt que d'obéissance. Il hésita, songeant que Petheridge en disait plus long par cette question formulée avec soin que dans tout le reste de ce qu'il avait dit. La vérité se trouvait dans ce qu'il taisait, ce qu'il évitait. Les paroles non dites, Ian en était tout à fait sûr, recelaient le sens véritable de la conversation.

Ian était également d'avis que Petheridge n'était pas évasif par peur de déclarer son opinion, mais qu'il cherchait à obscurcir le sens de ses paroles au point que Ian pourrait en déduire l'instruction qu'il souhaitait, et rester crédible.

— Frobisher !

— Oui, monsieur, répondit-il, se raidissant légèrement. Je comprends. Je veillerai à ne pas entreprendre de recherches, hormis superficielles, concernant Mr. Haviland. Ne pas poser de questions du tout reviendrait à attirer l'attention sur lui. Mais, monsieur…

— Quoi ? demanda Petheridge, soupçonneux.

— Est-ce que cela n'aura pas l'air suspect si nous fouillons dans la vie des deux autres victimes, que nous nous renseignons sur leur passé, leurs relations, etc., et que nous ne faisons pas la même chose pour Haviland ? Si quelqu'un était protégé – soit parce qu'il a des parents puissants, qu'il détient des informations sur une personnalité en vue, ou qu'il fait partie de la Special Branch –, c'est exactement comme cela que les autorités réagiraient à l'annonce de son décès. Cela aura pour effet de faire ressortir Haviland comme une grenouille noire sur un plafond blanc.

— Vous avez déjà vu une grenouille noire sur votre plafond, Frobisher ? demanda Petheridge poliment.

Ses manières étaient irréprochables.

— Non, monsieur, répondit Ian, tout à fait sérieux. Mais par terre, elle sauterait moins aux yeux. Je pourrais…

— Sortez, Frobisher.

— Oui, monsieur.

Ian se leva, se tint au garde-à-vous un instant, puis tourna les talons et s'en alla.

Il était soulagé d'avoir pu s'éclipser. Il ne tenait vraiment pas à argumenter avec Petheridge, ce qui aurait contraint son supérieur à définir avec précision les ordres qu'il lui donnait. Quelqu'un de bien plus haut placé que Petheridge l'avait sommé de ne pas enquêter de plus près sur Haviland. Il avait relayé ce message à Ian, en lui faisant tacitement comprendre qu'il devait arrêter le tueur… et se soucier le moins possible de Haviland. En somme, Petheridge avait obéi aux instructions qu'on lui avait données, mais les avait à dessein formulées de façon qu'elles puissent être mal interprétées. Ian n'avait pas besoin d'autorisation plus explicite.

Il regagna aussitôt son bureau, où Bremner l'attendait. Il jeta un coup d'œil au visage interrogateur de son subordonné et referma la porte derrière lui.

— On peut, dit-il.

Bremner arqua des sourcils stupéfaits.

— On peut… quoi ?

— Petheridge m'a dit de laisser Haviland tranquille. Des ordres venus d'en haut.

— Mais vous venez de dire…

— Je sais ce que j'ai dit, coupa Ian avec un sourire crispé. Et je sais ce que Petheridge a dit, et ce qu'il n'a pas dit.

Bremner haussa de nouveau les sourcils.

— Je suis censé comprendre ça ?

— Oui, dès que je vous aurai expliqué.

Ian s'installa confortablement sur sa chaise, et attendit que Bremner l'ait imité.

— Comme je l'ai fait remarquer à Petheridge, si Haviland faisait bel et bien partie de la Special Branch, et que nous le traitions différemment des autres victimes, en prenant des gants, nous ne ferions qu'attirer davantage l'attention sur lui. Et croyez-moi, ce serait le moyen idéal de le trahir.

Il était sur le point de poursuivre quand il vit jaillir un éclair de compréhension sur le visage de Bremner.

— N'est-ce pas ?

— Bien sûr, confirma Bremner avec un grand sourire. Il est comme tout le monde. On traite sa veuve avec courtoisie, pareil pour ses amis et relations, mais sans égards particuliers. Très bien, monsieur. À propos, vous pensez vraiment qu'il était membre de la Special Branch ?

— Plutôt que quoi ? L'ami de quelqu'un… et que ce quelqu'un avait une dette envers lui ?

Il marqua une pause, puis devint plus grave.

— Oui, tout bien considéré, je crois qu'il travaillait pour le gouvernement. Pas forcément la Special Branch, mais nous avons un long chemin à faire avant de pouvoir exclure quoi que ce soit. Et s'il était aussi important que les ordres le suggèrent, nous serions sérieusement fautifs de révéler sa couverture.

— À moins que, bien sûr, il n'ait été la victime visée, argua Bremner. Vous pensez que c'était le cas ?

Son visage s'assombrit.

— Seigneur ! C'est atroce. Assassiner deux innocentes pour masquer le crime qu'on veut réellement commettre ?

Ils avaient évoqué cette possibilité à plusieurs reprises, et elle continuait à figurer dans la liste des explications potentielles.

— Je suppose que, s'il est question d'espionnage et de tout ça, les enjeux dépassent un ou deux cadavres.

— Vous voulez dire… la guerre ?

Ian haussa les épaules.

— J'espère que non. Mais ce n'est pas impossible. Un général qui part au combat s'attend à perdre des hommes.

— Oui, mais il ne sacrifie pas délibérément deux d'entre eux, et n'abandonne pas leurs corps lacérés de coups de couteau sous la pluie, rétorqua Bremner avec véhémence. Et deux femmes, en plus. N'est-ce pas ce que vous suggérez ?

— Je suppose, soupira Ian. Mais la guerre dans les régiments, en uniforme et tout ça, est un univers différent du genre de guerre secrète dont je parle. Ne nous ruons pas sur des conclusions avant de savoir de quoi il s'agit.

— Vous croyez qu'on le saura un jour ?

Le visage de Bremner était tendu, sa mâchoire s'était durcie.

— Je sais que ce n'est pas une solution que je suis prêt à accepter, reprit-il. Le sacrifice de soldats en temps de guerre est une chose ; laisser des civils qui ne sont au courant de rien être assassinés dans la rue en est une autre. C'est à ça que nous avons affaire… non ?

— Si, admit Ian. Mais ce n'est pas à nous de choisir. Réfléchissons. Nous connaissons les occupations de chacune des victimes et…

— Haviland était banquier, coupa Bremner. Mais nous le soupçonnons d'avoir été autre chose, sinon on ne nous aurait pas ordonné de le laisser tranquille. Et s'ils étaient tous dans la même situation, d'une manière ou d'une autre ?

— Vous voulez dire qu'ils auraient tous travaillé pour les services secrets ? se récria Ian, stupéfait. Deux femmes qui n'avaient même pas trente ans ? Dans ce cas, pourquoi ne nous a-t-on pas interdit d'enquêter sur elles ? Pourquoi ne nous a-t-on pas retiré l'affaire, tout simplement ?

— C'est peut-être pour ça que nous avons eu si peu d'aide, suggéra Bremner.

— C'est seulement à propos de Haviland qu'on nous a mis en garde. Personne ne semble se soucier des deux femmes, lui fit remarquer Ian.

— D'ailleurs, la première victime n'était-elle pas française ? Elle ne vivait même pas ici, ajouta Bremner.

Ian secoua la tête.

— Ils ont un point commun, mais pas celui d'avoir travaillé dans un domaine qui touche à la sûreté. Si c'était cela, les gens du gouvernement auraient traité l'affaire autrement.

— Vous voulez dire qu'ils l'auraient éclaircie eux-mêmes au lieu de nous la laisser ? demanda Bremner, sarcastique.

— Eh bien, au moins, ils sauraient de quoi il s'agit ! répliqua Ian, agacé. Ou bien suggérez-vous que nous ayons tant d'agents secrets que, quand trois d'entre eux sont lardés de coups de couteau dans les rues de Londres, il leur faut des semaines pour s'en apercevoir ?

L'amertume perçait dans sa voix.

— Allons ! Les services de la Sûreté sont discrets, mais pas invisibles pour qui sait quoi chercher. Il y a des moyens de déduire qu'ils sont impliqués.

Bremner prit une profonde inspiration.

— Il y a des moments, monsieur, où il est extrêmement pénible de travailler avec vous. Si vous réfléchissiez comme un flic, et pas comme un professeur de sciences politiques, ou je ne sais ce que vous avez étudié, nous ferions peut-être plus de progrès !

L'observation était juste et fit mouche.

— Très bien. Vous qui êtes flic jusqu'au bout des doigts, quelles sont vos idées ?

Bremner le regarda, la mine sombre.

— Ce que vous êtes en train de dire, c'est que nous devrions tout reprendre et continuer à chercher ce que les victimes avaient en commun.

Il avait parlé avec lenteur, comme s'il pesait ses mots.

— Et si Haviland était membre de la Special Branch, serait-elle prête à nous révéler quoi que ce soit ? Ou bien y a-t-il un élément auquel nous n'avons même pas songé ?

Ian resta silencieux un instant, une idée s'ébauchant dans son esprit.

— À moins que… dit-il enfin. Est-il possible que Haviland ait été un agent double ? Que la Special Branch s'en soit rendu compte et l'ait éliminé ?

Bremner prit une brève inspiration, écarquillant les yeux.

— Vous croyez réellement…

— Non, se hâta de dire Ian d'une voix douce. Sans doute que non. Mais c'est une possibilité. Elle aurait pu tirer parti des deux précédents crimes.

— Quels salopards tordus ! lâcha Bremner lentement. Cela signifie que nous ne devrions prendre en compte que les points communs entre les deux femmes et exclure Haviland ? Mais nous devons tout examiner, sans quoi nous nous trahirons.

— En effet, admit Ian. Cela dit, il nous faut procéder avec précaution concernant Haviland.

Il marqua une longue pause.

— Cette affaire est pire que je ne le pensais. J'aimerais vraiment savoir pourquoi on nous a avertis de ne pas mettre les pieds n'importe où.

— Par conséquent nous ferions mieux de prendre des gants, c'est ça ? suggéra Bremner avec une expression morne, abattue.

— Disons qu'on ne va pas y aller avec nos gros sabots, rectifia Ian avec un sourire de biais. Nous serons prudents. Et quoi que nous fassions, cela doit se justifier dans le cadre de recherches sur les trois victimes.

— Par où allons-nous commencer ?

— Nous allons éplucher de nouveau tout ce que nous savons : il y a forcément un point commun entre des victimes. Et oui, s'empressa-t-il d'ajouter, je sais que nous l'avons déjà fait, mais nous n'avons encore rien trouvé. C'est là, j'en suis certain. Il me faut de quoi noter, dit-il en regardant autour de lui. Je pense qu'il vaut mieux coucher nos pensées sur le papier. Au moins, j'aurai une vision claire de ce que nous avons.

— Excellent, acquiesça Bremner, qui connaissait les habitudes de son chef. Mais c'est moi qui prends les notes.

— Je ne peux pas lire votre écriture, protesta Ian.

— Non, mais moi si, rétorqua Bremner. Et personne ne peut déchiffrer la vôtre, vous y compris !

C'était la vérité. Plus Ian trouvait une idée intéressante, moins son écriture était lisible. Il le reconnut.

Bremner nota les noms des victimes dans trois colonnes en haut d'une grande feuille blanche, laissant un espace sur le côté pour une liste de catégories.

Ian l'observait.

— Notons l'endroit et la date où chaque victime a été découverte. Ainsi que l'heure présumée de la mort, dans la mesure du possible. Ne nous occupons pas des blessures pour le moment.

— Elles sont importantes, protesta Bremner. Je veux

retourner voir le médecin légiste. Enfin, quand nous aurons considéré tout cela avec plus d'attention, et que nous saurons quelles questions poser.

Ian faillit rétorquer, mais se retint.

— Nous avons envisagé toutes les possibilités habituelles. Que reste-t-il ?

Bremner ferma les yeux et lâcha quelque chose entre ses dents.

Des propos fleuris, sans doute – mais incompréhensibles pour Ian, car prononcés dans le dialecte du Nord-Est. Il sentit cependant qu'ils apportaient une immense satisfaction à leur auteur.

Ian arriva à la morgue en fin de matinée et trouva le Dr fford Croft seule devant une des tables. Un corps y reposait, en partie dissimulé sous un drap pendant qu'elle examinait la cage thoracique ouverte.

Elle ne l'entendit pas approcher, et il l'observa un instant. Elle était menue, mince sous sa blouse blanche informe.

Il ne la reconnaissait qu'au chignon d'un roux flamboyant visible sous le filet qui le retenait.

— Docteur fford Croft ? demanda-t-il à mi-voix.

Miriam pivota vivement, les deux mains en l'air, entièrement gantées. Elle tenait un scalpel maculé de sang.

— Inspecteur Frobisher ? s'écria-t-elle, un peu surprise. Que puis-je faire pour vous ?

— Bonjour, docteur. Je suis désolé de vous déranger mais j'ai besoin de votre aide. S'il vous plaît ? Ou bien je pourrais parler au Dr Hall, si vous êtes occupée ?

Elle sourit. Son sourire était charmant, empreint d'un humour réticent.

— Bien entendu. À condition que vous ne soyez pas pressé, répondit-elle avec un amusement mêlé de lassitude.

Il attendit.

— Je crains que le Dr Hall ne soit à l'hôpital, expliqua-t-elle. Elle commence à aller mieux, mais j'espère qu'on va la garder encore un peu. Sinon, elle va revenir ici et je ne pourrai pas l'empêcher de travailler.

— Je suis désolé, dit-il, momentanément gêné. Je...

— Elle va se rétablir, assura Miriam. Eh bien, en quoi puis-je vous aider ?

Elle poursuivit, devançant sa réponse.

— Savez-vous ce que vous cherchez ? Ou voulez-vous tout considérer de nouveau, en général ?

Plusieurs réponses traversèrent l'esprit de Ian, mais elle était si candide, son regard si direct, qu'il se surprit à lui avouer la vérité.

— Nous sommes dans une impasse. Nous reprenons tout depuis le début, dans l'espoir de trouver ce que les victimes avaient en commun, ce qui pourrait les associer aux yeux de quelqu'un. Et cela, bien sûr, en tenant compte du fait que ce quelqu'un est peut-être fou à lier, ajouta-t-il.

Ses propres paroles lui arrachèrent une moue.

— Excusez-moi, mais cette enquête nous mine tous, et nous sommes à bout de patience. Si tous ont été assassinés par la même personne, il faut qu'il y ait un lien.

— Dans l'esprit de cette personne, du moins.

— Il existe une autre possibilité, expliqua Ian. Et c'est que l'un d'eux ait été la véritable cible et que les autres aient été tués en guise de couverture. Si nous le savions, le mobile nous apparaîtrait peut-être très aisément. Et nous conduirait droit au tueur.

Il l'observa, guettant sa réaction.

Elle n'hésita qu'un instant.

— Il y a une troisième possibilité. Et si nous avions commis une erreur ? Qu'ils n'avaient pas tous été tués par le même individu ? Dans ce cas, les efforts accomplis pour trouver un lien seraient une perte de temps.

— Oui, c'est possible, en effet, admit-il, un doute dans la voix.

Miriam hocha la tête.

— En somme, vous voudriez que je vérifie de nouveau qu'il n'y a pas de différence significative entre les corps. Rien qui nous ait échappé jusqu'ici.

Son sourire était un peu las.

— Oui, s'il vous plaît et…

Devait-il le lui révéler ? C'était peut-être important. Elle le regardait, attendant la suite.

— Apportez une attention particulière à Haviland, ajouta-t-il. On nous a dit de le laisser en dehors de l'affaire, de ne pas chercher à nous renseigner en détail sur son travail, sa vie privée, etc.

Il se tut, conscient d'avoir enfreint le secret professionnel. Voire porté atteinte à la sûreté nationale, en l'occurrence. Il faillit lui demander de lui promettre la discrétion, mais il avait l'intuition que ce n'était pas nécessaire. Miriam fford Croft lui paraissait être une femme profondément intègre, digne de confiance.

Elle fronça un peu les sourcils.

— Cela ne le désignera-t-il pas comme étant différent, justement ? Ou est-ce le but recherché ? Est-il – et je sais que cela va paraître macabre – une sorte de… d'appât ?

— Oui, dit-il sans tergiverser. Cette idée m'est venue aussi. Mais…

— Dans ce cas, je ferais mieux d'examiner les victimes dans l'ordre de leur mort. Certaines similarités ne prennent leur sens que si la chronologie est observée. Désirez-vous rester, ou dois-je vous envoyer un rapport ?

— Puis-je rester ?

Il espéra qu'elle refuserait, ou même témoignerait d'une certaine réticence. En vérité, il ne souhaitait revoir aucune des victimes, encore moins être confronté de si près aux dégâts infligés par l'assassin. Cela reviendrait-il à se dérober aux responsabilités qu'il avait envers elles ?

Si cette femme pouvait examiner des cadavres jour après jour, quelle déficience y avait-il chez lui pour que cette perspective lui paraisse si éprouvante ? Qu'allait-elle penser de lui ?

— S'il vous plaît ? ajouta-t-il, la gorge nouée, se faisant violence pour articuler les mots.

— Bien sûr, répondit-elle.

Ian était sûr qu'elle savait parfaitement ce qu'il ressentait, et lui fut reconnaissant d'avoir eu assez de tact pour ne pas se moquer de lui, fût-ce gentiment.

La journée parut longue à Ian, même s'ils ne travaillèrent ensemble que durant cinq ou six heures. Miriam lui avait prêté un tablier afin qu'il ne tache pas ses vêtements. Elle lui avait aussi demandé de ne pas trop s'approcher. Il ne se fit pas répéter cette suggestion deux fois : il n'était que trop soulagé d'observer d'aussi loin que possible.

Miriam se mit à examiner les corps un par un.

Le premier était celui de Sandrine Bernard. On aurait presque dit qu'il était fait de caoutchouc rigide. La chair semblait ne jamais avoir été tiède, vivante. Aucune trace de sang n'était visible. Les incisions pratiquées pour l'autopsie avaient été recousues à l'aide de fil épais, grossier. Curieusement, ses cheveux étaient toujours magnifiques, tout comme sa main gauche, blanche et délicate, les ongles parfaitement dessinés.

Ian lutta contre une bouffée d'horreur alors qu'il observait les mains menues mais fortes du Dr fford Croft parcourant le cadavre. Son émotion était-elle causée par la peur ? Oui, il ne le savait que trop bien. Face à ce corps ravissant, qui ne recelait même plus le fantôme de la femme qui l'avait habité, il resta silencieux, car il n'y avait rien à dire qui fût approprié, ou même décent.

Les blessures infligées étaient laides, mais pas plus

qu'il ne s'y était attendu. Il avait vu d'autres mutilations semblables lors d'enquêtes passées.

Avant de passer à la victime suivante, Miriam lui suggéra de faire une pause et de boire un thé. Elle avait des sandwichs qu'elle partagea avec lui, ignorant ses protestations. Leur brève collation terminée, ils se penchèrent sur la deuxième victime, Lena Madden.

— Les lacérations sont plus profondes, affirma-t-elle en levant les yeux vers Ian. Vous voyez ? Ici… et là ? Moins contrôlées que celles de Sandrine Bernard.

— Pouvez-vous déterminer dans quel ordre les coups ont été donnés ?

— Je pense que oui.

— Je suis sûr que vous avez songé à cela, dit-il, sans pouvoir réprimer une grimace à la pensée de la brutalité de l'attaque. S'il voulait que ses victimes souffrent, ou qu'elles sachent qui les avait attaquées, peu lui importait d'être reconnu. Mais voulait-il en finir rapidement ? Dans ce cas, n'aurait-il pas visé la carotide d'abord ? Ou du moins, une artère ?

Elle le fixa, comme si elle approuvait qu'il eût réfléchi à cela.

— Oui, j'aurais dit qu'il voulait en finir rapidement. Il est assez évident que le coup initial a été fatal et qu'il a procédé ensuite à la mutilation.

Elle se pencha davantage sur le corps.

— Vous voyez ici ? Des lacérations superficielles, douloureuses, mais pas mortelles. Il y a eu ceci d'abord, ajouta-t-elle en désignant la plaie qui déchirait l'abdomen, irrégulière et profonde. Cela, c'est de la vengeance. Ou alors, le meurtrier est un dément, quelqu'un qui a complètement perdu la tête. Mais si c'était le cas, vous l'auriez déjà trouvé, non ? Il se serait trahi par quelque autre manifestation de son état. Cependant, si les attaques ont été commises au hasard, il devait y avoir des victimes potentielles plus faciles à trouver que celles-ci. Ces gens étaient instruits, raisonnablement aisés, ils occupaient de bons postes. N'est-ce pas ?

Elle avait parlé sur un ton pressant.

— N'est-ce pas ? répéta-t-elle.

— Si, murmura-t-il. Haviland, le dernier, était assez haut placé dans sa banque. Plus haut placé que le directeur d'une succursale de quartier.

Devait-il lui en dire davantage, ou en avait-il assez révélé ? Mais comment pouvait-elle l'aider de son mieux s'il ne lui livrait qu'une partie des faits ? Il se rappela que Daniel avait toute confiance en elle.

Miriam attendait qu'il poursuive.

— Ceci est confidentiel, par conséquent vous ne pouvez rien répéter de ce que je vais vous dire.

Il se tut, lui donnant le temps de répondre. Elle hocha la tête. Il enfreignait non seulement son propre code de conduite, il trahissait la parole donnée à Daniel et en avait douloureusement conscience. Cependant, la vision de ces corps le poussait à vouloir faire tout son possible pour empêcher un autre meurtre comme ceux-ci.

Miriam patientait toujours, comme si elle savait qu'il avait besoin de mettre de l'ordre dans ses pensées.

Ian prit une profonde inspiration et se lança.

— Nous avons reçu l'ordre de ne pas enquêter sur Haviland, continua-t-il. Il semble qu'il ait été davantage qu'un banquier qui avait fait des études et qui vivait confortablement. Il faisait partie de ce monde-là. Par conséquent, le crime est-il dû au hasard, ou le tueur avait-il un mobile précis ? Haviland était-il la victime principale, ce qui signifie que les deux autres étaient purement accessoires ? Et si oui, était-il le dernier ?

— L'est-il ? Est-il le dernier ?

— Jusqu'à maintenant, oui, mais vous le savez.

— Non. Il se peut qu'il y ait quelque part un autre corps que nous n'avons pas identifié, ou que quelqu'un ait été tué ailleurs que dans les environs de Londres.

Par conséquent, je ne peux pas affirmer que tout soit terminé. Et vous ?

— Oh, Seigneur !

Il expira lentement et ferma un instant les yeux. Il se montrait irrationnel, il le savait, mais seulement parce qu'il espérait avec ferveur qu'il n'y aurait pas d'autre meurtre.

— Non. Bien sûr qu'il pourrait y en avoir d'autres, admit-il tout bas. Peut-être que ce sera le cas, si nous n'arrêtons pas ce salaud.

— Laissez-moi passer en revue tout ce que nous savons, murmura-t-elle. Nous allons peut-être mettre le doigt sur quelque chose. Mais je peux d'ores et déjà vous dire, inspecteur, qu'il est concevable que quelqu'un ait saisi l'opportunité de dissimuler sa victime parmi d'autres attaques perpétrées au hasard.

Elle eut un geste de la main, comme si elle écartait cette hypothèse.

— Toutefois, c'est si peu probable que nous perdrions notre temps à l'envisager.

— Pourquoi êtes-vous de cet avis ? demanda Ian, intrigué.

Il espérait obtenir un point de vue nouveau sur la tragédie et était également soulagé de penser qu'il n'y avait qu'un seul assassin et non deux.

Miriam le dévisagea un instant.

— Parce que nous n'avons pas divulgué certains détails, ce qui est la procédure normale.

Ian attendit. Allait-elle lui révéler quelque chose qui allait l'aider, quelque chose dont il ne s'était pas aperçu ?

— En dehors de l'index mutilé…

— Le meurtrier a frappé en se servant de la main gauche et de la main droite, coupa-t-elle. Il y a d'autres particularités concernant les plaies. Il est extrêmement improbable que deux personnes aient pu infliger les coups exactement de la même manière.

Ian fixa le visage grave. Il avait l'impression d'être en plein cauchemar. Il se trouvait dans un laboratoire aseptisé, conçu pour examiner les morts, à côté d'une femme séduisante qui parlait calmement, d'une façon rationnelle, de meurtres insensés.

— Une autre possibilité, reprit-elle, et elle est mince, c'est qu'une seule personne les ait tous tués, mais que seule une des victimes comptait, et qu'on ait payé le meurtrier pour l'éliminer.

— C'est…

— … possible, acheva-t-elle à sa place. Mais fort peu plausible. Autre chose. Je crois que…

— Quoi ?

— Chez deux de nos victimes, l'index droit a été sectionné, et chez la dernière, c'était le gauche.

— Nous avons pensé à cela, reconnut Ian. Pourquoi est-ce important, à votre avis ? Ça m'intéresse de le savoir.

— D'après la taille et la musculature des bras et poignets, répondit-elle, je suis assez sûre que, dans chacun des cas, c'est le doigt de la main dominante qui a été amputé. Ce qui signifie que les victimes n'étaient pas choisies au hasard du tout. Notre tueur les connaissait suffisamment pour savoir si elles étaient gauchères ou droitières.

Ian attendit qu'elle en dise plus long, soudain conscient du froid pénétrant qui régnait dans la salle.

— Savez-vous si vos amis sont gauchers ou droitiers ? s'enquit-elle. Moi, je l'ignore, en tout cas pour la plupart d'entre eux.

— Moi aussi, avoua-t-il. Mais je suis d'accord avec vous, et cela suggère une piste que nous poursuivons déjà. Maintenant, avec vos observations, nous y porterons encore plus d'attention.

Un frisson le parcourut.

— L'assassin devait bien les connaître, y compris Haviland.

— À supposer que j'aie vu juste, dit-elle avec gravité.

— Raison de plus de déterminer si la mort de Haviland était accessoire ou pas ; si le lien était personnel, sans rapport aucun avec ses activités professionnelles.

Il réfléchit un instant.

— Quelle qu'en ait été la nature.

Au bout d'un moment, il ajouta :

— Il faut donc que je découvre si Haviland était lié à ces deux femmes. Et s'il était la véritable victime et qu'elles aient été tuées pour maquiller ce fait. Cette hypothèse paraît moins vraisemblable à présent, non ?

Miriam acquiesça.

— En effet, mais il est difficile d'avoir des certitudes. Le meurtrier est à la fois capable de tuer de sang-froid, et très méthodique. Ces attaques ont été perpétrées avec rage, mais aussi avec logique. Il est important de garder cela en mémoire. De plus, la rage semble s'être intensifiée avec chaque nouvelle attaque. Si je vous montrais le motif des lacérations…

— Non, merci, coupa-t-il. Je vous crois sur parole. Néanmoins, je dois continuer à envisager la possibilité que les deux premières victimes aient été tuées par un dément et que quelqu'un d'autre ait imité sa méthode pour éliminer Haviland, dans l'espoir de cacher le fait qu'il était visé depuis le début. Je suis d'accord avec vous, c'est peu probable, mais je ne peux négliger aucune hypothèse.

— Il est possible qu'il y ait eu deux tueurs, je suppose, répondit-elle, choisissant ses mots avec soin. Mais je ne suis pas sûre de savoir comment vous pourriez le découvrir. Il n'y a pas de preuve médico-légale, du moins pas encore. Si l'attaquant de Haviland était bel et bien un individu différent, quelqu'un d'assez intelligent pour imiter les premiers meurtres à l'identique, vous allez devoir être très habile pour le trouver. Il ne frappera peut-être pas de nouveau.

— Je crois que si. Enfin, s'il a besoin de dissimuler le fait que Haviland était la cible. Un dernier meurtre suffirait.

Miriam réfléchit longuement.

— Après quoi il disparaîtra comme il est venu.

Ian émit un juron, et puis s'excusa.

Elle sourit.

— J'aurais dit la même chose, mais vous m'avez devancée.

— Toujours prêt à rendre service, lâcha-t-il, pince-sans-rire. Ce qui est important, c'est que vous m'ayez plus ou moins confirmé que, du point de vue des preuves médico-légales, ils ont tous été tués par le même individu, et avec la même arme. Et avec une rage croissante.

Comme elle hochait la tête, il ajouta :

— Merci, docteur.

Au même moment, il songea que Daniel était amoureux de cette femme, que son idiot d'ami s'en rendît compte ou pas.

— J'apprécie que vous m'ayez consacré ce temps alors que vous devez assumer la charge de travail du Dr Hall en plus de la vôtre.

— La journée n'est pas chargée, affirma-t-elle en souriant. Sinon je n'aurais pas pu le faire. Bonne chance, inspecteur.

Il inclina légèrement la tête.

— Espérons que la chance soit de mon côté. Je vais en avoir besoin.

17

Daniel terminait sa journée de travail chez fford Croft et Gibson quand Impney toqua à sa porte.

— L'inspecteur Frobisher désire vous voir, monsieur. Il dit qu'il ne vous retiendra pas longtemps.

— Très bien, dit Daniel, éprouvant une bouffée de plaisir qui le surprit.

Son ami apportait-il de bonnes nouvelles ? Avait-on arrêté « l'Éventreur des jours de pluie » ? En tout cas, sa conversation serait forcément plus intéressante que les documents arides, rédigés en langage juridique tortueux, qu'il avait lus avant de les confier à Impney pour qu'il les mette à la poste.

Ian entra, remercia le clerc et s'assit.

Daniel comprit avant même que Ian prenne la parole qu'il n'était pas venu lui annoncer un succès.

— Que puis-je pour toi ? Il n'y a pas eu d'autre victime, si ?

Un frisson le parcourut alors qu'il envisageait cette éventualité. Il n'y avait rien eu dans les journaux, sinon Impney l'en aurait informé.

— Non, confirma Ian sur un ton las. Nous n'avons guère avancé. Pourtant, il faut qu'on attrape ce salaud avant qu'il ne tue quelqu'un d'autre.

— Que puis-je faire ?

Daniel présumait qu'il pouvait se rendre utile, sinon

Ian ne serait pas venu le voir. À moins, bien sûr, qu'il n'eût voulu lui demander comment progressait l'affaire Wolford, mais il aurait pu poser la question par téléphone.

Ian paraissait gêné. Daniel eut l'impression qu'il avait besoin de dire quelque chose, mais que cela lui était pénible. Cet instant lui rappela un flot de souvenirs, remontant aux années d'école qu'ils avaient traversées ensemble, bien avant Cambridge. Ian avait été *prefect*, chargé d'assurer une certaine discipline parmi des groupes d'élèves plus jeunes. Compte tenu de son empathie instinctive envers autrui, cette responsabilité lui avait pesé. Daniel décelait un fardeau similaire sur ses traits ce jour-là.

— Quelque chose ne va pas concernant Wolford ?

Ian parut surpris.

— Non, pas que je sache. Il est têtu, c'est sûr, il l'a toujours été, mais non, ajouta-t-il très vite, peut-être soulagé d'être amené à aborder le vif du sujet. Ce n'est pas lui qui m'amène. C'est Haviland, la dernière victime.

— Tu veux dire, la plus récente ? grimaça Daniel. Plaise au Ciel qu'il n'y en ait pas d'autre. Sauf que, si c'est le cas, vous n'arrêterez peut-être jamais ce misérable. Qu'est-ce qui te tracasse à propos de Haviland ?

Ian hésita.

Daniel ressentit un frisson d'anxiété, comme si des doigts glacés l'avaient effleuré.

— Nous n'arrivons pas à trouver une logique, répondit enfin Ian. Je crois que Haviland est la clé de l'affaire. Mais, comme tu le sais, nous n'avons accès à aucune information utile le concernant.

— La Special Branch étant impliquée, vous avez les mains liées.

Il songea aussitôt à sa dernière rencontre avec son père, à l'avertissement que celui-ci lui avait donné de rester à l'écart de cette affaire, et d'être prudent.

— Quoi que disent les autorités – et je veux dire par là, mes supérieurs –, nous avons besoin de savoir.

Une ombre traversa son visage.

— Daniel, ce que je veux dire, c'est que, moi, j'ai besoin de savoir. Sinon, comment puis-je faire mon travail ?

Les deux hommes restèrent un instant silencieux, chacun absorbé dans ses réflexions. Quand Ian reprit enfin la parole, sa voix était plus ferme. Plus empreinte d'autorité.

— Si Haviland travaillait pour la Special Branch, est-ce la cause de ces meurtres ? Ou un dément armé d'un couteau l'a-t-il tué par hasard ?

Il avait parlé sur un ton incrédule.

— Sa mort a-t-elle un rapport avec l'espionnage, le sabotage, le genre d'activité que nous associons à la Special Branch ? Si oui, cela signifie que les autres victimes ont été tuées dans le seul but de masquer le fait que Haviland était visé…

Il marqua une pause et se pencha vers Daniel.

— Et si elles étaient membres de la Special Branch, elles aussi ? Cela semble très improbable, je sais.

Il fixa Daniel.

— Eh bien ?

— Enfin, Ian, crois-tu que je le sache ? se récria Daniel, interdit.

— Non, mais je pense que tu pourrais le découvrir… si tu interrogeais la bonne personne.

Daniel sentit une bouffée de colère monter en lui. À moins que ce ne fût de la peur ? Se pouvait-il que Ian eût raison et que, en dépit du déni implicite de son père, ce dernier en sût plus long qu'il ne l'avait admis ? Ou, pire encore, qu'il connût l'identité du tueur, mais que, pour une raison quelconque, il eût jugé nécessaire de la taire ? Même à son fils ? Cette idée était affligeante. Pouvait-on compenser un meurtre par un autre, ou, d'une manière ou d'une autre, permettre qu'il ait lieu ? Il ne se résoudrait jamais à croire son père capable de cela. Néanmoins, il ne savait pas quels autres facteurs entraient en ligne de compte. Peut-être tout cela était-il lié au risque d'atrocités bien pires encore. Voire la menace de la guerre : ce n'était pas impossible.

Ian attendait sa réponse.

— Tu te demandes si mon père me dirait ce qui est en jeu ? Et ce que faisait Haviland ? Qui va vivre ou mourir si nous obtenons la réponse à certaines questions ?

Il entendait la colère dans sa voix. Il savait que c'était l'émotion qui parlait, plutôt que la raison, mais il ne pouvait pas la maîtriser.

Le visage de Ian s'empourpra.

— Je ne formulerais pas les choses ainsi, rétorqua-t-il, irrité.

— Mais cela revient au même, non ? riposta Daniel.

Il n'avait aucune intention d'avouer à son ami qu'il avait déjà interrogé son père et que ce dernier lui avait ordonné très clairement de ne pas s'en mêler.

— Je ne sais pas, admit Ian, avec un petit mouvement raide des épaules. Peut-être Haviland a-t-il été tué pour une raison qui n'avait rien à voir avec la Special Branch. Mais si des secrets d'État sont en jeu et que des gens aient été assassinés pour détourner l'attention, j'ai besoin de le savoir. Trois personnes sont mortes, Daniel. Dans des circonstances horribles.

— Je sais ! J'ai vu les corps à la morgue. J'ai vu en détail ce qu'on leur a fait subir. Si je savais quoi que ce soit, je te le dirais.

— Elles ont toutes été tuées par le même individu, dit Ian avec calme et conviction. Je suis allé voir le Dr fford Croft aujourd'hui et je lui ai demandé si elle en était sûre. Elle m'a affirmé que oui.

La mention de Miriam fit soudain prendre conscience à Daniel qu'il se montrait injuste. Il sentit ses muscles se nouer alors que, non sans mal, il s'appliquait à dominer sa colère, à cesser d'être sur la défensive. Il rencontra le regard de Ian.

— Toutes sortes de possibilités existent. Mais je ne vais pas parler à ta place et réclamer des faveurs pour toi. Tu n'as pas le droit de me demander cela.

— Ce n'est pas ce que je te demande ! Ce que je voudrais, c'est que tu m'obtiennes un rendez-vous avec ton père sans que je doive passer par l'intermédiaire de Petheridge, et toute la hiérarchie au-dessus de lui. Le temps que j'y parvienne, nous pourrions avoir affaire à d'autres morts.

Le ton de sa voix s'était fait plus aigu.

— Enfin, Daniel, nous parlons d'êtres humains ! De gens qui ont une famille, un emploi, des rêves. Et qui sont peut-être en danger !

— Je sais !

Malgré son irritation, il comprenait l'émotion de Ian, et même, il la partageait. Lui aussi se sentait frustré face à cette situation qu'il ne pouvait affronter, encore moins contrôler.

— Je parlerai à mon père.

— Quand ? demanda Ian aussitôt.

— Tout de suite ! rétorqua Daniel. C'est assez rapide pour toi ?

Ian prit une inspiration, expira et lui adressa un demi-sourire, à peine plus qu'un relâchement des muscles de son visage.

— Oui, merci.

Daniel prit le téléphone et demanda la communication, après quoi les deux hommes attendirent dans un silence tendu que l'opérateur rappelle. Daniel décrocha.

— Daniel Pitt.

Cinq minutes plus tard, Ian murmura :

— Merci.

Puis il prit congé de Daniel et sortit dans la pénombre croissante du début de soirée.

La nuit était complètement tombée et le vent avait chassé les nuages lorsque Ian se présenta à la porte des Pitt, dans Keppel Street. La bonne le fit entrer et le laissa dans le vestibule au plancher ciré, aux murs agrémentés de paysages paisibles, pendant qu'elle allait avertir le maître de maison de sa présence.

Elle revint quelques secondes plus tard.

— Sir Thomas va vous recevoir, monsieur. Si vous voulez bien patienter dans son bureau ? Je vais remettre du charbon sur le feu.

— Merci.

Ian la suivit dans une pièce spacieuse qui, dans une autre maison, aurait sans doute été un petit salon. Le décor en était austère. Les murs étaient garnis d'étagères remplies de livres, et il y avait un grand bureau en chêne, avec tiroirs et casiers. Pas de fauteuils, mais ce qu'on appelait « des chaises de capitaine », à dossier en bois, aux accoudoirs rembourrés. Elles paraissaient très confortables. Cependant, par respect, Ian demeura debout.

Les braises étaient encore chaudes dans l'âtre. Quand la bonne y versa une pelletée de charbon, des flammes jaillirent aussitôt. Elle lui sourit et ressortit, juste au moment où Thomas Pitt entrait.

— Asseyez-vous, je vous en prie.

Pitt indiqua une des chaises à Ian et prit place sur l'autre.

— Que puis-je pour vous, inspecteur Frobisher ?

Il sourit, pourtant la question n'était pas de pure forme. Ian savait qu'elle exigeait une prompte réponse.

— Je me souviens que vous étiez à l'école et à l'université avec Daniel, mais je présume que vous êtes ici à titre professionnel ?

Ian se sentait mal à l'aise. Il n'était pas question

d'amitié. Et en l'appelant par son titre et son nom de famille, Pitt avait clairement, mais très fermement, délimité le cadre de leur échange.

— Oui, Sir Thomas, je suis chargé de l'enquête concernant celui que les journaux ont surnommé « l'Éventreur des jours de pluie ».

Pitt hocha très légèrement la tête.

— Daniel me l'a dit.

— Peut-être vous a-t-il également dit que nous – la police – avons reçu l'ordre de ne pas fouiller dans les affaires de la troisième victime, Mr. Haviland. Qu'il s'agisse de sa vie privée, de sa profession, de ses relations, ou de quoi que ce soit.

Ian prit une profonde inspiration. Il avait conscience du regard de Pitt sur lui, de son visage neutre, qui ne manifestait qu'un intérêt poli. Soudain nerveux, il s'éclaircit la voix et reprit :

— Monsieur, j'ai besoin de savoir si Haviland était la victime visée et si les deux femmes ont été tuées pour dissimuler ce fait.

Pitt cilla mais resta impassible.

— Que ce soit ou non le cas, nous devons le traiter exactement comme les deux autres. Sinon, nous attirerons l'attention sur lui.

— Bien entendu, dit Pitt lentement. Rien ne doit être fait qui soit de nature à le distinguer des autres. J'imagine que vous seriez mieux à même de gérer cette situation si vous saviez quoi éviter. Vous pourriez alors mener des investigations aussi poussées que vous le souhaitez sur tout le reste, en donnant l'impression de traiter sa mort sur le même plan que les autres.

Ian prit une inspiration et exhala lentement son souffle.

— Oui, monsieur, dit-il, soulagé que son dilemme eût été compris.

Un mince sourire vacilla sur le visage de Pitt.

— Je vous dirai ce que je sais, et ce que j'estime

pouvoir vous être utile. Il semblerait que j'aie plus à perdre en vous laissant dans l'ignorance.

Ian se pencha en avant, pressé d'obtenir enfin les réponses qu'il cherchait.

— Il est possible que Haviland ait été la cible visée, admit Pitt, mais cela me paraît une manière peu efficace de l'éliminer. Et nos ennemis sont tout sauf inefficaces. S'ils désiraient se débarrasser de Haviland – et souvenez-vous que son meurtre a été violent –, ils n'auraient pas choisi d'attirer l'attention sur lui. À leur place, j'aurais fait en sorte que sa mort apparaisse comme un accident, un malheur qui n'était en aucun cas lié à sa situation.

Ian suivait sans peine ce raisonnement. Pourquoi le fonctionnaire qui avait parlé à Petheridge n'avait-il pas songé à cela ? Manquait-il d'imagination ?

— Oui, monsieur. Par conséquent, pensez-vous que les victimes aient été choisies au hasard ?

— Est-ce votre opinion ? demanda Pitt avec curiosité.

— Non, monsieur. Je crois qu'elles ont un point commun, bien que nous ne parvenions pas à le trouver. Mais il ne s'agissait certainement pas d'une coïncidence.

— Et apparemment, aucune ne se jugeait en danger. Sinon, elles ne se seraient pas aventurées seules au-dehors à la nuit tombée, observa Pitt.

Ian réfléchit à toute allure.

— Peut-être n'est-il pas étonnant que nous n'ayons pas trouvé de lien entre les victimes si elles-mêmes n'avaient pas conscience de son existence. Sinon, comme vous le dites, elles n'auraient pas couru le risque d'être surprises seules sous la pluie. Nous ne savons que peu de choses à leur sujet, mais il est certain que Haviland était extrêmement intelligent. De plus, s'il appartenait à la Special Branch, il savait qu'il était nécessaire d'être prudent. D'être toujours sur ses gardes, sans que ce soit évident pour autrui. Je me demande…

— Quoi ? coupa Pitt. Si Haviland connaissait son

meurtrier ? Pour ce que cela vaut, j'en doute. Le médecin légiste a-t-elle fait état de blessures différentes sur une des victimes ? Des lacérations au bras, par exemple ? Sur les mains ? Hormis l'amputation d'une partie de l'index, qui est intervenue après la mort. S'agissait-il d'un trophée ? D'un type particulier de vengeance – pour l'assassin, ou pour quelqu'un d'autre ?

— Vous voulez dire que l'assassin aurait été à la solde d'un tiers ? Ou qu'il essayait de faire plaisir à quelqu'un, ou de l'impressionner ?

Pitt secoua lentement la tête.

— C'est possible, mais je crois plutôt que le meurtrier n'obéit qu'à lui-même. Pas vous ?

— Si, monsieur. Il y a tant de violence dans ces actes… tant de haine ! Et sa fureur s'accroît avec chaque meurtre.

Devait-il mentionner sa théorie confortée par Miriam selon laquelle l'index mutilé était toujours celui de la main dominante ? Il ne s'était pas encore décidé quand Pitt prit la parole.

— Pensez-vous que Haviland soit la dernière victime ou que l'assassin n'en ait pas terminé ?

On aurait dit qu'il s'adressait à lui-même, mais il planta son regard dans celui de Ian.

— Je présume que vous retracez le parcours de chaque victime, afin de déterminer où leurs chemins se sont croisés ?

— Oui, monsieur, sauf… en ce qui concerne Haviland, compléta-t-il après une pause.

Il observa le visage de Pitt, ses ombres et ses contours, les infimes changements dans son expression ; ses traits à la fois résolus et bienveillants, les rides profondes creusées par l'âge et l'expérience.

Ce dernier parla enfin, après ce qui avait paru à Ian être un long silence, mais qui en réalité avait duré moins d'une minute.

— Dans ce cas, nous ferions mieux de combler cette lacune dès ce soir, déclara-t-il. Avez-vous mangé ?

— Mangé ?

— Si nous allons retracer la vie de Haviland depuis son berceau, il serait préférable d'avoir l'estomac plein. Je vais faire apporter des sandwichs et du thé. Notre cuisinière est toujours serviable à cet égard. Elle a l'habitude.

Un bref sourire, un peu penaud, traversa son visage.

— Merci, monsieur. Et non, je n'ai pas mangé, répondit Ian en s'efforçant de maîtriser l'excitation qui s'était emparée de lui.

Ils travaillèrent jusqu'à minuit passé. Pitt n'eut aucun scrupule à téléphoner à diverses personnes pour leur poser des questions, sans jamais donner les raisons de son intérêt. À en juger par ce que Ian put saisir de ces conversations, personne ne se plaignit d'avoir été dérangé. Ian fut impressionné. Là, comprit-il, était le véritable pouvoir. Rares étaient les gens qui pouvaient appeler un ambassadeur ou un doyen d'université à la retraite à minuit, se présenter et obtenir une réponse courtoise. Quand sonnèrent deux heures du matin, ils avaient toutes les pièces du puzzle. Pitt les exposa. Il restait quelques blancs, mais il savait ce qu'ils recelaient, même s'il ne souhaitait pas le révéler.

— Nous savions qu'il avait étudié à Cambridge et que les autres victimes aussi, murmura Ian, mais pas en même temps. Et ils n'étudiaient pas les mêmes matières. Bon sang ! Il y a des centaines d'étudiants à Cambridge à n'importe quel moment. Ils ont très bien pu ne jamais faire connaissance, et même ne jamais se croiser.

— Vous étiez à Cambridge en même temps que Daniel, observa Pitt lentement.

— Oui, comme des centaines d'autres.

— Où vous rencontriez-vous, Daniel et vous ? En dehors des cours et des conférences ?

— Sur les terrains de sport, répondit Ian. De cricket, surtout. Mais les femmes ne jouent pas au cricket, et deux de nos victimes sont des femmes.

— Il existe d'autres possibilités, lui fit remarquer Pitt. Un groupe de théâtre ? Un ensemble musical ? Une société politique, philosophique ? Un groupe de collectionneurs de papillons ? Réfléchissez. Remontez cette piste. Il y a un lien. Il n'a peut-être aucun rapport avec Cambridge, mais jusqu'ici, c'est le seul point commun qu'ils aient eu.

— Mais, monsieur, ils n'étaient pas du même âge !

— Je sais. Essayez malgré tout.

Il rassembla les notes qu'ils avaient rédigées et les tendit à Ian.

— Quoi qu'il en soit, voici les points principaux. Ils demandent à être confirmés, mais c'est un bon départ. Et je ne peux pas m'empêcher de penser que Cambridge est la clé de l'affaire.

— Je vous suis vraiment très reconnaissant.

Ian avait conscience de la dette qu'il avait envers Pitt. Désormais, c'était à lui de prendre les pièces du puzzle et de le terminer. Qui savait ce que le tableau final allait révéler ?

Pitt sourit, mais ne répondit pas.

18

Le lendemain, Ian Frobisher arriva de bon matin au commissariat, alors que l'équipe de nuit venait de s'en aller.

Le sergent parut légèrement surpris de le voir.

— Bonjour, monsieur. Il n'est rien arrivé de tragique cette nuit, si ? demanda-t-il, anxieux.

Par les temps qui couraient, il s'attendait au pire.

— Non, pas du tout.

Ian fit de son mieux pour sourire, malgré la journée maussade qui s'annonçait. Il n'avait dormi que quelques heures mais, en dépit de sa fatigue, il était toujours excité. Il avait obtenu la permission de se renseigner sur le passé de Haviland, à condition d'être discret : quelle qu'eût été l'activité de Haviland, et Pitt n'avait pu lui expliquer ce dont il s'agissait, elle était sans doute importante. Il savait combien le dossier était sensible car Pitt avait pris soin de l'avertir que toute manœuvre inhabituelle risquait de mettre en péril la vie de ceux qui continuaient à travailler dessus.

— Pourrais-je avoir un thé ? demanda Ian au planton. Et une brioche, ou quelque chose comme ça. Je n'ai pas eu le temps de prendre mon petit déjeuner.

Il n'expliqua pas à l'homme perplexe qu'il était non seulement matinal mais épuisé. Et affamé. Il songea soudain qu'il se rendait ridicule. Personne du commissariat ne l'avait appelé et le sergent savait qu'il n'était rien arrivé dans la nuit.

Et pourtant, si. Il se rappela de nouveau que Sir Thomas Pitt – le Sir Thomas Pitt – lui avait accordé l'autorisation d'enquêter sur Haviland, et que ladite autorisation n'était limitée que par un rappel prudent à la discrétion, une discrétion que, au vu de la situation de Haviland, il aurait adoptée de toute manière.

Il se rendit dans son bureau et commença à prendre des notes. Quelques minutes plus tard, le sergent lui apporta une grande tasse en fer-blanc pleine de thé bouillant, qui venait d'être infusé. L'homme lui présenta aussi un petit pain encore chaud, fourré au beurre et au fromage. Ian soupçonna le sergent d'avoir sacrifié son petit déjeuner pour le lui donner. Il s'en souviendrait et le lui revaudrait plus tard. Ce n'était pas le moment de le mettre dans l'embarras en se confondant en remerciements.

Il se contenta donc d'un simple merci et se replongea dans ses notes. Elles contenaient maintes abréviations et n'étaient pas destinées à être lues par un autre que lui, que ce fût par hasard ou intentionnellement. Il y avait des listes de ce qu'ils savaient sur Haviland, des faits qui, supposait-il, devaient être vérifiés et confirmés, ainsi que d'autres à découvrir, dès lors qu'il en avait la permission. Pitt avait eu beau insister sur la nécessité d'être discret, Ian savait que ses efforts ne passeraient sans doute pas inaperçus de la Special Branch. Par conséquent, toute requête devait pouvoir être expliquée par le fait que Haviland était apparemment la troisième victime d'un individu très dangereux qui, peut-être parce qu'il perdait l'esprit et n'était plus capable de contrôler ses actes, s'était lancé dans une série de crimes.

Son enquête ne devait pas faire de bruit, Pitt l'avait dit clairement. Seules des questions de routine, évidentes pour n'importe quel enquêteur, pouvaient être posées. Ce que Ian avait besoin de savoir, s'il était possible de le déterminer, c'était si le meurtre avait un rapport avec la vie privée de Haviland. Avait-il été victime d'un ennemi personnel, à cause d'une dette impayée ou d'une liaison romantique ? Son meurtre était-il lié en aucune manière aux précédents, en dépit de la différence d'âge avec les autres victimes ? Toutes les deux très instruites, elles ne s'étaient cependant pas distinguées dans un domaine particulier. Haviland était différent. À quarante-cinq ans, il occupait un poste haut placé dans une banque, et était très aisé. Tels étaient les éléments auxquels Ian pouvait s'intéresser, mais rien ne devait pouvoir être lié au travail qu'effectuait Haviland pour la Special Branch. En somme, Ian marchait sur une corde raide, et une grande prudence s'imposait.

Il fixa ses notes. Une grande partie de ce qui était écrit là était disponible à toute personne qui aurait pris le temps de rassembler des informations. Ce qui ne figurait dans aucun résumé biographique, à moins que quelqu'un n'eût fait preuve d'une extrême négligence, c'était l'appartenance de Haviland à la Special Branch, un service du gouvernement qui n'était ni tout à fait la police ni l'armée, un groupe hautement efficace et d'un grand professionnalisme, dont le rôle consistait à lutter contre les menaces pesant sur la nation. Cette organisation, créée à l'origine pour combattre les attentats commis par les fenians irlandais en Angleterre, avait vu sa mission s'étendre jusqu'à couvrir toutes les formes de terrorisme intérieur et tout ce qui mettait en danger la sécurité et la stabilité de l'État.

Ian continua à relire ses remarques. Il était impératif qu'il sache si la mort de Haviland était de près ou de loin liée à ses activités clandestines. Un ennemi de l'État avait-il profité des crimes de celui qu'on surnommait « l'Éventreur » pour lui en faire endosser un troisième ?

Néanmoins, une autre possibilité était envisageable. Haviland avait peut-être des relations que la Special

Branch elle-même ignorait. Un lien avec Sandrine Bernard et Lena Madden. Si tel était le cas, comment faire pour le prouver ?

Quand Bremner arriva, il ne cacha pas sa surprise à la vue de Ian assis derrière son bureau encombré de documents, une tasse vide devant lui.

— Bonjour, monsieur. Vous avez passé la nuit ici ?

— J'ai un peu l'impression que oui, mais non. Je ne suis ici que depuis une demi-heure tout au plus.

Il fit signe à son subordonné de prendre place en face de lui.

— Asseyez-vous et préparez-vous à prêter attention.

Posant son stylographe, il se mit à parler avant même que Bremner n'eût eu le temps d'accrocher son manteau à la patère.

— Je suis allé voir Sir Thomas Pitt hier soir.

Bremner parut stupéfait.

— Vous… quoi ?

Ian se pencha en avant.

— Écoutez-moi, Bremner, je ne vais pas tout répéter deux fois. Et rien de ce que je vous dis ne doit sortir de cette pièce.

Le sergent inclina légèrement la tête, et Ian reprit :

— Vous n'avez pas besoin que je vous raconte toute notre conversation, mais pour résumer, il nous a – officieusement – donné la permission de faire le nécessaire pour découvrir qui a assassiné Haviland. Il veut savoir si cet homme a été tué à cause de ses activités. Ou si sa mort n'avait rien à voir et qu'il ait en effet été victime de l'Éventreur.

— Logique, admit Bremner avec réticence.

Il approcha un peu sa chaise du bureau.

— Si quelqu'un essaie de dissimuler son crime en donnant l'impression que c'est notre gars qui l'a commis, c'est habile, hein ? Même la Special Branch n'y a vu que du feu. Un salopard. Mais comme je dis, un gars habile.

— Oui, reconnut Ian. Mais Haviland a pu réellement être une victime de l'Éventreur et ne savait peut-être rien des deux femmes hormis ce qui a été publié dans les journaux. C'est pourquoi il est si important de déterminer la vérité. Sommes-nous à la recherche d'un seul homme, ou bien d'un dément et d'un imitateur doué ? Savons-nous quoi que ce soit qui n'a pas été mentionné dans la presse ? Y a-t-il dans ces crimes un élément particulier qu'un individu assez curieux aurait raisonnablement pu déduire des articles qui ont été publiés ? Ou, je suppose, une différence dictée par les circonstances.

Il aurait voulu pouvoir expliciter sa phrase, mais même lui n'était pas sûr de ce qu'il voulait dire au juste !

— Autrement dit, des signes qui prouveraient qu'il y a eu un second tueur.

— Oui, confirma Ian en hochant la tête avec vigueur. Je suppose que c'est ce que je veux dire. Une réponse à une seule de ces questions serait un progrès. En ce moment, nous pataugeons comme des cochons dans le fumier, sans arriver à rien !

Bremner se pencha vers lui, posant les coudes sur le bureau.

— Je n'apprécie pas votre tableau campagnard, mais je suppose que l'image est assez proche de la vérité. Quoi d'autre ?

Ian réfléchit longuement avant de répondre. Contrairement à tant d'homicides sur lesquels il avait enquêté, rien n'était clair dans cette affaire, rien dont il puisse se saisir pour avancer. Il était au comble de la frustration ; il luttait contre le sentiment d'insécurité inhérent à un poste haut placé, la certitude que trop de gens qui n'étaient qu'un échelon sous lui convoitaient sa place. Et que, s'il échouait, ils seraient comme une horde de hyènes prête à la curée.

— Il est possible que le meurtre n'ait rien à voir avec la vie privée de Haviland, ni avec son travail, dit-il enfin.

Et le coupable n'est peut-être même pas l'Éventreur. Mais ça voudrait dire que quelqu'un d'autre a profité de la panique générale.

Comme Bremner se taisait, Ian ajouta :

— Ce n'est guère probable. Je vais commencer par aller voir le Dr fford Croft. Cela m'ennuie de la déranger de nouveau, mais nous devons être aussi sûrs de nous que possible. J'ai relu toutes les informations que Sir Pitt m'a remises. Haviland a étudié à Cambridge, des années avant les deux femmes. D'après son épouse, il est retourné suivre des cours voici quelques années, mais en mathématiques, ce qui n'avait rien à voir avec ce qu'elles étudiaient.

— Qu'étudiaient-elles ? Je veux dire, qu'est-ce que les femmes étudient dans une université comme Cambridge ? Il fallait qu'elles soient plutôt brillantes pour y être admises, non ?

— Oui, c'est certain.

— Donc, ils étaient tous intelligents, conclut Bremner, le respect perçant dans sa voix. Je veux dire, plus intelligents que la moyenne – exceptionnels, à certains égards – et ils pouvaient le prouver.

Ian le dévisagea.

— Où voulez-vous en venir, Bremner ?

— Ce serait utile de savoir ce qu'elles ont étudié. La littérature ? L'histoire ? Et si elles ont obtenu une licence ?

Ian songea à ce que Daniel lui avait dit au sujet de Miriam fford Croft.

— Je devinerais que non. Il ne semble pas y avoir de lien, là. Mais s'il y en avait un avec la géographie ?

La perplexité se lut sur le visage de Bremner.

— Supposons, reprit Ian, qu'ils aient tous vécu parmi ou fréquenté les mêmes cercles ? Nous savons que Lena Madden et Haviland connaissaient le révérend Rhodes et peut-être sa femme aussi.

— L'Église anglicane.

Bremner hocha la tête.

— N'allons-nous pas un peu vite en besogne ? Pour autant que nous le sachions, Lena n'est allée qu'une seule fois au presbytère d'Adelaide Road. C'est l'impression que j'ai eue, du moins d'après ce que Mrs. Rhodes nous a dit. Quant à Mrs. Haviland, Rhodes est allé la voir parce qu'elle avait besoin de réconfort après avoir appris la mort de son mari. Dans des moments pareils, beaucoup de gens se tournent vers la religion.

— Néanmoins, c'est un lien, insista Ian.

— Bonne chance, ironisa Bremner.

— Mrs. Haviland est peut-être suffisamment forte à présent pour nous parler, ou se souvenir de quelque chose. Si nous l'interrogeons avec soin, sans sous-entendre qu'il ait pu y avoir quoi que ce soit de répréhensible dans le passé de son mari.

— De répréhensible ?

Bremner secoua la tête.

— Répréhensible en quoi ?

— Nous voulons éviter de suggérer qu'il a pu avoir une liaison, expliqua Ian. Ou des dettes qu'il ne pouvait ou ne voulait pas rembourser ? Ou qu'il savait quelque chose sur quelqu'un et que cette personne se sentait menacée ? Il y a une foule de raisons pour lesquelles les gens sont assassinés, et toutes les victimes ne sont pas complètement innocentes.

Ils restèrent silencieux un long moment, fixant le bureau jonché de papiers, puis Ian poursuivit :

— Haviland connaissait peut-être un secret concernant quelqu'un, un secret que cet individu, par pudeur, orgueil ou parce qu'il en avait honte, avait besoin de garder caché. Cela semble une possibilité assez évidente. Nous sommes régulièrement confrontés à des cas de ce genre.

Bremner arqua les sourcils.

— Et vous pensez qu'il aurait parlé de cela à sa femme ?

— Non, bien sûr que non ! rétorqua Ian, moqueur. Et encore moins s'il y avait un lien avec la Special Branch. Mais les épouses entendent des choses. Elles peuvent parvenir à des conclusions très perspicaces. Sur le moment, elle n'y a pas attaché d'importance, mais maintenant...

Il lut la compréhension dans le regard de Bremner, voire l'assentiment.

— Nous allons devoir questionner les employés à la banque, reprit-il. Et pour que tout soit clair, je discute de cela avec vous parce qu'il y a quantité de pistes à suivre et que nous ne devons en négliger aucune.

— Qu'espérez-vous trouver à la banque ?

— Il travaillait là depuis des années. Il a tout un passé dans cet établissement, un passé qui inclut des rivaux, des clients à qui on a refusé un prêt sur ses conseils. Il a pu y avoir des escroqueries, des mouvements de fonds suspects, de l'extorsion. Des choses qu'il savait, des secrets qu'il gardait. Était-il discret, ou se servait-il de ces informations pour dominer des gens dont la vie et la carrière auraient pu être anéanties ? Les directeurs de banque ne sont pas toujours très aimés. Et je parierais que certains connaissent des secrets dangereux. Comme je le disais, nous ne manquons pas de pistes à suivre, maintenant que nous avons la permission de le faire...

Il marqua une pause.

— Vous aimez bien le directeur de votre banque ?

Bremner était habitué à ce que son chef saute du coq à l'âne.

— Je ne le connais pas, dit-il avec un sourire. Et j'ai bien l'intention d'en rester là !

— Je comprends. En dehors de la banque, il y a d'autres recherches à entreprendre, différents aspects à creuser. Nous devons être vigilants au cas où le nom de l'une ou l'autre des deux femmes apparaîtrait quelque part. Sandrine Bernard a vécu à Paris après avoir quitté l'université, il va nous être difficile de trouver quoi que ce soit là-bas. En revanche, étudiez les voyages de Haviland dans la mesure du possible. Vérifiez où il est allé en Europe. Et surtout, quand. Concentrez-vous particulièrement sur Paris. S'il était membre de la Special Branch, il a pu se rendre aux quatre coins du monde. Nous devons établir une chronologie de ses déplacements sur plusieurs années. Déterminer si et quand son chemin a croisé celui de Sandrine Bernard.

— Et Lena Madden ?

— Chargez quelqu'un de se renseigner sur son passé. A-t-elle voyagé, et avec qui ? A-t-elle eu des liaisons sentimentales ? Forcément. Des dettes ? Oh ! Et trouvez où ces femmes avaient un compte en banque. Faites-vous aider par quelqu'un de consciencieux, Bremner, je ne veux pas qu'il prenne de raccourcis.

Il repoussa sa chaise.

— Allons ! Nous avons du pain sur la planche.

— Oui, monsieur, répondit Bremner, esquissant un salut sans conviction. Par où voulez-vous que je commence ?

— Par les voyages de Haviland. Et s'il est allé à Paris, cherchez tout ce qui pourrait être intéressant. Ensuite, renseignez-vous sur Mrs. Haviland.

— Ce sera tout ? demanda Bremner, sarcastique. Rien d'autre ?

Ian sourit.

— Vous avez aussi le révérend Rhodes et sa femme ! Dites-moi où vous en êtes à la fin de la journée, juste au cas où il y aurait quelque chose que je devrais savoir. Je serai ici jusqu'à neuf ou dix heures. Oh ! Et, Bremner, ajouta-t-il presque avec nonchalance, pas un mot concernant la Special Branch… à personne. Même si la mentionner pourrait nous apporter les informations dont nous avons besoin.

Son visage se fit très grave.

— Croyez-moi. Un mot suffirait pour que nous soyons renvoyés tous les deux.

Le visage de Bremner s'assombrit, comme si un nuage passait au-dessus d'eux.

— Bien, monsieur. Allez-vous à la banque aussi ?

— Oui, mais comparons nos notes au préalable. Je ne m'attends pas à ce que ces gens-là soient particulièrement coopératifs, et je tiens à être aussi bien informé que possible avant d'aller leur poser des questions au sujet de Haviland. Je ne voudrais pas passer pour un imbécile.

Bremner eut un sourire en coin et s'abstint de commentaire. C'était un sentiment qu'il comprenait très bien.

Ian commença par Mrs. Haviland, qui était hébergée au presbytère des Rhodes depuis son deuil. Il était peut-être un peu tôt dans la journée pour lui rendre visite. Cependant, il avait deviné que, compte tenu de son rôle en tant qu'épouse de pasteur, Mrs. Rhodes était probablement de ceux qui se lèvent tôt. Cela n'aurait rien d'étonnant, raisonna-t-il, puisqu'elle était aussi les yeux de son mari. Il ne voyait pas d'inconvénient à ce qu'elle soit présente lors de son entretien avec la veuve. Au contraire, cela pourrait se révéler utile.

De sa première rencontre avec Polly Rhodes, Ian se souvenait qu'elle lui avait immédiatement été sympathique. Il émanait d'elle une chaleur qu'il trouvait agréable et réconfortante. Sans doute cette qualité faisait-elle partie des attributs qu'on attendait de l'épouse d'un révérend, et les membres d'une congrégation en avaient-ils souvent besoin, néanmoins elle semblait à Ian tout à fait naturelle, et sincère. Peut-être avait-elle choisi la vocation autant que l'homme.

Comme lors de sa précédente visite, Ian emprunta le métropolitain, descendit à Chalk Farm et tourna à droite. Puis il prit à gauche et suivit le trottoir, guidé par le clocher de l'église qui se dressait au-dessus des arbres. Quelques minutes plus tard, il était arrivé à destination. Il s'engagea dans l'allée et toqua à la porte. Elle fut ouverte par une bonne au teint pâle qui paraissait sur le point de fondre en larmes.

— Oui ? demanda-t-elle, sans ouvrir le battant en grand.

Peut-être était-elle effrayée. Après tout, le meurtre et le chaos les entouraient.

— Bonjour, dit-il en veillant à ne pas sourire.

Un sourire aurait paru gauche et maladroit.

— Je m'appelle Ian Frobisher. Je suis désolé de vous déranger, mais je souhaiterais m'entretenir avec Mrs. Haviland. Il me semble qu'elle séjourne ici ?

— Elle ne va pas très bien, monsieur. Elle vient de subir un deuil terrible. Vous ne pourriez pas revenir un autre jour ? Dans quelques semaines, peut-être ?

— Je sais qu'elle a perdu son mari. C'est à ce sujet que je viens la voir. Et je regrette, mais cela ne peut attendre. Je suis de la police.

— Oh !

Elle ouvrit la porte davantage. Ian comprit que, lorsqu'il s'était présenté, il avait omis de donner son titre et de montrer ses papiers. Il se promit intérieurement d'être plus vigilant.

— Pourriez-vous lui demander de me consacrer quelques instants, s'il vous plaît ? C'est vraiment important.

— Oh ! Oui, monsieur, bien sûr, dit-elle docilement. Entrez.

Ian fut conduit dans le salon, supposant que Mrs. Haviland allait arriver rapidement. Cependant, vingt bonnes minutes s'écoulèrent avant qu'elle n'apparaisse, seule et apparemment maîtresse d'elle-même.

Il se leva aussitôt, s'efforçant de rester impassible à sa vue. Son visage était de cendre, sa chevelure terne, tirée en arrière sans le moindre effort de style. Il était clair qu'elle avait cessé de se soucier du monde extérieur, et peut-être de sa vie intérieure aussi. Il tenta de comprendre ce qu'elle pouvait ressentir, mais se rendit bien vite compte qu'il n'en avait aucune idée. Après la mort de son épouse, Mary, tout le reste lui avait semblé sans importance. Sa perte, le chagrin qu'il éprouvait, avait tout changé. Seule l'existence de la minuscule petite fille qu'elle lui avait laissée, un nourrisson privé de mère, l'avait forcé à manger, à cesser de se terrer, à s'arracher à la douleur pour s'occuper de ce bébé, si petit, si vulnérable, qui dépendait entièrement de lui. Comme la déception de Mary aurait été amère s'il avait échoué auprès d'elle, auprès d'elles deux ! Aussi, maîtrisant le désespoir qu'il savait gravé sur ses traits, il avait pris l'enfant dans ses bras, lui avait parlé. Lui avait promis de l'aimer et de prendre soin d'elle jusqu'à la fin de ses jours. Ensuite, sa mère était venue à son aide, et il avait vu qu'elle aimait son bébé aussi farouchement qu'elle l'avait toujours aimé, lui. Alors, il avait su qu'ils surmonteraient cette épreuve.

— Je suis désolé de vous déranger une fois de plus, Mrs. Haviland, dit Ian tout bas, refoulant ces souvenirs poignants. Je sais en partie ce que vous éprouvez.

— Ah bon ?

Elle était trop submergée de chagrin pour prendre la peine de dissimuler sa colère.

— Vous avez perdu votre femme ? Elle a été assassinée par un dément que la police est incapable d'arrêter ? lâcha-t-elle en le foudroyant du regard.

— Non, dit-il tout bas. Ma femme est morte en couches. Il n'y avait pas d'assassin.

Le peu de couleur qui restait sur les joues de Mrs. Haviland s'évanouit. Il crut qu'elle allait perdre connaissance.

— Oh ! Je…

Elle prit une profonde inspiration.

— Je suis vraiment désolée.

Elle hésita un instant, fit mine de parler, puis se ravisa.

— Le bébé va bien, déclara-t-il avec un petit sourire rassurant. C'est une petite fille, et elle parle maintenant. Je comprends même une bonne partie de ce qu'elle dit.

— Je n'osais pas vous poser la question, avoua-t-elle, les yeux écarquillés, pleins d'une terrible pitié.

Il sourit.

— J'aurais fait de même à votre place. Mrs. Haviland, dit-il en prenant un ton plus solennel, nous devons trouver cet homme. Nous ne pensons pas qu'il s'agisse d'un dément qui attaque des gens au hasard. Plutôt qu'il visait des personnes bien précises.

Elle prit une brève inspiration, s'étrangla presque. Son corps se raidit.

— Voulez-vous dire que Roger… d'une manière ou d'une autre… a fait quelque chose pour mériter cela ?

— Non, pas du tout, se hâta-t-il de répondre. Je vous en prie, asseyez-vous.

Il indiqua la chaise la plus proche d'elle, puis s'assit à son tour.

— Nous pensons plus probable que votre mari ait eu des informations qui pourraient nous mener à cet homme, reprit-il. Que, pour une raison quelconque, il ait fallu le faire taire. Ou bien qu'il ait su quelque chose sans se rendre compte de son importance, et que le tueur ait eu peur que votre mari ne comprenne tôt ou tard qu'il avait commis un acte criminel, immoral ou contraire à l'éthique.

Ce n'était pas tout à fait la vérité. Voulait-il ménager sa sensibilité ou était-il simplement bien versé dans l'art d'obtenir des informations ?

Elle fronça les sourcils.

— Vous voulez dire qu'il connaissait son assassin ? Il travaillait dans une banque, Mr… Inspecteur…

— Frobisher. Nous cherchons un point commun entre

toutes les victimes. Et puisque les deux autres étaient des jeunes femmes, il est peu probable qu'il s'agisse d'un lien social.

Il changea de position sur sa chaise et se pencha un peu en avant.

— Plus probablement une relation d'affaires, ou un incident dont ils auraient tous été témoins. Mr. Haviland voyageait beaucoup, me semble-t-il. Peut-être avez-vous quelque part les dates de ses départs et de ses retours. De plus, il vous a sans doute écrit ou laissé l'adresse des hôtels où il descendait, afin que vous puissiez le joindre au cas où. Toutes ces choses seraient des informations précieuses pour nous.

Il l'observa avec attention. Elle avait repris quelques couleurs.

— Je présume qu'il vous a parlé de ses voyages. Prenait-il le train, le bateau ? Tout ce dont vous pouvez vous souvenir concernant ses déplacements pourrait nous être utile.

— Vous le pensez vraiment ?

Elle paraissait sceptique.

— Ce n'est tout de même pas un étranger qui l'a tué ? Et les autres ? La première femme aussi ?

— Il y a un lien quelque part, et nous pensons plus probable qu'il soit accidentel, plutôt qu'une relation.

Son visage se plissa de dégoût et l'espace d'un instant, il crut qu'elle allait s'indigner, mais elle prit la décision, de manière très délibérée, sembla-t-il à Ian, de maîtriser ses sentiments.

— Oui, certes, admit-elle. Je vous dirai ce dont je me souviens. J'ai apporté mon agenda – il est au premier étage – juste pour le relire.

— Je comprends.

— Il couvre l'année écoulée et contient les dates des déplacements de mon mari, ainsi que les lieux où il est allé.

Elle se leva.

— Je vous remercie beaucoup. Cela nous apportera peut-être des indices qui nous mettront sur la bonne piste.

Lorsqu'elle redescendit, munie du carnet, il remarqua qu'elle avait aussi pris le temps de se brosser les cheveux et de les épingler plus élégamment.

— Il se trouve qu'en fait j'ai mes agendas des deux dernières années, annonça-t-elle en les posant sur la table devant Ian.

Il sortit un stylographe et son petit calepin. Ensemble, ils examinèrent les documents, et Mrs. Haviland commenta diverses entrées. Tout d'abord, sa voix fut un peu incertaine, révélant combien elle était ébranlée par l'évocation de ces souvenirs. Ian se garda de l'interrompre, et ne lui proposa pas son aide. Pour avoir lui-même connu le chagrin, il avait une conscience aiguë de celui qu'elle éprouvait, mais se força à n'en rien montrer. Et surtout, à ne pas s'appesantir sur celui qui demeurait au fond de lui. Il écouta avec attention, n'intervenant que lorsqu'une question lui paraissait pertinente, une clarification nécessaire.

Au fur et à mesure qu'ils travaillaient ensemble apparut l'image d'un homme dévoué, plutôt dénué d'humour, qui consacrait le plus clair de son temps et de son attention à son travail. Peut-être aurait-il aimé en parler avec son épouse, mais cela lui était-il impossible.

Mrs. Haviland aussi commençait à pressentir que son mari avait peut-être été engagé dans une tâche qu'il lui dissimulait. Ian l'observait, songeant qu'elle en avait l'intuition et qu'elle le regrettait. D'une entrée de l'agenda à la suivante, il y avait une foule de questions auxquelles elle ne pouvait répondre. Elle avait noté le train, ou le bateau mentionné par son mari. Un ferry pour Calais, un bateau à vapeur à destination d'un port resté sans nom. Un train pour Édimbourg. Le nom de certains hôtels où il avait séjourné. Pour d'autres voyages, il ne l'avait pas précisé. Il avait parfois expliqué qu'il ne savait pas à l'avance où il passerait la nuit. Il avait mentionné les villes où il s'était rendu en Europe, sans jamais les décrire, ni parler des affaires qui l'y menaient.

— Je regrette qu'il ne l'ait pas fait, dit-elle, regardant non pas Ian mais vers le lointain, au-delà de la pièce chaude et confortable où ils étaient assis. Je pense que, parfois, il remarquait à peine les villes, et ne se souvenait que des banques.

Elle cilla.

— À moins que non ?

Sa voix s'éteignit.

— Il m'est arrivé de regarder des images de ces endroits – dans des livres, vous savez ? Ils me paraissaient merveilleux. Tous différents. Berlin était si différent de Paris, qui n'avait aucune ressemblance avec nulle ville en Italie. Rome semblait fascinant. Des millénaires d'histoire. Quant à Florence, sa beauté me coupait le souffle. Je ne sais pas pourquoi, parce que je n'irai jamais, mais j'avais tant envie de les voir, de l'imaginer là-bas, admirant toute cette histoire, toute cette beauté. Écoutant des langues différentes. Je crois qu'il en comprenait plusieurs et qu'il savait ce que les gens disaient autour de lui. Je suppose qu'on apprend, si on y va assez souvent. Il était très intelligent, vous savez.

Ian hocha la tête. Roger Haviland avait-il été aveugle au point de ne pas remarquer combien sa femme était observatrice ? Ou avait-il le sentiment de la protéger, ne fût-ce qu'en l'empêchant d'apprendre par hasard la nature de ses activités ? Était-il guidé par ce désir, ou obéissait-il aux règles habituelles du secret professionnel ? Était-il indifférent à la beauté de ces lieux ? Ou bien se concentrait-il entièrement sur la tâche pour laquelle il s'y rendait, et les gens qu'il rencontrait en secret ?

Ian passa toute la matinée au presbytère, et accepta

l'invitation de Polly Rhodes à rester déjeuner. Elle avait l'air contente d'avoir un hôte supplémentaire.

En attendant le déjeuner, ils continuèrent à parcourir les agendas. Ian éprouvait une profonde tristesse pour l'épouse de Haviland. Quelle vie affreusement solitaire elle avait dû mener, incapable de partager ses pensées avec l'être le plus proche d'elle, exclue de toutes les émotions, du danger, de la beauté et même de la tragédie auxquels il avait dû être confronté ! Quel genre de personnes Haviland connaissait-il dans ces endroits ? Des banquiers ? Ou de tout autres gens ? La banque était-elle une porte ouverte sur des univers différents, une couverture efficace pour les activités qu'il entreprenait réellement ?

D'ailleurs, quel type d'affaires liées à la Special Branch pouvait le mener dans tant de villes d'Europe ? Ou même dans la moitié ? Tous ces déplacements étaient-ils légitimes, en ce qui concernait la Special Branch ? Une seule personne était en mesure de répondre à ces questions et Ian n'était pas certain qu'il fût sage de rendre visite à Thomas Pitt de nouveau. Il était partagé. Devait-il emporter les informations obtenues dans les agendas de Mrs. Haviland et les faire vérifier par Thomas Pitt ? Peut-être. Cela pourrait-il faire la lumière sur l'auteur du meurtre de Haviland ?

— Il a étudié à Cambridge, n'est-ce pas ? demanda-t-il à haute voix.

— Oui. Les langues étrangères et l'histoire moderne. Il a eu mention très bien, ajouta Mrs. Haviland avec un sourire empreint d'une évidente fierté. Il y est retourné une fois ou deux plus récemment. Il était très doué.

— Je n'en doute pas.

Il n'avait pas à feindre l'admiration. Ayant lui-même étudié l'histoire moderne, il savait combien le sujet était fascinant, et vaste.

Elle le regardait avec gravité, comme si elle attendait quelque chose.

— Moi aussi, dit-il, j'ai étudié l'histoire moderne à Cambridge. C'est une matière très intéressante, sans fin. Il y a tant de choses à se remémorer et à comprendre.

— Ah bon ?

Elle était surprise.

— Et...

Elle s'interrompit, comme si elle avait conscience de manquer de tact.

Il sourit tranquillement.

— Oui, j'ai bien réussi, et ma famille a été très secouée quand j'ai décidé d'entrer dans la police plutôt que de faire de la politique. Mais après la mort de ma femme, mes parents ont été très compréhensifs et ils ont cessé d'essayer de me convaincre de changer de voie. Pour être franc, je n'avais jamais eu envie de faire de la politique, et je ne voulais pas enseigner non plus. Il y a certains aspects du métier de policier que je déteste, mais d'autres qui me plaisent. Et il faut bien que quelqu'un s'attaque au désordre, non ?

Il craignit d'en avoir trop dit, néanmoins elle lui adressa un sourire encourageant.

— Je comprends, dit-elle aussitôt. J'essaie de réfléchir à la manière d'occuper mon temps maintenant que je n'ai plus personne dont je dois prendre soin. Nous avons deux fils, reprit-elle d'une voix incertaine, mais ils ont émigré au Canada. Je ne leur ai pas encore écrit. Je n'arrive pas à trouver quoi dire. Je suppose que c'est lâche de ma part, n'est-ce pas ?

— Non.

Il secoua la tête.

— Vous avez besoin d'un peu de temps pour composer votre lettre.

Il baissa la voix.

— Vous voulez donner l'impression d'être forte,

courageuse, maîtresse de la situation. Si vous patientez encore quelques jours, nous saurons peut-être qui est le coupable. Et vos fils seront réconfortés de savoir que le révérend Rhodes et son épouse prennent soin de vous.

Elle hocha la tête, les yeux pleins de larmes.

— Mrs. Rhodes m'a apporté un grand soutien. C'est une femme remarquable. Elle a fait des études aussi, en plus de sa connaissance des Écritures. Si elle n'était pas une femme, elle serait entrée dans le clergé.

— A-t-elle quelques suggestions quant à votre avenir ?

— Oh ! Oui, plusieurs. Je vais y réfléchir sérieusement pendant quelque temps. Il y a tant à faire pour aider autrui. Mrs. Rhodes est constamment dehors, à faire du bien. Son mari est très sage, très gentil, mais il est aveugle, vous savez ? Cela limite ses déplacements. Elle se déplace pour lui, à toute heure et par tous les temps.

— Oui, j'ai rencontré le révérend. A-t-il étudié à Cambridge, lui aussi ?

— Je crois que oui. Pourquoi ? Cela a-t-il de l'importance ?

Ian lut la perplexité sur son visage.

— Peut-être, dit-il avec lenteur, tandis que des idées lui traversaient l'esprit. Il semble que toutes les victimes y aient étudié – mais à divers moments. Outre ces conférences auxquelles votre mari a assisté à Cambridge, y retournait-il parfois voir d'anciens amis ?

— Je ne sais pas. Oh ! Attendez, si !

Elle se redressa un peu.

— Une fois, il est allé écouter la chorale à Kings College. Je veux dire, dans la chapelle. Elle est célèbre, vous savez.

— Oui. Vous a-t-il jamais emmenée là-bas ?

— Deux fois, et c'était merveilleux.

Elle souriait, mais des larmes brillaient dans ses yeux au souvenir d'une visite qu'elle ne ferait plus jamais.

— Y a-t-il retrouvé de vieux amis ?

Il lui répugnait d'insister, néanmoins il s'y sentait obligé.

— Oui, plusieurs. C'est important ?

— Je ne sais pas, sans doute que non. Mais on ne sait jamais si une chose va mener à une autre. Et le moindre lien entre les victimes pourrait nous être utile. Jusqu'à maintenant, nous n'en voyons aucun.

Il attendit qu'elle réponde, conscient du fait qu'elle voulait dire quelque chose qu'elle avait du mal à exprimer par des mots.

— Inspecteur, dit-elle enfin, est-il possible qu'il y ait eu un second tueur, quelqu'un qui aurait imité les premiers meurtres ? Ou que le meurtre de Roger ait été une méprise, tout simplement ?

Une pointe d'espoir perçait dans sa voix.

— Qu'on l'ait confondu avec quelqu'un d'autre ?

Ian ne pouvait nier cette possibilité, pas plus qu'il ne pouvait l'exclure complètement. Si tel était le cas, qu'est-ce que cela signifiait ? Que, si l'Éventreur avait une victime précise en tête et qu'il l'eût confondue avec Roger Haviland, la personne en question était toujours en danger ?

— Merci, Mrs. Haviland, dit-il d'un ton reconnaissant. J'aurais dû envisager cette possibilité.

Il ne pouvait lui avouer que son mari était un agent de la Special Branch. Mais moins important, peut-être, qu'ils ne l'avaient présumé.

— Merci, répéta-t-il.

À cet instant, Polly Rhodes entra discrètement, venue annoncer que le déjeuner était prêt.

Ian s'en félicita. Un repas chaud, au coin du feu, n'était que trop tentant lorsqu'il faisait froid et qu'il pleuvait au-dehors.

Le repas terminé, le révérend Rhodes regagna son bureau, où il souhaitait préparer le sermon du dimanche suivant. Mrs. Haviland se retira dans sa chambre pour se reposer. Mrs. Rhodes proposa à Ian de prendre un thé au coin du feu avant de s'en aller.

Il n'hésita pas. En dehors du fait qu'il avait recommencé à pleuvoir et que le vent se levait, c'était l'occasion idéale de lui parler en tête à tête. Elle en savait peut-être plus qu'elle ne le pensait. Mrs. Haviland était chez eux depuis la mort de son mari, qui remontait à plusieurs jours maintenant, et Lena Madden s'était confiée à Richard Rhodes. Avait-elle pu remarquer un détail dont elle n'avait pas saisi l'importance sur le moment ?

Il jeta un coup d'œil à la pluie qui dégoulinait le long des vitres.

— Vous aimez votre travail, inspecteur ?

C'était une question à plusieurs niveaux et, rencontrant son regard, il comprit que son hôtesse en avait conscience. L'avait-elle posée par politesse, pour focaliser la conversation sur lui ? Était-elle réellement intéressée ? Ou ses intentions étaient-elles plus noires : essayait-elle de jauger s'il représentait une menace pour les paroissiens de Richard, ou même pour la vocation de son mari ?

Ian se laissa aller en arrière sur son fauteuil. Celui-ci était extrêmement confortable. Il faisait bon dans la pièce. S'étant assurée qu'il n'avait plus de morceaux de gâteaux secs à lui offrir, Dido s'était endormie à ses pieds. Qu'y avait-il de plus réconfortant que le tapotement de la pluie sur les vitres, les crépitements d'un feu de bois, et le ronflement discret d'un chien content à ses pieds ?

— Si j'aime mon travail ? répéta-t-il, réfléchissant à la meilleure manière de répondre à sa question. Il est souvent délicat, et parfois frustrant, comme dans cette affaire. Il y a des moments où il me rend heureux. Quoi qu'il en soit, il est toujours intéressant, parce qu'il concerne les êtres humains, leurs triomphes et leurs désastres. Il présente des défis, et il est important de ne pas faire d'erreur, parce que la vie de quelqu'un sera changée, en mal, peut-être, si je me trompe.

Il sourit.

— Et, parfois, il est merveilleusement agréable, comme maintenant…

Il planta son regard dans le sien.

— Et il me stimule l'esprit.

Elle lui rendit un sourire sincère.

— Comme maintenant, par exemple ?

Elle ne mâchait pas ses mots.

— Vous paraissez tout à fait détendu et pourtant vous réfléchissez aux informations que je pourrais avoir, consciemment ou pas, et qui seraient susceptibles de faire avancer votre enquête.

Sa remarque reflétait son intelligence.

— Et si le vœu de silence de votre mari, eu égard aux confidences qu'on a pu lui faire, s'étend à vous aussi quand vous le remplacez pour aller rendre visite à des paroissiens dans l'épreuve, ajouta-t-il.

— La distinction ne fait pas de véritable différence, répondit-elle. Mais personne ne m'a avoué être l'Éventreur. Et je pense connaître Richard assez bien – oui, il me surprend encore parfois, Dieu merci, mais pas souvent. Ce serait terriblement ennuyeux si on était tout à fait prévisible, vous ne croyez pas ?

— Si, acquiesça-t-il. Et dangereux. On risquerait de tenir trop de choses pour acquises. Donc, vous pensez que, si on lui avait fait de telles confidences, vous le sauriez, même s'il vous l'avait tu ?

— Oui.

Elle écarta une mèche vagabonde qui lui tombait sur le front.

— Il me semble que oui. Mais je n'en suis pas sûre. Vous n'escomptiez pas de meilleure réponse, si ?

— Je pensais que vous seriez à même de détecter s'il connaissait le coupable ou pas, dit-il avec franchise. Et je me demandais pendant combien de temps je pouvais rester au coin du feu au lieu de sortir sous la pluie.

Elle rit doucement.

— Bien sûr. Il est possible qu'il ait des soupçons, mais je suis presque sûre qu'il ne sait pas avec certitude.

Il fouilla son regard, espérant y lire ce qu'elle ressentait.

— C'est une lourde vocation, observa-t-il au bout d'un moment. Et s'il savait, et qu'un nouveau meurtre fût commis ? Éprouverait-il un terrible sentiment de culpabilité ? Aurait-il l'impression qu'il aurait pu l'éviter ?

C'était une question atroce à poser, et pourtant, il se serait rendu complice s'il s'était abstenu.

Les secondes s'égrenèrent, une minute s'écoula, puis deux.

— Oui, admit-elle enfin. Et avant que vous me demandiez s'il repousse le moment d'affronter la vérité, s'il se force à douter alors que, au fond, il sait – et je ne cherche pas à le protéger –, en toute sincérité je ne connais pas la réponse. Mais s'il doit y faire face, il le fera.

Il se pencha en avant.

— Mrs. Rhodes, pour l'amour du Ciel, protégez-le ! Si cet individu comprend qu'il sait ou même se confesse à lui, il sera peut-être en danger lui-même !

— Croyez-vous que je l'ignore ? murmura-t-elle tout bas. Croyez-moi, inspecteur, je ne cesse d'y penser.

Il fixa son visage doux, énigmatique, et ne put rien trouver à répondre.

19

Daniel reposa la dernière page du manuscrit de Wolford avec un soupir. Le texte était superbement écrit et, pour autant qu'il pût en juger, toutes les informations provenaient de sources fiables, certaines en anglais, la plupart en français. Nombre d'incidents et de descriptions étaient confirmés par plusieurs d'entre elles. Il avait consulté les notes à la fin de l'ouvrage pour s'en assurer, bien qu'à contrecœur. Il aurait préféré lire uniquement pour le plaisir, néanmoins il n'avait pas le choix. Cette lecture faisait partie de son travail.

Il avait rédigé une poignée de notes visant à confirmer certaines références, mais la visite qu'il projetait de faire à Wolford avait surtout pour but de le rassurer. Le professeur lui avait téléphoné à deux reprises, manifestement nerveux, pour lui poser des questions auxquelles il connaissait déjà la réponse. Daniel ne pouvait lui en vouloir.

Il irait voir Wolford, lui parlerait, lui affirmerait que sa défense était solide et que, s'il gardait son sang-froid, il avait toutes les chances de voir l'accusation de coups et blessures retirée en échange d'une indemnité raisonnable, et rien de plus.

La journée était propice à une visite. L'air était vif, mais le soleil brillait et le ciel semblait devoir rester dégagé.

— Je vais juste vérifier quelques faits auprès du professeur Wolford, annonça-t-il à Impney en sortant.

— Oui, monsieur, répondit ce dernier avec un sourire poli.

Le clerc n'avait jamais exprimé d'opinion quant à Wolford. Daniel savait qu'il jugerait déplacé de le faire à moins d'y être invité, et que, même dans ce cas, ses pensées seraient exprimées avec modération. La seule exception à cela serait si Impney pressentait qu'un danger menaçait un membre du cabinet, et ce n'était évidemment pas le cas avec Wolford. En dépit de son caractère autoritaire, ce dernier était sujet à l'anxiété et avait parfois plus que d'autres besoin d'être rassuré. Mais il était aussi extrêmement intelligent, et les deux allaient quelquefois de pair.

— Je ne sais pas si je reviendrai au bureau aujourd'hui, reprit Daniel. Tout dépend du temps que cela me prendra.

— Bien, monsieur. Je le dirai à Mr. fford Croft. Bel après-midi pour une promenade.

Daniel sourit et croisa le regard du clerc.

— En effet, admit-il, songeant qu'il avait hâte de sortir.

Il emprunta le métropolitain, et changea deux fois avant d'émerger à l'air frais dans Kentish Town, et de prendre la direction de l'ouest. Le trajet lui donna amplement le temps de réfléchir. Il arriva chez Wolford revigoré, prêt à s'asseoir et à discuter.

Wolford vint lui ouvrir. Il avait l'air négligé, ses épais cheveux n'étaient pas peignés et lui tombaient dans les yeux, sa veste était froissée.

— Qu'y a-t-il ? demanda-t-il aussitôt. Qu'est-il arrivé ?

— Rien, répondit Daniel. Puis-je entrer ?

Le professeur recula d'un pas, cillant un peu à la lumière du soleil.

Daniel franchit le seuil. Il ne s'était pas rendu compte à quel point le vent était froid avant d'être enveloppé par la chaleur. Un beau feu pétillait dans l'âtre du salon, et les lampes étaient allumées : Wolford avait dû être en train de lire. Une pile d'ouvrages était posée à côté de son fauteuil.

— Je suis désolé de vous déranger, s'excusa Daniel. Je voulais juste vérifier quelques points.

— Lesquels ? rétorqua Wolford. Tout est là. Tolliver m'a accusé à tort de l'avoir plagié. Je vous l'ai déjà dit.

— Certes.

Daniel n'avait pas été invité à retirer son manteau ni à s'asseoir. Il décida de faire comme si. Il drapa son manteau sur l'accoudoir d'une chaise et prit place au coin du feu, en face du fauteuil occupé par Wolford.

— Eh bien ?

Il était clair au ton de sa voix qu'il demandait des explications.

— Il faut que je me familiarise avec les personnages auxquels vous faites allusion dans le livre. Je ne veux pas que la cour pense que j'ignore ce qui vous a poussé à frapper Tolliver.

Wolford le fixa pendant quelques secondes, puis se détendit visiblement.

— Je suppose que vous voulez un thé ? demanda-t-il de mauvaise grâce, une amélioration néanmoins par rapport à son accueil.

— Plus tard, répondit Daniel. Occupons-nous des questions d'abord.

— C'est-à-dire ?

L'air soupçonneux, Wolford se cala dans son fauteuil.

— Tout est dans les notes de fin. J'ai pris la décision il y a très longtemps d'énumérer mes sources à la fin de l'ouvrage. Avoir à constamment regarder le bas de page nuit à la concentration. Vous n'avez donc pas d'imagination, mon brave ? On était en plein drame ! La vie et la mort. Le destin d'un des plus grands pays du monde civilisé. L'Europe entière était affectée, bon sang, et même l'Amérique. Nous avons tous des révolutions, sauf les Anglais, parce que nous sommes trop flegmatiques pour exploser ! Trop mous. Nous évoluons lentement, et pas tous à la fois !

Daniel se sentit légèrement vexé. Wolford donnait l'impression que les Anglais étaient des gens ternes, et il se sentait anglais jusqu'au bout des ongles, quoi que cela signifiât.

— Nous avons eu notre part de drame, répliqua-t-il sur un ton un peu sec. Shakespeare a réussi à tirer quelques pièces de théâtre de notre histoire. Il y a eu des guerres civiles, y compris entre le roi et le Parlement. L'exécution d'un souverain. Le meurtre de plusieurs autres, dont Richard II, d'une manière que je ne mentionnerai même pas. Un archevêque assassiné au pied de son propre autel, par un envoyé du roi. Et ainsi de suite. Que dire de la rivalité entre Élisabeth et Marie Stuart qui s'est aussi soldée par une tête coupée ! Nous n'avons peut-être pas de guillotine, mais nous avions un bourreau muni d'une hache…

Wolford leva la main.

— Très bien ! Vous écoutiez donc pendant mes conférences, lorsque vous étiez à Cambridge.

Il sourit.

— Vous aimez l'histoire, n'est-ce pas ? Vous êtes sensible à ses drames, à sa portée !

Daniel répondit à son sourire et fit un effort conscient pour se détendre.

— Oui. Vous avez rendu tout cela vivant pour moi et je vous en remercie.

Wolford esquissa une petite révérence, sans se lever.

Daniel alla droit au but.

— Il y a juste quelques détails que j'ai besoin de connaître. Des termes, des passages, et où je peux les trouver.

Il consulta ses notes et commença par les points les

plus faciles, auxquels Wolford répondit calmement. Puis il aborda des questions plus controversées, à commencer par le personnage de Danton.

— Votre référence au fait qu'il a essayé de déterrer le cercueil de son épouse…

— Eh bien ? Qu'est-ce qui vous gêne là-dedans ? riposta Wolford sèchement. Cet homme était fou de chagrin. Vous voudriez que je le dépeigne debout devant la tombe, en train de pleurer sans bruit dans son mouchoir ?

Sa voix dégoulinait de sarcasme.

— Cessez de prendre des gants, bon sang ! C'était un géant dans tous les sens du terme – physiquement, moralement, émotionnellement. Ce serait un mensonge de le décrire autrement. Un damné mensonge. Je ne le ferai pas et je n'aiderai personne d'autre à le faire !

Son visage était cramoisi, son regard lançait des éclairs.

— Professeur, dit Daniel doucement. Je vous ai seulement posé la question pour ne pas avoir l'air d'un sot si on me la pose à moi. Où avez-vous obtenu cette anecdote ?

— Ce sont les fossoyeurs qui l'ont racontée, répondit Wolford. Personne ne leur a demandé leur nom !

Daniel n'insista pas, et se tourna vers des questions qui paraissaient moins sujettes à débat. Ensuite, il évoqua Marat, son meurtre célèbre dans sa baignoire, et puis Fouché.

— Est-il exact que Fouché se destinait à la prêtrise ? demanda-t-il, sceptique. Le boucher de Lyon ? Il a commis des actes épouvantables. Vraiment atroces, que vous n'hésitez pas à décrire.

— Bien entendu que je les ai décrits ! rétorqua Wolford, toujours écarlate. Que voulez-vous ? De jolis petits portraits ? Des euphémismes ? Pas de sang, pas d'agonie, pas de honte ?

Il foudroyait Daniel du regard maintenant, et tremblait.

— C'était la réalité ! Vous voulez que je masque l'horreur ? Que je l'enjolive ?

— Non ! répliqua Daniel avec fougue. Mais comment réconcilier cela avec un homme qui est sorti de sa cachette alors qu'il se savait recherché ? Que Robespierre le traquait pour l'expédier à la guillotine ? Il a marché dans les rues derrière le cercueil de son enfant mort.

— Je n'ai pas besoin d'expliquer ça ! cria Wolford. Cessez d'essayer de me faire trébucher. Qui vous a demandé de faire ça ? Vous avez écouté Tolliver !

— Bien sûr que je l'ai écouté ! répondit Daniel, surpris. J'ai besoin de savoir avec quoi il va m'attaquer ! J'ai besoin de pouvoir lui répondre s'il déballe un fait nouveau. Une incohérence qu'il juge…

— Une incohérence ? coupa Wolford, accusateur. Je chronique l'histoire. Je n'essaie pas de l'expliquer, de la justifier, ni de prédire si et quand elle va se répéter. Qui vous a incité à parler ainsi ?

Daniel fut stupéfait.

— Personne ne m'a incité à faire quoi que ce soit. Cela fait partie de la préparation de votre défense, ce pour quoi vous m'avez engagé. Tolliver persiste à penser que vous avez copié ce qu'il a écrit…

Wolford était livide. Toute couleur avait déserté son visage hormis pour deux points rouges sur ses joues.

— Professeur ! reprit Daniel, sur un ton pressant. C'est injuste, je sais. Par conséquent, dites-moi où vous avez obtenu ces informations et je pourrai prouver qu'il se trompe, ou qu'il ment, tout simplement. Mais il est inutile de l'affirmer si je ne peux pas en apporter la preuve, et pour cela, j'ai besoin de votre aide.

Wolford fixa Daniel, une expression indéchiffrable sur ses traits. Il inspira et expira lentement.

— Un instant, j'ai cru que vous étiez aussi contre moi.

— Non, monsieur, je suis de votre côté. Donnez-moi des armes et je m'en servirai. C'est mon métier. Nous gagnerons ensemble. Mais il faut que je leur prouve que vous êtes rationnel, que votre travail est basé sur des faits et des recherches, que Tolliver a perdu son sang-froid et vous a agressé parce qu'il était dans son tort – et qu'il le sait. Nous devons montrer qu'il avait perdu le contrôle de lui-même au point de se jeter sur vous.

Wolford enfouit la tête dans ses mains, cachant son visage.

— Je suis désolé, murmura-t-il. Je suis si las de me battre contre eux. Je veux seulement enseigner l'histoire, parler du passé aux gens pour que, peut-être, l'avenir soit meilleur. Le moins que nous puissions faire est de tirer des leçons des erreurs de nos ancêtres !

Il leva les yeux, posant sur Daniel un regard pénétrant.

— C'étaient des êtres de chair et de sang, Pitt, tout aussi réels que nous. Pourquoi, au nom du Ciel, ne pouvons-nous rien apprendre de leur exemple ?

— Parce que nous ne sommes guère enclins à apprendre quoi que ce soit, répondit Daniel. Mais vous réussissez à me faire réfléchir plus que personne d'autre que je connaisse. Et je veillerai à ce que vous soyez complètement blanchi. L'accusation est fausse, et je le prouverai.

Wolford soupira. La peur semblait l'avoir quitté et il avait recouvré la maîtrise de lui-même.

— Merci.

Daniel retourna à Lincoln's Inn et travailla durant le reste de la journée, mais termina plus tôt qu'il n'en avait l'habitude. Pour une fois, il ne pleuvait pas. La soirée était même plutôt clémente. On pouvait imaginer le printemps : les feuilles nouvelles, les premières fleurs. Il s'en alla sans avoir parlé à personne hormis Impney, qui avait besoin de savoir où se trouvaient les membres du cabinet durant les heures de travail.

Il emprunta un taxi pour se rendre à la morgue. Il ne

faisait pas encore tout à fait nuit, mais en hiver, l'air se refroidissait quand arrivaient quatre heures et que le ciel perdait ses couleurs. Il était assez sûr que Miriam serait encore au laboratoire. Il connaissait son dévouement et l'admirait. En même temps, cela le troublait que son attention fût à ce point accaparée par son métier. Il se demandait ce qu'il y avait d'autre dans sa vie. Il repoussa cette pensée. Ce qu'il voulait vraiment savoir, au fond, c'était s'il y avait de la place pour lui.

Déjà, on allumait les réverbères dans les rues, leur lueur vive et précise dans l'air glacé. Des femmes portant des cabas se hâtaient de rentrer chez elles avant la nuit noire. Avec ces meurtres non résolus, la tension régnait dans la cité. Si la population pensait que les crimes étaient commis au hasard, qui pouvait affirmer qu'il ne serait pas la prochaine victime ?

Il se reporta à la question qui le taraudait : à quoi aspirait-il ? La vision d'une vie avec Miriam s'imposa dans son esprit, le prenant par surprise. Oui, il avait de l'affection pour elle, c'était certain, mais... vivre avec elle ? Désirait-il cela, avec tout ce que cela signifiait ? Comment sa vie changerait-elle, lorsqu'il se serait engagé ? C'était une question nouvelle. Était-il possible d'avoir une vraie relation avec elle, pas juste un rêve qui pouvait être refoulé chaque fois qu'il devenait dérangeant ou bouleversant ? Peut-être était-il plus confortable de garder cette vision dans son imagination, là où il en avait le contrôle ? Ainsi, aucun danger d'être exposé à d'éventuelles déconvenues. Autrement dit, il ne prenait pas de risque.

Le taxi venait de se garer. Ses réflexions interrompues, il régla la course et descendit, aussitôt assailli par le froid. Dans une heure, il gèlerait. Il entra dans la morgue et enfila le couloir qui menait au laboratoire.

Il la vit aussitôt. Elle était adossée au coin d'une table sur laquelle un corps était allongé, recouvert d'un drap blanc. Il eut l'impression d'être indiscret, car elle avait visiblement cédé à un accès momentané de fatigue, physique, peut-être, mais sans doute émotionnelle aussi. Sa tête était un peu baissée, son visage à demi caché.

Devait-il rompre le silence ou non ? Feindre de ne pas l'avoir vue ainsi et faire un bruit, comme s'il venait d'entrer ? Si elle se croyait seule, il ne voulait pas l'effrayer.

Mais il était trop tard. Soudain consciente d'une présence, Miriam se redressa et pivota. Quand elle le vit, son visage s'éclaira d'un sourire.

Il eut la certitude qu'elle ne savait pas combien elle avait l'air vulnérable. Il en fut touché, plus profondément qu'il n'était prêt à l'admettre.

— Daniel ! Comment allez-vous ?

— Je vais bien.

Il s'avança vers elle et lui rendit son sourire, comme s'il ne s'était aperçu de rien.

— J'ai terminé un peu plus tôt que prévu. Je me suis dit que je viendrais voir comment vous alliez et si vous aviez d'autres nouvelles du Dr Eve.

— Elle se remet peu à peu, répondit Miriam, le soulagement perçant dans sa voix. Il a fallu quelques jours aux médecins pour parvenir à un diagnostic.

Elle retira les gants qu'elle portait durant les examens.

— Mais maintenant, ils sont sûrs que c'est une pneumonie.

— Dieu merci, ce n'était pas une crise cardiaque. Ni une attaque.

— Dieu merci, en effet. Cela dit, le diagnostic a été la partie la plus facile. La difficulté, c'est de l'obliger à se reposer et à rester calme. Et patiente !

Ils échangèrent un sourire amusé face à l'absurdité de cette possibilité. Le Dr Eve possédait de nombreuses qualités, mais la patience n'en faisait pas partie.

Daniel savait que, en son absence, Miriam travaillait seule. Il n'y avait que Joe pour la seconder et, bien que robuste et fiable, ce dernier était aussi relativement peu qualifié.

Comme si elle lisait dans ses pensées – ce qu'elle faisait sans difficulté –, elle déclara :

— Joe m'est d'une grande aide. Il se charge de tout le travail physique, du nettoyage et du rangement. Sans lui, je serais débordée.

— C'est une grande responsabilité, observa Daniel. La municipalité ne peut-elle engager quelqu'un pour vous seconder en attendant le retour du Dr Eve ?

À peine avait-il posé la question qu'il comprit que c'était peu probable. Les crédits étaient restreints, et les lenteurs de l'administration signifiaient que, le temps que quelqu'un soit embauché – à supposer que cela se produise –, le Dr Eve serait de retour depuis des mois, voire davantage.

— Avez-vous terminé votre journée ? demanda-t-il, s'efforçant de ne pas montrer combien il espérait que oui.

Il n'avait rien de particulier dont il tenait à lui parler, mais il avait envie de sa compagnie. Comment pouvait-il exprimer cela sans trop révéler ses sentiments ? Il dut se résoudre à l'évidence. Il avait beau être avocat et le fils de Thomas Pitt, il était incapable de trouver ses mots.

— Terminé ? Je n'ai jamais terminé, rétorqua-t-elle avec un grand sourire.

— Mais… terminé suffisamment pour dîner avec moi ?

Une longue seconde s'écoula avant qu'elle ne réponde, et Daniel retint son souffle.

— Oui, tout juste. Je n'ai plus rien à apprendre de ce malheureux, dit-elle en désignant le cadavre sur la table.

Elle esquissa un petit sourire pince-sans-rire.

— L'essentiel du travail d'un médecin légiste est plutôt prévisible, mais il suffit parfois d'un instant d'inattention pour qu'on manque l'anomalie qui compte.

— Puis-je vous aider à le remettre dans la chambre froide, enfin, à sa place, où qu'elle soit ?

Miriam remonta le drap sur le visage du mort.

— Non, merci. Joe est encore ici, dans une des salles à l'arrière. Je vais lui demander de s'en charger. Il a l'habitude de déplacer les corps. Je dois juste signer mon rapport, et cette autopsie sera complète.

— Parfait, et puis nous irons dîner. Dans un endroit un peu plus chic que le pub d'à côté, si vous voulez.

Il n'avait pas eu l'intention de dire cela – la partie à propos d'un endroit plus chic que le pub –, mais la précision lui avait paru importante. Elle avait l'air si fatiguée, elle méritait un endroit plus raffiné, moins lugubre que l'établissement en question, avec ses murs lambrissés et les rideaux tirés devant les fenêtres.

— Faut-il que je passe chez moi me changer ?

Daniel portait un des complets discrets mais bien coupés qu'il réservait au bureau. Il ne savait pas du tout comment Miriam était habillée sous la blouse blanche. Avait-il manqué de tact en l'invitant, en lui proposant une soirée qu'elle ne désirait pas vraiment ? Il ouvrit la bouche pour répondre, puis se rendit compte qu'il ne savait pas quoi dire.

— Ma robe n'est pas assez élégante pour une soirée, avoua-t-elle avec un sourire un peu mélancolique.

La réponse vint aisément à Daniel.

— Dans ce cas, nous nous installerons dans le coin le plus sombre, loin du milieu de la salle. J'irai jusqu'à dire que nous passerons tout à fait inaperçus, hormis pour vos cheveux.

Daniel la vit rougir et craignit de ne l'avoir embarrassée. Elle aussi semblait avoir du mal à trouver ses mots.

— Qui sont magnifiques, continua-t-il, conscient maintenant d'être sur un terrain personnel, et de leur gêne à tous les deux. Vous pourrez tourner le dos à la salle si vous le souhaitez. Et tout le monde se demandera qui vous êtes. Quant à moi, j'y ferai face, un sourire satisfait sur le visage.

— Daniel ! Vous êtes impossible, s'écria-t-elle en se détournant légèrement pour éviter son regard.

— Mais vous allez venir… dîner avec moi ? insista-t-il.

— Oui. Bien sûr que oui.

Reculant d'un pas, elle attrapa ses notes, les relut une dernière fois et y apposa sa signature. Cela fait, elle s'approcha d'une porte ouverte et appela Joe. Ce dernier sortit d'une salle, au fond et s'approcha, saluant Daniel d'un sourire et d'un signe de tête.

— Bonsoir, Mr. Pitt, lança-t-il gaiement. Prenez bien soin d'elle, monsieur, et assurez-vous qu'elle mange. Si elle s'effondre, je serai dans de beaux draps.

— Je ne vais pas m'effondrer, Joe ! dit Miriam fermement.

— C'est ça, répondit-il d'un ton moqueur mais amical. Vous êtes juste comme le Dr Eve.

— Vous me flattez, rétorqua-t-elle. Mais je ne vais pas m'effondrer !

— Vous avez Mr. Pitt pour veiller sur vous, dit Joe, comme si c'était la chose la plus évidente et la plus raisonnable qui soit.

Sur quoi, il entreprit de transférer le corps sur un chariot et quitta la pièce.

Miriam baissait les yeux, les joues en feu.

— Je suis désolée, souffla-t-elle d'une voix presque inaudible.

— Je crois qu'il m'a fait un compliment, dit-il. Joe compte sur moi pour prendre soin de vous comme il faut. M'assurer que vous mangez quelque chose de bon et que vous passez une soirée détendue. Il voulait dire que je n'étais pas égoïste, que je ne vous poserais pas trop de questions et que je ne vous ferais pas veiller trop tard. Et que je pense un peu plus à votre bien-être qu'au mien.

Elle secoua la tête, amusée.

— Vraiment ? Vous avez saisi tous ces messages ?

Elle avait beau lui parler, le taquiner, elle ne le regardait toujours pas dans les yeux.

Ils trouvèrent un très joli restaurant, dans une petite rue, non loin du domicile de Miriam. Il était encore tôt, et bon nombre de tables étaient libres. Fidèle à sa promesse, Daniel en choisit une dans un coin, et lui offrit la place qui tournait le dos à la salle. Le serveur parut surpris, mais ne fit aucun commentaire. Le client avait toujours raison – même le plus excentrique !

Daniel était content d'être au calme, loin d'un téléphone ou des coursiers, loin de son bureau encombré de dossiers. Pour autant qu'il tentât de repousser cette idée, ce qui lui plaisait le plus, c'était d'être assis là... avec Miriam.

Durant le repas, ils abordèrent toutes sortes de sujets. Le seul qu'ils évitèrent, d'un accord tacite, fut le travail : il ne fut pas question de mort, d'enquêtes, de suspects, pas plus que de « l'Éventreur des jours de pluie ». Si l'un ou l'autre pensa à ce monstre, rien ne fut dit.

Au lieu de quoi, ils évoquèrent leur enfance, leurs études universitaires, des moments qui avaient marqué leur imagination. Ils parlèrent des projets qu'ils avaient en tête, des endroits qu'ils espéraient visiter, expliquant ce qu'il y avait à voir et pourquoi ces lieux exerçaient sur eux tant de fascination, quels personnages, célèbres pour de bonnes ou de mauvaises raisons, y avaient vécu. La conversation fut facile, détendue. Pour Daniel, ce fut une soirée parfaite.

Quand ils s'en allèrent enfin, riant de quelque chose d'insignifiant ou d'absurde – et pourtant, si on leur avait posé la question, ni l'un ni l'autre n'aurait pu mettre précisément le doigt sur ce qu'ils trouvaient si drôle –, Daniel fut stupéfait de constater qu'il était onze heures passées. En fait, il était plus près de minuit que de onze heures.

— J'avais promis à Joe de vous ramener à la maison de bonne heure, dit-il, les yeux pétillants d'humour.

Miriam sourit.

— Motus et bouche cousue, Mr. Pitt !

Il fallut à Daniel un instant pour identifier la sensation qui courait dans ses veines.

Il était heureux.

Il regarda Miriam à la dérobée, et eut la certitude qu'elle l'était aussi. Il ne l'avait peut-être pas raccompagnée de bonne heure, mais il avait tenu parole à d'autres égards : il pensait à elle et à son bien-être. À moins qu'il ne fût trop profondément absorbé par son propre bonheur ?

Il chercha en vain quelque chose à dire. Comme ils s'engouffraient dans un taxi, il se contenta de murmurer :

— Merci.

20

Ian Frobisher était contrarié. Polly Rhodes lui avait été d'emblée sympathique, pourtant, il se rendait compte qu'il n'avait d'autre choix que d'enquêter sur elle ; c'était inévitable. Lena Madden et l'épouse de Haviland la connaissaient. Haviland l'avait-il connue aussi ? Il n'y avait aucune référence à Polly dans les notes de Ian, et elle n'avait été mentionnée par aucune autre source. Même si Mrs. Haviland s'était confiée au révérend, la relation entre ce dernier et ses ouailles s'accompagnait de l'assurance immuable que ces conversations n'iraient pas plus loin. Pour qui voulait révéler ses péchés, ses chagrins, ses rêves, peut-être même un crime, quoi de mieux que de les chuchoter à l'oreille d'un pasteur ?

De plus, du point de vue de Ian, la cécité de Richard Rhodes ne pouvait que contribuer à sa réputation d'homme digne de confiance.

Ce qui soulevait la question qu'il répugnait le plus à envisager : que savait Polly Rhodes ? Mrs. Haviland ne s'était sans doute pas livrée à elle comme elle avait pu le faire avec Rhodes. Elle n'était pas membre du clergé.

Cela étant, Polly avait-elle eu vent de certaines choses ? Était-elle parvenue à ses propres déductions à partir des fragments qu'elle n'avait pu s'empêcher de connaître ? Elle était à l'évidence intelligente et très instruite, avait eu l'esprit formé à une discipline intellectuelle, et possédait un vif sens de l'humour et une capacité aiguë à observer la nature humaine.

Pourtant, les préjugés et jugements des gens tendaient peut-être à l'exclure de leurs calculs. Bien qu'encore séduisante, elle n'avait plus l'éclat de la jeunesse, et menait une existence paisible et sans surprises. C'était une épouse affectueuse, dévouée aux soins et au bien-être de son mari, et qui témoignait gentillesse et sollicitude aux autres, qu'ils fussent ou non membres de la congrégation.

Au fond, Ian n'avait que très peu d'informations à son sujet. Malgré tout, il ne pouvait l'imaginer commettre un acte aussi sordide qu'espionner autrui, encore moins tuer. Cette idée était ridicule.

Cependant, sa personnalité était aussi un masque idéal derrière lequel cacher un meurtre.

Il repartit pour le presbytère. Pour autant qu'il eût souhaité éviter cette visite, il ne pouvait la remettre plus longtemps. Il prit la décision délibérée de ne pas emmener Bremner. Son sergent avait quantité de recherches à effectuer concernant Haviland. Il s'efforçait de comparer les dates des déplacements de ce dernier à celles d'autres événements et, surtout, de déterminer s'ils avaient jamais coïncidé avec les voyages des autres victimes et leurs activités à Cambridge.

La journée était douce pour février, et Ian prit plaisir au rapide trajet à pied jusqu'à la gare, et ensuite, jusqu'à Chalk Farm. Cette fois, le vent ne soufflait pas lorsqu'il passa devant les ifs imposants du cimetière et suivit l'allée qui menait à la porte du presbytère.

La servante ouvrit quelques secondes seulement après qu'il eut toqué.

— Oui, monsieur ?

Il se demanda combien de temps elle avait mis à s'habituer aux visites des paroissiens à toute heure de la journée, certains à n'en pas douter dans la pire des détresses.

Elle devait être bien formée pour ne refuser personne, même si leurs craintes ou leurs intentions étaient peut-être injustifiées, et qu'ils fussent au comble de l'agitation.

Il lui sourit.

— Bonjour. Je m'appelle Frobisher.

Elle acquiesça.

— Oui, monsieur. Je me souviens de vous.

Cela n'avait rien d'étonnant, puisque sa dernière visite ne remontait qu'à l'avant-veille.

— Entrez, monsieur. Je vais demander au révérend s'il peut vous recevoir.

— Merci.

Il franchit le seuil. Il faisait bon à l'intérieur, même dans l'entrée. Il se demanda combien de gens, comme lui, éprouvaient une sensation de confort physique en ce lieu accueillant, au milieu de ces tableaux de paysages, de fleurs, et de ces objets élégants, paisibles ; le porte-manteau sculpté, ses patères destinées aux chapeaux et aux manteaux, son porte-parapluie qui, outre quatre ou cinq parapluies noirs de taille variée, contenait deux cannes.

Le lieu lui rappelait la maison où il avait grandi. À l'instar de la demeure familiale, cet endroit n'avait sans doute pas changé depuis bien avant le début du siècle. Le monde alentour regorgeait d'inventions et de nouveautés : l'automobile ; la psychanalyse de Sigmund Freud ; les mouvements artistiques qui rendaient désuètes les toiles rêveuses des préraphaélites. En regard de tous ces changements, les vestibules classiques, comme celui-ci, ressemblaient à des îles au milieu d'une mer de plus en plus déchaînée.

Il suivit la bonne dans le salon, où un feu déjà allumé pétillait vivement. Peut-être était-ce dans cette pièce que les gens confiaient leurs craintes et leurs chagrins à une oreille douce et attentive ? Ian ne pouvait se permettre d'être trop gentil.

Cinq bonnes minutes s'écoulèrent avant que Richard

Rhodes n'entre dans la pièce. Ian l'observa tandis qu'il traversait la pièce avec aisance pour gagner son fauteuil. On aurait dit qu'il y voyait parfaitement. Il marchait d'un pas lent, mais avec grâce, et sans hésitation visible.

— Bonjour, inspecteur, dit-il tranquillement, la main tendue.

Ian se leva et la serra fermement.

— Que puis-je pour vous ?

Le révérend désigna le siège que Ian avait occupé, puis s'assit.

Ian songea soudain qu'il devait observer ce rituel dix fois par semaine au moins, chaque fois qu'il recevait des gens qui avaient besoin d'être écoutés. Et pourtant, Ian avait l'impression d'avoir toute son attention. Peut-être le sixième sens du révérend lui soufflait-il que cette conversation allait être différente de la plupart.

— Je suis navré d'être de retour si vite, révérend, commença-t-il. Mais je crois que vous pouvez peut-être m'aider.

Il vit une ombre traverser le visage de Rhodes.

— Je ne veux pas dire par là que vous connaissiez l'identité du coupable, seulement que vous savez certaines choses qui pourraient m'aider à éliminer d'éventuels suspects. Et, peut-être, quel lien existait entre les victimes.

— Si tel était le cas, inspecteur, je vous l'aurais déjà dit, répliqua Rhodes, une brève lueur d'inquiétude dans le regard.

Ian avait-il été un soupçon condescendant ? Il n'en avait pas eu l'intention.

— Je suis sûr que vous l'auriez fait si vous en aviez eu conscience, monsieur. Mais il faut que je vous interroge, parce que vous semblez être le seul à avoir connu deux des victimes.

Rhodes parut stupéfait. Son visage s'altéra brusquement, et une émotion que Ian identifia comme de la peur se lut sur ses traits. Il prit une profonde inspiration, mais garda le silence. S'il était effrayé, quelle en était la raison ? Avait-il peur pour lui-même, ou pour sa femme ? Elle était libre d'aller et venir à sa guise et il ne savait rien de ses mouvements hormis ce qu'elle lui en disait. Qui trouverait suspect qu'une épouse de révérend rende visite à des paroissiens en début de soirée, puisque son mari ne pouvait s'en charger ? Si elle s'était laissé décourager par les intempéries, elle ne serait jamais sortie de chez elle en février. Peut-être pas davantage en janvier, et jusqu'à la mi-mars. La peine n'attendait pas le beau temps, la maladie non plus. Et puisque le révérend Rhodes avait du mal à marcher sous la pluie, qu'il ne pouvait voir les flaques ni les caniveaux débordants, il était probable qu'elle s'acquittait de certaines de ses fonctions, le déchargeait d'une bonne partie de son fardeau, peut-être même sans le lui dire.

Ian se demanda si Rhodes savait tout ce que son épouse faisait pour lui. Venait-elle lui faire un rapport chaque fois qu'elle voyait un paroissien ? Ian s'efforça de s'imaginer à sa place. Plus jeune, il avait présumé que les hommes assumaient l'essentiel des responsabilités, comme il imaginait que son propre père l'avait fait. Mais depuis la mort de Mary et la décision qu'avait prise sa mère de s'occuper de l'enfant, il avait commencé à comprendre que nombre des décisions qu'il avait crues prises par son père étaient en réalité celles de sa mère. Elle avait fait les choses discrètement, et informé son mari par la suite. Et Ian était tout à fait sûr que, parfois, elle ne l'avait pas informé du tout. Elle avait fait ce qui était nécessaire, voilà tout. Et s'était tue par générosité.

Un exemple précis lui revint en mémoire. Le foyer étant confronté à un problème domestique, sa mère avait suggéré une solution que son père avait rejetée d'emblée, la trouvant peu pragmatique. Le lendemain, quand il avait repris cette même solution à son compte, elle avait accueilli sa proposition avec enthousiasme. Ian avait ouvert la bouche pour lui faire remarquer que ç'avait été son idée, mais elle lui avait lancé un sévère regard d'avertissement. N'ayant pas encore appris l'équilibre des pouvoirs qui se cache sous la surface d'un mariage réussi, il avait été un peu perplexe, mais n'avait rien dit.

Il reporta son attention au présent et sentit que son corps se détendait dans la chaleur de cette pièce silencieuse, aux couleurs harmonieuses. Il se demanda de nouveau si Polly Rhodes portait une plus grande part du fardeau de son mari que ce dernier ne le soupçonnait. La cécité était-elle un handicap à sa vocation ? Peut-être signifiait-elle qu'il avait une plus grande empathie pour les craintes et les faiblesses des autres ; une plus grande patience, lorsqu'ils avaient le sentiment d'être au-delà de l'honneur et du pardon.

Ian n'en avait aucune idée et répugnait à aborder des questions potentiellement délicates, mais il avait besoin d'en savoir davantage sur les allées et venues au presbytère. Jusqu'à maintenant, le révérend et son épouse étaient les seules personnes à avoir eu un lien avec au moins deux des victimes. Ian pouvait-il mettre au jour un lien avec Sandrine Bernard aussi, si ténu fût-il ?

— Il fait nuit tôt à cette époque de l'année, observa Ian à haute voix, et le mauvais temps doit limiter les visites que Mrs. Rhodes peut faire en votre nom.

Rhodes se raidit presque imperceptiblement. Si Ian n'avait pas observé la main du révérend qui reposait sur l'accoudoir de sa chaise, il n'aurait pas remarqué la crispation soudaine de ses doigts.

— En effet, admit Rhodes tout bas. Mais le temps n'est pas une excuse acceptable à donner à quelqu'un dans la peine, qui a peur de la solitude. Je ne peux prétexter qu'il m'est impossible de l'aider parce qu'il fait nuit et froid. Certains trouveraient peut-être cette explication acceptable, moi pas. Il arrive que Polly se charge de visites à ma place, mais pas souvent. Et rarement le soir. D'ailleurs, rares sont les gens qui toquent après sept ou huit heures du soir. Dans l'ensemble, seuls ceux qui ont les moyens d'acheter du charbon se couchent plus tard.

Il ponctua ses paroles d'un mince sourire crispé, et se pencha davantage vers le feu, comme s'il était conscient de sa bonne fortune.

Ian ne l'en apprécia que davantage. Il savait pourquoi les gens venaient là lorsqu'ils traversaient une période douloureuse : avec ses vieux tableaux, ses meubles confortables et démodés, ses dorures fanées et la douceur des peintures ocre, les rideaux de couleur vive, la maison respirait la chaleur humaine. Tout, mis ensemble, donnait au visiteur l'impression d'être déjà venu. Ou, du moins, conférait au lieu une familiarité qui faisait qu'ils se sentaient bienvenus, et même en sécurité.

Ian comprit qu'il devait se reporter au présent. Il perdait non seulement le temps du révérend, mais le sien aussi.

— Comme je le disais, il semble que vous connaissiez deux des victimes… ou leur famille. Vous êtes le seul lien que nous ayons pu trouver.

— Ah bon ? s'étonna Rhodes. Je croyais vous avoir entendu dire que les trois victimes avaient étudié à Cambridge.

— Oui, mais pas au même moment, et pas les mêmes matières. D'ailleurs, des centaines de gens ont fréquenté Cambridge à la même époque sans avoir le moindre rapport les uns avec les autres. J'y suis allé moi-même et je sais combien il était difficile de nouer des amitiés… sans parler de tisser des liens qui durent toute une vie.

— Polly et moi nous sommes rencontrés à Cambridge, observa Rhodes en souriant. Apollonia. Elle refusait de répondre à son nom. Je n'avais pas encore perdu la vue alors, et elle était ravissante à regarder.

Ian n'aurait su dire dans quelle mesure l'émotion qui

perçait dans la voix du révérend était du plaisir et dans quelle mesure c'était du regret. Y décelait-il de la peur aussi ?

— Et vous ? Connaissiez-vous beaucoup de gens à l'époque ? demanda-t-il. J'imagine que votre travail vous accapare trop pour que vous puissiez retrouver d'anciens camarades. J'ai toujours l'intention de le faire, et puis il arrive quelque chose et je n'ai jamais le temps.

Rhodes eut un sourire de regret.

— Malheureusement, je ne les reconnaîtrais pas, à moins qu'ils ne me parlent. Et ce serait peut-être gênant pour eux.

— Bien sûr, répondit Ian. J'essayais juste de…

— Remplir les blancs ? termina Rhodes à sa place. J'ai un devoir envers mes paroissiens, inspecteur, et cela inclut recevoir quiconque me le demande. Croyez-moi, si je savais quoi que ce soit d'utile, je vous le dirais. Et je vous donne ma parole que, en ce moment, je ne sais rien qui puisse vous aider.

En temps normal, quand Ian questionnait quelqu'un, il le regardait droit dans les yeux pour juger de l'honnêteté de sa réponse. Cependant, la cécité de Rhodes dissimulait entièrement ses pensées. Elle déterminait non seulement sa vision de l'extérieur, mais la vision que les autres avaient de lui.

— Avez-vous connu Sandrine Bernard à Cambridge ?

Il répugnait à Ian de poser la question. Il voulait que Rhodes réponde par la négative.

— Polly l'a connue. Moi non. C'était il y a longtemps. Polly l'avait oublié. Sandrine était très jeune alors. Elle était française, vous savez, et je crois qu'elle est retournée à Paris.

Soudain, la pièce sembla suffocante. Ian prit une profonde inspiration, sans pour autant pouvoir remplir ses poumons d'air. Était-ce possible ? Polly ? L'Éventreur n'était-il pas un homme, mais une femme, qui se mouvait avec grâce ? Et dont la dignité du maintien la faisait paraître plus grande qu'elle ne l'était en réalité ? Et qui portait peut-être des bottines qui ajoutaient quelques centimètres à sa taille ?

C'était impossible. Il tenta de chasser cette pensée. Pas Polly Rhodes, sûrement pas. Et pourtant, Ian devina dans un éclair de lucidité que c'était précisément ce que Rhodes craignait, cette terrible suspicion en marge de son esprit qu'il refoulait aussi loin que possible. Il soupçonnait son épouse !

L'un des deux devait dire quelque chose. Rhodes le devança, rompant le silence qui s'éternisait.

— Polly est allée rendre visite à quelqu'un qui a des soucis. Elle ne m'a pas précisé qui. Ou si elle l'a fait, je l'ai oublié.

Il fronça les sourcils.

— Par conséquent, je ne peux pas vous indiquer où la trouver. Tant de gens ont des difficultés en ce moment, j'en ai peur. C'est la saison des rhumes, des grippes, et même de la pneumonie. Certains trouvent l'hiver très éprouvant, avec ces nuits qui n'en finissent pas, et ces journées si courtes et si froides, qui sont souvent sombres aussi.

— Je suis sûr qu'une visite de l'épouse du révérend est importante pour eux, répondit Ian, qui avait l'impression de parler dans un songe.

Il était assis là, en train de débiter des platitudes au révérend, s'efforçant de croire qu'ils parlaient de visiter les gens malades, ceux qui avaient des ennuis ou simplement ceux qui étaient seuls et dont la foi vacillait, plutôt que d'envisager la possibilité que sa femme eût commis des crimes, ou de se demander si elle était en ce moment même en train d'éventrer quelqu'un. C'était insupportable à Ian. Il était sûr que Rhodes comprenait le véritable sens de sa question.

— Oui, dit Rhodes machinalement. C'est une époque

lugubre, entre Noël et le début du printemps, où la maladie frappe le plus souvent.

Ian cherchait une réponse quand il entendit la porte d'entrée s'ouvrir et des pas résonner dans l'entrée. Il jeta un coup d'œil à Rhodes et sut à son expression que c'était Polly. Le révérend avait reconnu le bruit de ses pas, bien qu'il n'y en eût eu que trois ou quatre. Son univers était défini par les sons.

Des voix s'élevèrent dans le vestibule. Celle de Polly, et peut-être celle de la servante. Puis la porte s'ouvrit et Polly entra. Elle avait retiré son manteau et portait une jupe et un pull épais, aux couleurs foncées, qui rappelaient la riche robe d'un vin rouge et seyaient particulièrement à son teint.

— Bonjour, inspecteur Frobisher.

On aurait presque dit qu'elle s'était attendue à le voir. Mais après tout, cela n'avait rien d'étonnant. La servante lui avait dit qu'il était là.

— Un thé ? offrit-elle. Il est un peu tôt pour le déjeuner, mais je peux vous proposer du thé et des sablés.

— Avec plaisir, merci.

Ian s'était levé par courtoisie, prêt à lui rendre son fauteuil au coin du feu.

Elle secoua la tête, effleura doucement l'épaule de son mari, puis approcha un autre siège de la cheminée et s'installa. Si elle avait conscience d'avoir interrompu quoi que ce fût, elle n'en montra rien.

— Qui es-tu allée voir ? demanda Rhodes. Y a-t-il un autre malheur dont je devrais être informé ?

— Le professeur Wolford, répondit-elle. Et non, rien de nouveau. Mais son procès est sur le point de s'ouvrir et il est anxieux.

— Nicholas Wolford ? demanda Ian, bien qu'il sût déjà la réponse.

Polly le dévisagea.

— Vous le connaissez, inspecteur ?

— Il a été un de mes professeurs à Cambridge. Et c'est un vieil ami à moi, Daniel Pitt, qui assure sa défense. Mais bien entendu, il est normal de s'inquiéter. Le procès ne va pas tarder à présent.

— Il débute dans deux jours, précisa-t-elle. Je suis juste allée lui apporter un peu de soutien. C'est un homme très seul, à certains égards. Il effraie les gens par son intelligence. Et je suis au regret d'admettre qu'il peut être impatient avec ceux qui n'ont pas l'esprit aussi vif que lui. C'est-à-dire, à son avis, la plupart d'entre nous.

— Pas toi, ma chère, protesta Rhodes très vite. Je pense que c'est pour cela qu'il t'aime bien. Tu supportes mal la bêtise. Ou peut-être devrais-je dire que tu endures les gens difficiles mieux que personne de ma connaissance – mais pas les prétentieux qui se croient intelligents. Ceux-là, tu n'en fais qu'une bouchée !

— Oh, Seigneur ! s'écria-t-elle avec un sourire patient. Ai-je encore contrarié un de nos paroissiens ?

— Bien sûr, répondit Richard en lui souriant. Ne me dis pas que tu ne l'as pas fait exprès.

— J'avoue que si, admit-elle. Je suppose que c'est pire. Et je pourrais arguer que je défendais sa femme, mais ce ne serait pas vrai. Je le contredisais simplement parce que je pensais qu'il avait tort.

Ian les regarda tour à tour, perplexe.

— Il avait tort, en effet, confirma Richard avant de se tourner vers lui. Un paroissien un peu acariâtre, qui communique plutôt… mal.

Ian observa Rhodes un instant, et la manière dont il réagissait à la présence de sa femme. Il s'était retourné vers elle, mais la douleur qui avait été présente sur ses traits avant qu'elle n'entre demeurait perceptible. Avait-il bel et bien peur qu'elle ne fût plus profondément impliquée dans ces crimes atroces qu'elle ne l'avait admis ? Ou qu'il n'osait l'imaginer ?

— Je ne savais pas que le professeur Wolford vivait

dans ce quartier, dit-il, comblant le silence qui s'était installé.

— Oh, si ! à quelques centaines de mètres d'ici, répondit Polly. Je ne pense pas qu'il ait la foi, pas du tout, mais c'est un amateur d'architecture et de musique. Et nous avons un excellent organiste et un ou deux chanteurs qui ont une très belle voix.

La bonne entra, apportant du thé et une assiette de sablés maison qui sortaient du four.

— Mettez le plateau à côté de moi, Elsie.

Polly la remercia, servit le thé et en tendit une tasse à Ian. Ensuite, elle remplit une tasse à l'intention de son mari et la mit sur la table à côté de lui, et les sablés à sa portée, assez près de Ian pour qu'il puisse les atteindre.

La conversation roula sur Cambridge, et les diverses raisons qui pouvaient inciter d'anciens étudiants à y retourner, que ce fût pour renouer de vieilles amitiés, ou assister à des conférences qui allaient leur ouvrir de nouveaux horizons, des sujets qu'ils n'avaient pas eu le temps d'explorer jusqu'alors.

Ian écouta avec intérêt, et même enthousiasme, tout en sachant qu'il perdait presque certainement son temps. À regarder Polly qui, assise dans cette pièce chaude et confortable, s'assurait que son mari et lui avaient des sablés, remplissait leur tasse de thé, veillait à alimenter le feu, il semblait ridicule de penser qu'un être cruel pouvait se dissimuler derrière cette façade lisse et chaleureuse de félicité domestique.

Il songea au domaine émergent de la psychanalyse. Certains experts étaient d'avis qu'un corps pouvait receler deux personnalités diamétralement opposées, si différentes que l'une pouvait ne pas avoir conscience de l'existence de l'autre. Était-ce là une définition du mal ? ou d'une réalité terrifiante, parce qu'il fallait enfermer, voire exécuter la mauvaise, en sacrifiant la bonne, qui n'avait peut-être pas soupçonné qu'un autre être habitait la même peau, le même esprit ?

Polly le regardait, parlant d'une vieille tragédie, dont apparemment, Richard et d'autres avaient eu connaissance. Il n'avait pas écouté et se força à se concentrer sur elle. Elle avait mentionné le nom de Sandrine, mais seulement en passant.

— … et tout cela a été très sordide, acheva-t-elle. Nous étions tous bouleversés.

— C'était affreux, acquiesça Richard avec conviction.

Sa voix s'étrangla dans sa gorge, comme si les mots étaient eux-mêmes difficiles à prononcer.

— La pauvre enfant, murmura Polly. N'en parlons plus, je t'en prie. Elle était jeune, elle a commis une erreur et payé un prix terrible.

— C'était… commença Rhodes.

— C'était un moment de faiblesse, coupa Polly, avant qu'il puisse aller plus loin. Je t'en prie, ne dis pas que c'était un péché. C'était un acte généreux et inconsidéré, une foi en l'amour, qu'une personne plus sage et plus expérimentée aurait évité. Le prix à payer a été bien trop lourd. Et lui, qui qu'il soit, n'a rien payé. À moins, bien sûr, que sa conscience ne l'ait hanté ? J'espère que oui ! Mais les bien-pensants qui l'ont montrée du doigt ? C'était de la méchanceté à l'état pur.

Ian écoutait avec attention maintenant, intrigué. Le détective qu'il était avait besoin d'en savoir plus long.

— Que s'est-il passé ?

Il comprit aussitôt qu'il avait été trop abrupt, et tenta de reformuler ses propos.

— Excusez-moi, mais de qui parlez-vous ? Quand ces faits ont-ils eu lieu ? Il y a longtemps ? Peut-être la plaie s'est-elle refermée à présent.

L'expression de Polly était tendue, voire pleine d'émotions que Ian avait du mal à déchiffrer.

— Loin de là, répondit-elle avec amertume. April est

morte, la malheureuse. Nous avons tendance à juger les autres, sans rien comprendre ou peu de choses. Je préfère croire que Dieu pardonne le péché, petit ou grand, dès lors que nous avons pris conscience de l'avoir commis.

Elle regarda Ian droit dans les yeux.

— Comprendre est une repentance, parce qu'on peut voir la laideur de ses actes et désirer de toute son âme ne jamais les répéter. Là est le début du changement. C'est cela que Dieu veut, la compréhension, pas la destruction ! Je ne pourrais pas accepter le culte d'un Dieu qui incite à la vengeance. L'amour n'a aucun rôle là-dedans, et nous sommes tous trop fragiles pour vivre sans.

— Polly… tout est fini maintenant. Lena a évoqué April quand elle est venue me voir et je lui ai assuré qu'elle avait fait tout ce qu'elle pouvait et qu'il n'y avait rien de plus à tenter, hormis aller de l'avant. Elle a accepté cela.

— Je ne suis pas une de tes ouailles, Richard, coupa Polly sur un ton ferme. Mon approche de la foi ne concerne que moi. Il n'y a personne d'autre ici que Mr. Frobisher, et il est libre de me croire ou pas. Je n'ai aucune autorité, il le sait. Mais je suis persuadée qu'April survivra au jugement de Dieu, comme nous tous. Et que le jugement impitoyable et ignorant de ses compagnons dans le péché restera sur leur âme… non sur la sienne.

Ian garda un instant le silence, une idée germant dans son esprit.

— Mrs. Rhodes, dit-il enfin. Qui d'autre la connaissait ? Je veux dire, qui était mêlé à cette affaire ?

Rhodes prit une inspiration, puis se ravisa. Au lieu de répondre, il se contenta de sourire doucement.

D'un côté, il avait l'air de s'excuser, mais de l'autre, la détermination durcissait les contours de sa mâchoire.

— Richard… commença Polly.

Elle vit l'expression de son mari et se tut.

— Je t'en prie, ma chère, ne parlons plus de cette

tragédie. Elle s'est déroulée il y a bien longtemps et nous ne pouvons rien y changer. Retournons à un sujet plus gai. Inspecteur, voudriez-vous encore un sablé ? Ce sont les meilleurs que j'aie jamais goûtés. Il y a peu de plats que notre cuisinière réussit à merveille. Elle fait trop cuire le chou et laisse souvent des grumeaux dans le porridge.

Il haussa les épaules en souriant.

— Nous la gardons uniquement à cause de ses sablés. Et des pâtes à tarte. Sa tarte aux pommes vous fond dans la bouche.

— Avec plaisir, répondit Ian. Mais ce sera le dernier !

— Vous êtes jeune, répondit Rhodes. Vous l'éliminerez avec un peu d'exercice. Et vous allez ressortir dans le froid et dans la pluie, sans doute. Moi, non, certainement pas.

— Merci.

Ian ne voyait pas d'autres questions à poser au révérend et à son épouse. Il ne voulait pas insister pour connaître les détails de la tragédie à laquelle ils avaient fait allusion. Il avait besoin de réfléchir à ce qu'il savait avant de les interroger de nouveau. Quand il pourrait trouver les mots appropriés, il demanderait à Bremner ce qu'il pensait de tout cela.

Il se pencha et reprit un sablé.

21

Daniel se réveilla de bonne heure, les muscles déjà tendus. Le procès de Nicholas Wolford devait s'ouvrir le lendemain. Daniel s'exhorta à ne pas être nerveux : il était parfaitement préparé.

Sa première tâche consistait à aller voir Wolford. Il devait s'assurer que ce dernier était maître de lui et raisonnablement calme. Du moins, aussi calme que possible. Comment n'aurait-il pas envisagé la possibilité d'un échec ? Les jurés se composaient de douze individus. Chacun d'eux avait ses convictions, perceptions, sa manière de voir les choses. Ils n'étaient pas toujours prévisibles. Daniel avait appris, souvent à son détriment, que les croyances et émotions de certains pouvaient prendre le pas sur la raison. Il était impératif que Wolford garde le contrôle de lui-même. Même s'il ne montrait aucun signe de son tempérament coléreux, les jurés allaient l'observer. Ils liraient la colère, la peur, la force de ses émotions sur ses traits. Et délibérément ou non, ils parviendraient à un jugement qui ne serait pas aisément révisé par ce que Daniel pourrait leur dire.

Il n'avait pas de temps à perdre dans les transports en commun, ni à cheminer sous la pluie. Il prit un taxi. Calé sur son siège, il prépara ce qu'il allait dire à Wolford, remarquant à peine l'habileté avec laquelle le chauffeur se faufilait dans la circulation.

Wolford ouvrit la porte quelques secondes à peine après que Daniel eut toqué. Ses cheveux étaient ébouriffés et il avait manqué un endroit à droite du menton en se rasant. Il était inutile de lui demander s'il était inquiet, ce n'était que trop évident.

— Pourquoi êtes-vous venu ? demanda-t-il sans préambule. Qu'est-il arrivé ?

Daniel réprima une critique. Wolford n'était pas grossier à dessein. Il se faisait un sang d'encre, voilà tout.

— Rien, répondit-il en franchissant le seuil, ce qui obligea le professeur à reculer dans le vestibule. Je suis venu vous rassurer et confirmer un ou deux détails, juste pour être tout à fait sûr de moi.

— Lesquels ?

Daniel le dépassa et entra dans le salon douillet. L'employée de maison avait dû faire le ménage : la pièce était impeccablement rangée. Seuls deux livres étaient posés sur une petite table.

Daniel s'assit et attendit que son hôte fasse de même, ce à quoi celui-ci se résolut à regret.

— Eh bien ? Quels détails ? Vous les avez tous !

— Pas concernant le livre, répondit Daniel. Tout est clair à cet égard. L'allégation de plagiat est à l'évidence un malentendu – du moins, c'est l'interprétation la plus bienveillante.

— Bienveillante !

La voix de Wolford tremblait.

— N'avez-vous donc aucune idée de… ?

— Je ne parle pas de l'allégation proprement dite, rectifia-t-il. Mais du fait que Tolliver l'a émise. Il est évident que vous n'êtes pas coupable. Vous avez tous les deux tiré vos faits de sources identiques. Il n'est pas surprenant que vous soyez parvenus aux mêmes conclusions. Je parle du fait qu'il vous a accusé. Pourquoi, à votre avis, a-t-il fait cela ?

— Dieu seul le sait ! Il…

Wolford s'interrompit.

— Voulez-vous dire qu'il avait pour but de me provoquer ?

— Quelle autre raison aurait-il pu avoir ?

— Je pensais…

Il n'acheva pas sa phrase.

— Vous pensiez qu'il cherchait à se faire remarquer, compléta Daniel à sa place. Je crois que vous avez raison. Et puis, il a été dépassé. Il a perdu son sang-froid et essayé de vous frapper. N'oubliez pas que c'est de cela qu'on vous accuse. De coups et blessures, pas de plagiat. Vous n'avez rien plagié – c'est si évident que nous n'avons pas besoin de fournir des preuves –, mais vous l'avez blessé assez gravement.

— C'est lui qui m'a attaqué ! Et qui m'a accusé, en public, de l'avoir plagié. Une telle accusation aurait pu anéantir ma carrière, l'œuvre de toute ma vie…

— Encore eût-il fallu qu'elle soit crue, l'interrompit Daniel. Personne doté d'un minimum d'intelligence n'y aurait attaché foi.

Il se pencha légèrement en avant.

— Vous est-il venu à l'esprit que ce qui arrive est précisément ce que Tolliver voulait ? Pas d'avoir le nez et la mâchoire fracturés, bien sûr, mais de provoquer une dispute et d'en arriver à un procès. Songez à toute l'attention qu'il va susciter. Vous avez vingt ans de plus que lui. Quand il vous a attaqué, il s'attendait à avoir le dessus. Je ne suis pas sûr qu'il ait imaginé un instant que vous seriez plus rapide, et plus fort, sans parler d'être plus précis.

— Oh…

La réaction de Wolford suggérait qu'il n'avait pas envisagé cela du tout, ou que les implications ne lui apparaissaient que parce que Daniel les lui avait indiquées. Dans un cas comme dans l'autre, Daniel trouva sa réponse étrange.

— J'ai essayé de faire comprendre cela à son avocat, et de l'inciter à accepter des excuses, expliqua Daniel. Il me semblait avoir réussi, mais apparemment, Tolliver est résolu à aller jusqu'au procès. Je suppose que, si l'affaire est réglée à l'amiable, il n'y aura pas de publicité. Et c'est la publicité qui l'intéresse.

Wolford lâcha un juron.

Daniel hocha la tête pour exprimer son assentiment.

— Certes, mais cela ne nous mène nulle part et ne convainc pas un jury.

Il se pencha encore davantage vers son interlocuteur.

— C'est vous qui avez raison, professeur, ne l'oubliez pas. Si vous perdez votre sang-froid devant le jury, vous perdez le procès. Souvenez-vous-en ! Il doit apparaître comme une tête brûlée en quête de notoriété, coûte que coûte, tandis que vous êtes l'homme plus âgé, plus sage, qui n'a rien fait, hormis se défendre. Et malheureusement pour Tolliver, vous êtes bien meilleur en la matière que lui. Rappelez-vous qu'il a attaqué et manqué son coup. S'il avait été plus adroit, vous auriez pu être blessé !

Il fixa Wolford.

— Le jury a besoin de comprendre que vous êtes désolé qu'il ait été si grièvement blessé, mais que c'était sa propre faute pour avoir proféré des allégations mensongères et perdu son sang-froid. Tout cela par soif de publicité. Une méthode si violente et au fond, si stupide, pour l'obtenir. Par conséquent, vous allez rester assis, l'air innocent et navré, et me laisser me charger de votre défense. C'est entendu ?

— Oui, dit Wolford lentement. Oui, je comprends.

— Je vais aller voir Cobden.

— Qui est-ce ?

— L'avocat de Tolliver.

— Pourquoi ne… ?

Wolford saisit la patience mêlée de lassitude qui devait se lire sur les traits de Daniel.

— Oh ! Vous devez procéder ainsi. Je vois. Bien. Peut-être tout sera-t-il réglé ?

— Avec un peu de chance, oui. Si vous consentez à payer une bonne partie des frais médicaux et dentaires de Tolliver. Ces derniers seront les plus élevés.

— Mais…

— Vous voulez que tout soit réglé ou vous préférez en débattre devant un jury ? Au risque de ruiner sa réputation et la vôtre ?

— Mais…

Wolford fixa Daniel.

— Je vois, oui. Débarrassez-moi de cela. J'ai les moyens de payer.

— Merci, dit Daniel en se levant. Je veillerai à ce que la somme soit la plus basse possible.

— Bien. Je veux dire, merci.

Cobden était à son cabinet, et se déclara ravi de voir Daniel, mais il était clair que sa visite ne l'enchantait guère, au contraire. Daniel ne s'en offusqua pas : après tout, Cobden avait un client difficile.

— Entrez, entrez, dit Cobden avec un bref sourire. Nous n'avons pas longtemps à attendre maintenant.

Daniel comprit qu'il faisait allusion au procès. Il s'exécuta et s'assit dans le fauteuil récemment retapissé que son confrère lui indiquait.

Après avoir refermé la porte, Cobden reprit sa place derrière son bureau.

— Quel temps épouvantable, commenta-t-il. Désolé que vous ayez dû sortir sous cette pluie, mais c'est toujours un plaisir de vous voir.

Daniel songea qu'il avait l'air tout sauf content.

— Je crois que nous pouvons régler cette affaire sans le coût et le désagrément d'un procès, commença Daniel. Mon client est prêt à admettre sa responsabilité dans les blessures de Mr. Tolliver et à contribuer de manière substantielle à ses frais dentaires et médicaux.

Il se tut. Au fond, il n'y avait rien à ajouter, sinon que Tolliver devait reconnaître que Wolford n'avait en rien copié son travail, et qu'ils avaient simplement tiré les mêmes conclusions des mêmes sources. Ce fait était ouvertement admis. Si Tolliver s'obstinait dans ces accusations, il aurait l'air stupide et exceptionnellement fielleux. Ian s'apprêtait à poursuivre quand l'expression de Cobden l'en dissuada.

— Ç'aurait été une conclusion des plus satisfaisantes, admit Cobden d'un air sombre.

Daniel éprouva un frisson soudain.

— Mais j'ai peur que mon client n'ait pris sa décision, reprit l'avocat. Il faudra peut-être qu'il se contente de ce que vous suggérez en fin de compte, si le professeur Wolford ne change pas d'avis. Mais, malheureusement, Mr. Tolliver désire aller au tribunal concernant l'agression.

— Vous ne pouvez invoquer la charge de coups et blessures sans mentionner la raison pour laquelle ils se sont querellés, lui fit remarquer Daniel. Aucun autre différend ne les séparait. De fait, ils ne se sont jamais rencontrés, hormis dans le cadre de cette affaire. Et rappelez-vous que Mr. Tolliver a attaqué le premier. Il n'a pas touché le professeur Wolford, mais seulement parce qu'il a raté son coup.

— Je sais cela, monsieur.

Cobden secoua la tête.

— Il n'en reste pas moins que le professeur l'a frappé avec une force considérable. Il a fracturé le nez et la mâchoire de Mr. Tolliver, et s'en est sorti indemne. Voilà ce que verront les jurés.

— C'est ce que vous les inviterez à voir, rectifia Daniel. Pour ma part, je m'efforcerai de leur montrer un jeune homme irresponsable, qui a perdu son sang-froid et a agressé un homme plus âgé, lequel s'est révélé beaucoup plus maître de lui et bien plus apte à se défendre. Déséquilibré par son élan, Tolliver a été aisément dominé par un homme plus fort que lui, dont le coup a été rendu plus dévastateur qu'il ne l'avait prévu du fait que Tolliver est, en quelque sorte, venu à sa rencontre.

Cobden parut contrarié.

— Quant à la cause de cette querelle, poursuivit Daniel, c'était l'accusation de plagiat dénuée de tout fondement que Tolliver a portée à l'encontre de Wolford. Une accusation qui a été aisément réfutée. Un procès ne va profiter à personne. Le professeur Wolford a d'ores et déjà accepté de verser une généreuse contribution aux dépenses médicales de votre client, et il ne tolérera pas cette accusation de plagiat en silence.

— Je sais que ce n'est pas raisonnable, admit Cobden. Mais je dois obéir aux instructions de mon client. Il a deux témoins fiables. Je me suis entretenu avec eux moi-même, bien entendu, afin de vérifier leurs dires.

Le procès s'ouvrit le lendemain. Résolu à ne rien laisser au hasard, Daniel alla chercher Wolford bien à l'avance et fut soulagé de constater que ce dernier était prêt, vêtu d'un complet en laine sombre bien coupé, d'une chemise blanche et d'une cravate classique. L'air austère et abattu, il serrait et desserrait nerveusement les poings.

— Ne vous inquiétez pas, dit Daniel alors que le taxi démarrait.

Entre le domicile de Wolford et le palais de justice, il aborda diverses possibilités, et la manière d'y réagir. Wolford réitéra son innocence : l'homme comprenait enfin que l'issue d'un procès ne pouvait jamais être tenue pour acquise. Qu'il y avait toujours la possibilité d'être confronté à un imprévu.

En dépit de ses efforts pour alimenter la conversation,

Daniel eut l'impression que le trajet n'en finissait pas. La pluie alternait entre la bruine et des trombes d'eau. Quand ils s'arrêtèrent enfin devant le palais de justice, Daniel régla la course, après quoi les deux hommes descendirent et durent gravir les marches en courant pour ne pas être trempés jusqu'aux os.

À partir de là, tout se déroula selon la procédure.

Comme Wolford et Daniel allaient prendre leurs places, Cobden fit signe à ce dernier de s'approcher.

— Attendez-moi ici, dit-il à Wolford avant d'aller rejoindre l'avocat dans un coin où personne ne pouvait les entendre.

— Je vous ai dit hier que j'allais appeler deux témoins, rappela Cobden à Daniel. Hier soir, mon client a accepté de régler l'affaire à l'amiable sans que je les fasse venir à la barre.

— Excellent ! déclara Daniel, envahi par le soulagement.

— Pas si vite. Ce matin, il s'est ravisé.

Daniel le dévisagea.

— Et ?

— Et je vais interroger le médecin, le dentiste et les deux témoins de l'incident.

Tolliver et son avocat avaient-ils toujours eu l'intention de procéder ainsi ? Daniel l'ignorait. Il préférait penser que Cobden ne l'avait pas à dessein induit en erreur et qu'il avait été pris au dépourvu par son client. Si déplaisante que fût la situation, il n'avait aucun argument à présenter qui puisse faire changer Tolliver d'avis.

Il regagna son siège.

— Eh bien ? s'enquit Wolford d'une voix anxieuse.

— Juste quelques détails en suspens, répondit Daniel, avec un sourire qu'il espérait rassurant.

À son grand soulagement, Wolford n'insista pas pour en savoir davantage.

Les jurés prirent leurs places, et le procès commença.

Le juge procéda aux préliminaires sans manifester d'émotion.

Bien que nerveux, Wolford demeura pour l'essentiel calme. Daniel en remercia le Ciel silencieusement.

De l'autre côté de l'allée, Cobden était assis immobile, flanqué de Tolliver, que Daniel voyait pour la première fois. Le jeune homme était plus grand qu'il ne l'avait imaginé, dégingandé plutôt qu'athlétique. Il avait les cheveux blonds, un peu trop longs ; ses traits auraient pu être séduisants, mais ils étaient gâchés par le pansement qui s'étendait en travers de son nez, sur une plaie qui n'était peut-être pas entièrement refermée. Cela dit, étant donné que ce procès portait sur ses blessures, il avait sûrement fait en sorte qu'elles se remarquent. Pour le moment, il se taisait, mais, s'il se mettait à parler, ce qui se produirait certainement, les dégâts causés à sa denture seraient à la fois visibles et audibles.

Daniel savait que Tolliver allait attirer la compassion. Il était tellement plus jeune que Wolford. Cobden allait-il essayer d'en tirer avantage ? Daniel l'aurait fait, s'il avait été à sa place.

Un coup d'œil à Wolford lui apprit que ce dernier avait saisi la gravité de sa situation ; il semblait encore plus nerveux qu'avant. Daniel hésita à le réconforter, puis décida de faire comme s'il n'était pas surpris par ce qui allait arriver, et en aucun cas inquiet.

Il écouta sans rien dire la lecture du chef d'accusation, conscient du malaise de Wolford et de la manière dont, de temps à autre, celui-ci le fixait. Il se refusa toutefois à rencontrer son regard. Il n'y avait rien à dire. À quoi bon renforcer l'angoisse déjà palpable de son client ?

Cobden commença à interroger son premier témoin. Ce n'était pas un des hommes qu'il avait mentionnés plus tôt, mais l'éditeur qui avait travaillé sur l'ouvrage de Tolliver, un certain Edison James.

Il était jeune pour occuper un tel poste : quarante ans

à peine, à en juger d'après son apparence. Maigre, de taille moyenne, il avait un visage quelconque, auquel de grosses lunettes à monture en écaille donnaient un air studieux.

Cobden lui fit relater les étapes de sa carrière et donner la liste de ses responsabilités, ainsi qu'une série de qualifications académiques et de livres qu'il avait édités par le passé. Daniel n'avait entendu parler d'aucun d'entre eux.

Ensuite, Cobden le questionna sur le livre de Tolliver. James en parla avec enthousiasme, affirmant que l'ouvrage, rédigé dans un style vivant, passionnant, allait non seulement éclairer une foule de gens sur la révolution française et l'influence qu'elle avait eue sur les soulèvements qui avaient ébranlé l'Europe tout juste un demi-siècle plus tard, mais qu'il le ferait avec une exactitude sans précédent. Il se dit convaincu que le livre allait remplacer tous les autres écrits sur le sujet, de sorte que, à l'avenir, les étudiants pourraient s'imprégner de l'essence de cette période. Ce document était, d'après lui, « un grand pas en avant ».

Cobden le remercia et se rassit, laissant Daniel procéder à un contre-interrogatoire s'il le souhaitait.

Daniel se leva. Il n'avait guère le choix car Wolford, à côté de lui, bouillait de colère. Rester à sa place aurait conduit son client à penser qu'il n'avait ni le courage ni la capacité de se battre, et une telle conclusion ne ferait que l'inciter à intervenir. Indépendamment de cela, il avait lui aussi envie d'en découdre avec l'arrogant Edison James.

— Enchanté, Mr. James, commença-t-il poliment.

Le jeune homme le fixa.

— J'ai lu l'ouvrage en question avec grand intérêt.

James eut un sourire satisfait.

— Cela fait partie de mon travail, reprit Daniel froidement. Et il est vrai que votre client et le mien ont souvent eu recours aux mêmes références. Cependant, les événements remontent à plus d'un siècle, et il n'existe qu'un nombre limité de sources contemporaines. J'ai eu moi-même la chance d'étudier à Cambridge et d'assister à plusieurs conférences données par le professeur Wolford. Je me suis rendu à l'une d'elles, et j'ai été si fasciné que j'ai saisi l'occasion d'assister à plusieurs autres, bien que le sujet n'ait eu aucun rapport avec la matière que j'étudiais. Qui, bien sûr, était le droit.

Il y eut un léger murmure dans la salle, des jurés changèrent de position. Daniel s'adressa une mise en garde : il ne devait pas perdre leur intérêt.

Il sourit.

— Par conséquent, bien que les informations dans ce livre aient été présentées sous un format quelque peu inhabituel, il ne m'a rien appris de nouveau.

Maintenant, il avait capté leur attention. Le juge lui-même se pencha un peu en avant, fixant sur lui un regard calme et perçant. Au grand soulagement de Daniel, il n'intervint pas.

James ouvrit la bouche, puis la referma.

— Dites-moi, poursuivit Daniel, pourquoi avez-vous accusé le professeur Wolford de plagiat ? Car vous l'avez fait, n'est-ce pas ? Indirectement, certes, mais vous avez soutenu Mr. Tolliver dans sa démarche, et vous êtes ici afin de témoigner en sa faveur.

C'était une affirmation. À laquelle il ajouta quelques questions des plus directes.

— Vous l'avez encouragé à penser que ses allégations étaient justifiées, non ? Et vous étiez également présent lors de l'altercation au cours de laquelle il a attaqué le professeur ?

James parut abasourdi. À l'évidence, il ne s'était pas attendu à cela.

— J'étais… non…

— Vous n'auriez tout de même pas pu l'encourager à accuser le professeur Wolford de plagiat sans penser que c'était vrai. Ai-je raison ? Et vous ne l'auriez certainement pas encouragé dans cette démarche dans le seul but d'attirer une publicité considérable sur le livre ? Je vous accorde qu'il va y en avoir beaucoup – de publicité, veux-je dire – à la suite de cette accusation de coups et blessures portée à l'encontre d'un homme qui jouit d'une telle réputation. Laquelle dépasse de loin celle de votre client. Jusqu'à présent.

— C'est une accusation monstrueuse ! s'indigna James, cramoisi. Comment osez-vous suggérer une chose pareille ?

— Je n'ai rien fait de tel, Mr. James, le corrigea Daniel. J'ai seulement dit que cela ne pouvait pas être la raison de votre soutien. À moins d'être convaincu du contraire, je suggérerai que vous avez encouragé ces allégations parce que vous pensiez qu'il y avait bel et bien eu plagiat.

James se détendit visiblement. Il s'était ridiculisé et le savait. Il exhala son souffle lentement.

— Concentrons-nous donc sur cette question, continua Daniel. Donnez-nous quatre ou cinq exemples qui, selon vous, témoignent d'un plagiat de la part du professeur Wolford, plutôt que de l'utilisation d'une source identique à celle de votre client.

James était coincé. Il était évident pour Daniel, et sans doute pour toute la cour, qu'il n'en avait pas un seul à l'esprit.

— Je…

Daniel écarquilla les yeux et fit mine d'attendre patiemment.

Le silence s'étira, jusqu'à devenir gênant.

Daniel vint à son secours.

— Vous ne pouvez pas vous souvenir d'une citation que, d'après vous, mon client aurait empruntée au livre de votre auteur ? Ou bien, on vous a assuré que tel était le cas, mais vous n'avez pas un seul mot à nous soumettre.

Le visage défait, James tenta une ou deux fois de commencer à parler, et finit par se taire. Daniel avait pitié de lui. Outre l'humiliation qu'il venait de subir, il était possible que son poste fût menacé. Mais il avait entrepris d'entacher la réputation d'un homme, peut-être à la demande de quelqu'un d'autre, et il était maintenant dans l'incapacité d'étayer ses dires.

— Je vous remercie.

Daniel sourit et regagna sa place.

Wolford souriait. C'était la première fois que Daniel le voyait sourire.

— Ce n'est que le début, avertit-il. L'avocat ne s'était pas rendu compte que James était dépassé. Je ne dis pas qu'il ait été poussé par quelqu'un d'autre… pas encore.

— C'est la fin de l'accusation de plagiat, chuchota Wolford. Vous êtes brillant. Frobisher me l'avait dit.

— Ce n'est que le début ! répéta Daniel. Ne mettez pas la charrue avant les bœufs.

Il jeta un coup d'œil de côté et vit Cobden qui s'adressait à son assistant, la mine grave. Il devait réparer les dégâts causés par Daniel, ou du moins, en atténuer la portée autant que faire se pouvait.

Le témoin suivant appelé par Cobden était un des jeunes gens qui avaient assisté à l'événement où la querelle avait eu lieu. Replet, le visage agréable, il était visiblement embarrassé d'avoir à témoigner.

Il prêta serment, confirmant son nom, Ronald Dixon, et sa présence à l'heure et l'endroit en question.

— C'était tout à fait absurde, dit-il d'un air attristé, en réponse à la question de Cobden. Mais oui, le professeur a flanqué un sacré coup à ce pauvre Tolliver. Il l'a envoyé valser, et quand Tolliver s'est relevé – ou plutôt quand nous l'avons aidé à se remettre debout –, il était couvert de sang.

— Le professeur Wolford était-il blessé ? demanda Cobden innocemment.

— Non, pas du tout. Sauf qu'il avait peut-être les jointures des doigts contusionnées. Les dents, c'est dur.

— Il a donc frappé Linus Tolliver en pleine figure ? insista Cobden, sur le même ton innocent.

— Quelque chose dans ce genre, admit Dixon.

— Dans quel genre ? Vous avez parlé des dents, lui rappela l'avocat. Le coup a donc bien été porté à la figure ?

— Oui.

— Merci. Et vous confirmez que le professeur Wolford était indemne ? Mr. Tolliver ne l'a pas frappé du tout ?

Dixon garda le silence.

— Mr. Dixon ! Mr. Tolliver a-t-il frappé le professeur Wolford ? répéta Cobden.

— Non, répondit Dixon à regret.

— Merci. Ce sera tout.

Cobden se tourna vers Daniel, indiquant que c'était son tour d'interroger le témoin.

Daniel le remercia et se leva.

— Je suis navré d'avoir à insister sur cette malheureuse affaire, mais pour que tout soit clair : le professeur Wolford s'est approché de Mr. Tolliver et, déjà en rage, lui a asséné un coup de poing dans la figure qui l'a fait tomber à terre. Mr. Tolliver a été trop blessé, étourdi ou secoué pour riposter. Et apparemment, cet incident a été observé par votre ami et vous ? Car vous n'étiez pas seul, si ?

— Non, c'est… ce n'est pas tout à fait exact.

— Dans ce cas, peut-être aurez-vous la bonté de nous relater avec précision ce qui s'est passé, et dans quel ordre. Parce que, jusqu'à maintenant, la scène ne semble pas avoir de sens.

— Nous étions en train de discuter, commença Dixon.

— Que voulez-vous dire par « *nous* » ? Tolliver et vous ?

— Et Michael Jackman. Nous trois.

— Et sans crier gare, le professeur Wolford s'est avancé vers Mr. Tolliver et l'a frappé. En fait, il lui a décoché un coup de poing dans la figure ?

Le ton de Daniel était incrédule.

— Pas étonnant que vous ayez été choqué.

Daniel saisit un coup d'œil d'avertissement du juge.

Cobden fit mine de se lever, puis se rassit.

— Dites-nous exactement ce qui s'est passé, Mr. Dixon, reprit Daniel, afin de nous éviter des conclusions erronées. C'est vraiment très important.

Dixon déglutit.

— Oui, monsieur. Jackman, Tolliver et moi étions en train de discuter quand le professeur Wolford est sorti d'une pièce à quelques mètres de nous. Nous avons cessé de parler et nous l'avons regardé. Tolliver a dit quelque chose à propos de plagiat, je ne me souviens pas ce que c'était au juste, mais c'était injurieux. Il voulait l'être.

Il prit une profonde inspiration.

— Wolford s'est approché et il y a eu un échange de propos assez vifs. Je ne me rappelle pas avec précision qui a dit quoi, en tout cas c'était très déplaisant. Le professeur Wolford semblait avoir le dessus. Il a plus ou moins démontré qu'il n'y avait pas eu plagiat, mais il était furieux.

— Poursuivez.

— Il a eu des mots très insultants sur l'érudition de Tolliver. Tolliver a été furieux. Il a perdu son sang-froid et pris son élan pour gifler le professeur, mais il a complètement raté son coup. Je… je crois qu'il avait un peu forcé sur le xérès, si vous voyez ce que je veux dire ?

— Nous voyons, assura Daniel. Peut-être a-t-il perdu l'équilibre ?

Cobden se leva.

Daniel le prit de vitesse et se tourna vers le juge.

— Excusez-moi, Votre Honneur. Je ne voulais pas faire dire au témoin des choses qu'il ne pense pas.

— Vous êtes trop avisé pour commettre ce genre de faux pas, Mr. Pitt, le réprimanda le magistrat. Continuez, je vous prie.

Daniel s'adressa au témoin.

— Mr. Dixon ?

— Tolliver a donc raté son coup, Wolford a riposté, et lui n'a pas raté son coup du tout. Il a fait mouche. Tolliver est tombé. Jackman et moi sommes allés le relever. Il était en piteux état. Le poing du professeur a dû le toucher au nez et à la bouche. Il…

Daniel leva la main.

— Merci, monsieur. Je crois que Mr. Cobden a convoqué un médecin et un dentiste qui nous décriront les blessures en question. Y a-t-il eu d'autres coups, ou uniquement celui-là ?

— Il n'y a rien eu d'autre, monsieur. Juste celui-là.

— Mais ce coup aurait été porté par Mr. Tolliver s'il n'avait pas été entraîné par son élan et manqué sa cible, pour une raison ou pour une autre, c'est bien ça ?

Dixon parut soulagé.

— Oui, monsieur, c'est ça.

Daniel le remercia et se rassit.

Cobden hésita, puis parut décider qu'il ne servirait à rien d'interroger le témoin de nouveau. Au lieu de quoi, il appela le médecin qui avait examiné Tolliver après l'altercation.

Celui-ci prêta serment, se présenta comme étant le Dr Albert Rand, et déclina la liste de ses qualifications.

— Avez-vous l'expérience des secours d'urgence, docteur ? demanda Cobden.

Rand répondit par l'affirmative.

Cobden lui fit relater non seulement ses gestes professionnels, mais sa réaction face à l'incident et aux blessures subies par Tolliver. Son témoignage frappa les esprits, préjudiciable à Wolford.

Daniel n'avait qu'à regarder les visages des jurés pour savoir que leur imagination fournissait les détails omis par le médecin. Cobden leur donna quantité d'occasions d'être émus. Sa tactique se révélait efficace.

À côté de lui, Wolford était devenu livide. Au fil du récit du médecin, la compassion du jury s'était évanouie. Daniel mit la main sur le bras du professeur : ses muscles étaient tendus à craquer, et il tremblait. Daniel le serra plus fort. Il chercha quelque chose à dire, tout en sachant que Wolford ne l'écouterait pas. Il était totalement absorbé par les pensées qu'il prêtait aux jurés.

— Vous voyez ! siffla-t-il. Ils me haïssent tous. C'est évident à leur expression !

— Vous ne leur êtes pas sympathique, lui opposa Daniel. Ils s'imaginent ce qu'ils éprouveraient à la place de Tolliver. Il n'y a rien d'étonnant à cela.

Wolford leva le bras, de quelques centimètres seulement, et l'abattit sur son siège avec tant de violence que celui-ci en frémit.

Daniel renforça sa prise sur le bras de Wolford.

— Attendez notre tour ! ordonna-t-il sèchement.

— Pouvez-vous effacer le témoignage du médecin ? Ne me mentez pas. Vous avez dit que vous pouviez me défendre et vous avez menti ! Vous ne pouvez pas défaire ce qu'il a fait. Regardez-les ! Ils sont tous contre moi.

— Taisez-vous. Calmez-vous. Vous voulez que Tolliver gagne ?

— Il est en train de gagner, vous ne vous en rendez pas compte ?

— Taisez-vous ! répliqua Daniel, luttant pour ne pas élever la voix. Et essayez d'avoir l'air innocent, bon sang !

Le tour de Daniel était venu. Il se leva et s'avança,

espérant détourner autant que possible l'attention des jurés sur lui.

— Docteur Rand, commença-t-il poliment, j'ai cru comprendre, d'après la présentation de Mr. Cobden, que vous avez officié lors de nombreuses scènes de violence ?

— Oui, monsieur, en effet.

— Est-il possible de déterminer, médicalement parlant, si la violence a été accidentelle ou délibérée ?

— Pas à partir des blessures elles-mêmes, non. Mais dans la plupart des cas, on peut le déterminer par les circonstances. Par exemple, si quelqu'un gît à côté d'un véhicule accidenté, l'on suppose que là réside la cause.

— Ou bien à partir des déclarations de la victime ?

— Exactement. Il y a en général des témoins qui corroborent ses dires, cela dit, ils nc sont pas toujours fiables. Ils sont horrifiés, bouleversés, effrayés. Parfois, ils ont intérêt à voir une conclusion prévaloir plutôt qu'une autre.

— Je comprends. Mais dans ce cas précis, vous aviez les deux ? Je veux dire, des témoins de part et d'autre.

— Oui.

— Et Mr. Tolliver était conscient ?

— Oh ! Oui. Mais en raison de sa blessure à la mâchoire, il n'était pas à même de dire grand-chose. Une fracture et la vue du sang qui coule sont un choc pour le corps et pour l'esprit.

— Les blessures que vous avez décrites ont été infligées au nez, à la mâchoire et à la denture ?

— Oui. Le nez a été cassé.

— Cela arrive-t-il souvent lorsque des gens sont mêlés à une altercation ?

— Oui, j'en ai peur.

— Et la fracture de la mâchoire ?

— Il serait plus exact de parler d'une fêlure, mais douloureuse. Et trois dents étaient si endommagées qu'elles ont dû être extraites.

— Il y avait beaucoup de sang ? Il a été difficile d'arrêter les saignements ? C'était impressionnant ?

— Les saignements sont souvent impressionnants, mais les apparences sont en général pires que la réalité. Ce sont les hémorragies internes qui sont dangereuses.

— Y a-t-il eu hémorragie interne dans ce cas précis ?

— Grands dieux, non ! D'après ce que je comprends, un seul coup a été porté, mais il était violent.

— C'est ce que suggèrent les témoignages, acquiesça Daniel. Et nul ne le conteste. Apparemment, Mr. Tolliver a frappé le premier et manqué son coup. Si tel n'avait pas été le cas, aurait-il infligé au professeur Wolford les dégâts que vous venez de décrire ? Autrement dit, quiconque ayant reçu ce coup, asséné avec précision, aurait souffert le même résultat ? Peut-être Tolliver était-il fatigué, surmené, un peu affecté par un excès d'alcool. Et peut-être le professeur Wolford, dans un acte de légitime défense face à un homme bien plus jeune que lui, a-t-il été précis ? Est-ce là un point de vue équitable ?

— Je dirais que oui, admit Rand. Il était sobre, fit-il remarquer. Tout à fait sobre. Le seul fait d'être légèrement éméché peut grandement affecter l'équilibre de quelqu'un.

— Merci, docteur Rand. Il est donc légitime de dire que si le jeune homme avait été sobre, c'est le professeur Wolford qui aurait eu le nez cassé et la bouche en sang. S'il n'avait pas réussi à neutraliser Mr. Tolliver, insista Daniel.

— C'est fort possible.

— Prendriez-vous ce risque, si vous étiez face à un homme enragé de vingt ans plus jeune que vous ? Ceci dit sans vouloir porter un jugement sur vos capacités, docteur, ajouta Daniel sur un ton d'excuse.

Rand eut un demi-sourire.

— Je suis heureux de ne pas m'être trouvé dans cette situation, monsieur.

— Moi de même, docteur.

Daniel jeta un coup d'œil à Cobden, qui ne semblait guère pressé de recommencer à interroger son témoin, comme s'il savait pertinemment qu'il valait mieux ne pas insister.

Aussitôt, Daniel prit sa décision. Il retourna vers Wolford.

— Ce serait le moment de proposer un arrangement à l'amiable, dit-il tout bas. D'arrêter pendant que nous avons l'avantage.

— Nous avons l'avantage ? Eh bien, allons de l'avant ! rétorqua Wolford sur un ton pressant. Nous pourrions gagner ? Pourquoi feriez-vous marche arrière ?

Pour la première fois, il paraissait plein d'espoir.

— Parce que nous ne l'emporterons pas en fin de compte, expliqua Daniel. Cobden appellera Tolliver, et il répondra aux questions tant bien que mal en marmonnant dans sa mâchoire abîmée. Il faudrait qu'il soit un parfait imbécile pour ne pas regagner la compassion des jurés.

— Mais vous avez dit que nous étions en train de gagner ! argua Wolford. Je m'en rends compte.

— Pour le moment, admit Daniel. Mais ceci est un procès, professeur. Tout peut basculer dans un sens comme dans l'autre. Pour le moment, nous avons le dessus. C'est le moment d'obtenir le meilleur compromis possible.

Le visage de Wolford s'assombrit.

— Mais nous sommes en train de gagner, vous l'avez dit !

— Pour le moment, oui, mais l'emporterez-vous en fin de compte ? Comme je vous l'ai dit, la situation peut aisément se retourner. Laissez-moi m'entretenir avec Cobden, lui proposer une somme raisonnable et des excuses. Nous n'aurons pas de meilleure occasion. Si vous attendez, il est possible que le jugement soit prononcé en leur faveur. En parvenant à un compromis maintenant, vous vous en tirez avec votre réputation intacte. N'est-ce pas là le plus important ?

Wolford étrécit les yeux.

— Pourquoi renoncer alors que vous menez ? De quel côté êtes-vous donc ?

Sa voix était dure, son visage de plus en plus cramoisi.

— Ceci n'est pas une course, professeur. Nous n'allons pas avoir l'avantage indéfiniment, une fois que Cobden aura persuadé Tolliver de témoigner. Il a le nez et les dents cassées, vous êtes indemne. De quel côté penchera le jury, à votre avis ?

Wolford garda le silence.

— Voulez-vous en finir avec tout cela ? Verser une petite somme en guise de dédommagement et préserver votre bonne réputation ? Parce que c'est cela que je vise. Si vous ne pouvez l'accepter, vous allez devoir trouver un autre avocat.

— Dans ce cas, je suppose que je dois m'en contenter, sinon vous allez m'abandonner, marmonna Wolford à regret.

— C'est exact, confirma Daniel.

En réalité, il avait tenté un coup de poker : il n'aurait pas abandonné Wolford. Celui-ci était potentiellement un désastre ambulant.

— Je vais parler à Cobden.

L'avocat ne sembla guère surpris de le voir.

— Je ferais pareil à votre place, dit-il. Qu'avez-vous à proposer ? De l'argent ? Des excuses ?

— Une contribution raisonnable aux frais médicaux et dentaires, répondit Daniel. Et des excuses de part et d'autre.

— De part et d'autre ? se récria Cobden, incrédule.

— Exactement. Wolford présente ses excuses à Tolliver pour l'avoir blessé, et Tolliver s'excuse auprès de Wolford de l'avoir accusé à tort de plagiat. C'est équitable, non ?

Cobden sourit et lui tendit la main. Daniel la serra.

Ensuite, il alla rapporter l'accord conclu à son client.

— Je suppose que c'est équitable, admit Wolford, non sans amertume. Du moins, c'est le mieux que nous puissions faire.

Daniel ravala son irritation. Il se rendait compte que Wolford était exténué. La terreur profonde qu'il avait éprouvée ne pouvait se dissiper en un instant. Il avait été hanté par la crainte de voir sa réputation détruite, et elle était son bien le plus précieux.

— Bien. Avez-vous pris un petit déjeuner ce matin ?

Wolford le dévisagea.

— Quoi ?

— Venez déjeuner avec moi. Je vous propose des œufs au bacon accompagnés de thé et de pain grillé. Nous l'avons mérité. Je connais un excellent endroit.

— Entendu, accepta Wolford.

Puis, comme s'il commençait lentement à comprendre que le procès était terminé, il ajouta :

— Merci.

22

Quand Daniel quitta le restaurant où il avait pris un petit déjeuner tardif avec Wolford, il était immensément soulagé. Jusqu'au bout, il avait redouté que Wolford ne perde son sang-froid et que, offensé par une remarque, un geste, ou une simple inflexion de voix, il ne cède à la colère, interrompe le cours du procès et montre aux jurés qu'il était bel et bien capable de commettre une agression brutale. Maintenant que tout était terminé, et qu'ils étaient parvenus à un compromis assez amical – un dédommagement financier très raisonnable et surtout, la réputation du professeur non seulement intacte, mais peut-être renforcée –, Daniel pouvait enfin respirer.

Il prit congé du professeur et héla un taxi pour retourner au cabinet. Sa première tâche fut de rapporter à Marcus la conclusion satisfaisante du dossier Wolford. Ensuite, il fit le tri de son courrier, et fut content de constater que rien n'exigeait son attention immédiate. Il dit au revoir à Impney et déclina l'offre d'un thé. Il avait envie de s'en aller, de s'éloigner des dossiers quels qu'ils fussent, de s'asseoir au coin d'un bon feu, sans se soucier qu'il pleuve ou pas.

— Rentrez vous détendre, conseilla Impney avec un sourire. Dois-je vous appeler un taxi et vous avertir quand il sera là, monsieur ?

— Non, merci. Je vais aller à pied jusqu'à la rue principale. Il ne pleut pas encore.

— Le vent est assez vif, monsieur, avertit Impney.

— Je sais, mais je peux rêvasser à l'air frais. Laisser mon esprit vagabonder.

— En effet, monsieur. Je comprends, acquiesça Impney.

Il tint le manteau de Daniel pendant que celui-ci l'enfilait, puis lui ouvrit la porte principale.

— Bonne soirée, monsieur.

Daniel le remercia et sortit dans le vent glacé, mordant. Toute la chaleur s'était évanouie et un froid âpre imprégnait l'air. Il gagna le bout de la rue d'un pas vif et, alors qu'il débouchait dans la rue principale, faillit entrer en collision avec Miriam. Il en fut aussitôt réchauffé, comme si, soudain, la bise s'était apaisée, et qu'ils ne fussent pas debout au milieu d'une rue de Londres en plein hiver.

— Comment s'est passé votre procès ? s'enquit-elle.

— Mieux que je ne l'avais pensé, admit-il. J'ai gagné. Ou, plus précisément, la partie adverse a accepté un règlement à l'amiable, des excuses pour les blessures et une contribution considérable aux frais médicaux. En échange, nous avons obtenu les excuses de Tolliver pour avoir accusé à tort Wolford de plagiat.

Ce qu'il voulait lui dire, au fond, c'était à quel point il était heureux de la voir.

— Le Dr Eve va mieux ? Allez-vous au cabinet ? Il est trop tôt pour aller dîner.

Il jeta un coup d'œil à son bracelet-montre, tellement plus élégant qu'une montre à gousset. En porter une lui donnait l'impression d'être un vieil homme.

— Oh ! il est tôt, quatre heures tout juste, ajouta-t-il, avant de se réprimander intérieurement pour son bavardage.

Pourquoi faisait-il cela, et uniquement en présence de Miriam ?

— Non, avant que vous posiez la question, vous ne

pouvez pas m'emmener prendre le thé dans un endroit chic. Je venais voir s'il y avait des nouvelles, et il y en a, à l'évidence. C'est donc moi qui vous invite ! Vous avez gagné ! Vous méritez que l'on fête l'événement. Que diriez-vous d'un gâteau au chocolat ? Nous pourrions sauter dans un taxi et aller au Ritz. Aimeriez-vous prendre le thé au Ritz ?

— N'importe où me plaira, si je suis avec vous, répondit-il honnêtement, tout en se demandant s'il avait les moyens d'aller dans un établissement si luxueux.

Elle avait proposé de l'inviter, mais serait-ce correct ? ou déplacé ?

Peu importait ! Il s'inquiéterait de l'état de ses finances plus tard.

Le Ritz était somptueux. On n'avait reculé devant aucune dépense pour que l'immense salle semble un aperçu d'un autre monde. Les tapis épais étouffaient les pas. Les lustres évoquaient à Daniel des montagnes de cristal et de lumière suspendues dans les airs.

Gracieux comme des danseurs, les serveurs circulaient sans bruit, tenant à hauteur d'épaule, aussi négligemment que s'ils ne pesaient rien du tout, des plateaux lourdement chargés sur lesquels on trouvait, outre un service à thé complet en argent, des assiettes pleines de sandwichs minuscules et de petits gâteaux qui paraissaient tous délicieux.

Les tables étaient agrémentées de cascades de fleurs. À cette saison, rien ne fleurissait, hormis dans les serres. Il était trop tard pour les derniers chrysanthèmes et asters, trop tôt pour les plus courageuses des jonquilles. Daniel faillit dire en plaisantant à Miriam que le seul fait d'attendre d'être conduit à une table coûtait une fortune en ce lieu, mais il se rendit compte que ce serait maladroit. Et peu importait, tant qu'il était en sa compagnie.

En réalité, ils attendirent moins de deux minutes.

On les mena à une toute petite table, où il aurait été impossible d'accueillir une troisième personne. Indifférent au fait qu'il allait peut-être s'endetter jusqu'à la fin de ses jours, il commanda du thé pour deux, ainsi qu'un assortiment de sandwichs et de gâteaux. En fin de compte, il mourait de faim.

Ils parlèrent de l'affaire jusqu'à ce que le thé soit apporté. Miriam déclara au serveur qu'elle se chargerait du service. Elle remplit une tasse pour Daniel, puis une seconde à sa propre intention.

— Cela ne vous ennuie pas qu'on porte un toast avec du thé, plutôt que du champagne ? demanda-t-elle en souriant.

— Du champagne l'après-midi serait un peu excessif, vous ne croyez pas ? répondit-il gaiement. Ce n'était pas un procès important.

— Personne ne risquait la peine de mort, admit-elle. Mais la carrière du professeur Wolford aurait été en ruine, si vous ne l'aviez pas aidé. Et il aurait sans doute perdu son poste. Je sais qu'il a gagné. Ou du moins… que vous avez gagné pour lui. J'étais dans la salle au début du procès, et il avait une mine épouvantable. Ç'a dû être une épreuve terrible pour lui.

— Oui. Il a très mal pris les choses, le procès et sa conclusion. Il est très fragile, et devient vite belliqueux pour essayer de dissimuler ses émotions. Quant à l'accusation de plagiat qui a causé l'agression, il était innocent et le savait, par conséquent je suis surpris qu'il en ait tant souffert. Il a vu là une malveillance délibérée à son endroit, et cela doit être affreux de croire qu'on puisse vous haïr au point de vouloir détruire votre carrière, votre réputation.

— Mais il en est convaincu, non ? Que c'était délibéré, je veux dire ?

Il la regarda et devint plus grave. Un instant, il oublia le luxe qui les entourait, l'étrange silence chuchotant dont ils étaient enveloppés. Il songea aux paroles de Miriam. Elle avait raison : Wolford était profondément effrayé, presque au point de perdre tout contrôle.

— Oui, admit-il. Il est très affecté. C'est sans doute naturel. Il est si talentueux dans son travail. Il est capable de réfléchir comme tous ces gens ordinaires dont il parle dans ses livres : les pauvres, les malheureux qui sont pourchassés, terrifiés, en colère. C'est très réel pour lui, la révolution française, et la Terreur, et tout ce qui va avec. Et c'est désespérément important pour lui, comme s'il s'agissait de sa propre vie, comme si c'était sa propre famille qui était confrontée à toutes ces horreurs. Mais je sais qu'il peut se passionner pour d'autres époques aussi. Vous devriez l'entendre évoquer notre guerre civile et le procès du roi.

Il sourit au souvenir des conférences de Wolford, revoyant le professeur et voulant partager avec elle ses extraordinaires talents d'orateur.

— Il était merveilleux, absolument fascinant. L'écouter était aussi bien que d'aller au théâtre. Mieux, à certains égards.

— Comme s'il vivait chaque rôle ?

Daniel comprit qu'elle était parfaitement sérieuse, plus que la situation ne semblait le mériter.

— Pourquoi cette question ?

— Il m'inquiète, avoua-t-elle. D'après ce que vous dites, il a de graves ennuis.

— C'est vrai, mais il vient de traverser une période infernale, et c'est fini maintenant.

Que ne comprenait-elle pas ?

— C'est un homme très intense. Il adore son travail et est exceptionnellement doué. Tout cela aurait été perdu s'il avait été reconnu coupable et qu'une affaire de plagiat était au cœur du procès. Qui l'écouterait encore, s'il était condamné pour un délit commis parce qu'il avait plagié l'œuvre de quelqu'un d'autre ?

Comment interpréter l'expression de Miriam ? Il n'en était pas sûr. À n'en pas douter, elle comprenait qu'une telle perte aurait été désastreuse. Si elle avait été moins intelligente, sa perplexité n'aurait pas surpris Daniel, mais elle était dévouée à sa carrière, prête à d'immenses sacrifices pour elle. Comme Wolford. Comment pouvait-elle ne pas se mettre à la place de Wolford ? Elle ne pouvait tout de même pas être aveugle au point de penser que seule sa discipline comptait ? Il s'efforça de refouler la déception qui montait en lui, mais elle demeura, le laissant en proie à un étrange et douloureux sentiment de solitude. Il était blessé.

— Cela compte pour lui. C'est tout son univers !

Il avait parlé plus fort qu'il n'en avait eu l'intention.

— Miriam, il y a consacré toute sa vie. Toute.

Elle mit doucement sa main sur la sienne.

— Daniel, je sais. Cela n'a rien à voir avec l'inquiétude qu'il éprouvait pour sa réputation académique ; il est brillant. Tous ceux qui l'ont entendu sont d'accord là-dessus et le disent. Et je vous aurais cru sur parole de toute façon. Mais nous ne parlons pas de ce qu'il redoutait de perdre.

Daniel l'écoutait avec attention, soulagé d'avoir mal interprété ses propos.

— Comme je vous le disais, j'ai passé un petit moment au tribunal. Et il m'a inquiétée.

Elle semblait avoir du mal à trouver les mots justes.

— Il paraissait souffrir. Mais plus que cela… se hâta-t-elle d'ajouter, avant que Daniel eût pu répondre. Je ne parle pas de douleur physique. Il était… c'est difficile à décrire. Ce que je veux dire, c'est que je crois qu'il est malade. Pas seulement tendu ou nerveux à cause du procès, mais… malade. Malade sur le plan mental. Bien sûr qu'il avait peur de ce que le jury pouvait décider : c'est compréhensible. Même les affaires les plus évidentes ne sont pas gagnées tant que le verdict n'a pas été prononcé. Et perdre doit être épouvantable pour n'importe qui.

Elle cessa d'essayer de s'expliquer et le regarda avec gravité.

Il était submergé de soulagement qu'elle comprenne. Il avait le sentiment que quelque chose de précieux avait été à deux doigts de lui échapper. Il lui fallut un instant pour trouver des mots qui paraissaient rationnels, comme s'il avait le contrôle de ses émotions.

— Il est très passionné, commença-t-il. Et il avait vraiment peur de perdre le respect de ses pairs à cause de cette allégation de plagiat, même s'il savait qu'il avait cité ses sources et tout mis dans ses notes. Je ne sais pas s'il a omis certaines choses par le passé, ou…

Miriam lui coupa la parole.

— Je ne crois pas que vous puissiez faire grand-chose de toute façon, dit-elle en se laissant aller contre le dossier luxueusement rembourré de sa chaise.

Elle sourit, mais son visage n'exprimait pas de joie, plutôt de la mélancolie.

— Peut-être qu'il ira mieux demain.

— Je devrais aller le voir, je suppose.

Miriam sourit de nouveau, tout vestige d'anxiété banni pour le moment.

— Pour lui présenter votre note d'honoraires ? suggéra-t-elle, les yeux écarquillés par une innocence feinte.

Daniel discernait dans son regard une telle tendresse qu'il n'osa rien dire ni rien faire de peur de rompre la magie de cet instant. Elle se répandit en lui telle une vague de chaleur dans le sang. Il devait s'en saisir, mais avec douceur, une infinie douceur.

En arrivant chez fford Croft et Gibson, ils virent Impney qui, debout sur le trottoir, paraissait chercher quelqu'un des yeux. La nuit commençait à tomber et le ciel plombé annonçait une averse imminente.

— Ah ! Mr. Pitt, s'écria-t-il, soulagé.

Il salua Miriam d'un signe de tête, puis se retourna vers Daniel.

— L'inspecteur Frobisher a besoin de vous, monsieur. Il a téléphoné. Mrs. Rhodes, la femme du révérend de l'église St. Wilfrid, a disparu, et il a peur pour elle. Du moins…

Son visage s'emplit de détresse.

— Je pense, si vous me le permettez, monsieur, qu'il a peur que l'Éventreur des jours de pluie ne frappe de nouveau.

— Qu'il n'attaque la femme du révérend ? demanda Daniel, incrédule. Pour l'amour du Ciel, pourquoi ?

La réponse s'imposa soudain à lui, évidente.

— Se pourrait-il qu'elle sache qui il est ? A-t-elle, d'une manière ou d'une autre, reconstitué le puzzle ?

Impney ne répondit pas immédiatement. Son hésitation ne dura qu'une seconde, pas davantage.

— Pas exactement, monsieur.

— Alors quoi, Impney ? Que voulez-vous dire ?

— Je pense, monsieur, que l'inspecteur a peur que Mrs. Rhodes… ne soit l'Éventreur.

23

Daniel se figea. Sa première pensée fut que cette idée était absurde. Puis la réalité, plus noire et plus insistante, déferla en lui. Ian redoutait que Polly Rhodes ne soit l'Éventreur ? Était-ce si incroyable ? Cela expliquait-il qu'ils n'aient pas réussi à l'arrêter jusqu'à maintenant ? Et Richard Rhodes le savait-il, ou du moins s'était-il autorisé à comprendre qu'une vérité aussi terrible était possible ? S'il y avait pire cauchemar pour un homme, Daniel était incapable de l'imaginer.

— Que voudrait-il que je fasse ? demanda-t-il à Impney.

— Il se demandait si vous pouviez aller au presbytère, monsieur. Le révérend est seul, il l'attend. Il doit être au désespoir. Et bien sûr, si elle revient, elle…

Il s'interrompit.

— Oui, ce serait terrible, la pire chose imaginable, acquiesça Daniel, horrifié.

Si Polly Rhodes était bel et bien démente, irait-elle jusqu'à retenir Ian et son époux en otage ? Ou même jusqu'à les tuer ? Non ! C'était absurde. Tout comme l'idée qu'elle rôdait sous la pluie, et poignardait des gens à mort ! Mais quelqu'un le faisait ! Et si cet individu avait l'air d'un dément, d'un fou furieux, il aurait été arrêté après son premier crime.

Daniel s'efforça de réfléchir. Si c'était Polly, ces meurtres n'avaient aucun sens. Elle devait avoir perdu l'esprit, et sa folie devait avoir des racines si profondes qu'il était impossible de remonter à leur source. C'était une impensable tragédie. À son grand soulagement, la voix de Miriam interrompit ses réflexions.

— Bien sûr que nous allons nous rendre là-bas, dit-elle d'une voix décidée, en s'adressant directement à Impney. Donnez-moi les clés de la voiture de mon père, s'il vous plaît.

Impney s'agita.

— Miss Miriam, je crois que…

— Je sais ce que vous croyez, Impney, répliqua-t-elle. Et je suis sûr que vous avez raison quant à ce que mon père dirait, si vous lui posiez la question. Par conséquent, ne la lui posez pas.

Elle tendit la main.

Impney resta cloué sur place.

Aucun d'eux ne prononça un mot. Aucun d'eux n'esquissa un geste.

Les premières gouttes de pluie s'écrasèrent sur le sol.

Impney pivota et se rua à l'intérieur du bâtiment. Il ne fut absent qu'un peu plus d'une minute. Il ressortit et mit les clés dans la paume ouverte de Miriam. Elle lui sourit brièvement. Puis, avant qu'il eût eu le temps de se raviser, elle fit volte-face et se dirigea vers la voiture de son père, garée un peu plus bas dans la rue.

Daniel se ressaisit et la rattrapa. Il savait qu'il aurait dû essayer de discuter avec elle, de la dissuader de l'accompagner. Elle serait plus en sécurité chez elle. Et il était parfaitement capable de conduire la voiture de Marcus, même sans sa permission. Il savait aussi que Miriam était une très bonne conductrice et que, si une situation déplaisante survenait au presbytère, elle se montrerait forte et sans doute capable d'y faire face. Même en cas de violence. L'estomac noué, il comprit qu'il devait accepter son aide au lieu de discuter – ou, pire, de la rejeter.

Miriam prit place au volant, se pencha et ouvrit la portière passager pour Daniel. Sans dire un mot, elle démarra et s'engagea dans le flot de la circulation, conduisant avec assurance et à une vitesse croissante.

Daniel resta silencieux aussi. À cet instant, il ne restait rien à dire. Ils étaient peut-être confrontés à une tragédie à laquelle il n'y avait pas de solution, ni d'explication tolérable. Rien ne semblait concorder avec ce qu'ils comprenaient ou pouvaient croire.

Miriam regardait droit devant elle en se faufilant dans la circulation, doublant chaque fois que c'était possible.

Daniel se pencha et posa la main sur la sienne. Ses doigts étaient crispés sur le volant. Des mots prirent forme dans son esprit, qu'il refoula.

— Croyez-vous que ce soit elle ? demanda Miriam. Vraiment ?

Sa voix exprimait le doute mais aussi une peur aiguë, réelle, comme si elle entendait ses pensées.

— Non, affirma-t-il sans hésiter. Pas d'après la description que Ian m'a donnée d'elle.

Mais c'était la réponse qu'il voulait croire. Elle était censée le convaincre lui-même autant que c'était possible. En son for intérieur, cependant, il savait que Polly Rhodes pouvait être coupable et il ignorait comment réagir à cela. Quel monstre était tapi en elle ? Si cette femme, entre toutes, pouvait être si différente de l'apparence qu'elle donnait, en qui pouvait-on avoir confiance ? En qui pouvait-on croire ?

Il faisait complètement nuit et la pluie tombait sans discontinuer. Les roues soulevaient des gerbes d'eau sur leur passage, les gouttes scintillaient à la lumière des lampadaires.

Ils s'éloignaient rapidement du cabinet de Lincoln's Inn Fields. Miriam roulait avec une concentration intense, suivant d'abord la direction de Holborn, puis remontant Tottenham Court Road avant de prendre au nord vers Chalk Farm, et enfin à l'ouest, le long d'Adelaide Road.

Après ce qui parut un trajet interminable, elle s'arrêta devant le presbytère. Si le ciel avait été dégagé, ils auraient vu l'ombre projetée par le clocher de l'église, mais l'obscurité était trop dense pour distinguer une différence.

Miriam éteignit le moteur, ouvrit sa portière et descendit sous la pluie.

Daniel se hâta de l'imiter et sentit aussitôt la morsure glacée du vent qui soufflait de plus en plus fort. Il referma la portière et, d'un pas rapide, ils gravirent ensemble les marches qui menaient à la porte d'entrée. Ils toquèrent, mais aucune réponse ne leur parvint. Miriam n'attendit qu'un bref instant avant de tourner la poignée. La porte s'ouvrit. Soit on avait oublié de fermer à clé, soit on l'avait laissée ouverte exprès.

Elle jeta un coup d'œil à Daniel et franchit le seuil. Il faisait bon et sec dans le vestibule. La servante se tenait au bout, sur le seuil de la cuisine, les portes du cellier et de l'arrière-cuisine visibles derrière elle. Son visage était altéré par la consternation. À l'évidence, elle avait espéré que c'était Polly qui venait d'entrer.

— Je suis désolé, dit Daniel. Permettez-moi de me présenter. Je suis Daniel Pitt, un ami de Ian Frobisher. Et voici le Dr fford Croft. Nous sommes venus offrir notre aide, sur le plan pratique ou autre. Le révérend ne doit pas affronter cette situation seul.

Il se força à lui adresser un léger sourire.

— Et vous non plus.

Elle lui rendit un sourire incertain.

— Merci, monsieur. Voudriez-vous une tasse de thé ? Et vous, madame ? ajouta-t-elle en se tournant vers Miriam.

Un instant, elle rougit, ne sachant sans doute que dire. Ni que faire.

Daniel n'avait pas envie de thé, mais comprit qu'il fallait lui donner une occupation, la distraire de la gravité des circonstances. Son univers était sur le point de se désintégrer.

— Oui, merci, je crois que cela nous ferait du bien à tous, répondit-il. Mais d'abord, voudriez-vous avoir la gentillesse de demander au révérend si nous pouvons entrer ?

— Oh ! Oui, monsieur.

Elle était visiblement soulagée d'avoir une tâche à accomplir, ne fût-ce que celle d'annoncer la présence des visiteurs.

Moins de deux minutes plus tard, elle réapparut, et tint la porte du salon ouverte à leur intention.

Daniel la remercia et entra aussitôt, Miriam sur ses talons.

L'air était étouffant dans la pièce, mais il n'y faisait pas chaud. Le feu se mourait, les rideaux étaient tirés. Le révérend Rhodes était assis, tassé sur lui-même, l'air mal à l'aise. Visiblement réticent à se lever, il changea de position, ne tournant que la tête.

— Mr. Pitt ?

— Oui, monsieur. Et le Dr fford Croft.

— Dr ? répéta Rhodes avec appréhension. Je ne suis pas malade.

— Je ne suis pas ce genre de docteur, révérend Rhodes, intervint Miriam à voix basse, en s'approchant. J'étais avec Mr. Pitt quand on lui a appris ce qui s'était passé. Je l'ai accompagné au cas où je pourrais apporter mon aide d'une manière ou d'une autre.

Rhodes prit une longue et profonde inspiration.

Il était évident pour Daniel que cet homme était soumis à une pression presque insupportable, qu'il était au bord du précipice.

— Merci, dit Rhodes d'une voix tendue, un peu rauque, comme s'il parlait pour la première fois depuis des heures.

Il se racla la gorge.

— C'est très gentil à vous. Le temps passe beaucoup plus lentement quand on est seul.

Miriam s'avança et prit place dans un des fauteuils.

Daniel se dirigea vers la cheminée et attisa le feu. Il restait du bois et du charbon en quantité, et il fut soulagé de ne pas devoir sortir pour aller en chercher.

— Est-ce qu'il pleut ? demanda Rhodes, sans s'adresser à personne en particulier.

— Oui, confirma Miriam. Comme presque tous les soirs en ce moment.

— Mais il n'a jamais tué alors qu'il ne pleuvait pas, si ? insista Rhodes.

Daniel n'osa pas regarder Miriam. L'utilisation du pronom « il » signifiait que, soit il ne pouvait se résoudre à croire que sa femme était l'assassin, soit il le savait et se refusait à l'admettre. Y compris à lui-même.

— Non, confirma Miriam, jetant un bref coup d'œil à Daniel. Mrs. Rhodes est-elle allée rendre visite à quelqu'un de la paroisse ?

— Oui. Elle m'a dit qui, mais je ne m'en souviens pas. Il n'est pas rare qu'elle aille dans plusieurs maisons, selon qui a besoin de réconfort. Elle sort même sous la pluie. Si quelqu'un a des ennuis…

Daniel hésita un instant.

— Oui, murmura-t-il. Cela fait partie du travail que vous partagez. Je sais que Mrs. Rhodes réconforte bien des gens par sa seule présence, sa foi en la bonté et la compassion de Dieu.

Il ne voulait pas donner l'impression de penser qu'elle faisait le travail de son mari pour lui mais rendre hommage à ses bonnes actions, et au fait qu'elles étaient appréciées.

Rhodes parvint à sourire, comme s'il comprenait son intention.

— Je ne sais pas qui elle est allée voir. C'est-à-dire, après Mrs. Henderson. La pauvre a perdu sa mère la semaine dernière et est un peu à la dérive. C'est une veuve, vous savez. Elle a deux fils, mais ils habitent loin d'ici. À Manchester, je crois.

Il parlait mais ne s'adressait pas vraiment à Miriam ni

à Daniel. Il comblait le silence, ou l'espace laissé vide par sa femme. Et sans doute n'avait-il pas conscience de montrer aussi clairement ses craintes.

Daniel regarda Miriam, qui lui rendit son regard. Sur son visage il lut une inquiétude croissante, à la fois pour cet homme qui souffrait et pour sa femme qui manquait à l'appel. Rhodes avait-il peur que Polly ne croise le chemin de l'Éventreur ou redoutait-il que son épouse bien-aimée, sa compagne et son assistante, ne soit elle-même l'Éventreur ? Devaient-ils rester là à parler de la pluie et du beau temps, sans que personne dise ce qu'il pensait réellement ? Cela était-il d'aucun secours à quiconque ? Daniel dut s'interroger sur ses propres raisons. Était-il poli parce qu'il craignait d'affronter ses pensées ? La vision de la violence, et même de la mort, d'une tragédie potentielle qu'il était impuissant à empêcher ?

— Avez-vous parlé à l'inspecteur Frobisher aujourd'hui ? demanda-t-il enfin.

Il ne servait à rien d'attendre en se tournant les pouces. Peut-être Rhodes pouvait-il fournir ne fût-ce qu'un détail susceptible de les mener dans la bonne direction.

— Aujourd'hui ? Oui, brièvement. Il est venu nous poser quelques questions. Une première fois. Il est revenu après que ma gouvernante l'avait appelé concernant... l'absence de Polly. Je n'ai rien pu lui dire d'utile. Je ne sais rien d'utile.

— De quoi avez-vous parlé lors de sa première visite ? s'enquit Miriam d'une voix douce mais insistante.

La question était indiscrète, mais Rhodes n'hésita que quelques secondes.

— Il voulait en savoir davantage au sujet d'une tragédie qui a eu lieu voilà des années. De nombreuses années. Et puis Polly s'est souvenue qu'elle avait promis d'aller voir Mrs. Henderson...

Miriam se pencha en avant.

— Puis-je vous demander...

— Une jeune femme nommée April, répondit Rhodes. Elle est morte voilà des années.

— Comment ? intervint Daniel. Ou… pourquoi ? Y a-t-il un rapport avec tous ces meurtres ?

— Je suis sûr que non, affirma Rhodes, mais le frémissement qui s'entendait dans sa voix trahissait son mensonge.

Daniel attendit, observant le visage du révérend, marqué par la perplexité et le chagrin. Et, surtout, par l'angoisse.

Miriam reprit la parole.

— Elle a eu une idée, n'est-ce pas ? C'est cela que vous redoutez, révérend ? Qu'elle n'ait compris qui était l'assassin ?

Il leva les yeux.

— Je crois que… oui, peut-être.

— Qu'a-t-elle dit juste avant de partir ? demanda Daniel, les muscles soudain tendus à craquer.

Rhodes prit une inspiration pour répondre.

À cet instant, la servante toqua et entra, apportant du thé et du gâteau sur un plateau. Daniel songea que c'était la dernière chose qu'ils voulaient, mais se leva et lui prit le plateau, puis la remercia et lui dit qu'ils n'avaient besoin de rien d'autre pour le moment.

Miriam intervint, suggéra à la jeune femme de préparer le dîner, un plat qui puisse être réchauffé à convenance ou gardé jusqu'au lendemain.

Celle-ci la remercia et sortit, refermant la porte derrière elle. Daniel se retourna vers Rhodes.

— Vous disiez ? l'encouragea-t-il. Une tragédie ?

— Oui… eh bien… la jeune femme s'appelait April. Elle est morte dans d'affreuses circonstances.

Sa voix s'étrangla, comme si les efforts qu'il faisait pour parler le faisaient suffoquer. Il hésita si longtemps que Daniel pensa qu'il n'allait pas continuer. Puis il prit une inspiration tremblante.

— Elle était enceinte. Ne me demandez pas qui était le père. Je l'ignore et préfère l'ignorer. Elle a essayé de faire passer l'enfant. Elle s'est vidée de son sang, seule, dans un lit misérable.

Sa voix se brisa.

— Aucun de nous ne l'a su avant qu'il soit trop tard.

Un instant, le silence s'abattit sur la pièce, puis il reprit, les joues striées de larmes :

— Elle n'avait pas de famille. Il est si facile de tomber amoureux quand on a à ce point besoin d'amitié, de sentir que quelqu'un se soucie de vous. On peut confondre le désir avec l'amour. Bien sûr, certains ont dit que c'était une traînée, l'ont même montrée du doigt et traitée de putain. Ils l'ont condamnée pour s'être donné la mort. Elle a été enterrée seule, sans personne pour la pleurer sauf Polly… et moi.

Il pleurait sans retenue, le visage défait par le chagrin.

— On l'a montrée du doigt, répéta Daniel lentement, sans oser regarder ses compagnons. Révérend, est-ce de cela qu'il s'agit ?

Montrée du *doigt*. Le mot emplit l'esprit de Daniel. Il suffoqua en songeant aux mains mutilées, aux doigts sectionnés. Était-ce le sens de ce geste ? Ces doigts accusateurs avaient-ils été pointés vers une jeune femme désespérée ? Même si indirectement, ils avaient pu viser celui qui avait causé son malheur. Une bouffée de pitié le submergea, lui qui ne l'avait même pas connue.

Il regarda enfin Miriam et eut la certitude qu'elle comprenait son raisonnement.

Elle hocha la tête.

— Révérend, pouvez-vous appeler Ian Frobisher ? Je ne veux pas vous alarmer, mais nous devons avertir la police. Tout de suite.

— Pourquoi ? demanda Rhodes vivement. Que pensez-vous qu'elle…

Il blêmit.

— Ne l'effrayez pas. Elle…

Il se tut.

Daniel n'était pas certain au juste de ce que redoutait Rhodes, mais en revanche, il était certain que Polly savait quelque chose qui l'exposait à un danger mortel.

— Où ces événements se sont-ils produits ? demanda-t-il d'une voix pressante. Y a-t-il un rapport avec Haviland ou Sandrine Bernard ? Et Lena Madden ? Et comment se fait-il que Mrs. Rhodes soit au courant ?

Il tâtonnait, cherchait la pièce manquante du puzzle, ne comprenant pas encore comment tout s'emboîtait.

— À Cambridge, murmura Richard, comme si le souvenir avait brusquement refait surface. J'avais oublié tout cela… jusqu'à maintenant.

Sa voix n'était qu'un murmure.

— Un ensemble musical. Assez informel. La plupart du temps, ils étaient quatre ou cinq. D'âge et de sexe différents, l'important était de savoir jouer, d'avoir envie de faire partie du groupe et de répéter ensemble. Tous adoraient la musique, c'étaient des amateurs, mais des gens doués. Une fois de plus, il ne sert à rien de me demander qui était responsable de la situation d'April, parce que je ne sais pas…

— Je comprends, intervint Daniel. C'est logique. Et votre épouse connaissait ce groupe, et cette jeune femme, April ?

Il se tut en lisant la douleur sur les traits de Rhodes.

— Savez-vous où Mrs. Rhodes pourrait se trouver ? Dans quelle rue ?

— Je suis désolé, non.

Rhodes parlait si bas qu'il était presque inaudible.

— Puis-je utiliser votre téléphone, monsieur ?

— Non ! Je…

— Je suis désolé.

Les excuses de Daniel étaient sincères, mais il se leva et s'approcha de la table où était posé le téléphone. Lorsque l'opérateur répondit, il demanda à parler à l'inspecteur Frobisher.

— L'inspecteur est sorti, l'informa son interlocuteur à l'autre bout du fil. Quelqu'un d'autre peut-il vous aider ?

— Il n'est pas rentré ? Savez-vous où il est ? insista Daniel. J'ai besoin de lui. J'ai des informations sur l'affaire dont il s'occupe, celle de l'Éventreur. C'est urgent.

— Aimeriez-vous parler à quelqu'un d'autre, monsieur ?

— Non, bon sang, je…

Il s'irritait à tort contre cet homme, et le savait. Sans doute ce dernier recevait-il des dizaines d'appels affolés à propos de ces meurtres.

— C'est Daniel Pitt à l'appareil, dit-il plus calmement. Je collabore avec Ian Frobisher.

— Dans ce cas… s'il appelle, je lui dirai que vous avez téléphoné. Si vous voulez bien me donner votre numéro, monsieur ?

— Je suis au presbytère de St. Wilfrid, dans Adelaide Road…

Il tenait encore le récepteur à la main quand un cri s'éleva, suivi d'un son aigu, presque un hurlement. Il laissa tomber l'appareil et fit volte-face.

Miriam était debout. Rhodes se leva à son tour, et se tourna lentement dans la direction du cri.

Il se répéta, transperçant les ténèbres pour briser la chaleur du salon.

— Par ici ! lança Rhodes sèchement, en se dirigeant vers la porte.

Miriam se hâta de le suivre. Daniel les rejoignit dans l'entrée et tous sortirent sous la pluie. D'autres cris leur parvinrent, deux voix bien distinctes maintenant. Ils se ruèrent en direction du son.

Ils n'avaient fait que quelques pas quand ils furent happés par l'obscurité, la lumière émanant de la maison trop faible pour leur être d'aucune utilité. Miriam et Daniel suivirent le révérend Rhodes. Pour lui, tout était noir, même au soleil. Mais il avait souvent emprunté cette allée et elle lui était aussi familière que la voix de sa femme. Il en connaissait chaque détour.

Ils franchirent la barrière et suivirent le trottoir éclairé par le réverbère avant de replonger dans l'ombre, sur le chemin qui traversait le cimetière pour gagner l'église.

Miriam et Daniel faisaient de leur mieux pour talonner le révérend, scrutant sa silhouette noire qui se faufilait entre les sépultures. Il semblait savoir exactement où chacune d'entre elles se dressait sur l'herbe mouillée.

— Là-bas ! s'écria Miriam d'une voix rauque.

Elle désignait un coin tout au bout du cimetière. Dès qu'ils eurent dépassé les branches basses des ifs, alourdies par la pluie, le faisceau d'une torche apparut distinctement. Quelques mètres plus loin, ils reconnurent Polly Rhodes. Elle était acculée à une énorme pierre tombale, surmontée d'un ange en marbre. Manifestement terrifiée, elle luttait pour garder la maîtrise d'elle-même. Face à elle, le reflet de sa torche scintillant sur la lame de son long couteau incurvé, se dressait Nicholas Wolford.

Au même moment, Daniel et Miriam retinrent le révérend Rhodes, l'empêchant d'avancer davantage.

— Attendez ! ordonna Daniel dans un chuchotement rauque. C'est Wolford, et il a un couteau.

— Je vous en prie, arrêtez ! supplia Polly. Je ne lui ai pas fait de mal…

Sa voix, rendue suraiguë par la terreur, était aussi empreinte de pitié.

— Je vous le jure. Et je n'ai jamais répété ce que disaient les autres : que vous étiez responsable, d'une manière ou d'une autre. Je ne l'ai pas sauvée, je n'ai pas pu. Mais vous non plus ! Et je sais, Dieu sait, que vous avez essayé !

— Oui, j'ai essayé ! cria Wolford, avec l'accent du désespoir. Mais maintenant je l'ai vengée et elle peut reposer en paix.

— Pas si vous me tuez ! sanglota Polly d'une voix presque brisée. J'étais son amie !

— Dans ce cas, pourquoi ne les avez-vous pas empêchées de colporter ces ragots à son sujet ? Elles vous auraient écoutée ! Qui était le père ? Qui a profité d'elle ?

Sa voix s'étrangla dans un sanglot.

— Pourquoi ne l'a-t-il pas sauvée ?

— Je ne sais pas. Je crois que c'était Haviland, mais je ne sais pas. J'ai essayé, mais il était trop tard, et elles n'ont pas voulu m'écouter !

Sa voix était redevenue perçante.

— Je vous le jure, j'ai essayé !

Daniel vit Wolford brandir le couteau.

— Non ! cria Polly.

Richard Rhodes s'avança vers eux.

— Arrêtez, Nicholas, je vous en prie... laissez-la partir !

Daniel fit à son tour un pas en avant.

— C'est le bout du chemin, dit-il d'une voix rauque. Je ne sais pas pourquoi vous avez fait cela, mais peut-être puis-je deviner.

— Vous n'en avez aucune idée ! rugit Wolford.

— Si. L'accusation de plagiat a brisé quelque chose en vous. Était-ce parce que vous n'avez pas été cru, exactement comme April n'a pas été crue ?

Wolford était immobile, le regard fixe, comme s'il voyait quelque chose que personne d'autre ne voyait.

— C'est fini, maintenant, dit Miriam. Il ne sert à rien de faire du mal à Polly, vous n'auriez aucune excuse. Je vous en prie, professeur, donnez-moi le couteau.

Daniel se plaça entre Wolford et Miriam. Si l'homme décidait de frapper, il faudrait qu'il frappe Daniel d'abord.

Wolford le fixa, puis abaissa lentement le bras et desserra sa prise. L'arme tomba sans bruit sur la terre mouillée. Il semblait étourdi, comme s'il ne se souvenait plus d'où il était.

Polly Rhodes s'éloigna de lui en titubant et se réfugia dans les bras de son mari. Il la serra contre lui. Ils pleuraient tous les deux.

Daniel vit Ian Frobisher qui approchait, se frayant un chemin entre les pierres tombales. Bremner le talonnait.

L'inspecteur alla droit à Wolford, ignorant les autres. D'un signe de tête, il indiqua à Bremner de lui passer les menottes.

— Professeur Wolford, dit Ian à voix basse, vous devez venir avec nous. Il fait froid ici, sous la pluie, et un cimetière n'est pas un endroit où discuter comme nous avons besoin de le faire.

— Besoin de le faire ? répéta Wolford, comme si c'étaient des mots qu'il ne comprenait pas.

Daniel songea qu'il avait l'air d'un homme qui venait de reprendre conscience après une chute, ou un long coma. Il se tourna vers Miriam.

— Vous saviez ?

— Qu'il était l'assassin ? Non, mais j'avais commencé à me demander s'il était paranoïaque. Si c'est le cas, Daniel, il est très malade. L'inspecteur s'en rend compte ?

— Je crois que oui. À en juger par la manière dont il lui parle. Pas avec brusquerie mais avec douceur, comme quand on s'adresse à quelqu'un qui est hors de portée.

Il suivit des yeux Ian qui guidait Wolford, tandis que Bremner leur éclairait le chemin à l'aide d'une torche. Ils se dirigeaient vers la barrière, en veillant à ne pas marcher trop vite. Ian paraissait étourdi, lui aussi, comme s'il venait de se réveiller et n'avait pas pleinement conscience de l'endroit où il se trouvait.

— Pouvez-vous imaginer un sort plus terrible ? demanda Daniel à Miriam tout bas. Le pauvre homme est vraiment perdu. Comme ce doit être affreux de se sentir sombrer dans la folie ! Dans sa paranoïa, il s'est vengé des gens qui, à ses yeux, avaient trahi April. Qui avaient échoué à sauver sa réputation, et même sa vie.

Elle glissa sa main dans la sienne. Elle était froide dans la nuit pluvieuse, mais elle le réchauffa. Les Rhodes retournaient au presbytère d'un pas lent. Le révérend avait entouré de son bras les épaules de sa femme et la serrait contre lui dans une étreinte protectrice.

Daniel et Miriam les suivirent, cheminant avec précaution entre les pierres tombales pour regagner l'allée principale. Le réverbère qui éclairait le trottoir semblait bien loin, et de peu d'utilité. La pluie avait forci, et tombait plus dru.

Daniel entendit la porte du presbytère se refermer. Richard et Polly Rhodes étaient à l'abri à l'intérieur.

— Si je peux rien imaginer de plus terrible ? répéta Miriam. Non. Ce doit être atroce de ne faire confiance à personne, de se sentir perpétuellement seul.

Sa voix était empreinte de tristesse.

Daniel s'arrêta. En dépit de la pluie battante, il y avait quelque chose qu'il avait besoin de dire.

— Vous ne serez pas seule. Je vous le promets. Jamais.

Elle cilla, puis ouvrit de grands yeux.

— Vous… promettez ?

Il prit conscience de ce qu'il venait de dire et de la profonde sincérité de ses paroles.

— Oui. Je vous le promets. Je serai toujours à vos côtés… si vous voulez bien me le permettre. Acceptez-vous ? S'il vous plaît ?

Miriam se pencha davantage vers lui.

— Oui, Daniel, je crois que je veux vous le permettre. Oui.

Il se pencha et l'embrassa, puis l'embrassa de nouveau et elle se cramponna à lui. Ils avaient tous les deux oublié la pluie.

MIXTE
Papier issu de
sources responsables
FSC® C003309

L'éditeur de cet ouvrage s'engage dans une démarche
de certification FSC® qui contribue à la préservation
des forêts pour les générations futures.

Pour en savoir plus :
www.editis.com/engagement-rse/

10/18 – 92 avenue de France, 75013 PARIS

Imprimé en France par CPI

N° d'impression : 169700
X07974/01